总主编 吴俊
总校阅 黄静 肖进 李丹

本卷主编 刘熹

第十二卷 2008—2009

中国当代文学批评史料编年

华东师范大学出版社

本书为国家出版基金资助项目
国家"双一流"拟建设学科"南京大学中国语言文学艺术"资助项目
江苏高校优势学科建设工程"南京大学中国语言文学"资助项目
江苏省 2011 协同创新中心"中国文学与东亚文明"资助项目
南京大学中国新文学研究中心资助项目

编纂说明

文学批评史尤其是中国古代文学批评史，本是文学研究中的大宗。但从20世纪90年代开始，批评史退出了学科设置体系，由此对相关的教学和研究都有影响。较之于古代文学批评史，现当代文学批评史显然薄弱，或可说当代文学批评堪称发达，而当代文学批评史的研究却最弱。这从学术上看倒也是正常现象。只是所谓当代的时间范畴一直在无限扩展，恍惚间已达到了六十年，是一般概念中的现代文学时间的两倍。其他不谈，如果现代文学史、现代文学批评史方面的学术成果足以令人惊艳的话，当代文学批评的历史及内涵体量应该也完全能够支持当代文学批评史的研究开展。

或许受到20世纪80年代早期我在复旦大学读书时上过的现代文学文论课的影响，90年代末期我在华东师范大学开设过当代文学文论、当代文学批评史专题之类的课程，大概算是较早的同类课程教学和研究。调南京大学工作后，当代文学批评史方向的研究，我也一直在继续。2010、2011年间，我任首席专家的"中国当代文学批评史"项目竞标成功，立项为教育部重大课题攻关项目。这促使我必须在近年完成至少两项任务：一是结项项目专著《中国当代文学批评史》的撰写，二是原定计划中包括正在进行的《中国当代文学批评史料编年》等的文献整理及研究课题。在我看来，当代文学批评史的研究开展及其学术保障，必须依赖并建立在后者之类的专业史料和文献研究的基础之上。这可以说就是我从事这项具体工作的初衷。

感谢我的合作者多年来的精诚团结,终于完成了这套丛书的编纂。付梓之际,既感欣喜和放松,但也不乏遗憾和不安。毕竟凡事总不能做到尽善尽美。我视这套书为中国当代文学批评的历史图标集成,它应该是将历史的散点集合而成的一种逻辑系统。所以准确性和系统性是它的基本要求,也是它的基本特点,它对专业研究的学术价值也将视此而定。这套书的收录对象主要是狭义的文学批评史料,但也有与文学批评相关的一般当代文学理论史料,甚至包括了一些古代文学研究、外国文学研究等方面的史料;之所以如此,从宏观上简单说是因为中国当代文学批评的开展和理论建设往往与"古为今用,洋为中用"的思想指导相关,在古今、中外研究中,互相间的影响和互动互渗是一种历史的常态。这其实也就给这套书的编纂带来了显见的困难,如何取舍既难轻断,且常易断错。另一方面,失之疏漏、错失的地方又几乎在所难免。尤其是在定稿成书之后,诚惶诚恐就是我现在的真实心理。不管怎样,作为总主编我须为这套书的质量和水平负责。希望学界同道不吝赐教。

感谢丁帆教授慨赐墨宝为本书作书名题签。这套书除了已经署名的主编者、校阅者之外,还有我的研究生吴倩、郭静静参与了资料补充、核查工作,谨表感谢。对于华东师范大学出版社王焰女士、庞坚先生诸位多年来的宽容和照应,特别是他们为这套书的出版所付出的劳动,再次深表由衷的感谢。

吴　俊

2017 年 8 月 8 日

写于南京东郊仙林和园

目 录

1	**2008**年	115	11月	236	8月
3	1月	129	12月	246	9月
16	2月			263	10月
25	3月	141	**2009**年	271	11月
41	4月	143	1月	286	12月
50	5月	157	2月		
62	6月	167	3月		
71	7月	184	4月		
85	8月	194	5月		
93	9月	209	6月		
107	10月	220	7月		

2008年

2008年

1月

1日,《广州文艺》第1期发表李云雷的《胡学文:一棵树的生长方式》;叶兆言的《高晓声与他的陈奂生系列》。

《文汇报》发表刘绪源的《艺术是神圣的——读林达〈像自由一样美丽〉》;潘凯雄的《关于〈藏獒〉终结版》。

《文学界》1月号发表易清华、唐浩明的《内审而犀利地探究历史的细部》;唐浩明的《近思录:符号与本体》(关于文学创作的创作谈);高聚武、二月河的《拿起笔老子天下第一,放下笔夹着尾巴做人》;陈一鸣、熊召政的《儒者从来作帝师》;熊召政的《文学的选择》(关于文学创作的创作谈);徐鲁的《"大悲心不灭,方为楚狂人"——散写熊召政》。

《天涯》第1期发表李云雷的《"底层文学"在新世纪的崛起》;洪治纲的《底层写作与苦难焦虑症》。

《当代》第1期发表牛汉口述,何启治、李晋西采写的《我与胡风及"胡风集团"》。

《名作欣赏(鉴赏版)》上半月刊第1期发表陈晓明的《电影与文学的情欲大战——评李安电影〈色·戒〉》;吴稼祥的《王朔复出,意欲何为?——从营销观点看王朔的表演和价值观宣言》;张中锋的《并非"集中营"——读曹乃谦的〈到黑夜想你没办法〉》;徐阿兵的《残缺的完美——读迟子建新作〈百雀林〉》;万秀凤的《对知识分子独立价值缺失的反思——读王小波的散文〈花剌子模信使问题〉》;俞春玲的《喧嚣的文化语境与尴尬的文学史写作——由"70年代人"现象看当下文学研究问题》;吴矛的《"文学死了"的命题与新世纪文学的新景观》;王红旗的《呼唤爱情的绝响——徐坤"爱情祭坛三部曲"中的女性形象解读(之一)》。

《名作欣赏(学术版)》文学研究版第1期发表肖晓英等的《向最卑微的事物俯首致敬——论卢卫平的诗》;林爱民的《好一个"大写"的地主——试析〈白鹿原〉中白嘉轩形象的创新意义》;朱青的《生趣、童趣和诗趣》(关于迟子建的评论);孙德廉的《解读王小波〈唐人故事〉之趣》;李芬的《〈金陵十三钗〉中的圣经文学元素》;蔡淑敏等的《原欲与生命本能的凸现——解读池莉散文〈怎么爱你也不够〉》;金蕾蕾的《生命的梦魇——论残雪小说〈黄泥街〉的叙事策略》;张英伟的《贾平凹散文语言的审美特征》;陈绪石的《论艾伟小说的批判精神》;范丽的《无尽的超越——评史铁生〈命若琴弦〉》;倪正芳的《青春的镜像——〈自我之确立〉解读》;杨晖的《文学经验:一个难以言说的话题》;陈艳霄等的《析第三代诗的产生和语言特点》。

《西部华语文学》第1期发表王安忆、张新颖的《谈话录(六):写作历程》。

《西湖》第1期发表杨中标的《将冷幽默进行到底(创作谈)》;吴长青的《人心靠什么来发现——读杨中标的小说》;周昌义、小王的《从文坛是个屁开始、当年毁路遥》;麦家、姜广平的《写作的清醒 叙事的智慧》。

《社会科学战线》第1期发表殷曼楟的《民族认同建构与"历史记忆"的暧昧性——看〈碧奴〉之"重述神话"》;周计武的《华裔美国文学的族裔想象和文化认同》;祁林的《香港怀旧电影与文化认同》。

《延河》第1期发表陈忠实的《蓄久的诗性释放,在备忘——读长诗〈青春的备忘〉》;徐进的《寰宇深处的歌声——记胡宽、老闷和"我们"社团》。

《作家》1月号发表余华的《我写下了中国人的生活——答美国批评家William Marx问》;程永新、走走的《关于先锋文学和先锋编辑》。

《东南学术》第1期发表刘小新、朱立立的《从"怨恨哲学"迈向"友爱的政治学"——对近年台湾文化翻译与阐释中"悦纳异己"思想脉络的观察与读解》。

《诗刊》1月号上半月刊发表安琪的《诗歌距离理想主义还有多远?》;赵思运的《安琪,生活的肋骨,抑或诗的肋骨?》;张桃洲的《新诗传统之我见》;吕剑的《〈诗刊〉创刊前后》。

《钟山》第1期发表朱文颖的《"到常熟去"——苏童及其小说的一种解读》;施战军的《鲁敏论》。

2日,《小说选刊》第1期发表胡学文的《创作谈:构筑通道》;贾平凹的《从"我"走向"我们"——致友人信(之一)》;史铁生的《写作的投奔》。

《中华读书报》发表丁杨的《2008中国当代作家写作状况(上)》;穆涛的《新散文片面观》;葛红兵、许道军的《2007年中国文坛热点问题》。

3日,《人民日报》发表刘起林的《文学审美建构与核心价值观引领》;杨海恩的《切实推进新农村文化建设》;秦勇的《宏观文艺学研究的新成果》。

《人民文学》第1期发表陈新榜、阎作雷的《创作与批评的难度——第六届中国青年作家批评家论坛纪要》。

《文艺报》发表冯建福的《萧笛中短篇小说赏析》；熊元义的《加强进步文艺的引领作用》；田海的《诗歌发展话优势》；文爱艺的《张扬人性之美》；以"长篇小说新作《黑白》笔谈"为总题，发表陈建功的《棋道和人道》，杨扬的《从最简单的事说起》，马季的《倾听黑与白的撞击之声》，李洁非的《说〈黑白〉兼及文学现状》，陈辽的《我国第一部表现棋文化的长篇杰作》；以"范小青短篇小说评论"为总题，发表何西来的《从勤勉谈到叙事场效应》，张燕玲的《静水深流》，黄毓璜的《特质及其变迁一面观》，常新的《后窑村的阿甘》，王必胜的《普通人生和温暖的情怀》，牛玉秋的《沧桑感和命运感》；以"一幅波澜壮阔的中国电力工业画卷——长篇报告文学《中国亮了》评论"为总题，发表胡平的《画卷与史诗的气度》，蒋巍的《以电的速度，以光的形象》，王干的《是它赋予了中国更多的潜台词》，田夫的《通往创作高地的关隘》，吴秉杰的《文本照亮历史》。

《文学报》发表王晓渔的《又见"运动式批评"》（关于《色·戒》评论现象的评论）；叶辛的《我为什么写〈孽债Ⅱ〉》；傅小平的《杨金远：乘着〈集结号〉浮出水面》；陈应松的《当代文学的困境与突围》；阎延文的《"色戒"之孽如何化解？》；鲁敏的《李敬泽：稀奇只在稀松处》；张宗刚的《李国文：在调侃中迷失》。

4日，《光明日报》发表白烨的《表象寂然　成果斐然——2007年长篇小说概观》；孟繁华、袁丹的《现代性与中国的乡村转型——读〈花堡〉》。

5日，《广西文学》第1期发表田瑛、冯艳冰的《坚守花城——〈花城〉执行主编田瑛访谈》。

《文艺报》发表贺绍俊的《葱茏丰沛的生命小说——陈启文长篇小说〈河床〉》；葛丽君的《乱了套的"家"，不乱套的事》（关于毕飞宇《家事》的评论）；陈惠方的《以生命余光为百姓寻找希望》（关于陈继达《布衣县长》的评论）；蔡毅的《感动与煽动》；童庆炳的《文艺批评要坚持社会主义核心价值观》；孟繁华的《怎样评价这个时代的文艺批评》。

《当代文坛》第1期发表贺绍俊的《从苦难主题看底层文学的深化》；陶东风的《论后革命时期的革命书写》；李建军的《在限制与自由中求大境界》；杨光祖的《〈兄弟〉的恶俗与学院批评的症候》；黄惟群的《一个缺少自我的作家——论王安忆的小说创作》；梁丽芳的《记忆上山下乡——论知青回忆录的分类、贡献及其他》；白烨的《俗中见雅　平中有奇——关于葛水平》；肖敏、张志忠的《葛水平小说论》;李梦的《残酷现实中的诗意人生——论葛水平的小说》;王锐、宋云的《葛水平乡土小说漫谈》;黄丹、黄英的《"献身日常要求"的女人——葛水平小说的女性形象分析》;葛水平的《走过时间,走过山河》;刘洪霞的《"拯救"八十年代知识立场的使命——刘小枫的〈拯救与逍遥〉于八十年代的意义》;吴卫华的《"新世纪文学"的命名与理论焦虑》;范国英的《文学制度:新时期文学的另一种话语阐释》;吴长青的《现实主义叙事与新乡土美学建构的可能性》;陈润兰的《知青作家的精神突围与自我拯救——文学"寻根"运动的心理动因阐释》;黄毓璜的《作家四题》(关于苏童、叶兆言、赵本夫、毕飞宇的评论);万杰的《在水仙花心起舞——须一瓜小说论》;韩春燕的《在街与道之间徘徊——解析孙惠芬乡土小说的文化生态》;李良的《婚姻·城乡·知识分子——王海鸰婚恋小说的文化述评》;李丹宇的《厚土·乡巴佬·莜面味儿——曹乃谦小说地域文化略论》;陈静的《战争文化心理导致的人生悲剧——论董立勃的西部垦荒小说》;王云芳的《虚妄而又执着的追寻——试论平路小说中的乡愁美学》;汪双英、张磊的《"荒唐言"背后的"辛酸泪"——浅析孔庆东作品语言的幽默》;李徽昭的《从乡土小说与高晓声谈起——访谈韩东》;邵茹波、宋明欣的《市场经济条件下的"80后"写作》;李剑清的《审视农民生存状态与精神状态的错位——评贾平凹的长篇小说〈高兴〉》;王雪伟的《"游离"结构——论残雪新长篇〈最后的情人〉》;孔刘辉的《历史叙述中的启蒙意识——评方方新作〈武昌城〉》;杨新宇的《是谁蜷在树杈上做梦——马牛短篇集〈妻子嫉妒女佣的美貌〉试评》;高启龙、杨翼的《荒唐的抗争 忧郁的回忆——论王松〈哭麦〉对生命内涵的观照》;何晓苇的《社会问题小说的成功探索——评王晓方长篇小说〈驻京办主任〉》;张崇员、吴淑芳的《批评的声音与姿态——〈兄弟〉批评之批评》;许道军的《但见泪痕湿,不知心恨谁——解读格非〈人面桃花〉、〈山河入梦〉的几个关键词》;雷鸣的《京夫〈鹿鸣〉的生态批评解读》;石晓岩的《欲望主体的"返源"旅程——重读邱华栋的〈环境戏剧人〉》;郭之瑗的《云南地域散文精品概观》;黄全彦的《一生执着的乡土情怀——季羡林散文印象》;吴艳的《论贾平凹、林清玄散文的佛理禅蕴》;冯岭的《游走于大众文化消费与主导意识形态之间——当今中国军事影视作品发展态势探析》;孟君的《作者表述:两种现代性的抗争》;谢晓霞的《底层世界的自然主义描绘——论新生代电影中的底层形象》;颜敏的《当前文学研究中的"媒介"视角》;王玉春的《创新与迷失:大众传媒语境下的标题艺术》;王仲生的《两株大树的召唤:〈白鹿原〉与〈大地〉比较研究》。

《花城》第1期发表魏英杰、张尔客的《访谈：文学不是我的负累》；程光炜的《"四次文代会"与1979年的多重接受》；张柠的《当代社会与文学的抒情和叙事》。

《莽原》第1期发表木心著、作家刘春评点的《温莎墓园日记》；孙郁的《流淌的诗》；姜广平的《"我喜欢很老实地叙事"——与阎真对话》；王薇薇的《怨：新乡土文学共同的主题转向——论新乡土文学及新乡土文学征文大赛作品分析》。

6日，《文汇报》发表王安忆的《七月在野 八月在宇（之六）——他们将历史演绎成诗》；钟合的《文艺批评应有独立审美判断力》；杨剑龙的《为何要割裂中国现当代文学？》；赵牧的《影视是文学的未来？》。

《当代小说》第1期发表朱鹏杰的《从顽主到思想者——从〈我的千岁寒〉看王朔的转型》；赵思雨的《放逐与回归——浅谈〈白鹿原〉中的叙事模式》；房伟的《一次诗学本体论的历史阐释——评章亚昕〈中国新诗史论〉》。

8日，《文艺报》发表陈晓明的《过剩与枯竭：文学向死而生》；陈佳冀的《严肃而高尚的"游戏"》（关于刁斗《代号SBS》的评论）。

《芙蓉》第1期发表嘉木、滕蔓的《从〈青瓷〉到〈红袖〉：一次华丽的跨越》；袁复生的《"非文学史"视野下的〈红袖〉阅读经验》；聂茂、冯伟林的《书生报国的现实情怀与英雄视界的赤子之心》；吴正锋的《孙健忠论》。

《绿洲》第1期发表沈苇的《尴尬的地域性（外一篇）》。

9日，《中华读书报》发表舒晋瑜的《2008中国当代作家写作状况（下）》。

10日，《大家》第1期发表马季、盛可以的《灵与肉的痛感者》。

《文艺报》发表张志忠的《面对时代：建立作品的中国精神》；杜书瀛的《电子媒介时代及其对文学理论的影响》。

《西南大学学报（社会科学版）》第1期发表高玉的《重建中国现代诗学话语体系》；陈仲义的《开辟"有限制的情境授权"——论现代诗的"叙事性"》；以"金庸小说第三次修改版四人谈"为总题，发表汤哲声的《删改还需费思量：金庸小说是否需要再次修改》，卢敦基的《彩云易散文心长留：我赞成金庸小说第三次修改》，韩云波的《金庸小说第三次修改：从"流行经典"到"历史经典"》，马睿的《金庸小说再修改：通俗文学、大众传媒、世俗化社会的互动》；同期，发表周晓风的《论新中国文艺政策的文化选择》。

《江海学刊》第 1 期发表丁晓原的《论现代散文的公共性与个人性》；王晖的《内力与魅力：转折时期报告文学的审美态势》。

12 日，《文艺报》发表刘元举的《路遥的生活观》；田林的《我的作家兄弟阿成》；杨献平的《平淡和坚守：2007 年散文观察》；东荡子的《广东本土青年诗人》。

《文汇报》发表潘凯雄的《关于〈因为女人〉》。

《光明日报》发表林建法的《批评的转型》；许小羚的《军事文学中的电视化网络化》；范小雅的《用美丽的笔尖笨拙地跳舞——读阿吾诗集〈足以安慰曾经的沧桑〉》。

15 日，《人文杂志》第 1 期发表惠雁冰的《"样板戏"研究亟待整体性的视野——对当前"样板戏"研究倾向的理性反思》。

《中山大学学报（社会科学版）》第 1 期发表吴秀明、陈力君的《论生态文学视野中的狼文化现象》。

《长江学术》第 1 期发表叶立文的《"无边的现实主义"——论新时期初西方现代主义文学的传播策略》；杨经建的《失乐园母题与中外叙事文学》。

《文艺争鸣》第 1 期发表童庆炳的《新时期文艺批评若干问题之省思》；朱大可的《忧郁的批评——关于文学批评的精神分析》、《文学的终结和蝶化》；尹鸿的《文艺批评四大趋向与批评的"导游"功能》；高楠的《文学的道德在场与道德预设》；陈晓明的《始终在历史中开创理论之路——钱中文的学术思想评述》；陈旭光、郭涛的《纪实的"补课"与"救赎"——论新时期以来的影视纪实美学潮流》；李少群的《拓展地域文学研究的诗学格局》；房伟的《现代转型视野中的新世纪山东文学书写》；卢少华的《论赵冬苓影视剧的人物塑造》；杜玉梅的《行走在路上的诗人——试论桑恒昌诗歌的创作道路》；刘文斌、董丽的《披沙拣金 激浊扬清——云德文艺理论与批评述论》；杨菁的《在舞台深处邂逅——读〈老戏的前世今生〉有感》。

《诗刊》1 月号下半月刊以"雷平阳：精确升华现实生活和地域经验的写作者"为总题，发表陈超的《谈雷平阳的诗》，黄代本的《雷平阳其人》，小小的《诗歌中的现实、地域经验和语言（节选）》，李冬春的《缩身于乡愁的悲悯与风暴》；以"青年诗人谈创作"为总题，发表单永珍的《在向下的行进中完成想象与还原》，王族的《地域与文化的六个片断》，马行的《一首荒原上的诗也是一个世界》，郁笛的《诗歌的故乡和地域性困境》。

《文艺报》发表孟繁华的《丰富而迷人的局限——查舜长篇小说〈月亮是夜晚的一点明白〉》;薛健的《迟子建祝福翩翩》;甘以雯的《宁波商帮的文化背影》(关于王耀成《石库门的主人》的评论);高维生的《故乡是灵魂的牧场》(关于徐迅散文集《半堵墙》的评论);徐璐的《八〇后·滴答·时间》;简德彬、林铁的《新世纪文艺创作还要倡导英雄主义》;刘茂华的《理性审视底层创作》。

《文学评论》第 1 期发表王纯菲的《新世纪文学的图像化写作与文学的越界》;王彬彬的《孙犁的意义》;张志忠的《误读的快乐与改写的遮蔽——论〈启蒙时代〉》;段建军的《肉身生存的历史展示——柳青、路遥、陈忠实对现实主义文学的贡献》;徐德明的《乡下人进城的一种叙述——论贾平凹的〈高兴〉》;王峰整理的《"大众传媒时代的文学生产"学术研讨会综述》;孙文杰、潘丽整理的《"中国西部文学学术研讨会"在新疆师范大学举行》;朱利民整理的《"中国 20 世纪文学文化生态与作家心态"学术研讨会综述》。

《长城》第 1 期发表范小青、汪政的《把短篇搁在心坎上》;李建军的《现代性视境下的批判性考察》。

《百花洲》第 1 期发表陈婷婷的《性别追求的失落——当代女性文学作品中的某些缺失》。

《江汉论坛》第 1 期发表杨林的《一尘才起,大地全收——汪曾祺小说〈受戒〉的文化解读》。

《江苏社会科学》第 1 期发表席建彬的《欲望释放中的性别叙述——论沈从文小说的欲望诗化形态及文学史意义》;谭五昌的《论 20 世纪中国新诗死亡想象中的"历史信仰"》。

《齐鲁学刊》第 1 期发表胡克俭的《十七年红色经典小说爱情叙事的意识形态分析》;徐仲佳的《王蒙"季节"小说的性权力文化逻辑》。

《西藏文学》第 1 期发表刘国娟的《藏地一枝独秀——试论〈无性别的神〉的写实性和象征性》;王泉的《在平淡中耐人寻味——浅谈短篇小说〈天鹅〉》;白姆措的《浅析白玛娜珍小说〈复活的度母〉的叙事方式》;张蓉、邓宇的《影像中的西藏——以纪录片〈天上西藏〉为分析文本》。

《社会科学辑刊》第 1 期发表徐迎新的《人文建构与深度追求——试论王充闾的美学观》。

《南方文坛》第 1 期发表何言宏的《介入的批评——我的批评观》、《当代中国的"新左翼文学"》;汪政的《我们如何能抵达现场——何言宏文学批评的一个侧面》;晓华的《何言宏印象》;陈新榜、阎作雷的《第六届中国青年作家批评家论坛纪要》;张柠的《城市与文学的恩怨》;张清华的《比较劣势与美学困境——关于当代文学中的城市经验》;赵勇的《城市经验与文学现代性断想》;梁振华的《从"盲点"到"盲从"——当代文学书写中的都市文化经验》;石一宁的《重写〈刘三姐〉》;郜元宝的《鲁迅文学奖理论批评奖评选感言》;毕文君的《"新世纪文学"研究述评》;迟子建、郭力的《迟子建与新时期文学——现代文明的伤怀者》;郭小东的《谢望新的1980年代》;程永新、走走的《关于先锋文学的对话》;谢泳的《中国当代学术史上的"批判者继承现象"——从1958年对林庚的批判说起》;杨义的《布洛陀家乡的现代吟唱——关于李建平等〈文学桂军论〉》;张利群的《文学桂军崛起的文化意义》;邢小利的《关中的世相和风骨——读陈忠实小说新作〈关中风月〉》;王鸿生的《从叙事批评到叙事伦理批评——一个个案:寻找麦家〈解密〉的悲哀之源》;汪政、晓华的《论黄咏梅》;路也的《卢卫平的诗歌之树》;李怡的《古琴与画梦中的自我迷醉——我读张于〈手写体〉》;贺绍俊的《理论动态》(对曹乃谦的评价及对评价的评价,《芳草》连续组织讨论"当代文学的中国经验")。

《浙江学刊》第1期发表杨玲的《越境的寓言:〈情人〉和〈上海宝贝〉中的异国恋解读》。

《清华大学学报(哲学社会科学版)》第1期发表喻大翔的《王蒙论文三术》。

《理论与创作》第1期发表孙桂荣的《错位:在消费时代的女性小说与女性主义理论之间》;韩晗的《论电子传媒中文本的分裂与再生——兼谈电子传媒时代的文学标准》;张卫中的《1940—1970年代文学中"大众化"的两种态度及影响》;张立群的《论20世纪80年代中国小说中时间观念的嬗变》;陈娇华的《暧昧不明的主体性——论新历史小说中的主体性呈现》;熊江梅的《游戏:解读消费时代对文学实质的一种诠释》;黄怀军的《解读文学经典的当代危机》;聂茂的《底层人物的现实困境与命途隐喻——论田耳的〈一个人张灯结彩〉及其他》;何镇邦的《乡村叙事的正调与变调——试论贺享雍的农村题材长篇小说创作》;朱日复的《文学和史学的生动交融——析罗先明〈远东大战纪事〉的文学性》;李美皆的《〈人生〉的当下意义》;李钦彤的《围城外的渴望和无奈——重读〈人生〉》;李旭的《失落与追寻:精神家园的延续言说——评贾平凹的新作〈高兴〉及其他》;蔡福军的《乡村的逻辑与现代性冲动——评韩少功〈山南水北〉》;裴艳艳的《全球化背景下

的民族思考——王安忆小说简论》；朱恪娴的《两性的平等与和谐——试论王安忆小说中的性别话语》；秦艳、曾壤的《天使在尘世欲哭无泪——评〈无字〉女主人公吴为的情爱历程》；张超、李爱红的《"生命不过是一片大和谐"——读刘耀儒的〈鱼睬坝〉》；邵明的《背叛的质地——〈色·戒〉：从小说到电影》；杨晨的《〈太阳超常升起〉：解构性叙事催生的审美激情》。

《福建论坛》第1期发表姚楠的《新世纪中国当代文学批评需要学术权威》。

16日，《中华读书报》发表赵晋华的《2008中国当代学者研究状态（1）》。

17日，《人民日报》发表艾斐的《建设中华民族共有精神家园》；杨光祖的《底层叙事如何超越》；周迅的《一枝一叶总关情》（关于张锲散文创作的评论）。

《文艺报》发表康宁的《2007中国电影关键词》；傅逸尘的《"高雅"与"通俗"的融合与互补——2007年度军旅长篇小说述评》；北乔的《保持前行的姿势——2007年度军旅短篇小说述评》；柳江南的《〈马蹄声碎〉对文学创作的创新意义》；朱钢的《在继承与重建中蓄势待发——2007年度军旅中篇小说述评》；《一个士兵成长进步的心路历程——长篇电视剧〈士兵突击〉专家座谈会发言摘要》。

《文学报》发表李浩的《"经验写作"的困局》；黄发有、邵燕君、何言宏的《没有文学大师的时代？》；弋舟的《高凯：看着高处，走在低处》；蔡毅的《〈家道〉散播着什么样的气息？》。

《作品与争鸣》第1期发表李雷的《"爱"为什么是不可能的？》（关于吴国恩《宠物》的评论）；张立群的《"底层写作"可以容纳的空间》（关于龙懋勤《本是同根生》的评论）；晓宁的《底层深度叙事的缺憾》（关于龙懋勤《本是同根生》的评论）；傅书华的《边缘的女性与女性的边缘》（关于葛水平《比风来得早》的评论）；段崇轩的《衣锦还乡的悲喜剧》（关于葛水平《比风来得早》的评论）；黄明辉的《〈你为谁辩护〉存在的法律问题》；张宗刚的《块垒难消心火炽——李国文散文透析》。

18日，《光明日报》发表苏文清的《建构当代的童话诗学》；郭小东的《阳光和干稻草的味道》（关于张鸿散文集《香巴拉的背影》的评论）；张永健的《对生活的执著歌吟》。

19日，《文汇报》发表胡殷红的《陈建功印象》。

20日，《小说评论》第1期发表白烨的《依流平进 暗香浮动——2007年长篇小说概观》；孟繁华的《2007：长篇小说中知识分子的天上人间》；贺绍俊的《小说自成系统的平稳演进——2007年中短篇小说概述》；洪治纲的《思维惯性的滑行与超越——2007年短篇小说巡礼》;彭学明的《一个人的排行榜——2007年,我眼里的十个优秀中篇小说》;李建军的《何谓好小说》;金理的《书信中的文学史信息》;陈忠实的《寻找属于自己的句子(连载四)——〈白鹿原〉写作手记》;李勇、韩东的《我反对的是写作的霸权——韩东访谈录》;韩东的《抛砖引玉——自述》;李勇的《卑微,这唯一的高贵!——论韩东及其小说》;张炜的《观察文学的四个角度——在北京师范大学的演讲》;张清华的《在时代的推土机面前》(关于张炜《刺猬歌》的评论);安静的《〈刺猬歌〉的悲剧美学倾向》;曹霞的《〈刺猬歌〉中的"人与自然"》;薛红云的《〈刺猬歌〉中的"大地女儿"形象》;陈骏涛、刘诗伟的《心灵的驱遣与诉求——关于〈在时光之外〉的对话》;程振兴的《哲思的诗意表达——评〈在时光之外〉》;韩作荣的《一部诗性之作——读〈在时光之外〉》;李敬泽的《忧天与此在之证》(关于刘诗伟《在时光之外》的评论);杨琼的《虚假的真实——评〈生命之门〉》、《错位的生命之叹——评黄蓓佳的〈所有的〉》;周水涛的《从"打工"角度切入的乡村观照——农民工题材小说的社会学价值初探(一)》;樊星的《范小青与当代神秘主义思潮》;刘树元的《当下底层社会生活的吴越文化贯穿——论杨静龙近期小说创作的审美特征》;李星的《生活化、人性化的圣哲形象——评长篇小说〈圣哲老子〉》;廖晓军、王仲生的《青牛,白发,一老子——评张兴海的〈圣哲老子〉》;于沐阳、胡沛萍的《质疑精神、启蒙意识、人文情怀——论王彬彬的文学和文化批评》;李伯勇的《当"小说难度"成为一个问题》;张梦阳的《理解余华》;江冰的《二十一世纪文学与中国小说创作——中国小说学会第九届年会综述》;张凤举、刘朋朋的《"陕西新时期文学30年"学术研讨会综述》。

《文汇报》发表王安忆的《七月在野 八月在宇(之七)——身体、生存与人世的悲哀》;钟合的《影评如何发出有价值的声音》。

《中南民族大学学报(人文社会科学版)》第1期发表汤韵旋的《台湾客家人"隐而不显"及其文化危机中的族群反应》。

《北京大学学报(哲学社会科学版)》第1期发表高波的《诗歌典范和诗歌期待——〈面朝大海,春暖花开〉入选中学语文课本的忧思》。

《学术月刊》1月号发表曹清华的《何为左翼,如何传统——"左翼文学"的所指》。

22日,《文艺报》发表葛红兵的《文学空间里的胡同文化——薛燕平长篇小说〈琉璃〉》;张学昕的《走出黄昏的惶惑》(关于老藤《黄昏里的"双规"》的评论);杨森的《人情悲歌与宁静的痛》(关于《野村》的评论);李遇春的《神圣的底层叙述》(关于红柯《大漠人家》的评论);李万武的《审美理想与当代作家的文化准备》。

23日,《中华读书报》发表祁志祥、陈泓的《文艺批评不要走进死胡同——从一篇"酷评"说起》。

《天津社会科学》第1期以"媒介与大众文化的本土化(笔谈)"为总题,发表张法的《从三大文化现象看中国在媒介时代大众化与本土化的焦虑》,王一川的《励志偶像与中国家族成人传统——从〈士兵突击〉看电视类型的本土化》,张颐武的《本土或全球?本土即全球?》,傅谨的《大众传媒时代的传统艺术》;同期,发表史革新的《关于历史剧创作问题论争的考察》;李帆、王晓静的《20世纪80年代以来历史影视剧中的晚清历史——以历史影视剧中的戊戌变法为例》。

24日,《人民日报》发表曾繁仁的《在与时俱进中发展当代美学》;明振江的《永恒的中国士兵雕像——〈士兵突击〉创作感言》。

《文艺报》发表田川流的《和谐文化与当代文化建设》;王泽龙的《新诗困惑期的选择与思考》;刘大先的《2007:少数民族文学阅读笔记》;胡芳的《民族现实生活的文化审视》(关于梅卓中篇小说集《麝香之爱》的评论);李骞的《"千辛万苦出深山"——评长篇小说〈翡暖翠寒〉》。

《文艺理论与批评》第1期发表韩毓海的《"漫长的革命"——毛泽东与文化领导权问题(上)》;李云雷的《2007:"底层文学"的理论与实践》;孟繁华的《乡愁:剪不断理还乱——2007年长篇小说中的乡土中国》;邵燕君的《整体困顿 局部开花——2007年小说综评》;张硕果的《小道具 大天地——谈影片〈老兵新传〉中的"表"》;郭庆的《苦难 光荣 希望——解读电视剧〈记忆之城〉》;李红秀的《影像时代的文学书写》。

《文学报》发表陈竞的《从〈沧浪之水〉到〈因为女人〉》;魏微的《施战军:偶像"小施老师"》;金莹的《白连春:文学让我做个好人》。

25日,《文艺理论研究》第1期发表杨杰的《历史的与美学的观点:当代文学批评的科学武器》;徐刚、王又平的《重述五四与"当代文学"的合法性论证考察》;李长中的《当代文学批评转型中的困境与策略选择的思考》。

《甘肃社会科学》第1期发表包中华、彭配军的《新的启程:新世纪报告文学的创作和研究——第五届全国报告文学理论研究会学术年会综述》。

《当代作家评论》第1期以"范小青研究专辑"为总题,发表南帆的《良知与无知——读范小青的〈女同志〉、〈赤脚医生万泉和〉》,洪治纲的《承纳与救赎——评长篇小说〈赤脚医生万泉和〉》,贺绍俊的《现实主义的意义重建——从新时期文学三十年读解范小青的创作》,王尧的《转型前后——阅读范小青》,汪政、晓华的《天工开物——范小青短篇小说札记》,何平的《范小青的"我城"和"我乡"》,马季的《真情与温暖对于一个人的意义——从〈赤脚医生万泉和〉、〈女同志〉看范小青叙事风格》;同期,发表林建法的《批评的转型——〈二十一世纪中国文学大系·二〇〇七年文学批评〉序》;南帆的《深刻的转向》;谢有顺的《对话比独白更重要》;施战军的《中国叙事与中篇小说——〈二〇〇七中国最佳中篇小说〉序》;张学昕的《短篇小说,并没有缄默——〈二〇〇七中国最佳短篇小说〉序》;孙绍振的《散文:从审美、审丑(亚审丑)到审智——兼谈当代散文理论建构中历史的和逻辑的统一》;余岱宗的《文学性:语境、文本与特异性——评孙绍振〈文学性讲演录〉》;王彬彬的《毕飞宇小说中的"性话语"》;王安忆的《市井社会时间的性质与精神状态——〈生逢一九六六〉讲稿》;孙晶的《爱升华在绝境之间——评长篇小说〈白兰地〉》;阎连科的《灵魂淌血的声响——〈阎连科作品集·总序〉》;刘剑梅著、杜红译的《徘徊在记忆与"坐忘"之间》(关于阎连科的评论)。

《语文学刊》第1期发表李丽的《生态危机与中国文学——从〈文化苦旅〉看精神危机的解救》;冯丹丹的《沉思与拆解——解读王小波的〈黄金时代〉》;钟华的《少年写作是市场现象也是文化现象》;刘蓉蓉的《论儿童文学的游戏之门》;杨燕的《大众文化时代的喜剧》;蒋进国的《一颗丰富的种子——穆旦〈玫瑰之歌〉的历史情感书写》;姜珍婷的《文白融合、多语混成的金庸侠语》;林进桃的《四处突围的乡下女性——析方方〈奔跑的火光〉》;陈卫娟的《对女性孤独境遇的探寻——析王安忆的〈流水三十章〉、〈纪实和虚构〉、〈长恨歌〉》;鲁毅的《英雄与反英雄——鲁迅与余华笔下暴力形象的比较》。

《郑州大学学报(哲学社会科学版)》第1期发表卢焱的《生命的叙述:从写真到媚俗——论刘震云现实生活题材小说的嬗变》。

《南京师大学报(社会科学版)》第1期发表孙书磊的《典型理论与周扬戏曲观的政治化》。

26日,《文艺报》发表张俊彪的《寻找精神家园的青草地——读陈志红散文评论集〈无边的生活〉》;柳宗宣的《爱恋与情怀——陈群洲诗歌的精神性元素》;江岳的《坚守人性的正面——谈青年女作家王芸、苏瓷瓷、童喜喜的创作》;王泉根的《扫描新世纪儿童文学理论批评》。

27日,《文学自由谈》第1期发表杨岚的《男人的色戒与女人的情戒》;徐肖楠、施军的《中国式身体叙事》;李更、阿琪的《写作是治疗的过程》;元毅的《"陌生"的人,意外的书》(关于宋安娜《神圣的渡口》的评论);姜彬的《"迷惘"的不仅仅是"云雨"》(关于肖文苑《云雨迷惘》的评论);曾伯炎的《诟病倚老卖老》(关于邵燕祥《人生败笔》的评论)。

28日,《兰州大学学报(社会科学版)》第1期以"文学中的'农民进城'专题"为总题,发表邵宁宁的《城市化与社会文明秩序的重建——中国现当代文学中的"进城"问题》,逢增玉、苏奎的《现当代文学视野中的"农民工"形象及叙事》,严英秀的《从当下文学叙事看城市化进程中的农村妇女》。

《厦门大学学报(哲学社会科学版)》第1期发表张健、周维东的《散文研究:在"反规范"中求"规范"》。

29日,《文艺报》发表徐忠志的《牢牢把握和谐文化建设这一主题 紧紧抓住服务作家创作这一根本——中国作家协会2007年工作综述》;木弓的《我们怎样思考中国改革开放三十年——评潘强恩长篇小说〈大潮〉》;马宏伟的《以冷冽的故事寻求温暖》(关于陈集益文学创作的评论);鲁利君的《新人塑造与社会主义核心价值体系建设》;朱平珍的《"瘦身"与"操练"》。

30日,《中华读书报》发表榾托的《2008 中国当代学者研究状态(2)》。

31日,《人民日报》发表王尧的《文学批评:在媒体与学院之间》;张国祚的《文学应该直面现实》;陈先义的《反映当代军事生活的力作》。

《文艺报》发表何向阳的《批评的底气》;邱华栋的《记忆的玻璃底片》(关于牛余和《玻璃底片》的评论)、《阎真:这部小说是刻出来的》;陆贵山的《在科学发展观指导下加强文艺理论研究》;以"郑九蝉小说《将军望》评论"为总题,发表龙彼德的《人生坎坷与时代风云》,高松年的《直面苦难超越苦难》,胡志军的《展现"生命意志"的真实图景》,刘忠的《〈将军望〉的多种元素分析》,西慧玲的《猎猎战旗——"将军望"》,张廷竹的《"老九"与他的〈将军望〉》;同期,发表王春林的《游走于乡村与历史之间——2007年长篇小说印象》;韩石山的《洗手洗心两难间——评长篇小说〈洗〉》;龙敏君的《"大文学"的开阔视野——读〈王向远著作集〉(全十卷)有感》;奚学瑶的《霜白雁归唳秋凉——郭建英散文集〈战争的碎片〉感言》。

《文学报》发表杨光祖的《底层叙事如何超越》;徐春萍的《小说家的课堂——王安忆复旦三年》;王朔的《和我们的女儿谈话》;谢有顺的《文学写作中的感官世界》;周昌义、小王的《老周、小王聊文坛》;金莹的《丁丁:揭开成长的伤口——长篇处女作〈小牲口〉描写"残酷青春"》;罗汉的《刘春:人与诗一样浪漫》;程德培的《对白天来说,黑夜很可能是他的一束光照——由孙甘露引发对先锋小说的思考》;辛泊平的《韩寒的作品里缺少什么?》;郭小东的《这个现代南方到来了吗?——读〈谢望新文学评论选〉有感》。

《求索》第1期发表王文圣的《王洛宾与他的西北民歌评价》。

本月,《山东文学》第1期发表孙燕的《话语方式就是人的方式》;谢明洲、李潋的《率直而真诚的歌唱——读青年散文家焦红军的散文》;杨献锋的《"存在"之痛的追问——海子〈黑夜的献诗〉解读》;张强的《一曲宏阔瑰丽的石油颂歌——评牛洪桐长篇报告文学〈龙魂〉》;苏文兰的《金庸小说人文关怀精神的演变——从英雄形象特点的变化谈起》。

《上海文学》1月号发表陈应松的《文学的突围》;黄发有、何言宏、邵燕君的《没有大师的时代——对近三十年中国文学的一种反思》;程德培的《正视 斜视 审视 凝视——须一瓜的叙事之镜》。

《芒种》第1期发表雁西的《黑夜中的闪烁——诗人剑夫诗歌作品印象》;孟繁华的《山峰正在隆起——近年辽宁的中、短篇小说创作》。

本月,大象出版社出版宁宗一的《心灵文本》。

中国社会科学出版社出版杨乐生的《选择的尴尬》。

吉林大学出版社出版陈吉猛的《文学的"什么"与"如何"》。

中国青年出版社出版仲呈祥的《审美之旅——仲呈祥文艺评论选》。

2月

1日,《广州文艺》第2期发表许春樵的《为了活着的理由》(关于《尊严》的创作谈）；钟晓毅的《发现或重新阐释——再读何士光的〈乡场上〉》。

《文学界》2月号发表翁新华的《小说的可能与不可能》（关于文学创作的创作谈）；沈念、翁新华的《我对细节的发现者保持景仰》；易清华、小牛的《只把写作，当成生活的一种滋味》；于建初、刘春来的《理解和宽容》；刘起林的《当代政治文化遗产的发掘与清理——评邓宏顺的长篇小说〈红魂灵〉》《基层生态与民间韵味的写实型描述》。

《名作欣赏（鉴赏版）》上半月刊第2期发表陈国和的《乡村的溃败——关于陈应松的〈母亲〉》；王雪环的《生命在刀丛锋刃中跌爬——读陈应松的〈母亲〉》；李星的《深度的人文批判——评贾平凹长篇小说〈高兴〉》；王永兵的《乡关何处？——评贾平凹〈高兴〉》；詹冬华等的《文化视域中的女性身体——从〈一对恩爱夫妻〉与〈陈小手〉展开》；韩富叶的《生命诗性的天然漫步——刘亮程散文赏析》；王红旗的《呼唤爱情的绝响——徐坤"爱情祭坛三部曲"中的女性形象解读（之二）》；廖丽霞的《在虚幻与真实中审视现代人的心理——〈寻枪！〉的叙事技巧》。

《名作欣赏（学术版）》文学研究版第2期发表白玉红的《赵树理及其小说的当代意义》；李良的《冷峻与热切并存：医学体验与余华小说叙事品格》；李钦彤的《从反叛到皈依——论余华的家庭书写》；陈国和的《陈应松乡村小说的破败叙事》；董颖的《论阎连科小说中的恶魔性》；池永文的《王跃文及其官场小说散论》；李博微的《论李佩甫小说的权力批判主题》；周礼红的《性和权力——评〈野炊图〉性文化内涵》；李炎超的《日暮乡关何处　烟波江上使人愁——〈单位〉〈一地鸡毛〉中苍凉的生存意识》；冯大生的《文化之境与存在之思——周昌义〈江湖往事〉文化社会学解读》；张英伟等的《救赎的焦虑：对当下校园书写的艺术超越——以汤吉夫小说为个案》；黎保荣的《道德的拯救与非道德化的拯救——电影〈云水谣〉与〈暖〉对读》；万年春的《论张艺谋电影的内聚焦叙事特征》；岳斌的《"想象"的历史和灵魂的"整理"——重构当代文学史的联想》。

《光明日报》以"百年传奇故事映照中华民族精神——电视剧《闯关东》研讨会发言摘要"为总题，发表杨新贵的《书写闯关东精彩故事　展现伟大的民族精神》，周星的《大历史与鲜活人性命运的浑融交织》，郭运德的《传奇·信史·命运》，胡思的《推出更多既好看又感人的主旋律作品》，曾庆瑞的《用高"境界"和大"情怀"书写历史大气象》，高满堂、孙建业的《写深写透民族的品格》。

《西部华语文学》第2期发表李洱、梁鸿的《百科全书式的小说叙事》;范小青、于新超、姜帆的《现代传统下的当代作家写作》。

《西湖》第2期发表小饭的《等待自我的成熟——能等到么?(创作谈)》;夏烈的《自我怀疑与内心厌恶——关于小饭的小说》;程永新的《关于先锋文学和先锋编辑》;周昌义、小王的《〈白鹿原〉复生和〈废都〉速死》;韩作荣、姜广平的《〈人民文学〉:始终与人民同行》。

《延河》第2期发表陈仓的《喜笑怒骂皆文章》。

《诗刊》2月号上半月刊发表盘妙彬的《山水如此多情》;张立群的《"火车"上的生命时空状态——盘妙彬诗歌论》;曹纪祖的《女性诗歌的现实回归》。

2日,《小说选刊》第2期发表鲁敏的《创作谈:主角其实是"东坝"》;贾平凹的《好好说你的话——致友人信(之二)》。

《文艺报》发表李超的《军旅记忆的诗意表达——评高洪波散文集〈飞翔在高原〉》;崔道怡的《神秘新颖 深沉厚重》(关于杨黎光长篇小说《园青坊老宅》的评论);牛玉秋的《老宅与狐仙:文化载体与文化象征》(关于杨黎光长篇小说《园青坊老宅》的评论);张炯的《苏忠的〈狐行江湖〉》;以"《喜梦成真》 实录当代知识分子心灵 拓荒中国喜剧美学"为总题,发表陆栋的《直面生命 解读现实》,阎纲的《"审美"更兼"审史"》,范咏戈的《一次成功的"自定义"》,崔道怡的《自传的新路 人生的大全》,黄道峻的《富有原创性的理论建树》,何西来的《不加掩饰的知识分子人格》。

4日,《文汇报》发表北塔的《别样的风景——我读"蓝调文丛"》;潘凯雄的《关于〈无土时代〉》。

5日,《山东社会科学》第2期发表马金起的《存在意义的艺术追问——试论存在主义与汪曾祺小说的艺术追求》。

《广西文学》第2期发表潘琦的《文学桂军的崛起与发展》;刘绍卫的《地域文学研究范式的革新与叙事精神的构建——浅谈〈文学桂军论——经济欠发达地区一个重要作家群的崛起及意义〉》;雷猛发的《勇者与智者的力作——〈文学桂军论〉感悟》。

《文艺报》发表白烨的《得失之间——刘震云长篇小说〈我叫刘跃进〉》;陈超的《胡林声的短小纯情诗》;马季的《盛开在理性深处的感性花朵》(关于毕淑敏《鲜花手术》的评论);段崇轩的《评论家心中不能没有读者》;董学文、李志宏的

《文艺的审美功利性和社会主义核心价值体系》；何轩的《打工诗歌与和谐文化建设》；黄曼君的《80年代文学恒在的魅力》。

7日，《文学报》发表雷电的《黄永厚：不夸颜色也堪豪》；黄东成的《作家包养，彼此彼此》；赵丽宏的《屋顶花园，诗的聚会》；杨柳风的《打工文学的春天》；顾骧的《袅袅升起的炊烟》（关于钱国丹散文集《又见炊烟》的评论）。

8日，《绿洲》第2期发表陈柏中的《我读矫健》；满也的《墩麻扎的乡村意识——读刘亮程〈墩麻扎禁地〉》。

10日，《文艺研究》第2期发表孟繁华的《怎样评价这个时代的文艺批评》；赵勇的《学院批评的历史问题与现实困境》；吴俊的《文学批评、公共空间与社会正义》；张柠的《批评和介入的有效性》；崔卫平的《作为想象力的批评》；蒋原伦的《媒介批评与当代文化》。

《重庆科技学院学报（社会科学版）》第2期发表蔡榕滨的《虹影〈阿难〉浅析》。

13日，《中华读书报》发表李洁非的《赵树理：进城之后》。

14日，《人民日报》发表金元浦的《文化：在全球舞台上的竞争》；仲呈祥的《重在引领　贵在自觉》；王列生的《文化创新理论的学术梳理》；陈墨的《高黎贡山的"九歌"》（关于汤世杰《在高黎贡在》的评论）。

《文艺报》发表高天庆的《情由心生——读李秋散文集〈你让我的冬天绿过〉》；朱辉军的《组织部又新来了年轻人！——评大木著〈组织部长〉》；张利红的《新写实小说的亲和力》；段崇轩的《走向"柳暗花明"——2007年的短篇小说》；王冰的《散文不能缺少一种智慧》。

《南方周末》发表谢有顺、夏榆的《一切问题都是写作者自身的问题》；夏榆的《"被生活拧巴了的小说"　2007年度中国文情报告》。

15日，《文艺争鸣》第2期发表孙民乐的《历史与记忆》；张未民的《中国"新现代性"与新世纪文学的兴起》；以"新世纪'新生代'文学写作评论大展（小说卷）"为总题，其中"评论"部分发表谢有顺的《尊灵魂的写作时代已经来临——谈新世纪小说》、《〈风声〉与中国当代小说的可能性》，贺绍俊的《田耳小说创作断想》，孟繁华的《葛水平小说论》，傅翔的《小说的玄幻、隐喻与疾病》，李建军的《混沌的理念与澄明的心境——论郭文斌的短篇小说》，颜敏的《都市女性的生命书写——读潘向黎近期小说》，王侃的《身体的政治与现代性批判——读吴玄小说》（原文标题将"吴玄"误作"吴炫",此处予以更正),罗勇的《高君的小说世界》,宋洁的《探寻存在本真与失"心"之痛——戴来小说论》,江冰的《黄咏梅小说的冷峻与宿命感》,张琦的《徐则臣的都市聊斋》,张志忠、吴登峰的《孤独的城市森林——须一瓜小说简论》,牛学智的《王新军的小说创作》,栾梅健的《艾伟的小说创作》,孙丹虹的《陈希我小说中的房间与身体意象》,曹万生的《善与恶的悖论——读罗伟章小说》,张燕玲的《〈麝香之爱〉:女性的精神牧场》,张文东的《张悦然的女性青春写作》,徐肖楠的《双重生活与独立写作——魏微的小说创作》,其中"作家感言"部分发表潘向黎的《我不识见曾梦见》,晓航的《"智性写作"与可能性探索》,田耳的《小说偶感》,郭文斌的《如莲的心事》,戴来的《98年的浴室》,高君的《孤独,但不孤单》,黄咏梅的《寄放在这个世界的另一地址》,陈希我的《文学的逻辑》,魏微的《写作的资源》,麦家的《文学的创新》,王新军的《创作和生命在思考中继续》,吴玄的《因为语言性感》,须一瓜的《独自在自己的世界里行走》,张未民的《增量的文学(编后记)》;同期,发表郜元宝的《不够破碎——读阿来短篇近作想到的》;袁盛勇的《未曾落定的言说与存在——读阿来小说》;以"余华《兄弟》讨论"为总题,发表张丽军的《"消费时代的儿子"——对余华〈兄弟〉"上海复旦声音"的批评》,房伟的《破裂的概念:在先锋死亡"伪宏大叙事"年代——来自〈兄弟〉的语境症候分析》,朱静宇的《〈兄弟〉的轮回与重复》;同期,发表孟繁华的《三个场景或十个故事——2007年中篇小说现场》;宗仁发的《把岁月的侮辱改造成一曲音乐、一声细语和一个象征——2007年诗歌漫评》;王春林的《游走于乡村与历史之间——2007年长篇小说印象》;以"以《回顾一次写作——〈新诗发展概况〉的前前后后》为中心的讨论"为总题,发表赵园的《读〈回顾一次写作〉》,孙绍振的《道德忏悔和历史反思》,钱理群的《如何"回顾"那段"革命历史"?》,刘复生的《保留差异:文学史阐释的意义》,孙玉石的《〈概况〉的自我"示众"与叩问》,姜涛的《反思的向度》,冷霜的《在两次"重写文学史"之间》,洪子诚的《事情的次要方面》;同期,发表柳鸣九的《这株大树有浓荫——回忆与思考何其芳》;张炯的《何其芳同志逝世三十周年祭》;崔勇的《何其芳现代格律诗的出发点》;徐兆寿的《新时期以来小说性叙事研究》;王辉、李琳的《论张炜小说创作中的"自在性"》。

《诗刊》2月号下半月刊以"东篱:从低处出发的真实抵达"为总题,发表醒石的《书生意气》,王来宁的《我们的生活到底还剩下什么(节选)》,霍俊明的《从午后抵达的斑驳光线与沉潜面影(节选)》;以"青年诗人谈创作"为总题,发表瓦当的《在双重故乡之间流浪》,林莉的《远方以及日暮的村庄》,宋晓杰的《朴素之美:像芦苇那样》,许敏的《有关乌梢蛇和我的故乡》,丽人的《地下——黑海中的诗歌走廊》。

《民族文学研究》第1期发表周涛的《在"世俗"与"经典"之间——关于"重述神话"的思考》;龙潜的《古典主义的力量——读土家族作家刘照进的散文》;李永东的《戏剧家族与家族的戏剧性解体——解读满族作家叶广芩的家族小说》;王迅的《叙述阳光下的苦难——论鬼子的小说艺术》;杨经建、鲁坚的《"把故事还给读者,把叙述留给自己"——论鬼子小说的叙事性特质》;张敏的《论诗人阿来对聂鲁达的艺术借鉴》;张丽萍的《现实拘囿下的诗意追求——解读关仁山〈天高地厚〉与现实主义的融合与疏离》;王鹏程、袁方的《在历史的缝隙里窥视"土匪"的秘密——论叶广芩的〈青木川〉》;田青的《神圣性与诗意性的回归:乌热尔图的创作与萨满教》。

《江汉论坛》第2期发表陈国恩、祝学剑的《1950年代文艺论争与苏联文论传播中的〈文艺报〉》;谷海慧的《中国式荒诞剧的精神指向分析》;邹建军、李志艳的《贺敬之"楼梯式"诗歌的艺术来源》。

《长江大学学报(社会科学版)》第1期发表漆福刚的《走近"被冷落的缪斯"——吴兴华新诗研究评析》。

《光明日报》发表王兆胜的《2007年散文创作一瞥》;王必胜的《散文的人文坚守》;张克鹏的《在厚重的感觉中愉悦——读苏轩历史文化散文集〈南太行笔记〉》。

《学术探索》第1期发表王彩萍的《杨绛:情感含蓄与大家气象——儒家美学对当代作家影响的个案研究》。

《福建论坛》第2期发表陈国恩的《国学热与中国现当代文学研究》。

16日,《文艺报》发表雷达的《传统女性主义的无意识回归——郭严隶长篇小说〈浮途〉》;石华鹏的《用自己的方式讲故事》(关于杨金远《我要带你去一个美丽的地方》的评论);马季的《追寻我们生存的理由》(关于《背道而驰》的评论);杨志军、宋强的《杨志军:用挽歌告别历史》;郭艳的《青春影像中的城市经验》。

17日,《文汇报》发表王安忆的《七月在野 八月在宇(之八)》;邹平的《戏剧原创与精品积累》;路侃的《贴近人民 解放思想——也谈〈集结号〉的创作启示》;汤逸佩的《城市上空飞过的丹顶鹤——评赵耀民的戏剧创作》。

《作品与争鸣》第 2 期发表李云的《探索底层的内心世界》(关于魏微《李生记》的评论);刘勇的《提出问题的方式》(关于梵求《左手》的评论);刘纯的《底层闹剧与自嘲叙事》(关于梵求《左手》的评论);付艳霞的《小说的智慧》(关于秦岭《黄粮》的评论);梁文东的《讨巧的破绽》(关于秦岭《黄粮》的评论);孙佳山的《未完成的"底层写作"》(关于曹明霞《士别三日》的评论);卢燕娟的《当底层成为一面旗帜》(关于曹明霞《士别三日》的评论);乔世华的《诗人死后的怪论》;陈鲁民的《"鲁迅奖"没杂文,先生很不爽》;鲁民的《"鲁奖"的权威性与公信力在哪?》。

18 日,《文汇报》发表刘庆邦的《想象不能抵达的地方》。

19 日,《文艺报》发表汪政的《寻找与突围——赵本夫长篇小说〈无土时代〉》;魏天无的《诗歌与批评的新召唤》;石英的《自然展现生命气韵》(关于张俊锐散文随笔集《灵舞之空》的评论);俞律的《爱在福地生生不息》(关于胡丹娃文学创作的评论)。

20 日,《中华读书报》以"如何评价我们这个时代的文艺批评"为总题,发表崔卫平的《今天大多数电影的叙事创作不过停留于表面》,孟繁华的《如何评价这个时代的文艺批评》,赵勇的《被诟病的学院批评的困境》,蒋原伦的《我们需要怎样的大众文化批评?》。

《学术月刊》2 月号发表王丽丽的《阿垅对现实主义理论的坚守与探索——对 1950 年那场理论批判的回顾和再探讨》。

《华文文学》第 1 期发表赵小琪的《原型批评视野下的新世纪新加坡华文文学》;陈祖群、肖宝凤的《对话:北美华人文学中的汉语文学与英语文学》;庄萱的《梦莉的散文艺术与中华文化情结》;谢川成的《论温任平诗文中的中国性》;林春美的《在父的国度:黎紫书小说的女性空间》;毕玲蕾的《初创时期的马华新文学之我见》;李润新的《谈谈华文文学的文学语言规范化问题》;马白的《一曲真善美的颂歌——振铎:〈流淌的岁月〉序》;陈辽的《"新移民文学"中的长篇杰作——读评林湄的《天望》;萧村的《可喜的丰收——〈东南亚华文新文学史〉读后》;陈玉珊的《教坛耕耘五秩,师道传颂八方——"饶芃子教授从教五十周年庆祝大会"综述》;《〈马华散文史读本〉出版》;杨经建、唐肖彬的《人类学视野下的当代台湾文学》;计璧瑞的《熟识与陌生——作为思想家的陈映真》。

21 日,《人民日报》发表胡家龙的《讴歌理想 铸造忠诚——评电视连续剧〈特殊使命〉》;张阿利的《信仰与忠诚的颂歌》(关于电视连续剧《特殊使命》的评论);毕胜的《不屈的精神寻找——读长篇小说〈我是我的神〉》;尹鸿的《传奇影视剧需要新突破》;郭兴文的《紧扣大众的审美需求》。

《文艺报》发表张岳健的《呼唤伟大的文学和批评》;汪政、晓华的《2007年长篇小说创作述评》;窦卫华的《困境中的艰难找寻》(关于曹明霞文学创作的评论);以"长篇小说《岭南烟云》评论"为总题,发表陈建功的《风生水起的时代画卷》,崔道怡的《岭南烟云 中华命运》,汪政、晓华的《参与修史的文学》,南翔的《鸿篇更赖经纶手》,王巨才的《峥嵘岁月的深情回望》;同期,发表曾镇南的《时代浮沤 民生映象——读杨黎光的长篇小说〈园青坊老宅〉》;刘松的《在期待中奋力前行——读诗集〈故乡的目光〉》;范钧的《〈诗鬼李贺〉值得一读》;曹纪祖的《女性诗歌的现实回归——读荣荣诗集〈看见〉及其他》;以"黎化长篇小说《江海祭》评论专辑"为总题,发表何西来的《家族小说框架带出历史的人性反思》,崔道怡的《江海风云 祭奠深沉》,牛玉秋的《传奇人生 民间叙述》,石一宁的《当代意识熔铸的新革命历史小说》,吴镕的《慷慨悲歌》,贺绍俊的《家乡情结与人物传奇的完美融合》。

《文学报》发表马季的《网络文学:没有航标的河流》;傅小平的《冯唐:文坛"异数"的性情文字》;李浩的《徐则臣:内心树起经典的塔》;李敬泽的《捍卫人的光荣战役——〈我是我的神〉》;田瑛的《解读"清明"和他的〈股海无边〉》;陈骏涛的《殷慧芬的石库门世界》;荆歌的《青春的记忆和挽歌——读周耗的长篇小说〈下辈子,再爱你〉》。

22日,《光明日报》发表吴玉杰的《新世纪中短篇小说的叙事伦理》;云德的《〈士兵突击〉火在哪里》;蔡葵的《"只识弯弓射大雕"——评〈北方佳人〉》;石英的《诗体通史与军事学的成功契合——读徐洪章同志〈中国军事诗话三百首〉》;章柏青的《墨香久远 史韵悠长——评人文纪录影片〈范曾〉》。

《新文学史料》第1期发表晓风辑注的《胡风致舒芜书信全编(上)》;刘增杰的《关于师陀致巴金的三封信》;姚君伟的《小议赛珍珠与林语堂》。

23日,《文艺报》发表李东华的《林彦散文:文思如星珠串天》。

《文汇报》发表潘凯雄的《关于〈美利坚,一个中国女人的战争〉》;胡殷红的《蒋子龙"又臭又硬"的性格》。

25日,《河北大学学报(哲学社会科学版)》第1期发表姚楠的《论当代文学批评的学术权威问题》。

26日,《文艺报》发表李林荣的《沉静面对乡村的常态——乔忠延散文集〈乡村记忆〉》;李炳银的《广西农民曾经的骄傲》(关于报告文学《震惊世界的广西农民》的评论);刘章的《漫笔从容写性灵》(关于马一骏诗词集《运河流韵》的评论);鲁之洛的《咀嚼农村的甜美与苦涩》(关于周伟农村散文的评论);周翔的《2007年现当代少数民族文学研究综述(一)》;吉狄马加的《诗情洋溢的大山之子——丘树宏诗集〈以生命的名义〉读后》;晓雪的《中国新诗的回顾与展望》;聂茂的《现实的围困与精神的飞翔——土家族作家田耳小说漫议》。

28日,《人民日报》发表欧阳坚的《紧扣时代脉搏 贴近群众生活》;杨志今的《2007电视剧:创新与启示》;胡占凡的《电视剧创作百花齐放》;吴毅的《坚持精品意识》;邵钧林的《〈井冈山〉点燃激情》。

《中国文化研究》春之卷发表陈戎女的《戏梦人生——论张爱玲〈色·戒〉与李安〈色·戒〉》;李玲的《超越怨恨——论张爱玲创作中的主体间性思维》。

《文艺报》发表《打工文学:改革开放30年一个重要的文学现象——"打工文学论坛(2008北京)"发言摘要》。

《文学报》发表李俊浩、陈竟的《"艳阳天"歌者浩然谢幕》;罗四鸰的《黄土路:诗歌改变命运》;程永新的《文坛那些人和事——关于〈一个人的文学史〉的问答》。

《南方周末》发表李敬泽的《浩然:最后的农民与僧侣》;陈徒手的《他一直没走出"文革"》。

29日,《求索》第2期发表焦守红的《青春文学可持续性生态研究》;张尚信的《昆德拉与王朔的文学戏谑》;高岚的《〈尘埃落定〉和〈喧哗与骚动〉的地方书写与国家进程》。

本月,《山东文学》第2期发表池永文的《中国乡村小说的新视野》;焦守红的《成长的声音》(关于青春文学的评论);岳斌的《自由背后的诘问——消费时代的女性叙事一瞥》。

《上海文学》2月号发表欧阳江河的《在说与听的深处:我与"那个人"——关于对话与写作的形而上笔记》;刘继明、李云雷的《底层文学,或一种新的美学原则》;吕永林的《重温那个"个人"——关于一个久已消散的文学史印迹》;邵燕君的《当"乡土"进入"底层"——由贾平凹〈高兴〉谈"底层"与"乡土"写作的当下困境》。

《文艺评论》第1期发表赵秋棉、梁晓辉的《摆脱离弃 介入交流——关于文学批评价值的实现》;陈国和的《20世纪90年代以来乡村小说的当代性——以贾平凹、阎连科和陈应松为个案》;张建永、林铁的《媒体知识分子与经典的危机》;唐爱明的《历史剧会"锯掉"我们什么?——论当今历史剧的价值缺失》;郭淑梅的《〈文化站长〉:小人物引领时代文化风尚》;张珊珊的《文化责任的娱乐表达——评电视连续剧〈文化站长〉》;郑薇的《理想主义的实现——浅析电视剧〈文化站长〉》;宋晓庚的《轻喜剧,轻者不"轻"——关于〈文化站长〉的几点思考》;翟永明的《神圣光环下的魅影——论李锐小说中的"革命"》;王菊延的《情系平民写春秋——阿成近期短篇小说论析》;林霆的《小城人物:被挟裹的命运——论韩东小说〈英特迈往〉》;李永东的《媒体时代的文学生态——评黄发有的〈媒体制造〉》;胡锡涛的《平凡蕴含不平凡——序〈凝思与追求〉》。

《芒种》第2期发表张翠的《当狂热的爱情猛然扯住她的头发——李见心近期爱情诗浅析》。

《江淮论坛》第1期发表何卫青的《想像的狂欢——中国幻想小说的浪漫主义精神》。

《南京社会科学》第2期发表首作帝、张卫中的《"十七年"农村小说话语的分层与配置——以〈三里湾〉、〈创业史〉、〈山乡巨变〉为中心的考察》。

《读书》第2期发表李庆西的《卑微人生的破茧之旅——王安忆小说〈富萍〉阅读笔记》;李建立的《当文学史写作成为"话语事件"》。

本月,东方出版中心出版李茂增的《现代性与小说形式》。

中国戏剧出版社出版袁军的《影视剧本的灵魂》。

3月

1日,《广州文艺》第3期发表徐岩的《我的小说写作观》;汪政的《当代小说转变的春之声》。

《文艺报》发表李卫华的《"国民性批判"：论争与重思》；古耜的《散文：怎样使精短成为可能》。

《文汇报》发表潘凯雄的《关于陈从周与熊秉明的随笔》；胡殷红的《盗版盗名无时无日　无可奈何陈忠实》。

《文学界》3月号发表北乔、裘山山的《因为文学而美丽》；李美皆的《"我爱爱情"——裘山山爱情小说解读》；韩石山、葛水平的《对事物最朴素的感情和判断帮助了我》；葛水平的《乡村，是我写作的精魂所在！》；贺绍俊的《暖暖地气中的灵性》（关于葛水平文学创作的评论）；张立群的《生活中的"女性"及其诗的世界》；荣荣的《追寻开阔的诗意人生》；姜广平、邵丽的《"当作家真是太难了"》；何弘的《因为理解，所以悲悯》（关于邵丽文学创作的评论）。

《名作欣赏（鉴赏版）》上半月刊第3期发表白烨的《2007年女作家长篇小说新作短评》；王红旗的《告别性别"战争"　寻找人类精神"原乡"——对"她世纪"中华女性文学发展方向的几点思考》；朱育颖的《世俗烟尘中的"笨花"——铁凝长篇小说〈笨花〉的一种解读》；乔以钢的《沉郁悲怆　凝重苍凉——评张洁的长篇小说〈无字〉》；林丹娅的《〈长恨歌〉之歌》；江冰的《童话中的精灵与现实中的悲悯——读迟子建的〈世界上所有的夜晚〉》；孟繁华的《男女、生死和情义——2004年葛水平的中篇小说〈喊山〉及其他》；李敬泽的《冰上之信与优雅的争辩——读〈白水青菜〉》；郭素平的《情关何处——读蒋韵〈心爱的树〉》；陈来生的《世态人情的倾情关注和独特观照——读范小青和她的〈城乡简史〉》；樊洛平的《悲悯情怀下的现实触痛与人性观照》；胡传吉的《魏微：含蓄通透之美》；茂兴的《裘山山之天堂论》；田泥的《原乡记忆：在游走与穿行中滋生——女作家素素的散文集〈独语东北〉》；龙扬志的《跨越自我灵魂的飞跃——读林雪及其诗集〈大地葵花〉》；崔勇的《"低到尘埃里"——读荣荣的〈看见〉》；王红旗的《呼唤爱情的绝响——徐坤"爱情祭坛三部曲"中的女性形象解读（之三）》；谢琼的《个人记忆的温暖回归——读林白最新长篇小说〈致一九七五〉》；白烨的《没意思的意思——关于戴来和〈鱼说〉》；徐妍的《自闭天空下的疼痛快感——女性写作视阈下张悦然小说〈誓鸟〉的当代意义》。

《名作欣赏（学术版）》文学研究版第3期发表左其福的《莫言的平民文学观及其当代意义》；田鹰的《谈张贤亮小说中性爱描写的旨趣》；郭燕的《张贤亮小说的深层心理机制解析》；孙政的《哲理与诗性的开掘——刘亮程系列散文〈风中的

院门〉解析》;孙恒存的《论曹文轩成长小说中的流浪情结——以〈根鸟〉为例兼谈曹文轩的文学观》;刘国强的《生命生活的紧紧拥抱　自由自在的精神诉求——张克鹏小说在民间视野中的拓展》;刘洪艳等的《颓废的美丽——浅析慕容雪村的网络小说〈天堂向左,深圳向右〉》;秦宏的《论马原的对话艺术和毛姆的联系与区别》;李涯的《诗神远遁的荒原——浅析李锐〈太平风物〉》;曹莹的《由韩寒的创作看其文学观》;陈艳霄的《〈秦腔〉中对"三农"问题的反思》;游宇明的《论中国当代杂文的体式》;陈瑞琳的《长袖善舞缚苍龙——素描当代海外新移民女作家》;陈思和的《自己的书架:严歌苓的〈第九个寡妇〉》;梁永安的《海上灯火梦中月——读虹影小说〈上海魔术师〉》;陆卓宁的《雅人深致　上善若水——"张翎世界"的价值理路》;韦邀宇的《论林湄长篇小说〈天望〉的认识论意义和艺术价值》;郭媛媛的《隔着距离阅人阅世——评加拿大华人女作家李彦长篇小说〈嫁得西风〉》;张立国的《纽约的爱与哀愁——评施雨的长篇小说》;邓菡彬的《表达的超限与梦幻的间离——旅美作家吕红中篇小说〈漂移的冰川和花环〉评析》;周晓苹的《山飒和她的〈围棋少女〉》。

《西部华语文学》第 3 期发表李锐、毛丹青的《传统是活的——关于写作与慈悲的思考》;程永新、走走的《大狗叫,小狗也可以叫》。

《西湖》第 3 期发表商略的《那个写书的人是谁(创作谈)》;南野的《在叙述中实现的生命风度》(关于商略文学创作的评论);程永新的《那个叫马原的汉人》;周昌义、小王的《〈落日〉之日落》;朱大可、姜广平的《"我将在自己风格的道路上一意孤行"》。

《社会科学战线》第 3 期发表郑薏苡的《叙事手法与儿童阅读的审美倾向》。

《钟山》第 2 期发表陈应松的《语言是小说的尊严——以张炜〈丑行或浪漫〉为例》;俞敏华的《从"寻找"的故事说起——关于晓航的小说》。

2 日,《小说选刊》第 3 期发表马秋芬的《创作谈:精神的疼痛》;贾平凹的《要控制好节奏——致友人信(之三)》。

3 日,《文汇报》发表王安忆的《七月在野,八月在宇(之九)——从〈金融家〉到〈长恨歌〉》。

4 日,《文艺报》发表何镇邦的《小女子的大情怀——徐风长篇小说〈缘去来〉》;阎连科的《一次惊喜的阅读》(关于安琪《乡村物语》的评论);梁弓的《怀想香椿树》(关于康志刚小说集《香椿树》的评论);张学东的《为小说的尊严写作》

(关于陈继明《一人一个天堂》的评论);樊发稼的《请站着写作》;朱辉军的《科学地把握文艺的若干重要关系》;黄忠顺的《文学的互联网络传播与专业文学批判的命运》。

5日,《山东社会科学》第3期发表杜传坤的《考察与构想:中国儿童文学史的研究与写作》。

《当代文坛》第2期发表葛红兵、赵牧的《延续过渡与总结提升——2007年文学理论批评热点问题评述》;陈传才的《论文学的精神价值诉求》;李建军的《论陕西文学的代际传承及其他》;余琪的《美丽的花朵永不凋谢——论路遥的"底层叙事"经验》;任南南的《元话语:八十年代文化语境中的"救亡压倒启蒙"》;徐巍的《感官原则与欲望狂欢——当代小说审美风貌的视觉文化考察》;胡丽娜的《媒介时代儿童文学研究的突围与拓进——兼谈儿童文学研究的文化转向》;陈忠实的《阅读柏杨——〈柏杨短篇小说选〉读记》;童娣的《写出"复杂性"——论90年代以来小说对80年代"新土改"的重新叙述》;任晓楠的《在规训中"成长"——建国后十七年长篇小说中知识分子形象的叙事策略》;邹涛的《我国商文学及其研究的兴盛》;张雪梅、谢默生的《时间,又是时间——论读图时代的小说叙述时间》;焦守红的《青春可"售"——论市场与青春文学的关系》;于淑静的《论90年代都市小说的欲望化写作》;周俊的《论卢新华的小说创作》;张岚的《对人性美好的不懈追寻——王安忆小说论》;唐晴川、冯迅燕的《论叶广芩小说的悲剧意蕴》;房萍的《"悲情"与"温情"——萧红与迟子建小说创作比较》;张叹凤的《抵达更高的富庶与文明——岳非丘长篇报告文学〈安民为天〉纵论》;王兆胜的《边缘人生梦中飞——谈郑云云散文的境界》;鹤坪的《一个秦人的文学证明——再说陈忠实和他的〈白鹿原〉》;吴禹星的《颠倒与错位——葛红兵小说〈财道〉细读》;施龙的《"近于没有事情的悲剧"——论毕飞宇〈相爱的日子〉》;李红霞的《此岸荒野的梦境——关于刘亮程的长篇小说〈虚土〉》;王凤娟的《异化的"恶之花"——毕淑敏〈红处方〉庄羽形象的心理分析》;吴投文的《"中间代":当代诗歌的一个环节》;曹纪祖的《女性诗歌的现实回归——读荣荣诗集〈看见〉及其他》;孙基林的《飞翔的语辞:事物与存在之根》;干海兵的《智性与机趣——浅论张新泉诗歌的审美取向》;金昌庆的《新时期寻根电影的审美选择》;王彩练的《蹩脚的故事讲述者——中国商业电影剧本创作的误区之一》;王鸣剑的《〈暗算〉:从小说到电视剧》;罗执廷的《文学选刊在当代文坛作用力的一个考察——以池莉与〈小说选刊〉为个案》；胡明川的《心灵外化与自我发展——论博客现实对话性写作》；何炜的《小说家的博客策略》。

《西北大学学报（哲学社会科学版）》第2期发表翟杨莉的《一种未完成的叙事状态的魅力——析〈扶桑〉叙事当中的第二人称》。

《陕西师范大学学报（哲学社会科学版）》第2期发表刘绍瑾的《饮之太和——叶维廉对中国诗学生态美学精神的开掘与阐发》。

《花城》第2期发表钱超英、赵东理的《访谈：把现代诗歌的门槛抬得稍微高一点》；牛汉口述、何启治和李晋西记录整理的《我与诗相依为命》；熊育群、张国龙的《重塑散文的文学品质》；黄发有、李翠芳的《从此出发，如何抵达？——〈花城〉2007年小说评述》。

《莽原》第2期发表格非著、作家胡磊评点的《青黄》；谭运长的《格非对于现代汉语书面语的贡献》；姜广平的《"我曾无意中丢下一粒种子……"——与鲁敏对话》；谭南周的《情洒诗路》。

6日，《文艺报》发表陈墨的《欲望洪流中的"诺亚方舟"——读汤世杰散文长卷〈在高黎贡在〉》；雷达的《从"油黑子"到"秘书长"——石油作家路小路其人其文》；谢作文的《强毅果敢　运筹帷幄——评刘子华〈危城〉中县委书记的艺术形象》；董学文的《文学要对社会主义意识形态的吸引力和凝聚力发挥作用》。

《文学报》发表杨亚军的《"90后"：不需要文坛的一代》；《茅奖启动长篇小说大检阅　部分知名评论家评说近年有影响作品》；南帆的《我们生活在机器之中》；傅小平的《赵本夫：反思"城市文明病"》；郜元宝的《张生：他选择了坚强》；以"文学对时代生活的独特贡献　展锋长篇小说〈终结于2005〉研讨会综述"为总题，发表《乡土叙事：具有史诗的品格》，《礼赞与忧思并存：典型中国经验的讲述》，《凝望古典的终结：文学密切联系社会发展》。

《当代小说》第5期发表任南南、张炜的《张炜访谈》；陈辽的《〈旗袍〉的"共振"艺术效应》。

8日，《文艺报》发表姚文放的《消费社会：审美教育何为？》；钱志富的《用生态文学的写作唤起人们的生态意识》。

《文汇报》发表孙郁的《在平凡之中百转千回——读〈梅志文集〉》；张同吾的《诗者之境，大象无形——读〈看却无痕〉》。

《芙蓉》第2期发表韩少功、季亚娅的《一本书的最深处：读者与作者的对话》。

10日，《大家》第2期发表马季、魏微的《真实的自我与迷离的人生》。

《文艺研究》第3期发表李道新的《都市功能的转换与电影生态的变迁——以北京影业为中心的历史、文化研究》；陈晓云的《中国电影中身体创伤的符号意义》。

《中国社会科学》第2期发表梅新林、葛永海的《经典"代读"的文化缺失与公共知识空间的重建》。

《西南大学学报（社会科学版）》第2期发表叶延滨的《中国诗歌在全球化时代的文化角色》；贾磊磊的《剑：中国武侠电影的"主题道具"及其文化价值观》；吴迎君的《论胡金铨武侠电影的超越性》；朱丕智的《中国现当代文学理论之本质真实论批判》；张传敏的《中国现当代文学学科史中的课程问题》。

《江海学刊》第2期发表王春瑜的《历史学家与历史小说》；张卫中的《当代文学史建构中的两个问题》；褚春元的《背离与回位：当前历史题材影视剧创作的反思和对策》。

《社会科学》第3期发表葛红兵的《中国当代文学中的身体话语》；卢铁澎的《历史的还原与迷失——反思新时期以来文学的现代主义历史观念》。

11日，《文艺报》发表木弓的《"立党为公，执政为民"的和谐之歌——哲夫长篇报告文学〈执政能力〉》；李正伟的《守护我们的精神家园》（关于王方晨小说《黑罐出世》的评论）；丁念保的《一部元气淋漓的作品》（关于王若冰文学创作的评论）；张赟的《爱情与命运的奏鸣》（关于李木玲《爱情本命年》的评论）；以"展锋长篇小说《终结于2005》评论"为总题，发表陈建功的《"乡土叙事"的可贵尝试》，阎晶明的《〈终结于2005〉印象》，胡平的《古典的终结》，陈晓明的《充满民间本色的乡土叙事》，廖红球的《向文学高地的新进发》。

13日，《文艺报》发表王晖、丁晓原的《2007年报告文学的年景写意》；李美皆的《刘静的小说艺术》；《展锋长篇小说〈终结于2005〉研讨会发言摘要》；西篱的《用思想的力量燃烧生活——展锋访谈》。

《文学报》发表金莹的《万方的"女人心事"新长篇折射她与父亲曹禺两代人各自的婚姻与情感》；黄咏梅的《毕飞宇的体面生活》；陈德宏的《为历史存真——与王蒙对话〈王蒙自传〉并补充部分史料》。

15日，《人文杂志》第2期发表陈阳的《贾樟柯电影的意义》；张立群的《流动的欲望叙述——格非小说中的"水"意象》；田萱的《小说贵在艺术程序的创新——评长篇小说〈金石记〉》。

《诗刊》3月号下半月刊以"路也：在现代与古典中发现并抵达语言的欢乐"为总题，发表佘小杰的《心里开出花来》，霍俊明的《路也的"江心洲"》，燎原的《关于路也》，辛泊平的《慢与退的优雅》。

《广东社会科学》第2期发表陈国恩的《迁徙的经验与现代化的梦想——从知青下乡到民工进城的文学叙事》；邝邦洪的《新时期小说艺术探索观完型》。

《北方论丛》第2期发表王大桥的《经验：文学与人类学的内在契合点——文学人类学的精神向度》；刘双贵的《欲望时代与审美主义的幻灭》；崔修建的《流变中的估衡：1976~2006先锋诗歌批评》；熊沛军的《乡土小说：全球化视阈中的困境与突围》。

《文艺报》发表张俊彪的《无私忘我亦是一种大境界——评吴坚》；杨晓敏的《文体意识与探索精神——宗利华小小说印象》；韩青的《情海如歌　生命美丽——读张洪兴长篇小说〈花开花落〉》；刘士林的《都市化进程与中国美学的当代性》；谭旭东的《文学经典的生成及其价值》。

《文艺争鸣》第3期发表高玉的《放宽评价尺度，扩大研究范围》；程光炜的《文学史研究的"陌生化"》；毕文君的《小说与口述史——关于当代长篇小说研究的历史意识问题》；王一川的《从大众戏谑到大众感奋——〈集结号〉与冯小刚和中国大陆电影的转型》；刘宏志的《"超越主义"与中国生活批判——谈几位豫籍作家的寓言式写作》（关于乔典运、刘震云和阎连科的评论）。

《文汇报》发表唐莹琼的《主旋律电视剧为何这么火？》。

《文学评论》第2期发表陈定家的《市场与网络语境中的文学经典问题》；吴宝玲的《本质与技术：网络文学研究两种倾向的反思》；范玉刚的《网络文学：生成于文学与技术之间》；南帆的《当代文学史写作：公时的结构》；董之林的《观念与小说——关于姚雪垠的五卷本〈李自成〉》；耿占春的《一个族群的诗歌记忆——论吉狄马加的诗》；温奉桥、李萌羽的《论王蒙"自传"》。

《长城》第2期发表李建军的《拔根状态下的文学景观——2007年长篇小说一瞥》；李洁非的《来与去——郭小川在作协》。

《云南民族大学学报（哲学社会科学版）》第2期发表蔡毅的《原创是文学的价值和生命》；马琼的《绚烂之极归于平淡——论张爱玲后期创作风格的转变》。

《百花洲》第2期发表何静、王小娥的《跨越千年的迷惘中的执着——中国女性导演影片中对女性意识的表达》。

《江汉论坛》第3期发表刘梦琴的《地域文化视野下市民世界的展现——老舍、池莉市民世界之比较》；戚学英的《"真实性"与个体情感的阶级置换——以建国初期对文学作品中个体情感的批判为中心》。

《江苏社会科学》第2期发表王晖的《新写实小说："写实"意向与文本表达》；陈辽的《〈海殇〉：晚清海军历史长篇的跨越》；张光芒的《信息化时代的文化语境与文学精神》；贺仲明的《文学经典的命运与文学的前景》；姚新勇的《网络、文学、少数民族及知识-情感共同体》；张桃洲的《困境、压力与突围：网络时代的中国诗歌》。

《齐鲁学刊》第2期发表朱朝辉的《现实主义与理想主义的交融化合——简论胡风文艺思想中的两种倾向》；李振的《〈金光大道〉中的路线斗争叙事》；谭五昌的《二十世纪中国新诗中死亡想象的文化内涵》；王明丽的《1980年代以来女权/女性主义文学批评中的女性形象》。

《西藏文学》第2期发表杨梦瑶的《浅析次仁罗布小说〈界〉的艺术魅力》；徐琴的《文学,让我的心灵绽放笑容——论藏族作家班丹的小说创作》；刘雅君的《体味神秘与孤独——用原型批评理论解读色波小说》。

《社会科学研究》第2期发表谷海慧的《当代随笔的文体演变与艺术流变》。

《社会科学辑刊》第2期发表高旭国的《"红色经典"的三个历史阶段》。

《南方文坛》第2期发表牛学智的《一个可以当做主体论的问题》、《人文精神烛照下的主体性批评——论李建军的文学批评》；王春林的《边缘、"现实"与文学中心——关于牛学智的文学批评》；石舒清的《牛学智印象》；贺绍俊的《中国当代文学的丰富和贫困》；黄伟林的《从理性、神性到文化身体——论三种文学形态的人学观》；段崇轩的《边缘地带的上下求索——2007年短篇小说述评》；霍俊明的《重回纵横交错的历史场阈——〈回顾一次写作——《新诗发展概况》的前前后后〉的新诗史意义》；刘春的《"知识分子写作"五诗人批评》（关于西川、王家新、欧阳江河、陈东东、黄灿然的评论）；梁艳萍的《在场的诗者——阿毛新世纪创作批评》；张炜、任南南的《张炜与新时期文学》；朱小如、贾梦玮的《由"创作局限论"引出的问题》；陈仲义的《"崇低"与"祛魅"——中国"低诗潮"分析》；张新颖的《"明白生命的隔绝,理解之无可望"——沈从文在1950—1951年》；李静的《一个作家的精神视野——重读王小波杂文》;李星的《人文批判的深度和语言艺术的境界——评贾平凹长篇小说〈高兴〉》;何镇邦的《劳动诗篇与平民传奇的艺术光彩——浅析肖克凡长篇小说〈机器〉的艺术特色》;周景雷的《温暖的现实主义——关于范小青近期的短篇小说》;常梅的《古老神话的现代舞蹈——评叶兆言的小说〈后羿〉》;肖晶的《失声的缺口:纪尘的女性写作》;白烨的《近期文坛热点两题》(名家长篇竞相描写农民工形象、《色·戒》从小说到电影众说纷纭)。

《理论与创作》第2期发表吴义勤的《在沉潜与反思中前行——2007年度文学批评印象》;韩作荣的《生活的质感与虚幻经验——2007年度中国新诗综述》;彭学明的《文学的温情与火焰——2007年度中短篇小说印象》;王兆胜的《回归传统与渐趋自然——2007年度散文印象》;岳雯的《气象开阔 境界始深——2007年长篇小说印象》;李朝全的《关注民生 促进和谐 建设民族精神家园——2007年度报告文学印象》;李东华的《坚守·探索·超越——2007年度儿童文学创作述评》;叶梅、刘大先的《精彩纷呈的中国多民族文学——2007年度少数民族文学印象》;吴圣刚的《当代文学的历史视野和哲学视野在哪里》;欧阳文风的《从文学到文学性:图像时代文学研究的重心转移》;江飞的《难度·限度·单向度——论当下知识分子的底层叙述困境》;金文野的《中国当代都市女性写作的性别审美追求》;戚学英的《"以理制情"与"忠奸对立"——建国初期文学审美结构初探》;魏委的《人生佳境——品读〈山南水北〉》;朱平珍的《现代特征:题材、观念、悲剧精神与象征——谭谈中短篇小说综论》;余中华的《重建与古典文学传统的关系——格非论》;王士强的《富于张力的艺术探索——论彭燕郊的后期诗歌创作》;邓立平的《关注底层民生 构建和谐社会——评向本贵近几年的中短篇小说创作》;魏颖的《迷宫世界的深度生存——论〈城与市〉的寓言式表达》;李永东的《异质因素与贵族世家的解体——评叶广芩〈采桑子〉》;伍依兰的《异国幻象与自我"东方化"——〈我爱比尔〉之形象学研究》;唐祥勇、郑鹏飞的《〈血色湘西〉:沈从文的挪用和背离》。

《山西大学学报(哲学社会科学版)》第2期发表王立、隋正光的《论金庸武侠小说中的"过目不忘"母题——一个主题史内涵的跨文化寻踪》。

《徐州师范大学学报(哲学社会科学版)》第2期发表宋如珊的《台湾的大陆当代文学史述评》;陈辽的《〈色·戒〉狂:传媒导向的偏差》;冷川的《〈十八春〉的叙述视角和道德倾向》。

《福建论坛》第 3 期发表李遇春的《阿 Q·屈原·江湖——论聂绀弩旧体诗的精神特征》；俞兆平、王文勇的《林语堂与梁实秋美学观念之辨异》。

17 日，《作品与争鸣》第 3 期发表李云雷的《狗眼中的人情美》（关于鬼金《两个叫我儿子的人》的评论）；韦丽华的《资本入侵下的乡土悲歌》（关于钱国丹《惶恐》的评论）；汪杨的《失踪的立场》（关于钱国丹《惶恐》的评论）；闫玉清的《被侮辱与被损害的》（关于孙惠芬《天窗》的评论）；林中路的《如何表述农村"底层"的精神生态》（关于孙惠芬《天窗》的评论）；罗如春的《〈动土〉的好与坏》（关于彭瑞高《动土》的评论）；周红才的《过于幸运的"现代剑客"》（关于彭瑞高《动土》的评论）；齐夫的《贾平凹是东坡第二？》；王乾荣的《面对常识，想不通》；岩泉的《也说鲁迅文学奖没有杂文》；扎西的《围绕张爱玲、〈色·戒〉的争论》；穆陶的《精神的沉沦与灵魂的死亡》（关于张爱玲《色·戒》小说与电影的评论）。

18 日，《文艺报》发表张燕玲的《片面的深刻——阎真长篇小说〈因为女人〉》；马季的《小景象里生长大气象》；黄桂云的《历史不容迷惘》（关于肖文苑《云雨迷惘》的评论）；李保平的《"好人不香，坏人不臭"的文学语法》；邓楠的《和谐文化建设与大众文化健康发展》；郭孝实的《文化大发展大繁荣的特征和标志》。

20 日，《人民日报》发表谭旭东的《文艺批评的使命与空间》；任殷的《大爱铸就一生》（关于影片《大爱如天》的评论）；王呈伟的《我们当怎样传播经典》；仲呈祥的《伟人风范 流芳百世——电视剧〈周恩来在重庆〉观后》。

《小说评论》第 2 期发表於可训的《最近十五年来的长篇小说创作》；金理的《重构与追认中的出发点：关于文学传统的随想》；李建军的《庸碌鄙俗的下山路——〈色·戒〉及张爱玲批判》；仵埂的《鸟儿为什么不再歌唱爱情？——透视情爱描写的世纪之变》；邓一光、杨建兵的《仰望星空，放飞心灵》；邓一光的《我的读书简史》；杨建兵的《战争神话的消解》；徐德明、薛小平的《乡下进城的现代女佣谱系》；以"贾平凹长篇小说《高兴》评论专辑"为总题，发表李遇春的《底层叙述中的声音问题》，邰科祥的《〈高兴〉与"底层写作"的分野》，韩鲁华的《城市化语境下的后乡土叙事》，程华的《问题意识、底层视角和知识分子立场》，张丽丽的《都市里漂泊的乡野的灵魂》，陆孝峰的《农民意识形态的重写》，任葆华的《困窘与强悍交织中的一曲生命壮歌》；同期，发表江冰的《新媒体时代的"80 后"文学》；王文捷的《"80 后"写作的喻形意识》；田忠辉的《文化视野中的"80 后"文学反思》；刘俊峰的《新媒体与新文学人》；陆雪琴的《文学史的见证与参与——论文学期刊在文学生产中的作用》;张光芒的《一场成长叙述的冒险——评赵言长篇小说〈生命之门〉》;贺仲明的《当女性邂逅江南——读〈钟山〉上的三篇小说》(关于鲁敏的《墙上的父亲》、姚鄂梅的《在王村》、叶弥的《马德里的雪白衬衫》的评论);秦晓帆的《同源异质的历史诠释——对高阳、唐浩明、二月河文化观的考察》;李云雷的《先锋的"底层"转向——刘继明近期创作论》;倪爱珍的《充满人文关怀的城市书写——评郭潜力的小说创作》;以"冯玉雷长篇小说《敦煌·六千大地或者更远》评论小辑"为总题,发表雷达的《敦煌学与敦煌文学创作》,李清霞的《"人类性"及其文学表现》,赵录旺的《面向家园的守护与召唤》;以"当代创作六题"为总题,发表张业松的《〈秦腔〉和〈那儿〉》、《成长的忧伤和恐惧》(关于任晓雯《对影》的评论)、《"我在暗中告诉你们的,你们要在明处说出来"》、《山河岁月,爱情入梦》(关于《山河入梦》的评论)、《〈刺猬歌〉的印象和疑问》、《北岛:再给我一个名字》。

《文艺报》发表皇甫晓涛的《国产大片:要正视作家缺位与文本遗失问题》;段崇轩的《融通:评论家的一种能力和境界——读侯文宜〈当代文学观念和批评论〉》;马宇飞的《烛照当下文化张力扬——读〈当下文化景观研究〉》。

《文学报》发表傅小平的《王晓方:记录灵魂忏悔录》;莫言的《离散与文学》;李洱的《中国现当代小说中的知识分子》;金莹的《李冯:不走寻常路》;梁弓的《严苏的双重身份》;李美皆的《都是红包惹的祸》;张俊彪的《哲理思辨与青春灵动——读陈梦然散文集〈花瓣上的露珠〉》。

《四川大学学报(哲学社会科学版)》第2期发表谷海慧的《1990年代中国话剧艺术走向述论》;王姝的《全球化语境与历史叙事的"盛世"情结》。

《学术月刊》3月号发表《一年来若干学术问题讨论综述》(实践美学的发展动向、审美文化问题、文艺本体论、文艺学学科发展反思、文学史研究、现当代文学史写作、大众传媒时代的文学境遇、"十七年文学"讨论、左翼文学研究、古代城市与文学关系研究、古代小说研究的前沿问题)。

《河北学刊》第2期发表张颐武的《新文学的"严肃性"与当下文学的"后严肃性"》。

《南开学报(哲学社会科学版)》第2期发表刘思谦的《我们距两性和谐还有多远?——女性小说文本中的两性关系问题》。

21日,《光明日报》发表雷达的《浩然,"十七年文学"的最后一个歌者》;许荣的《对个人视角文学功利性的思考》;吴然的《成熟者的信念与激情》(关于陈先义

《为英雄主义辩护》的评论);谢宏的《流动的民族史诗——读长篇历史纪实〈千古大运河〉》;傅思的《他是一座无字的丰碑——评电视连续剧〈周恩来在重庆〉》。

22日,《文艺报》以"雷熹平诗集《曲曲圆》评论专辑"为总题,发表谢冕的《把歌曲当话说》,杨匡汉的《新山水诗与生态文明》;以"潘强恩长篇小说《大潮》评论"为总题,发表廖红球的《〈大潮〉:来自社会变革最前沿的创作》,陈晓明的《改革文学向深度进发》,胡平的《中国农民的现代解放诗篇》,张颐武的《村庄生活的强烈现实感》,贺绍俊的《小说化的理论读本》,木弓的《姬振盛是中国特色社会主义道路的积极探索者》,展锋的《用理想的光芒照耀生命》;同期,发表樊发稼的《他为儿童文学事业倾注了毕生心血》(关于洪汛涛的评论)。

《文汇报》发表戴翊的《科幻小说毕竟是小说——读竹林的长篇科幻小说〈今日出门昨夜归〉》。

24日,《文艺理论与批评》第2期发表韩毓海的《"漫长的革命"——毛泽东与文化领导权问题(下)》;李云雷的《底层关怀、艺术传统与新"民族形式"——王祥夫的小说》;魏冬峰的《在"艺术"与"底层"之间——读王祥夫的小说》;石一枫、谢俊等的《中国当代文学观察2008年第1期》;杨锦鸿的《漫谈"红色经典"改编》;戴瑞琳的《距离后的阅读——"十七年散文"再认识》;肖佩华的《当代文学叙事中的革命历史话语及其审美品格》;孙留欣的《衰微与期待——对当下诗歌边缘化的探讨》。

25日,《文艺报》以"一部为中国好,为优秀基层执政者叫好的书 哲夫长篇报告文学《执政能力》评论"为总题,发表李炳银的《执政与善政者榜样的文学书写》,吴秉杰的《作一次有深度的表扬》,傅溪鹏的《为官要"勤政""廉政",还得"善政"》,陈福民的《当代中国基层政治生活沉思录》,张颐武的《从基层的"复杂性"探究当下中国》;同期,发表莫文斌的《正确把握文艺的娱乐功能》;李云雷的《底层文学与"道德"问题》;李良的《当代作家面对纸媒的复杂心态》。

《文艺理论研究》第2期发表颜翔林的《论审美记忆》;李健的《文学理论发展与学术认同机制》;陈军的《"文学性蔓延"争论之检讨》;徐刚、王又平的《重述五四与当代文学"的合法性论证考察》;王文生的《论叶维廉的"纯山水诗"论及其以物观物的创作方法(下)》。

《东岳论丛》第2期发表聂国心的《〈随想录〉:巴金晚年的真诚忏悔与回旋性徘徊》。

《甘肃社会科学》第2期发表李良的《医学体验与中国文学现代叙事》。

《当代作家评论》第2期发表蔡翔的《国家/地方：革命想象中的冲突、调和与妥协》；陈晓兰的《当代中国旅外游记中的西方表达》；程光炜的《"资料"整理与文学批评——以"新时期文学三十年"为题在武汉大学文学院的讲演》；张学昕、阎连科的《现实、存在与现实主义》；赵凌河的《先锋派小说写作的一种执著——读刁斗的小说〈代号SBS〉》；周景雷的《到达现实的途径——关于刁斗小说的三对范畴》；贺绍俊的《琐事烦心事都是大事——读女真的家庭小说》；胡玉伟的《走在归"家"的路上——评女真的小说创作》；李一的《由"灯"开启的隐喻世界——解读〈花牤子的春天〉》；于戈的《寻找夏娃与文本解读——论〈我的丁一之旅〉》；刘晓飞的《风雨过后是彩虹——评〈白话雾落〉兼论姚鄂梅创作的几个问题》；黄平的《"人"与"鬼"的纠葛——〈废都〉与八十年代"人的文学"》；谢俊的《可疑的起点——〈班主任〉的考古学探究》；郭战涛的《当代文学史上一个罕见的地主形象——秦兆阳小说〈改造〉细读》、《历史漩涡中的三个人物——师陀〈前进曲〉细读》。

《温州大学学报（社会科学版）》第2期发表徐阿兵的《远行与回归——由〈雁过藻溪〉看张翎晚近的写作姿态》。

《西安电子科技大学学报（社会科学版）》第2期发表徐承的《现象学的借用与背离——叶维廉诗学观析论》。

《世界华文文学论坛》第1期发表沈庆利的《"文学台独"，还能走多远？》；杨志强的《悲情与隐忍——传统文化中的钟理和小说》；世华的《"饶芃子教授从教五十周年庆祝会"举行》；何艾琼的《试论陈映真的"左翼"之路》；世华的《〈文学"台独"批判〉出版》；顾金春的《论梁实秋的戏剧批评》；陈仲义的《启夕秀于未振——重读台湾名诗人名作》；陈磊的《消费社会主体价值的异化与失落——读施叔青〈微醺彩妆〉》；刘顺芳的《一叹三怨——解读愫细的心底世界》；冯芳的《论晚年徐訏话"鬼魂"》；薛芳芳的《论黎紫书小说的三重色彩》；李银的《抗凝小说三面观》；曹明的《旅美女诗人心笛》；陈娟的《美国华裔文学与新移民文学比较研究》；张逾梦的《一个人的城市秘史——〈长恨歌〉、〈古都〉对读札记》；朱莹莹的《长镜头下的现代性主题——论台湾新电影前后的杨德昌》；刘彼德的《张系国〈香蕉船〉中主题和结构分析》；张凝的《血亲复仇模式的扬弃——金庸小说"西洋化"的关键性蜕变》；王韬的《关于〈英雄志〉中可道的"道"》；常江虹的《"越界"中的新视域——读钱超英的新著〈流散文学：本土与海外〉》；萧村的《浓郁的旅情、友情、亲情——〈我们三十岁了〉读后感》；苏永延的《东南亚华文文学研究的收获及前瞻——第七届东南亚华文文学研讨会综述》；胡素珍的《曾敏之与世界华文文学学术研讨会在广州召开》；赵朕的《"其人虽已没，千载有余情"——深切悼念资深编辑家林承璜先生》。

《黔西南民族师范高等专科学校学报》第1期发表何敏的《〈谁家有女初长成〉的思想性》。

《重庆三峡学院学报》第1期发表陶德宗的《论鲁迅对台湾现代文学的影响》。

《语文学刊》第3期发表毛攀云的《原生态视角与抗战视角下的影像叙事——电视剧〈血色湘西〉的湘西解读》；甘克强的《以读者批评理论看电影〈云水谣〉》；彭耀文的《媚俗与错位：谈〈新结婚时代〉的文学叙事》；郭剑敏的《革命语义系统的当代消解——论"后革命历史小说"的叙事逻辑》；王克勇的《象征主义影响下的审丑意识与残雪的创作世界》；胡倩一的《艰难的逃离之路——由多米、倪拗拗看二十世纪九十年代女性文本的存在》；郭海波的《被遮蔽的与被揭开的——以〈丑行或浪漫〉为例谈男性视角下的女性形象》；高承新的《旧城少年的成长之痛——苏童"顽童"系列小说成长主题浅论》。

《郑州大学学报（哲学社会科学版）》第2期发表许玉庆的《20世纪90年代以来乡土叙事立场的转型》；陈英群的《网络文学善待生命欲求的人文意蕴》。

《晋阳学刊》第2期发表陈坪的《文学批评何以会"精神涣散"和"小圈子化"》；张瑷的《纪实 虚幻 叛逆——当代成长小说的叙事形态及审美批评》；白春香的《对通俗的自觉追求与实践——赵树理小说叙事在中国现代小说史上的独特价值》；韦永恒的《生命之歌的主题变奏——阎连科乡村小说主题话语论略》。

27日，《人民日报》发表刘起林的《低俗文化中的民粹倾向》；梁光弟的《天使，你在哪里——〈我的天使在街上〉观后》；夏义生的《重视娱乐话题的导向与格调》；丁临一的《为英雄团队立传——评长篇小说〈凯旋梦〉》。

《文艺报》发表张柠、吕约的《在往事、现实和想像之间——近期长篇阅读札记》（关于林白《致一九七五》、王朔《和我们的女儿谈话》、艾米的《山楂树之恋》、刘震云的《我叫刘跃进》的评论）；傅逸尘的《毛泽东诗词研究的"文化整体观"》;龚举善的《报告文学的矫治功能》;高洪波的《把节日留给诗歌》(关于王俊康文学创作的评论);廖红球的《专注儿童精神世界的"三心两意"》(关于王俊康文学创作的评论);《南粤儿童文学事业的领军人物——"王俊康作品研讨会"发言摘要》;聂茂的《瑶族之子的文化想像与身份追寻——黄爱平诗歌读后》。

《文学自由谈》第2期发表杨光祖的《走向死地的文学批评》;阿英的《王安忆与阿加莎·克里斯蒂》;房向东的《一本书的书名和广告》(关于韩石山《少不读鲁迅,老不读胡适》的评论);项兆斌的《洁本乎?脏本乎?》(关于于坚诗集《只有大海苍茫如幕》的评论);李更、邓一光的《藏匿在文字之后》;黄传会的《无声行走的帆》(关于张帆《无声行走的帆》的评论);莫雅平的《性、心灵与诗歌》;周瀅劼的《在轻松中书写厚重》(关于长诗《三千六百五十行阳关》的评论);马玉琛的《〈后花园〉中的艳殇景象》;李树友的《寒冷中燃烧的激情》(关于顾艳的评论)。

《文学报》发表邓一光、徐春萍的《邓一光:写作时我不顾一切——关于长篇小说〈我是我的神〉的访谈》;张执浩的《风与旗——邓一光印象》;李凌俊的《与访沪法国女作家对话　王安忆:今后再也不"怀旧"》;王纪人的《独树一帜的上海女作家群》;方克强的《女作家的三大优势》;吴俊的《新文学史的萌芽——写在"新概念作文大赛"十周年之际》;张学昕的《寻找短篇小说艺术的"灯绳"》(关于《苏童短篇小说编年文集》的评论)。

28日,《兰州大学学报(社会科学版)》第2期发表田文兵的《建构与颠覆:老舍与王朔创作中的"京味"比较》。

29日,《文艺报》发表戴珩的《特色鲜明的温情写作——读严苏中短篇小说集〈换一种活法会如何〉》;邓毅的《颂扬生活　高歌时代——评吴一汀散文集〈桃花是非〉》;潘永翔的《坚守的力量——评崔武散文随笔集〈行者足音〉》;何理的《可贵的绿色精神——评刘芳散文集〈绿色的乐章〉》;曹清华的《都市文学与都市新声》。

《文汇报》发表胡殷红的《被人们淡忘的专栏作家赵浩生》。

本月,《山东文学》第3期发表彭秀坤的《憧憬·抗争·悲歌——论王安忆情爱小说的发展及传统情结》;张永华的《抑扬相照　平中显奇——读〈高女人和她的矮丈夫〉》;吴晓云的《郑渊洁童话解读》;孔莉的《后现代主义语境中的草根文学》;黄东民的《论市场经济背景下作家的社会责任感——从"文艺为人民大众服务"谈起》;侯学智的《世纪之交中国散文的价值走向》;刘汉林的《论网络文学的超位性》。

《上海文学》3月号发表蔡翔的《当代文学中的动员结构(上)》。

《中国文学研究》第1期以"笔谈:重估现代中国文学的批评概念"为总题,发表李怡的《主持人语:批评概念究竟是什么?》,冯宪光的《"文化"(Culture)与20世纪中国文学研究》,张光芒的《新的突破与新的困境——作为20世纪中国文学批评话语的"现代性"》,陈思广的《"英雄人物"话语反思》,李琴的《"人民"与"人民文学"之衍化辨析》,王琳的《作为"主流"的文学话语与政治话语》;同期,发表王本朝的《中国当代文学体制建构的苏联资源》。

《芒种》第3期发表李晶的《对民族文化与历史关系的一点思考》;贺绍俊的《当代文学的精神贫困》。

《读书》第3期发表倪梁康的《〈色·戒〉VS〈断背山〉》;江弱水的《文字的银器,思想的黄金周——读柏桦的〈水绘仙侣〉》。

《暨南学报(哲学社会科学版)》第2期发表周志强、蒋述卓的《边缘的主流——对八、九十年代诗歌论争的一种阐释》。

《台湾研究集刊》第1期发表廖斌的《重建文艺伦理　薪传文学智慧:论〈文讯〉的办刊策略及对台湾文学场域文艺伦理的建构》;张羽的《"转眼繁华等水泡":〈行过洛津〉的历史叙事》;樊洛平的《客家视野中的女性形象塑造及其族群文化认同——以台湾客家小说为研究场域》。

本月,海峡文艺出版社出版李诠林的《台湾现代文学史稿》。

汕头大学出版社出版[泰]洪林的《泰国华文文学史探》。

上海三联书店出版朱立立的《身份认同与华文文学研究》。

中国文史出版社出版李星辉的《网络文学语言论》。

河南大学出版社出版童庆炳的《童庆炳谈文学观念》。

社会科学文献出版社出版盖生的《文学理论当下形态论》。

4 月

1日,《广州文艺》第4期发表遥远的《心灵独旅(创作谈)》;马季的《网络文学正在创造什么》;罗宏的《故乡不再被我们所坚守》(关于铁凝《哦,香雪》的评论)。

《文艺报》发表樊星的《又一曲英雄主义的悲歌——邓一光长篇小说〈我是我的神〉》;孟繁华的《比苦难严酷的是精神遭遇》(关于马秋芬《蚂蚁上树》的评论);胡经之的《取之应有道》(关于《吃亦有道》的评论);达理的《融入与抗争》;李朝全的《发挥文学提升国家软实力的作用》;李鲁平的《重视发展公安文学》。

《文学界》4月号发表西川的《另一种飞翔》(关于海子文学的评论)、《死亡后记》(关于海子文学的评论);辛泊平的《我愿意这样理解和纪念海子》;姜涛的《"村里有个叔叔叫雷锋"》(关于海子文学的评论);董辑的《误读和祛魅:让海子回到海子——一篇不合时宜的怀念》;石头的《关于〈海子的诗〉》;朱伟的《有关顾城》;董辑的《旧天才的新时代悲剧》(关于顾城的评论);聂作平的《和顾城有关的十句闲话》;文昕的《顾城谢烨的悲剧反思》;谢宏的《依然存在的世界》(关于顾城的评论);林贤治的《溺水者"昌耀"》;陈仲义的《一次际遇就是一部心灵史——读昌耀〈在山谷:乡途〉》;唐晓渡的《行者昌耀》;胡殷红、韩作荣的《大自然赋予的诗的器官》。

《名作欣赏(鉴赏版)》上半月刊第4期发表曹乃谦的《真实,才能感人》(关于赵心瑞小说《老实人老张》的评论);张鹏的《钟灵毓秀 天人合一——读葛红兵新作〈过年〉》;吕玉铭的《非常的文本——罗伟章小说〈奸细〉叙事评析》;肖学周的《两股线拧成的一根绳子——萧开愚诗歌〈破烂的田野〉中的复调性问题》;雷文学的《自然之灵:顾城的诗学观》;阮温凌的《"车站"之旅:娜拉出走的回归路——王拓小说的心理反应》。

《名作欣赏(学术版)》文学研究版第4期发表顾巧云的《一个"流亡者"的心灵图景——多多诗论》;郑乃勇的《欲望中的生存困境——论刘恒小说的欲望主题》;周礼红的《无法双飞的幸福鸟——评赵玫〈一个物质男人最后的梦想〉》;曹克颖的《女性生命意识的新觉醒——赵玫〈秋天死于冬季〉的女性主义解读》;仲浩群的《诗性生存追求者——段誉、贾宝玉比较论》;张绍梅的《民间"执勤者"视野中个性的扭结变异——张克鹏小说对民间个性的拷问》；赵佃强的《"成为你自己"——读〈北方的河〉》；梁平的《关于小说理想形态的几个问题》；侯歌的《"陌生"的爱情密码——电影〈太阳照常升起〉的另一种解读》。

《西湖》第4期发表瓦当的《我理解的写作（创作谈）》；张清华的《存在的幽暗与它苍茫的回声——读瓦当的小说》；程永新的《〈兄弟〉：跨越时代的写作》；周昌义、小王的《〈尘埃落定〉误会》；魏微、姜广平的《"先锋死了，我们不得不回过头来"》；刘醒龙等的《去中心化写作——龙仁青小说四人谈》。

《作家杂志》4月号发表马季的《读屏时代：对文学可能性的一次遐想》；于坚的《我的写作不是一场自我表演——2007年答记者问》；朱晶的《〈花堡〉：为深化农村改革的探求者立像》。

《世界文化》第4期发表王慧娟的《由南洋向欧美流动的华文文学》。

《玉林师范学院学报》第2期发表王邕的《〈饥饿的女儿〉，城市边缘人的爱与痛——解读虹影作品中关于城市边缘人情感和欲求的叙述》。

《延河》第4期发表陈忠实的《一个人的声音——李星印象》。

《诗刊》4月号上半月刊发表川美的《梦与诗》；王珂的《像溪水却并非自然地流着——川美的诗及诗写作》；陈仲义的《"新"与"变"：新诗永远的动力与陷阱——写在新诗九十年之际》；郑培明的《谈郭曰方的科学诗》；谢冕的《怀念一种写作——读祁人的一组诗》；熊辉的《土地意识与生命意识的呈现——简议"太行诗群"》。

《解放军文艺》第4期发表黄献国的《戊子年初点兵——二〇〇七年军旅中短篇小说创作述评》；殷实的《作别浪漫的文学之旅——对二〇〇七年军事题材长篇小说的有限观察》；蒋登科、熊辉的《历史叙事与艺术表现的深度融合》。

2日，《小说选刊》第4期发表姚鄂梅的《创作谈：当户口已成往事》；贾平凹的《精神贯注——致友人信（之四）》。

3日，《文学报》发表徐春萍、李凌俊的《提升文学批评公信力》；于坚的《在汉语中思考诗》；张生的《大编辑宗仁发》；马叙的《"原散文"——一个全新的散文写作概念》；谢望新的《审美本性的诗歌评论——读〈善良与忧伤——岭南现代诗歌阅读札记〉》；李朝全的《一部激励人的优秀传记》（关于张雅文《生命的呐喊》的评论）。

《南方周末》发表张英、姜戎的《还"狼性"一个公道——姜戎访谈录》。

5日,《山东社会科学》第4期发表王蒙、温奉桥的《人·革命·历史——关于〈王蒙自传〉的访谈》。

《文汇报》发表潘凯雄的《由〈空山3〉及其它》;程永新的《1983—2007关于〈一个人的文学史〉》。

6日,《当代小说》第7期发表李波、赵德发的《回顾与展望——赵德发访谈录》。

8日,《文艺报》发表王虹艳的《文学朝圣路上的精神建构——从〈男儿河〉看黎晶的小说创作》;以"探寻人类精神的栖息地——孙书林长篇小说《光环》评论"为总题,发表翟永明的《生态视阈中的诗性表达》,张学昕的《穿越存在的"黑洞"》;同期,发表周淑芳的《旅游诗:人生的精神驿站与心灵的温馨家园》;雷达的《边地勤奋的思想者》(关于牛学智的评论)。

《绿洲》第4期发表杨志的《探寻诗歌"间离"之道——秦安江诗歌读后》。

10日,《文艺报》发表陈辽的《粟裕殊勋 长诗〈战歌〉——读评〈粟裕战歌〉》;孙少华的《清新俊丽出天然——谈文清丽的中短篇小说集〈纸梦〉》;雷达的《呼唤优秀的政治小说》;焦守红的《"极限写作"的精神追问》;李建军的《祝福的态度与澄明的诗境》(关于郭文斌小说创作的评论);以"2007年文学创作盘点"为总题,发表韩作荣的《诗歌 生活的质感与虚幻经验》,王兆胜的《散文 回归传统 渐趋自然》,彭学明的《中短篇小说 发掘普通人的人性美》,岳雯的《长篇小说 对时代精神的表现更为深广》,李朝全的《报告文学 坚实地行走在中国大地上》,叶梅、刘大先的《少数民族文学 可贵的坚守 可喜的突破》,吴义勤的《文学批评 在沉潜与反思中前行》,李东华的《儿童文学 自觉的创新意识》。

《文艺研究》第4期发表程光炜的《当代文学学科的"历史化"》;杨庆祥的《审美原则、叙事体式和文学史的"权力"——再谈"重写文学史"》;王一川的《中国现代Ⅰ文学与现代Ⅱ文学的断连带》。

《文学报》发表孟隋的《通向"时尚权力"的青春作家》;夏可、周新颖的《"启蒙"在当代的精神突围》;陈竞的《用文字构筑奥运"鸟巢"——北京作家徐坤、曾哲创作奥运题材作品的幕后故事》;陈竞的《〈因为女人〉引发争论 同情女性还是男性中心?》;牛学智的《消费主义背景下的文学精神》;王聚敏的《心灵在文字间放飞——评黄霞君散文集〈放飞心灵〉》;胡明刚的《惶恐:田园中现实的痛楚与悲怆——读钱国丹中篇小说〈惶恐〉》;李天靖的《他一生求索的圣杯——评〈爱拿什么来呵护〈五月风〉》。

11日,《人民日报》发表刘阳的《文学批评何时打破"圈子"》。

《光明日报》发表翟永明的《文学的社会承担和"底层写作"》;田海的《两读〈姚雪垠传〉》;张金尧的《文艺求美 美在和谐——评〈审美之旅〉》。

12日,《文艺报》发表张曙光的《新诗与自然》;黄恩鹏的《大疆无涯歌无涯——评张春燕边塞长诗〈大疆无涯〉》;张大为的《词汇学写作的可能性——读奔雷〈语言碎片〉组诗》;了了村童的《幸有你来景更美——读王建散文集〈走过最遥远的风景〉》;崔凯的《关于文艺批评的批评》;王学海的《当代批评的真谛》。

《文汇报》发表陈晓明的《于人性的微妙处——评杨黎光〈园青坊老宅〉》;胡殷红的《"诗人外长"李肇星》;赵顺宏的《锻造生命的形式——读张生的小说》;牛学智、杨永静的《将成长誊在纸上——殷健灵心灵成长小说的诗意语言》。

15日,《文艺报》发表刘上洋的《〈红翻天〉:战争题材和美学元素》;贾平凹的《我看杨莹的散文》;以"记取历史 把握现实——白石、冯以平长篇小说《上任之后》评论"为总题,发表吴秉杰的《独特的贡献》,范咏戈的《一部为历史作证的真书》,贺绍俊的《政治小说大有可为》,崔道怡的《严酷现实的刚强支柱》,封秋昌的《身居高位 情系平民》,白石的《把一个真实的昨天交给历史》。

《文艺争鸣》第4期发表张未民的《解放"当代文学"》;钟文的《"忏悔"与"辩解",兼论反思历史的方式——以巴金〈随想录〉为例》;周立民的《痛切的情感记忆与不能对象化的〈随想录〉》;罗四鸰的《〈随想录〉的"春秋笔法"》;以"新世纪'新生代'文学写作评论大展(散文卷)"为总题,其中"评论"部分发表谢有顺的《散文是在人间的写作——论新世纪散文》,王兆胜的《熊育群散文的审美世界》,郭冰茹的《论祝勇的"新散文"创作》,吴玉杰的《谢宗玉乡土散文的双重叙述》,丁晓原的《周晓枫:穿行于感觉与冥想的曲径》,张永璟的《视点下沉与散文的文体自觉——兼论夏榆散文创作的得与失》,申霞艳的《闲书·闲人·闲心——沈宏非及其专栏体散文》,罗雅亚、刘波的《以人心丰富世界——王兆胜散文集〈天地人心〉》,毕光明的《格致散文启示录》,黄忠顺的《任林举散文:回忆的意味》,甘以雯的《徐剑的西藏情怀》,冯雷的《民间生活的精神梦游者——论黑陶的散文》,其中"作家感言"部分发表王兆胜的《散文创新的向度与路径》,周晓枫的《来自美术的暗示》,祝勇的《出走者》,谢宗玉的《对散文创作的一点感想》,黑陶的《在母语中感激》,格致的《与无限交流》,熊育群的《重新认识和界定散文》,任林举的《守住散文,守住灵魂的天窗》、沈宏非的《字可以不写,饭总是要吃的》、夏榆的《设想一种写作像河流中的礁石》、徐剑的《西藏:我的前世今生》;同期,发表陈剑晖的《散文天空中的绚丽星空——关于90年代思想散文的考察》;杨汤琛的《"新媒体散文"论》;张清华的《〈山河入梦〉与格非的近年创作》;谢刚的《〈山河入梦〉:乌托邦的辩证内蕴》;安静的《山河入梦,爱也入梦》(关于格非《山河入梦》的评论);李敏的《〈山河入梦〉与格非的创作转型》;郜元宝的《都是辩解——〈色·戒〉和〈我在霞村的时候〉》;曾令存的《当代文学研究中的"40～70年代文学"》;曹书文的《论50～70年代家族叙事的隐形书写》;杨经建的《中国文学中"孤独"与"荒诞"问题》;杨剑龙的《生活的积淀与创作的激情——关于〈汤汤金牛河〉的创作》;钱文亮的《知青故事的中国叙述——评杨剑龙的长篇小说〈汤汤金牛河〉》;刘忠的《知青生活的亲历性叙事——评杨剑龙的长篇小说〈汤汤金牛河〉》;席建彬的《林斤澜论——一种独特的"感受"美学》;杨庆祥的《论〈一个冬天的童话〉——"冲突"的转换和"自我"的重建》;孙建芳的《〈困豹〉:困境中的自救与他救》;谢纳的《批评的空间》;曹莹的《一次关于记忆的极致抒情——读张悦然的〈誓鸟〉》。

《长江学术》第2期发表祝亚峰的《当代城市小说的叙事与性别》;张均的《现代性思想谱系及其批判》。

《江汉论坛》第4期发表北塔的《两岸诗歌语言的差异及其成因》;高旭国的《文学史写作的四种意识》。

《汕头大学学报(人文社会科学版)》第2期发表李燕的《身份建构中的历史叙事——以白先勇、严歌苓两代移民作家的历史叙事为例》。

《学术探索》第2期发表祝学剑的《1950年代现实主义论争与苏俄文学传播中的〈文艺报〉》;万杰的《论第三代诗歌运动及其诗的日常化倾向》。

《福建论坛》第4期以"专题研讨:重估现代中国文学的批评概念"为总题,发表李怡的《寻找批评的主体性——主持人语》,刘艳的《深入生活:一个无法回避的话题》,徐行言的《"创作方法"的勃兴与式微》,周惠、李继凯的《作为文化资源的"国学"》,周维东的《"文学性":理论"预演"与实践"命名"之间》。

17日,《文艺报》发表郝雨的《作家要追求思想的高度》;杨剑龙的《从晚清海军命运见文化自省意识——评汪应果的长篇小说〈海殇〉》;苏涵的《精神的坚挺与无以回避的悲哀——评郑怀兴长篇历史小说〈血祭河山〉》;张炯的《苍山洱海的诗的精灵》(关于晓雪的评论);谢冕的《相识在西双版纳》(关于晓雪的评论);

耿文福的《也解其中味——读布依族青年诗人杨启刚诗集〈遥望家园〉》；王晓峰的《心灵的独白——评蒙古族萨仁图娅的随笔集〈幸福八卦〉》；张永权的《德昂山寨的一束山樱花——评德昂族艾傈木诺诗集〈以我命名〉》；邓立平的《贴近底层 关注民生——评苗族作家向本贵近年的中短篇小说创作》。

《文学报》发表《第六届华语文学传媒奖揭晓 王安忆、麦家、杨键、舒婷、陈超、徐则臣、于坚等获奖》；《我们的写作不再自然 诗人于坚获"生态文学致敬作家"》；《〈启蒙时代〉对我是个挑战——访"年度杰出作家"获得者王安忆》；《当下文学写作的三个"门"——"公共空间的文学写作"、"文学与传媒"、"散文时代的文学伦理"等论坛相继举行》；《研究当下诗歌,更需责任感——访"第六届华语文学传媒奖·年度文学评论家"陈超》；《我有根,但无处扎根——访"第六届华语文学传媒奖·年度诗人"杨键》；《做文学的"新"人——访"第六届华语文学传媒奖·年度最具潜力新人"徐则臣》；王晖的《论非虚构文学：当下状态与理想境界》；彭学明的《文学的温情与火焰——近年中短篇小说印象》；许荣的《文革的另一根记忆之弦——评范小青的〈赤脚医生万泉和〉》。

《作品与争鸣》第4期发表鲁民的《在今天,如何做一个好人？》（关于郑局廷《第三只眼》的评论）；乔世华的《道德与利益的冲突》（关于胡学文《逆水而行》的评论）；李秀丽的《喧宾夺主的官场书写》（关于胡学文《逆水而行》的评论）；李云雷的《一篇小说的三种读法》（关于迟子建《起舞》的评论）；刘晓南的《〈起舞〉的得与失》（关于迟子建《起舞》的评论）；阮直的《谁该最先感恩？》；陈鲁民的《文学作品也该"减肥"了》；曹霞的《2007：今年文坛静悄悄》；李建军的《长篇制作：拔根状态下的危险游戏》。

18日,《人民日报》以"文学走进影视：改编的得与失"为总题,发表徐馨的《不如做彼此的翅膀》,张贺的《仰视影视背后的基石》,刘阳的《文学推动影视繁荣》。

《光明日报》发表丁临一的《青春的见证——评长篇小说〈天涯〉》；柳建伟的《奇文一出动天下》（关于朱向前毛泽东诗词研究的评论）；申澈的《壮怀激烈的爱国主义赞歌——评电视剧〈血色湘西〉》。

19日,《文艺报》以"张兆清散文作品与评论"为总题,发表石英的《真切细腻 多出新意——张兆清散文集〈双清履痕〉读后》；同期,发表徐妍的《探索当代幻想小说的中国叙事》。

《文汇报》发表潘凯雄的《关于〈闪开,让我歌唱八十年代〉》;王琪森的《叙事的张力　命运的博弈——评瞿新华的长篇小说〈为荣誉而战〉》;赵瑜的《一次感伤的内心行走——评蒋子丹〈一只蚂蚁领着我走〉》。

20日,《学术月刊》4月号以"多视角、多维度的新中国电影史(专题讨论)"为总题,发表金丹元的《从美学形态观照新中国电影史》,陈犀禾、刘宇清的《重写中国电影史与"华语电影"的视角》,徐文明、曹琼的《新中国电影美学史的多元视角与框架构建》。

《中国比较文学》第2期发表孙敏的《"中法两国在文学中的相遇——踏着谢阁兰的足迹"国际研讨会综述》。

《华文文学》第2期发表杨红英的《2007年华文文学研究综述》;邓菡彬的《中国现代文学视野中的当代海外华文写作——以〈红杉林〉作家群小说为例》;谢永新的《直面真实的社会人生——读尤今的长篇小说〈瑰丽的漩涡〉》;吴彤的《笑里藏道——美国华文女作家吴玲瑶女士访谈录》;杨剑龙的《韩国鲁迅研究的集大成之作——评〈韩国鲁迅研究论文集〉》;陈友冰的《二十世纪中期以前英国作家笔下的中国形象及特征分析》;杨庆杰的《文学史·现代性·怪兽——由王德威〈历史与怪兽〉一书引发的思考》;王列耀、胡素珍的《马来西亚:华人文学、华裔文学的碰撞与互动》;王烨的《试论北美新移民女作家作品的三重叙述声音》;刘锐锋的《海外华文文学研究之回顾》;颜敏的《学术视野下的文学传播——〈华文文学〉杂志研究》;陈辽的《华文文学研究三十年》;陆士清的《深深的闪光的历史履痕——曾敏之与华文文学研究》;赵小琪、赵坤的《当代香港女性主义文学中的美国形象》。

21日,《光明日报》发表陈晓明的《乡土中国的历史叙事》(关于李玉文小说《河父海母》的评论)。

22日,《文艺报》发表胡平的《拷问人性,解剖灵魂——王松中篇小说系列》;木弓的《记住对民族有贡献的人》(关于王雨、黄济人长篇小说《长河魂》的评论);任美衡的《打开一扇美学之门》(关于《聚焦茅盾文学奖》的评论);立极的《无边的温暖与明亮》(关于娜仁琪琪格诗歌的评论);高深的《"闲适"文章我不会》;赵铁信的《正确处理文艺的四种关系》;章仲锷的《从生态环境文学到〈熊猫史诗〉》。

23日,《统一论坛》第2期发表王震亚的《台湾文学的历史发展》。

24日,《人民日报》发表张颖的《发挥革命历史剧的教育作用——从电视剧

〈周恩来在重庆〉说起》；曹廷华的《真实，文学的永恒品格》；刘国利的《说出来的作品也精彩》；汪成法的《"小说家法"写散文》；赵普光的《关注随笔的文学成就》；徐放的《诗当言志》。

《文艺报》发表曾育辉的《人民性的价值立场——评何建明报告文学创作》；贺绍俊的《做网络文学秉笔直书的"史官"——读马季〈网络文学10年史〉》；于文秀的《后批评时代与学术批评的单向度》；王庆生的《重整历史美学方法的理论武库——评崔志远等著〈中国当代小说主潮〉》；马平川的《从"清风街"到"兴隆街"——贾平凹小说新变解读》；陈家桥的《文学一直往前去》。

《文学报》发表傅小平的《在上海举行的"新时期文学三十年"研讨会上，北京学者张清华一语惊四座——当代文学：有大作无大师？》；张执浩的《阿毛：维系内心的纯净之地》；葛红兵的《新媒体时代文学的四种趋向》；木弓的《文学的困难期正在过去》；樊发稼的《也谈"红包批评"》。

《南方周末》发表王寅、杨键的《中国人的表情在消失——专访诗人杨键》。

25日，《湛江师范学院学报》第2期发表施雨的《北美华文网络文学中的接龙小说——试析〈古代·祈盼的青春〉》。

26日，《文艺报》以"诗的歌者——瑶族诗人黄爱平作品评论专辑"为总题，发表《瑶山的骄傲》，包明德的《心灵密码与时代精神的互动》，朱先树的《读黄爱平的诗》，彭学明的《瑶山的别样歌者》，曾祥彪的《一个痴情的瑶族诗人》，龚政文的《讴歌新世纪新时代新生活的诗篇》，王跃文的《多维的精神品质》；同期，发表赖大仁的《当代文艺批评的价值重建》。

《文汇报》发表郜元宝的《不只是舔痛——评夏儿的长篇小说〈望鹤兰〉》；胡殷红的《温和的金庸》。

《光明日报》发表雷达的《批评：根本问题在于思想资源和精神价值》；邓淑兰的《毛泽东文艺思想研究的新成果》；冯天瑜的《旧曲新弦见沧桑——〈李自成（精补本）〉序》。

《山西财经大学学报》第S1期发表唐伟的《简论叶维廉的道家诗学理论》。

29日，《文汇报》发表吴欢章的《散淡中的"真"》（关于钱谷融散文的评论）；钟叔河的《彭燕郊先生》。

30日，《求索》第4期发表章罗生的《中国当代文学的三套圈环》；师会敏的《人的文学与人民文学》；徐学鸿的《中国文学现代性特质与当下文学创作观察》；

颜琳的《中国当代女性书写的新径》;王昌忠的《当代诗歌"祛魅"书写的学理反思》。

本月,《山东文学》第 4 期发表仲宁、沈滨的《贾平凹 20 世纪末的深情回望——小说〈怀念狼〉解读》;苗欣雨的《迟子建小说——对弱势群体的关注》;刘淑青的《生命的直视 女性的悲歌——池莉的〈所以〉解读》;张永禄的《底层叙事伦理:从家庭向社会掘进》;伍艳妮的《杨绛散文创作的边缘姿态》;王晓文的《寻找回来的革命英雄:由〈亮剑〉和〈狼毒花〉说起》;刘进军的《商业市场运作与红色情结的合谋——论世纪之交革命历史题材小说与电视剧崛起》;焦守红的《开花的树——笛安和她的〈芙蓉如面柳如眉〉》。

《上海文学》4 月号发表多多的《"真正属于诗的不是复杂,而是单纯"——答张清华问(片段)》;张清华的《当代小说:美学的新变与复辟》;蔡翔的《当代文学中的动员结构(下)》。

《文艺评论》第 2 期发表代迅的《文明重心的东移与本土传统的复兴——新时期文学理论 30 年回顾》;梁中杰的《存在的冲突与文学的价值》;马潇的《从"扶杖而行"到"自我去势"——兼谈电影"原创"与"意义"之间的关系》;戚学英的《作家身份转变与文学转型》;周思明的《打工文学:期待思想与审美的双重飞跃——王十月小说创作论》;丁晓原的《论林贤治的散文观及其批评实践》;司马晓雯的《林贤治的偏至与批判激情》;张伟兵的《外来者的经历与目光:命运、变迁与公正的建构和表达——电影〈三峡好人〉的本质解析》;张学昕、于倩的《来自荆棘人生的刺痛——关于孙书林的小说创作》;陈斯拉的《桃花源:抵达存在的路径——论格非小说的精神内核》;王晓春、朱凤英的《呐喊——为了生命的尊严》(关于张雅文《生命的呐喊》的评论)。

《芒种》第 4 期发表李万武的《美好的感情在心中——喜读王棵小说〈暗自芬芳〉》。

《读书》第 4 期发表所思的《只谈风月,不谈风云?》(关于电影《色·戒》的评论)。

本月,安徽大学出版社出版王宗法的《山外青山天外天——海外华文文学综论》。

中国戏剧出版社出版翁奕波、郑明标编著的《近现代潮汕文学·海外篇(上、下)》。

群言出版社出版倪浓水的《小说叙事研究》。

辽宁大学出版社出版李育红的《文学·审美·审美主义》。

陕西人民出版社出版杨明琪、杨乐的《生活感受的张力场——一种新的文学观阐释》。

5月

1日,《广州文艺》第5期发表曹多勇的《谁愿迷失在漩涡中(创作谈)》;邓友梅的《回望"陶然亭"》。

《文艺报》发表《"王松小说创作研讨会"发言摘要》;朱辉军的《文艺论评是公益文化事业》;刘忠的《从"西部文学"说开去》;梅新林的《学术创新与现实关怀》。

《文学报》发表杨光祖的《乡土文学如何现代》;邓刚的《文学·人生·爱情》;金莹的《尤凤伟:"像光束透进历史阴影" 新作〈衣钵〉打通历史与现实》;陈竞的《李敬泽:这是缺乏沉默的时代》;吴秉杰的《寻找失去了的世界——读〈无土时代〉》;文清的《令人震惊的学腐!——读韦火的小说〈学腐〉》;费振钟的《晚秋作物——评张学诗的乡土散文》;雷达的《一部具有挑战性和创新性的书》(关于李清霞《沉溺与超越——用现代性审视当今文学中的欲望话语》);程永新的《在纪实与虚构之间——张生的〈乘灰狗旅行〉读后》。

《文学界》5月号发表邵燕祥的《写在新诗边上》、《读几首当代讽刺诗》(关于李汝伦诗歌的评论);崔勇整理的《惟知音者倾听》(关于邵燕祥在首都师范大学诗歌中心会议上答问的整理);张宝林的《邵燕祥与他的"打油诗"》;龚明德整理的《反正就是读点儿书,写点儿东西》(关于流沙河访谈录的整理);侯孝琼的《紫玉箫吹别样声——试论李汝伦近体诗的语言特色》;王文军、范子千的《心潮澎湃伴涛声》;刘征的《多情自出动情篇——〈李汝伦诗词自选集〉序》;马斗全的《我们需要好杂文》(关于李汝伦杂文的评论)。

《天涯》第3期发表韩琛的《后革命时代的失忆与记忆》;程光炜的《"伤痕文

学"的历史记忆》；刘心武的《〈班主任〉的前前后后》；卢新华的《〈伤痕〉得以问世的几个特别的因缘》。

《名作欣赏(鉴赏版)》上半月刊第5期发表何向阳的《歇马山庄里的"姐妹情谊"》(关于孙惠芬小说《歇马山庄的两个女人》的评论)；万莲子等的《不仅仅是悯农——小议〈母亲〉审美叙事的公民价值取向》；王立宪的《谁的呼喊在撕裂我们的灵魂——读陈应松小说〈母亲〉》；谢尚发的《贫困　亲情　国家　命运——评陈应松中篇小说〈母亲〉》；格式的《长木匠，短木匠——解读叶辉的〈一个年轻木匠的故事〉》；唐韧的《魔镜突然降临——潘向黎小说〈等红灯的时候谁在微笑〉结构欣赏》；刘树元的《偷窃与丧失——析艾伟小说〈小偷〉的叙事艺术》；傅金祥的《一篇〈立正〉，足以不朽——许行〈立正〉赏析》。

《名作欣赏(学术版)》文学研究版第5期发表刘保亮的《阎连科小说关键词解读》；田忠辉等的《城市梦魇与文化依恋者的表征——读贾平凹〈高兴〉》；肖佩华的《痛苦而孤寂的天国魂灵——从文化视角看〈废都〉庄之蝶形象的出现》；王金霞的《江湖寥廓，何处安归——对〈废都〉和〈沧浪之水〉的互文解读》；郑丽娜的《对作家思想潜质与艺术真髓的精彩探寻——评管怀国的〈迟子建艺术世界中的关键词〉》；李燕的《严歌苓〈白蛇〉："文革"书写的独特文本》；袁韵的《时代精神的激情之歌——评夏真的报告文学〈红门〉〈大写教育〉》；冯晖的《论文学典型在文化全球化语境下的意义》；邓利的《朋友乎？敌人乎？——论我国女性主义文学批评的终极目标》；黄亚清的《文化的困境——电视剧〈少年天子〉的文化隐喻》；池永文的《演绎出诚信为本、以义制利的商魂精髓——论〈乔家大院〉中的商业文化内涵》。

《西部华语文学》第5期发表张清华、莫言的《小说的伦理、结构与戏剧性及其他》。

《西湖》第5期发表曾不容的《谁都不正常(创作谈)》；邵燕君的《在寂寞中决绝独语——曾不容的三篇小说》；周昌义、小王的《王跃文寂寞》；钟红明、姜广平的《〈收获〉：纯文学坚韧的守望者——与〈收获〉编辑部主任钟红明对话》。

《社会科学战线》第5期发表吴秀明的《文学如何面对生态——关于生态文学理论基点和生存境遇的思考》；古远清的《重构"香港文学史"》。

《作家》5月号发表阎连科的《是什么牵动我的阅读——读〈田原诗选〉》。

《延河》第5期发表张志春的《歌谣散拾》。

《钟山》第3期发表贺仲明的《重建我们的文学信仰》；庞余亮的《毕飞宇：白上之黑的无限》。

2日,《小说选刊》第5期发表李辉的《创作谈：跟着感觉走》；贾平凹的《不要写得太顺溜——致友人信（之五）》。

3日,《文汇报》发表周立民的《青春如花留芳华——读鹿桥〈未央歌〉》；李天扬的《这一条苏州河——读潘真的〈心动苏州河〉》。

5日,《广西文学》第5期发表黄伟林的《2007，广西少数民族文学的"集结号"》。

《当代文坛》第3期发表程光炜的《批评对立面的确立——我观十年"朦胧诗论争"》；赵勇的《书信的终结与短信的蔓延》；牛学智的《乏力的温情叙事——对底层文学及相关作家问题的几点思考》；杨劼的《多元格局中的思想贫困》；白亮的《"向内转"与八十年代文学的知识谱系——对新时期文学"向内转"的再认识》；范晓棠、吴义勤的《诗性而唯美的"经验"——郭文斌短篇小说论》；贺绍俊的《在天高云淡的意境里阅读郭文斌》；郭文斌的《以笔为渡或者我们的"说"》；王姝的《现代性重审与革命历史叙事的精神重构》；李江梅的《审父式性事叙述范式的反伦理文化心理》；邓伟的《扫描中国当代文学地域空间的生成》；翟文铖的《卡里斯玛形象的倾倒——论新生代小说对英雄人物的颠覆性叙事策略》；陈国和的《陈应松乡村小说的生命哲学》；牟泽雄的《欲哭无泪的村庄——吕翼小说论要》；咸立强的《话语启蒙的拆解与人性的深度——尤凤伟土改系列小说创作的探索进程》；谢晏如的《都市女人之新传奇——评潘向黎近期的小说创作》；石世明的《史诗建构的乡土悲歌——浅谈路遥农村题材小说创作》；宋红岭、郭薇的《论翟永明90年代诗歌风格的转变》；杨献锋的《从凸现到缺失——试论"神性"意识在当代诗歌的变迁》；周建军的《耿翔乡土诗歌艺术论》；李美皆的《裘山山军旅题材作品论》；施战军、王甜、殷实的《裘山山的西藏情怀——评〈遥远的天堂〉（三题）》；雷达的《传统女性主义的一次无意识回归——读郭严隶长篇小说〈浮途〉笔记》；宋先梅的《人的"历史性存在"与"存在"的领悟——评何大草的小说〈天下洋马〉》；李秀金的《历史消费中的精神救赎——〈风声〉及麦家的意义》；雷文学的《呼唤被金钱深埋的人性——读尤凤伟近作〈风雪迷案〉》；蒋林欣的《历史与人性的悲歌——评张叹凤长篇小说〈辛追传奇〉和〈完蛋〉》；贾蔓的《秦腔一曲　绘画一帧——长篇小说〈秦腔〉与〈我的名字叫红〉之比较》；黄丹、侯荣的《"传奇叙事"

的承续与新变——浅谈〈浪漫传统与现实想象〉中的叙事学视角》;刘丹的《结构主义对抒情长诗的有效性阐释——以梁平的〈重庆书〉和〈三星堆之门〉为例》;陈阳的《中国商业大片叙事的文化情怀——〈集结号〉、〈投名状〉中传统文化观念的叙事驱动问题》;龚金平的《走向"后现代主义"的迟豫之旅——后现代语境下的中国改编电影研究》;陈海燕的《亦史亦幻 至情至性——评网络盛行的"穿越"小说》。

《花城》第3期发表阎连科的《我的现实 我的主义》;张颐武的《"后严肃性"与新世纪文学》。

《陕西师范大学学报(哲学社会科学版)》第3期发表冯肖华的《主潮的贯通与边界的放阔——20世纪中国现实主义文学百年诗学考量》;张清华的《"类史诗"•"类成长"•"类传奇"——中国当代革命历史叙事的三种模式及其叙事美学》;李继凯、李春燕的《新时期30年西安小说作家创作心态管窥》。

《莽原》第3期发表韩少功著、徐则臣评点的《北门口预言》;王虹艳的《一部小说的时间感》;姜广平的《"我总是尽量避免意义的明确"——与何玉茹对话》;周雪静的《酷烈与温柔的双重变奏——略论刘庆邦的短篇小说》。

6日,《文艺报》发表张燕玲的《在漫游中狂想——林白长篇小说〈致一九七五〉》;王向峰的《生态文学的自觉追求》(关于王秀杰《水鸟集》的评论);马伟业的《在欲望中守望精神之光》(关于徐岩文学创作的评论);张颐武的《在新的挑战面前》;聂珍钊的《文学伦理学批评》;沙家强的《经典与非经典文学》;陈定家的《把网络文学推向学术前沿》。

《当代小说》第9期发表张春侠的《品味时光的陈酿——王树理长篇小说〈黄河咒〉》;张丽军的《魅惑之音与伦理悲剧——浅谈牛余和电影〈黑白往事〉与小说原著的人性深度》。

8日,《人民日报》发表李准的《幕后英雄揭秘历史——由电视剧〈英雄无名〉所想到》;张德祥的《〈审美之旅〉收获多》;张末民的《"村庄"的事业——读长篇小说〈花堡〉》;仲言的《娱乐泛化实堪忧》。

《文艺报》发表白烨的《在行进中更变 在更变中自立——文学批评30年的演进与嬗变》;赵宪章的《原创教材,以启新声——评欧阳友权〈网络文学概论〉》;陈望衡的《网络文学语言理论的新探索——评李星辉〈网络文学语言论〉》;马龙潜的《走进网络文学的传播学视野——评柏定国〈网络传播与文学〉》;陶东风的

《博客文学的第一次学理性审视——评欧阳文风、王晓生〈博客文学论〉》;王岳川的《当代文论研究需整体创新——评欧阳友权〈网络文学的学理形态〉》;阎真的《恶搞:边缘处的文化追问——评蓝爱国〈网络恶搞文化〉》;黄曼君的《开辟网络小说研究的新门径——评苏晓芳〈网络小说论〉》;罗成琰的《古典视野观照下的网络诗歌生态——评杨雨〈网络诗歌论〉》;张成富的《一部热情讴歌北大荒精神的好书——赵国春新作〈永远的记忆:北大荒博物馆馆藏文物背后的故事〉读后》;马萌的《他为勘探人树了碑——读〈樵歌一曲众山响〉有感》;谢作文的《罗森万象　独树一帜——评杨孟芳诗集〈回望故乡〉的艺术风格》;谢冕的《那些美好的情感——读叶玉琳的诗》;李霞的《越来越"陌生"的诗歌——浅谈宋晓杰的诗歌创作》;李运抟的《当前文学"欲望书写"新论》。

《文学报》发表金莹的《纪实文学:一不小心踩"地雷"》;陈竞的《"重庆性格"莫怀戚　长篇新作〈白沙码头〉描写孤儿传奇人生》;戴来的《书生李洱》;何平的《从"无痛"到"炫痛"的散文文情》;王雁翎的《开启动物保护的"天眼"》(关于蒋子丹《一只蚂蚁领着我走》的评论)。

《芙蓉》第3期发表王安忆、张旭东的《〈启蒙时代〉二人谈》。

《绿洲》第5期发表罗迎福的《新疆当代文学的精神追求》。

10日,《十月》第3期发表蓝棣之的《症候式分析与症候式写作》。

《大家》第3期发表马季的《探求生存困境中伦理变迁》;以"艾泥设座·特邀主持:艾泥　在座诗人:娜夜"为总题,发表李南的《赞美中隐含祈祷》,沈苇的《低于草木的姿态》,杨森君的《一切往好处想》;同期,发表林宋瑜的《女权乎?母权乎?抑或其他》;桫椤的《直面网络文学的历史意义》。

《文艺研究》第5期发表谭学纯的《身份符号:修辞元素及其文本建构功能——李准〈李双双小传〉叙述结构和修辞策略》。

《文汇报》发表潘凯雄的《关于〈重庆性格之白沙码头〉》;崔欣的《李兰妮的〈一个癌症抑郁症患者的精神档案〉》。

《中国社会科学》第3期发表王光东的《"主题原型"与新时期小说创作》。

《西南大学学报(社会科学版)》第3期发表陶德宗的《巴蜀诗人对中国当代诗歌的开拓与贡献》;江智利的《论福克纳与大陆新武侠小说的后现代特征》;肖显惠的《新写实:大陆新武侠走向的另一种可能》;伍梅的《论少儿电视剧中人物形象的审美特色》。

《社会科学》第 5 期发表陈林侠的《类型电影的叙事智慧、难度与知识结构》；林凌的《反思新世纪军旅电视剧》；郑崇选的《后知青时代的命运叙事——关于叶辛的〈孽债Ⅱ〉》。

《学术论坛》第 5 期发表江马益的《他者的凸现——对中国当代文学"垃圾事件"的文化解读》；莫顺斌的《重评"三家村"杂文》。

13 日，《文艺报》发表汪政的《黄蓓佳长篇小说〈所有的〉——青春：拒绝遗忘的历史》；敬文东的《为乡村撑一方青天》(关于杨浚荣长篇小说《乡村干部》的评论)；王宜振的《美与智的交融》(关于马林帆诗集《狂风吹我心》的评论)；李宁宁的《"外乡人"丁伯刚》；陈福民的《文化认同与国家认同》；范垂功的《文艺引进需经民族化改造》；牛学智的《杨光祖的文学批评世界——读〈守候文学之门——当代文学批判〉》。

15 日，《人文杂志》第 3 期发表宋如珊的《文革叙述与风格实验——论北岛小说集〈归来的陌生人〉》。

《人民日报》发表周正刚的《正视文化发展中的不平衡》；张锲的《跋涉者之歌——读〈湖田诗文集〉》；陈建功的《宏阔生活中的都市情感——〈亲情树〉、〈香樟树〉、〈相思树〉观后》。

《文艺报》发表谢武军的《三个来源与三个角度——学习毛泽东文艺思想的体会》；李炳银的《什么在令我感动——评徐剑长篇报告文学〈冰冷血热〉》；樊星的《永不熄灭的人性之光——新时期文学的人道主义研究》；李尚荣的《没有味道的"味道"》(关于温亚军文学创作的评论)；李林荣的《新世纪文学新在哪里》。

《文艺争鸣》第 5 期发表南帆的《理想的焦虑》；蓝爱国的《1949 年的边界意义：当代文学的发生背景》；刘志权的《试论 20 世纪末平民文学的兴起——兼谈当代文学史研究三维坐标空间的构建》；栾建梅的《为了生态平衡的文学家园——范伯群的通俗文学研究述评》；袁联波的《"虚"、"实"如何相生？——对新时期中国实验性话剧文体呈现方式的反思》；吕效平的《黄佐临、布莱希特与"新时期"中国戏剧》；王鸿生的《为大自然复魅——关于〈刺猬歌〉及其大地文学路向》；张闳的《"样板戏"研究的几个问题》；喻大翔的《从两篇论文看当代文学批评的发展趋向》(题中所指涉的两篇论文为叶维廉的《历史整体性与中国现代文学研究之省思》和杨义的《文学：生命的转喻》)；韩永胜的《曹文轩少年成长小说研究》；李晶的《浅谈冯骥才的小说创作》。

《文学报》发表格非的《文学的危机和可能》；金莹的《罗怀臻：上海的"异质"闯入者》；张莉的《陈希我，有点轴》；丁晓平的《五问中国文学的"环保问题"》；俞洁的《历史小说：现代意识下的审美批判——评吴秀明新著〈中国当代长篇历史小说的文化阐释〉》。

《文学评论》第3期发表黄卓越的《博客写作与公共空间的私人化问题》；孙晓忠的《改造说书人——1944年延安乡村文化的当代意义》；刘旭的《高晓声的小说及其"国民性话语"——兼谈当代文学史写作》；贺仲明的《文学本土化的深层探索者——论周立波的文学成就及文学史意义》；李遇春的《沈从文晚年旧体诗创作中的精神矛盾》；江腊生的《当下农民工书写的想象性表述》；刘晓鑫的《中国革命与中国文学国际学术研讨会综述》。

《北方论丛》第3期发表弥沙、李育红的《论当代审美主义文艺思潮的历史文化语境》。

《长城》第3期发表徐则臣的《拿什么为"先锋"招魂——看叶勐的三个小说》；郭宝亮的《咿咿呀呀一支歌——读夜子小说〈浮云〉》；赵晖的《记忆的七年，爱和忘却的七年——读若若的小说〈七年〉》；李建军的《送去主义与法西斯主义》；陈晓明的《载不动一点"乡愁"——当代"乡土文学"审读札记》。

《民族文学研究》第2期发表涂鸿的《超越传统中的诗性追寻——论重庆当代民族文学创作的言说方式》；张懿红的《〈首席金座活佛〉：作为文化小说的一个案例》；姚新勇的《朝圣之旅：诗歌、民族与文化冲突——转型期藏族汉语诗歌论》；吴晓棠、祁晓冰的《草原上流淌的爱与美的乐章——唐加勒克诗歌的审美意蕴》；叶梅的《寻找爱和生命快乐的民族女性话语》。

《江苏社会科学》第3期发表徐国源的《后现代背景下的知识生产与人文批判》。

《华东师范大学学报（哲学社会科学版）》第3期发表刘旭的《赵树理的农民观："现代"的限度》。

《西藏文学》第3期发表朱霞的《承受生命中所不能承受的——敖超小说解读》。

《社会科学辑刊》第3期发表孙悦的《类人动物小说研究——以沈石溪作品为例》；白杨的《"文学史"重构与书写限制——大陆文学史视野中的"香港文学"》。

《西安石油大学学报(社会科学版)》第 2 期发表何敏的《论叶维廉的中西比较诗学研究》。

《徐州师范大学学报(哲学社会科学版)》第 3 期发表葛飞、王华的《张爱玲〈金锁记〉与欧阳子〈魔女〉的对比阅读》。

《浙江师范大学学报(社会科学版)》第 3 期发表叶志良的《〈我的人生笔记〉：三位女作家同题"类自传"的叙事》。

《语文学刊》第 5 期发表王菲菲、王芳芳的《男性形象的边缘化与女性形象的理想化——评潘向黎小说的女性主义叙事倾向》。

《南方文坛》第 3 期发表张光芒的《批评家应该批评什么？——我的批评观》、《论中国当代文学的自恋主义思潮》；王尧的《理论、身份与文学批评——关于批评家张光芒》；张生的《无声的归来——关于张光芒,还有我们这代人》；林宋瑜的《揪着自己的头颅飞翔——"中国女性主义"的虚拟性》；张念的《因为女人,所以……》；洪治纲的《形式·成长·语言——论林白的〈致一九七五〉》；吕约的《小说的飞行术》；林白的《〈致一九七五〉后记》；余兆平、罗伟文的《"文学生态"的概念提出与内涵界定》；赵允芳的《20 世纪 90 年代以来乡土小说中的村长形象演变》；刘畅、吴金森的《新散文的"新"与命名的尴尬》；白亮的《"私人情感"与"道义承担"之间的裂隙——由遇罗锦的"童话"看新时期之初作家身份及其功能》；王春林的《"身份认同"与生命悲情——评李锐、蒋韵长篇小说〈人间〉》；以《终结于 2005》四人谈"为总题,发表贺绍俊的《礼赞和忧思并存的现实之作——读〈终结于 2005〉》,胡平的《古典的终结——读展锋长篇小说〈终结于 2005〉》,王必胜的《有意味的"终结"》,张颐武的《微观历史的深度观照和开掘——〈终结于 2005〉的意义》；以"关于《风声》"为总题,发表雷达的《麦家的意义与相关问题》,阎晶明的《读〈风声〉兼谈麦家》；同期,发表包晓玲的《论彭学明对湘西少数民族文化的弘扬与传播》；梁冬华的《生命中不能承受之轻——论朱山坡小说中的乡土世界》；左春和的《道德异质中的诗意担当》；单小曦的《"大文学"文本中的草根民主启示录——评〈震惊世界的广西农民〉》；贺绍俊的《理论动态》("屁眼门"事件直问学术批评环境的重建、浩然逝世引发对浩然的重新评价)。

《南方周末》发表朱强、夏榆的《"这世界不再令人着迷"——解读王元化的六个关键词》；李怀宇的《为学不作媚时语 反思多因切肤痛——王元化访谈》。

《理论与创作》第 3 期发表禹建湘的《网络文学,一个新学科的建构预想》；马为华的《网络历史小说：传统、现代欲说何？》；陈立群的《网络"古典神话"：现代性症候的中国式救赎》；王姝的《网络玄幻小说的历史母题与价值观审视》；杨雨的《网络诗歌功能论》；刘茂华的《二元对立与多元共生——现代性视野中的中国当代乡土小说》；方爱武的《试论中国当代乡土小说现实主义精神的嬗变》；刘邦奎、唐芳的《20世纪市民言情小说的创作特征探析》；温奉桥的《论王蒙与苏俄文学》；陈辽的《他们缘何"风骚百代"？——读李元洛诗文化散文集〈风骚百代〉》；杨子彦的《贴着地面飞翔：论阎连科小说》；谢慧英的《论小说〈尘埃落定〉的"复调"特征》；魏颖的《〈因为女人〉：一曲透视女性命运的现代悲歌》；管怀国的《严歌苓〈金陵十三钗〉人物群像断想》；韩松刚的《不能忘却的记忆——浅析毕飞宇小说〈哥儿俩好〉》；周航、杨红的《"爱"与"罪"孕育的悲歌——评艾伟长篇小说〈爱人有罪〉》；季水河的《乡恋·乡景·乡情——周克武〈桃红李白〉选评》；潘吉光的《人性与道德冲突中的弦歌——读黄三畅长篇小说〈弦歌〉》。

《福建论坛》第5期发表欧阳友权的《数字媒介文学转型及其学术理路》。

17日，《作品与争鸣》第5期发表孟繁华的《比苦难严酷的是精神遭遇》（关于马秋芬《朱大琴，请与本台联系》的评论）；陈赫男的《在挣扎中寻找生存的意义》（关于李治邦《枪手》的评论）；卢燕娟的《寻找一片可以朴素的草原》（关于李治邦《枪手》的评论）；李兴阳的《身份认同与生命意识》（关于须一瓜《二百四十个月的一生》的评论）；傅元峰的《物质换算中的人性同位关系》（关于须一瓜《二百四十个月的一生》的评论）；韩大伟的《一种另类腐败的解剖》（关于杨少衡《多来米骨牌》的评论）；梁秀英的《不倒的"骨牌"》（关于杨少衡《多来米骨牌》的评论）；拇姬的《重赏之下必有好作家吗？》；李万武的《一上路就迷失的教训——现代主义、后现代主义对中国作家的负面塑造》；鲁民的《打工文学的"得"与"失"》。

20日，《小说评论》第3期发表金理的《孤绝中的突击：论智性与写作》；李建军的《文学上的唯美主义与功利主义》；仵埂的《城市与女性写作——以张爱玲王安忆为例》；徐兆寿的《新世纪作家面临的几个转向》；黄轶的《新世纪小说的城市异乡书写》；林霆的《生活的离散与现代性的匮乏——当代短篇小说创作的现代性观察》；陈忠实的《寻找属于自己的句子——〈白鹿原〉写作手记（连载五）》；向荣的《丰饶中的匮乏——四川小说的一种状态》；唐小林的《论新世纪四川长篇小说创作》；罗庆春、王菊的《"第二母语"的诗性创造》；胡群慧、东西的《从不背叛自己的心》；东西的《相信身体的写作》；胡群慧的《后悔的"述"与"录"——关于东西的小说〈后悔录〉》;张清华的《镜中的繁复或荒凉——关于鲁敏的〈墙上的父亲〉》;张学昕的《民间生命的狂欢与失重——评萨娜的中篇小说〈黑水民谣〉》;孔范今的《重识现实主义》;王庆的《论中国现当代小说中"大众语言"的兴衰及影响》;于京一、吴义勤的《神性照耀乌尔禾——评红柯的长篇新作〈乌尔禾〉》;王春林的《超越了意识形态立场之后——评叶广岑长篇小说〈青木川〉》;韩石山的《〈巅峰对决〉的智慧碰撞》;李谞博的《玻璃之城——70年代生作家笔下的"城市"》;颜敏的《文本视野中的女性意识——论潘向黎的〈永远的谢秋娘〉与〈弥城〉》;黄绮冰的《扬"善"表理想　揭"恶"为疗救——评鲁敏的中篇小说》;郑丽敏的《忧患：校园的倾斜与道德的迷失——读汤吉夫的长篇新作〈大学纪事〉》;以"马玉琛长篇小说《金石记》评论小辑"为总题,发表王兆胜的《君子人格的崇尚与追求》,沈奇的《重构：古典理想的现代叙事》,段建军的《人生中的偶然与自我的觉醒》;以"李春平长篇小说《领导生活》评论小辑"为总题,发表刘萌的《当下官场生态环境的真实再现》,汪火焰的《领导的日常生活之审美化探索》,刘毅、鲁红霞的《宦海沉浮中的"不倒翁"》,宋先红的《真实而理想的"领导生活"》;同期,发表《长篇历史小说〈圣哲老子〉在京研讨会纪要》。

《北京大学学报(哲学社会科学版)》第3期发表黄维樑的《20世纪文学理论：中国与西方》。

《学术月刊》5月号发表赵学勇、田文兵的《"汉学热"与中国现当代文学研究》。

《河北学刊》第3期发表胡慧翼、温儒敏的《第一次"文代会"与新文学传统的规范化阐释》;刘文良的《生态文学的艺术化叙事方式》。

《天津师范大学学报(社会科学版)》第3期发表古远清的《一道诡异的风景线——统独斗争影响下的新世纪台湾文学》。

《贵州社会科学》第5期发表古远清的《评台湾叶维廉的诗论》。

《学术研究》第5期发表闫月珍的《叶维廉对道家美学抒情性的探寻》。

《鲁迅研究月刊》第5期发表古远清的《记台湾作家陈映真》。

《重庆职业技术学院学报》第3期发表梁磊、任岩岩的《"雾里看花"与"语语都在目前"——论朱光潜与叶维廉有关诗境的看法》。

22日,《新文学史料》第2期发表陈为人的《从丁玲展开的马烽人生》;谢永旺的《记晚年张光年》;任明耀的《感受大师的胸怀——读钱钟书给我的信》;以"王林专辑"为总题,发表王端阳的《王林和他的〈腹地〉》,王林的《关于〈腹地〉的日记摘抄》、《关于〈腹地〉的两篇检查》;同期,发表张业松、黄美冰、刘云的《鲁煤谈路翎》;王增如的《深挚的爱——新发现的冯雪峰致丁玲的一封信》;晓风辑注的《胡风致舒芜书信全编(下)》。

24日,《文艺报》发表陈建功的《以〈讲话〉精神为指导大力加强文艺评论工作》;雷达的《文学批评态势与更新之途》。

《文艺理论与批评》第3期发表刘复生的《当代文学研究的历史危机与时代意义》;本刊记者的《立场、审美与"动态的平衡"——曹征路先生访谈》;张永峰的《论曹征路的"底层叙事"》;周展安的《镜子与斧子:文学介入现实的不同方式——论〈阿霞〉兼论底层文学》;李龙的《文学的救赎与救赎的文学——底层文学与现代性问题》;程波、廖慧的《"底层叙事"的意识形态与审美》;以"浩然研究"为总题,发表春水的《慈父永在我心》,李云雷的《一个人的"金光大道"——关于浩然研究的几个问题》;同期,发表张器友的《田间诗歌人民性考辨》;孙玉蓉的《劳荣:一位不该被遗忘的作家和翻译家》;王宗峰的《浅析小说〈青春之歌〉中的空间书写》;吕植家的《论微型小说立意的表现艺术》;颜榴的《从张广天作品看当代戏剧中的孔子形象》;张胜利的《毛泽东文艺思想的现代性价值》。

《吉林大学社会科学学报》第3期发表刘淮南的《命题与问题:关于"后文学时代"——兼与黄浩先生商榷》;王桂姝的《中国文化、文学中的"色戒意识"与张爱玲的逆向书写》。

25日,《文艺理论研究》第3期发表刘文斌的《研究我国文学民族精神问题的各种资料》;施津菊的《先锋小说:意义承担的逃逸与游戏冲动的释放》。

《东岳论丛》第3期发表赵启鹏的《文化神秘主义的审美参与——论中国文化神秘主义传统在新时期战争小说中的现代回归》。

《甘肃社会科学》第3期发表温越的《生态文学的发展生态论析》;盖生的《台湾学者对20世纪50—90年代中国大陆文学与电影研究的问题评析》;郭国昌的《"真人真事"写作与解放区文学生产体制的建立》;徐渊的《武侠小说的文化正生态——兼谈金庸小说》;巩璠的《浅析草莽英雄抗战题材小说思想意义的独特性》。

《当代作家评论》第3期发表洪治纲的《先锋文学的发展与作家主体性的重塑》;张业松的《打开"伤痕文学"的理解空间》;何言宏的《当代中国文学的"再政治化"问题》;王安忆等的《第六届"华语文学传媒大奖"专辑》;李洱、梁鸿的《虚无与怀疑语境下的小说之变》；申霞艳的《狂想带我们飞翔——读〈致一九七五〉和〈漫游革命时代〉》；胡传吉的《刑德之下的格心与遁心——关于〈致一九七五〉的随想》；王充闾的《"波澜独老成"——〈离离原上草〉的艺术特色》；孟繁华的《一部充满了理想主义诗意的自叙传——评长篇小说〈离离原上草〉》；马力的《填补生命价值的盲点——论肇夕〈绕树一小圈儿〉的生态意识》；林舟的《招魂的写作——对叶弥近年小说的一种解读》；齐红的《寻找心灵的出口——朱文颖近年小说解读，兼及一种文学现实》；朱红梅的《还是一片小城月光——关于荆歌和他的小说》；黄轶的《"我们究竟从哪里开始走错了路？"——生态文学"社会发展观批判"主题辨析》。

《南京师大学报（社会科学版）》第3期以"新写实主义与当代文学传播"为总题，发表钱旭初的《文学意识与媒体意识的重奏——〈钟山〉与"新写实文学"的兴起》，王晖的《阐释与反思：文学史视野中的新写实》。

27日，《文艺报》发表《书写少数民族地区的生活和经验 长篇小说〈月亮是夜晚的一点明白〉评论选辑》。

《文学自由谈》第3期发表王石的《近乎病态的炫技》（关于朱大可的评论）；胡殷红的《作家素描（一至四）》（关于陈建功、蒋子龙、陈忠实、张胜友的评论）；李更、胡发云的《谁更接近今天？》；赵玫的《彩虹悄然当空》（关于吴景娅《美人铺天盖地》的评论）；王向锋的《由〈负罪〉创作主题说开去》；石一宁的《紧扣时代脉搏的民主启示录》（关于王布衣长篇报告文学《震惊世界的广西农民》）；方英文的《阅读莉媛》（关于莉媛小说集《爱从手中滑落》的评论）。

《华中师范大学学报（人文社会科学版）》第3期发表陆贵山的《重构文学的政治维度》。

28日，《兰州大学学报（社会科学版）》第3期发表陈军的《后现代主义与"跨文类写作"现象批判》；庞晓虹的《灵魂抚摸与身体沉落的变奏——当代女性文学中女性意识的表达趋势及其批判》。

《厦门大学学报（哲学社会科学版）》第3期发表苏永延的《论马华文学的现代主义创作潮流》。

29日，《文艺报》发表朱向前的《关于当下文艺理论批评的三个"引领"》；李美皆的《实事求是 诚信批评》；刘秀娟的《少年报告文学是成长的支撑性力量》。

30日，《海南师范大学学报（社会科学版）》第3期发表李勇的《20世纪80年代以来新加坡华文文学研究综述》。

31日,《求索》第5期发表申燕的《政治文化小说叙事话语"权力"的逻辑构成及其属性》;沈河清的《刘震云早期小说创作指向》;李林的《戏说历史电视剧现象及传播学分析》。

《世界文学评论》第1期发表曾庆江的《三地文学的精彩陈述——评江少川〈台港澳文学论稿〉》;陈富瑞的《在多元文化语境中蓬勃兴起的海外华文文学——吕红女士访谈录》。

本月,《山东文学》第5期发表周志雄的《追问存在的真相——张洁的小说〈知在〉》;吴海燕、毛嘉宾的《黑色太阳光——解读林白的小说〈说吧,房间〉》;李淑霞的《论王安忆小说中时代现实对个人主体的挤压与淹没》;许真的《〈马桥词典〉:语言何以成为小说叙事主题?》;刘好梅的《路遥对当下文学的启示》;邢宏伟、贾小瑞的《素面朝天蕴真情——论山曼的散文艺术》;李效珍的《厚重深远的文化主题　沉郁雄浑的艺术风格——浅谈20世纪80—90年代的"文化散文"、"大散文"》;周丽新的《文学发展中全球化与本土化的文化冲突》。

《上海文学》5月号发表南帆的《批评的能力》;陈村、吴亮、程德培的《80年代:文学·岁月·人》;柏桦的《诗观片断》。

《芒种》第5期发表刘文瑞的《历史文学的尴尬》。

本月,文化艺术出版社出版古远清的《余光中评说五十年》。

人民出版社出版黎志敏的《诗学构建:形式与意象》。

贵州人民出版社出版何光渝主编的《今日文坛》。

上海三联书店出版盖生的《价值焦虑——新时期以来文学理论热点》。

华东师范大学出版社出版徐燕、李红霞的《钱谷融文艺思想初探》。

6月

1日,《广州文艺》第6期发表盛琼的《在文字中起舞(创作谈)》;李运抟、封旭明的《生存的孤独与精神的迷惘——重读刘恒〈教育诗〉》。

《文汇报》发表吴秉杰的《具有突破性意义的战争描写 评邓一光〈我是我的神〉》。

《文学界》6月号发表霍俊明的《瞬息流火，抑或垂心永恒——论郑玲诗歌》；李青松的《一种情感，一种体认，一个世界，一个自我——郑玲访谈录》；艾斐的《对交替变革时代的艺术观照——评谢璞长篇小说〈海哥和"狐狸精"〉》；徐亚平、张步真的《和文学结伴，与时代同行》；鲁之洛的《他迈着坚实的脚步走来》（关于张步真文学创作的评论）；刘剑栋、彭浩荡的《用生命真诚地拥抱诗歌》；李元洛的《他的诗，是一团不灭的火——读彭浩荡的诗》。

《名作欣赏（鉴赏版）》上半月刊第6期发表孙春旻的《一个神祇的背影——从〈太平狗〉〈八里荒轶事〉透视陈应松笔下的一个原型》；施龙的《"近于没有事情的悲剧"——论毕飞宇〈相爱的日子〉》；西慧玲的《来自尘土 却不归于尘土——读池莉的小说〈托尔斯泰围巾〉》；姜超的《戏言谑语说百姓辛酸——李老乡〈天伦〉的幽默诗艺欣赏》；莫顺斌的《诗性之树绽放的理性之花》；郜大军的《解构"话语"与颠覆"历史"——略论王小波杂文的话语方式》；许丙泉的《理性的光芒与快乐——读〈王小波散文三篇〉》；高旭国的《遮蔽和误读——〈百合花〉内涵辨析》。

《名作欣赏（学术版）》文学研究版第6期发表张舟子的《其根深者其叶茂——金庸小说对古典诗歌的借鉴》；徐渊的《金庸的武侠小说观》；沈文慧的《趋从·质疑·修正——1950年代茅盾的文学批评》；田鹰的《虽生犹死，〈习惯死亡〉》；李东雷的《平面上的游戏——当下都市小说批判》；司马晓雯的《"个人解读"：余秋雨散文"轰动效应"的表达秘密》；董正宇的《传统的承续与超越——重评古华〈芙蓉镇〉》；邵明的《变迁之痛的温婉言说——王祥夫近期小说研究》；谢丽的《困境中的守候——读王手〈惩罚〉》；宋文坛的《虚幻的"历史拯救"——"新时期"之初知识分子话语与农民关系考察》；王敏的《新中国电影中的乡村女性精英形象塑造及其文化反思》。

《西湖》第6期发表汪建辉的《说说我自己（创作谈）》；裘志海的《仿〈修改中篇小说〉说汪建辉及其小说》；程永新的《小家子气和大家之气——和走走聊天》；周昌义、小王的《党代表之一：〈警察与流氓〉》；叶弥、姜广平的《"我太想发出自己的声音了"》。

《社会科学战线》第6期发表蓝爱国的《网络文学的题材类型》。

《延河》第6期发表丁友星的《中国新诗主潮的当代性嬗变》。

2日,《小说选刊》第6期发表央歌儿的《创作谈:青春的成本》;史铁生的《写作与越界》。

3日,《文艺报》发表王宗仁的《步步莲花的盛开——唐韵长篇散文〈一个人的藏地〉》;立极、张波的《用文字构建城市文化》;孙绍振的《中年世界的精神光谱》(关于何葆国长篇小说《同学》的评论);文畅的《当前散文三缺》;穆涛的《在场主义:三苏祠旁的散文火焰》。

5日,《人民日报》发表艾斐的《抗震救灾:诗歌在行动》;谭旭东的《重审儿童文学的价值追求》;王呈伟的《民族文化的表达视角》。

《山东社会科学》第6期发表王景科、牟洪建的《一代鸿儒多磨难　十分本真见精神——略论季羡林的散文创作》;于祎的《贾平凹"大散文"观的理论误区与现实意义——再看20世纪90年代的一场散文论争》。

《文艺报》发表王干的《在废墟上矗立的诗歌纪念碑——感受"5·12"地震诗潮》;张燕玲的《中国诗人的哀痛》;张怀存的《对生命的深情呼唤》。

《文学报》发表高平的《评论的堕落》;蔡毅的《警惕"灰色文学"泛滥——从一篇价值混乱的小说说起》;徐兆淮的《名流逸事亦风雅——张昌华〈曾经风雅〉阅读随想》。

《南方周末》发表朱又可、陈倩儿的《"不是我个人被架在十字架上"　作家王蒙专访》。

6日,《当代小说》第11期发表宋家庚的《〈小村人〉的人文精神——试谈李永康的小小说创作》;孟嘉的《〈闯关东〉的艺术经验值得重视》。

7日,《文汇报》发表胡殷红的《文怀沙:一生风流半辈蹉跎》;潘凯雄的《关于〈旷野无人〉》。

8日,《绿洲》第6期发表綦水源的《一部具有强大"软实力"的作品——评三十集电视剧〈戈壁母亲〉》。

10日,《人民日报》发表董保存的《军事题材作品的集团冲锋》。

《文艺研究》第6期发表何群的《大众文本:一种配方式媒介》;韩琛、马春花的《内心之境:新生代女性电影的时空想象》。

《社会科学》第6期发表张业松的《〈叔叔的故事〉的文学史意义》。

12日,《人民日报》发表何家荣、王列生的《探索中国特色社会主义文化理论体系》；李树榕的《英雄崇拜与自然崇拜》；季红真的《自然与历史深处的生命诗情》；徐一清的《回眸历史　展望未来——读〈泰州文化丛书〉》。

《文艺报》发表谭好哲的《开放视野·实践品性·问题意识——新时期文艺理论研究的宏观审视》。

《文学报》以"民族精神的净化和强化　评论家关于5·12汶川地震的思考"为总题，发表雷达的《把抗震精神化为长久的民族精神财富》，毛时安的《记住，而且要永远》，杨扬的《灾难前的文学沉思》；同期，发表贡发芹的《一部气势恢弘的捻军史诗——评长篇小说〈捻军〉的人物、语言》；以"从《寻找永恒》走向《一湖烟岚》的林裕华"为总题，发表梁平的《与瓷对话：埋伏在釉上的诗意》，骆寒超的《诗美才能净化人的灵魂》，朱金晨的《林裕华其人其事》。

13日，《光明日报》发表韩小蕙的《诗歌"火"起来》。

14日，《文艺报》发表龙建华的《当前文艺批评价值如何重建》。

《文汇报》发表《心灵处方——毕淑敏对你说》。

15日，《文艺争鸣》第6期发表陈晓明的《给青春中国以激情——评徐坤的奥运小说〈八月狂想曲〉》，胡平的《中国作家的"鸟巢"工程——读徐坤的奥运小说〈八月狂想曲〉》；栾梅健的《"独下断语"与"曲到无遗"——对〈兄弟〉"复旦声音"批评的回应》；高玉的《"新现代性"："新世纪文学"的理论探究》；何浩的《文学的新世纪与现代性的魅影》；以"新世纪'新生代'文学写作评论大展（诗歌卷）"为总题，其中"评论"部分发表谢有顺的《乡愁、现实和精神成人——论新世纪诗歌》、《雷平阳的诗歌：一种有方向感的写作》，陈斯拉的《郑小琼诗歌：疼与痛的表白》，张洁宇的《姜涛：诗歌写作的"慢跑者"》，赵金钟的《黄礼孩的诗歌写作》，冒建华的《蓝蓝：从"介入现实"到"超出现实"》，王洪岳的《路也：悖论的存在和隐秘的书写》，张立群的《宇向：窗子内外的镜像与风景》，苏奎的《胡续冬的诗歌：戏谑狂欢与现实关怀》，赵黎波的《杜涯的创作心态及身份意识》，周志雄的《刘春："摇摆不定"的诗人》，段吉方的《陈先发诗歌：生命的昭示》，张学昕的《麦城诗歌：形而上的"词悬浮"》，胡传吉的《尹丽川的〈轻摇滚〉》，其中"诗人感言"部分发表郑小琼的《深入人的内心隐密处》，雷平阳的《诗歌不是高高在上的》，刘春的《立场，或辩解》，尹丽川的《写诗做什么》，黄礼孩的《旧事已过，都变成新的了"》，陈先发的《本土文化基因与当代汉诗写作》，宇向的《你知道我是谁》，姜涛的《辩护之外》，蓝蓝的《"回避"的技术与"介入"的诗歌》，路也的《郊区的激情》，胡续冬的《诗歌：自我的腾挪》，杜涯的《"我们不能选择出生的地方"》；同期，发表吴思敬的《当下诗坛的中年写作》；柳冬妩的《身体的真相——"打工诗歌"关于身体的另类写作》；张清华的《经验转移·诗歌地理·底层问题——观察当前诗歌的三个角度》；孟川、傅华的《当代先锋诗歌的叙事性书写的诗学意义》；张德明的《论网络诗歌生产与消费的快餐化》；孙良好的《智慧之树不凋——关于穆旦》；陈超的《翟永明论》；王晖的《论〈马家军调查〉——价值和意义》；季红真的《流逝与追忆——试论王安忆小说的时间形式》；刘艳的《女性视阈中历史与人性的双重书写——以王安忆〈长恨歌〉与严歌苓〈一个女人的史诗〉为例》；任林举的《解析曲有源的诗歌近作》；付明根的《〈罪恶〉：城乡意识冲突主题的多元表征》；张学军的《罗伟章中篇小说创作论》。

《潍坊学院学报》第 3 期发表尹建民的《传释与汇通：叶维廉"文学模子"理论及其应用》。

《诗刊》6 月号下半月刊以"胡杨：亲切、淡泊、高远，一个西部诗人的人文情怀"为总题，发表燎原的《出生地中的个人诗歌地理》，胡弦的《胡杨诗歌印象》，阳飏的《敦煌嘉峪关胡杨》，古马的《流沙断简》。

《中外文化与文论》第 2 期发表黄万华的《两种文学史视野中的马华文学——〈马华文学大系·评论〉和〈赤道回声〉的对照阅读》；金桔芳的《俄耳普斯之路：程抱一小说中的历史与超越》；张寅德的《法语中国作家》。

《学术探索》第 3 期发表谢立芳、陈国和的《阎连科乡村小说的生命寓言》。

《福建论坛》第 6 期发表张卫中的《新时期 30 年文学语言的变革与特点》；吴秀明、郭传梅的《洋场遗风与改造运动交织的暧昧历史——重读〈上海的早晨〉》。

17 日，《文艺报》发表田川流的《关于艺术批评标准的当代思考》；孙先科、龚奎林的《"改革开放 30 年与中国文学研究"学术研讨会综述》；曹纪祖的《责任和良知催生热血之作——黄亚洲诗集〈中国如此震动〉》；木弓的《同情弱者 思考现实》（关于钟正林短篇小说《斗地主》的评论）；何镇邦的《从一个新的角度解读官场生活》（关于雪静长篇新作《夫人们》的评论）。

《作品与争鸣》第 6 期发表李云雷的《"潜规则"的洞察与拒绝》（关于张笑天《VISA 卡悬疑》的评论）；刘忠的《柔软的外壳，尖利的心》（关于姚鄂梅《罪与囚》的评论）；吴凡的《我对〈罪与囚〉的拆分》；何光顺的《一场远未结束的牌局》（关于凡一平《扑克》的评论）；伍方斐的《资本时代的身份认同与叙事策略》（关于凡一平《扑克》的评论);卢燕娟的《无处遁逃的乡村》(关于白天光《王翠花在虎牙上》的评论);孙佳山的《真相、结构与时空观》(关于白天光《王翠花在虎牙上》的评论);齐夫的《读者的眼睛"雪亮"吗?》;蔡益怀的《中国为什么没有忏悔录》;李美皆的《红包,红包,舍其有谁?》;张宗刚的《文学批评:魂兮归来》。

19日,《人民日报》发表李庆本的《中华文化的跨文化阐释与传播》;曾凡的《文学的当下意义》。

《文艺报》发表刘厚生的《再读〈小女人〉》;李玉茹的《又见小女人》(关于《小女人》的创作谈);徐康的《三十年农村变革的"诗证"》(关于钟朝康文学创作的评论);康启昌的《悖论奇观》(关于王充闾《龙墩上的悖论》的评论);陈晓明的《穿透执政现实的现场》(关于哲夫《执政能力》的评论);邱华栋的《苍茫神奇的历史叙事》(关于李玉文长篇小说《河父海母》的评论);高满堂的《创作者更要倾听批评界的声音》;蒋子龙的《芬芳的三峡情——读土家族作家叶梅散文集〈我的西兰卡普〉》;马绍玺的《写给远去了的家乡的诗——读普米族诗人曹翔的诗歌》;张怀存的《生命的呼唤与被呼唤的生命——读谭旭东〈生命的歌哭〉》;陈晓兰的《碧洛雪山之魂——评哈尼族作家存文学长篇小说〈碧洛雪山〉》。

《文学报》发表卉弘的《灾难过后,诗歌能否继续》;傅小平的《阎连科表现高知形象的最新长篇〈风雅颂〉引发激烈批评》;金莹的《从赌徒、保姆到小说家 李兰:"蜕变的蝴蝶"》;李保平的《于晓威:在纸页上雕刻时光》;孟繁华的《批评真正的问题是价值标准的不确定性》;施战军的《学术评价体制对批评文体的消极影响》;畅广元的《我看当代文学批评的弱势》。

20日,《光明日报》发表仲呈祥的《健康的大发展大繁荣离不开科学的文艺评论》;范咏戈的《重视批评家的职业素养》;阎晶明的《如何增强批评的有效性》;白烨的《在理解、扶持中自省、自强》(关于文学批评的评论);李树声的《文艺批评三思》。

《学术月刊》6月号发表孙桂荣的《新时期以来民族国家话语的女性表述》。

《华文文学》第3期发表黄冬梅的《台港澳及海外华文文学优秀硕士学位论文索引》;吕红的《镌刻生命之舟——〈新世纪海外华文女性文学奖作品精选〉评介》、《海外华文女作家协会将在美国拉斯维加斯举行二十周年年会》;刘红林的《重见人生有情天——读张纯瑛的新著〈天涯何处无芳菲〉》;唐玉清的《论戴思杰小说中的"对话"》;周宁的《隐藏了欲望与恐怖的梦乡:二十世纪西方的中国形象〉》；刘晓伟的《对〈饥饿的女儿〉中男性形象的一种解读》；朱双一的《余光中与二十世纪华文文学国际研讨会》；庄伟杰的《林语堂：跨文化对话中的解读》；张敬珏的《从跨国、跨种族的视角审视亚美研究——林露德的〈木鱼歌〉》；《"美华文协"举行 2008 年年会选出新一届理事会》；袁勇麟的《曾敏之与香港文学——世界华文文学研究史一瞥》；饶芃子的《海外华文文学在中国学界的兴起及其意义》；艾尤的《论澳门土生文学的中国文化色彩》；凌逾的《论二十世纪华文文学中的"弃妇"与"反弃妇"话语——以鲁迅和西西为例》；施建伟的《香港文学的重新定位》。

《学术研究》第 6 期发表胡星亮的《论香港社会剧的艺术探索与创造》。

21 日，《文汇报》发表胡殷红的《和王蒙先生"漫谈"》；潘凯雄的《关于〈第十届全国新概念作文大赛获奖作品选〉》。

24 日，《文艺报》发表朱向前的《一部思考人类灾难的力作——刘宏伟长篇小说〈大断裂〉》；岳雯的《一个人漂过一条河》（关于徐则臣文学创作的评论）；张宏的《岁月的明珠》（关于蔡庆生诗歌创作的评论）；朱建信的《宁明的新高度》；关圣力的《最近读稿有点累》；方伟的《促进独立的文艺批评健康发展》。

25 日，《河北大学学报（哲学社会科学版）》第 3 期发表陈晓红、陈道谆的《知青文学——从反思到反省》。

《世界华文文学论坛》第 2 期发表陈辽的《持续、持久地批判"文学台独"——读评〈文学"台独"批判〉》；叶雨娇的《还历史本来面目——评〈文学"台独"批判〉》；吴彤的《废墟上的拯救——〈西游怪记〉的文化批判探析》；吴金霞的《简媜散文语言艺术初探》；徐纪阳、刘建华的《从伪装到自白——邱妙津的"女同志"认同之路》；杜贵斌的《论张晓风散文杂糅的宗教情怀》；张冬梅的《〈喜福会〉所呈现的东方神秘文化评析》；周兰美的《黄玉雪〈华女阿五〉对美国主体精神的建构》；黄芙蓉的《论汤亭亭的〈孙行者〉对西方文化传统的引述》；杨芳芳的《略论白先勇小说的意象叙事》；孙自婷的《月之风情——浅析白先勇小说中"月"的意象》；杭慧的《美丽的古典与青春的现代——谈白先勇青春版〈牡丹亭〉及其现代性》；曹霞的《女性经验书写的嬗变——从严歌苓的〈第九个寡妇〉说起》；周云的《在传奇中回归素朴　在边缘处走向天真——严歌苓小说〈第九个寡妇〉的"狂欢"意味》；李槟的《东方爱情的特别韵味——论徐速的〈星星、月亮、太阳〉》；刘介民的《国学启蒙者的沉思和漫步——评龚鹏程的〈国学入门〉》；汪凡琦的《对王德威的〈荒谬的喜剧?——《骆驼祥子》的颠覆性〉的解读》;靳瑞霞的《为何难以被超越?——对网络小说〈第一次亲密接触〉的古典性解读》;郑楚的《解读〈东南亚华文新文学史〉》;吴翔宇的《多元视阈·诗性追求·思史互见——评江少川、朱文斌主编的〈台港澳暨海外华文文学教程〉》。

《孝感学院学报》第1期发表谢旭杰的《冰心作品中的"母爱"思想对菲律宾华文文学的影响》。

26日,《文艺报》发表霍俊明的《"朦胧诗"得失再思考》;胡平的《现代意味的两性冲突——读汪洋长篇小说〈在疼痛中奔跑〉》;孙少华的《以一个"假如"的世界——解读李鑫长篇小说〈沉浮〉背后的忧患》;《从艺术家服务基层所想到的》;《弘扬英雄主义和理想主义的长篇力作——邓一光长篇小说〈我是我的神〉研讨会纪要》。

《文学报》发表郝雨的《灾难如何成为文学财富》;邓刚的《话说陈世旭》;陈竞的《王棵:在"较劲"中历练》。

28日,《文艺报》发表龚政文的《一朵火焰熄灭了——怀念彭燕郊先生》;王贤根的《文化底蕴展示的潜质与魅力——读傅根洪的〈纸上畅游〉》;以"底层文学的现实关怀与美学追求"为总题,发表李志孝的《批评之批评:关于"底层文学"》,马超的《新文学传统与新世纪底层文学的兴趣》,陶维国的《底层文学中的乡村叙事》。

30日,《文汇报》发表王元化的《我所认识的冯雪峰》;韩浩月的《"作家电影"还要继续闹腾下去?》。

《求索》第6期发表毛丽的《风格的嬗变与新理性的启蒙》;彭思毛的《经验发掘与表述的思路勾画》;许晓琴的《文化领域的一种批评实践与策略书写》。

本月,《山东文学》第6期发表李效珍的《复兴·回归·兴盛·创新——新时期以来散文发展脉络》;侯学智的《生命的划痕——谈九十年代的女性散文创作》;万杰的《爱情·受难·宿命——读解鬼子的长篇新作〈一根水做的绳子〉》;孙覆海的《有令峻和他的都市长篇小说三部曲〈夜风〉〈夜雨〉〈夜雾〉》。

《上海文学》6月号以"反思与展望——新时期文学三十年研讨会专辑"为总题,发表程光炜的《新时期文学三十年与多种评价标准》,张清华的《肯定近三十年文学的理由》,贺绍俊的《文学批评的生态环境》,何向阳的《新时期三十年中的农民形象塑造》,范小青的《我的感想》,王鸿生的《从反思开始回顾》,郜元宝的

《三十年：进化与退化》，王纪人的《三十年来的文学走向和文学经验》，杨扬的《百年中国文学中的三个三十年》，罗岗的《三十年与六十年》，葛红兵的《新媒体与新世纪文学的四种趋向》，薛毅的《质疑"新时期文学"》，毛时安的《重返 80 年代及其他》，刘绪源的《80 年代文学可与 30 年代相媲美》，吴炫的《面对多元选择，我们该怎样》；同期，发表严力的《关于诗歌的点滴感受》；陈村、吴亮、程德培的《80 年代：背景·作品·变迁》。

《文艺评论》第 3 期发表王衡的《浅析第四届鲁迅文学奖获奖小说的底层叙事策略》；徐肖楠、施军的《乡土文学的挽歌情调》；凤群的《迷惘的青春物语——80 后作家论》；江子潇的《论 80 后文学三级分化的趋势》；方涛的《诗歌观念变化与现代叙事诗的脉冲式繁荣》；于永顺、任紫菡的《批评是真诚而自由的呼吸——关于张学昕的当代文学批评》；杨状振的《论电视剧〈闯关东〉的叙事学特征及其文化吟咏功能》；李萍的《理性与情欲：分裂的叙事下的艰难选择——〈色·戒〉之难》；郭素平的《繁华落尽重话五味文学——江冰、雪漠访谈》；傅修海的《文学的当下之想》。

《中国文学研究》第 2 期发表章罗生、石海辉的《关于纪实文学研究的思考》；谭五昌的《20 世纪中国新诗中死亡想像的审美之维》；谢南斗的《异军突起：布波文学》；戚学英的《从阶级规训到身份认同——建国初期作家身份的转换与当代文学的生成》；龚政文的《从〈山南水北〉看韩少功的人生取向与艺术追求》；颜翔林的《美在结构之中——王充闾散文论》。

《江淮论坛》第 3 期发表谈凤霞的《朝向母亲镜像的认同危机——当代女性作家童年叙事中的母女关系论》。

《台湾研究集刊》第 2 期发表陈福郎的《台湾的"皇民文学"和"乡土文学"——读〈海峡两岸新文学思潮的渊源和比较〉》；朱双一的《从旅行文学看日据时期台湾文人的民族认同——以彰化文人的日本和中国大陆经验为中心》；徐学的《余光中文学创作与现代绘画艺术》。

《南京社会科学》第 6 期发表吴昊的《国内文学语境研究综述》。

《读书》第 6 期发表魏天真的《我们愿意中的毒》（关于电视剧《士兵突击》的评论）；鬼今的《王佳芝的身体与易先生的性感》。

本月，北京大学出版社出版刘晓南的《第四种批评》。

电子科技大学出版社出版张翠萍的《女性主义文学批评》。

黑龙江大学出版社出版张奎志的《体验批评——一种新的文学批评观》。

7月

1日,《广州文艺》第7期发表王棵的《所有关联的三个词（创作谈）》；郜元宝的《从〈异秉〉说开去》。

《文艺报》发表兴安的《寻找失去的天堂——千夫长长篇小说〈长调〉》；曾祥书的《用最质朴的语言叙述》（关于杨景民报告文学《军旗在震区飘扬》的评论）；白烨的《青春文学写作的适时盘点》（关于焦守红《当代青春文学生态研究》的评论）；查舜的《一个创作者对文学批评的看法》。

《文学界》7月号发表赵燕飞、梁瑞郴的《非纯粹作家状态》；晓林的《坚守真我的精神家园》（关于梁瑞郴文学创作的评论）；朱育颖、顾艳的《灵魂的漫游：与顾艳的对话》；刘海燕、墨白的《阅读之梦与写作之梦——与墨白对话》；墨白、刘小逸的《真正的小说，是叙事的艺术》；黄轶的《"灵"的挣扎与"思"的独立——由〈红房间〉谈墨白小说》。

《天涯》第4期发表耿占春的《诗歌的蒙难记》；北岛的《关于〈今天〉》（该文系北岛1992年6月6日在伦敦大学"中国当代诗歌研讨会"上的发言）；舒婷的《都是木棉惹的祸》。

《名作欣赏（鉴赏版）》上半月刊第7期发表韩石山的《一个人生的永久命题——评裘山山〈野草疯长〉》；李遇春的《神圣的底层叙述——红柯与〈大漠人家〉》；徐茜的《"人民政府"与"人民"——读〈人民政府爱人民〉》；谭湘的《离散：有多少爱可以阐释，可以重来——读笛安的中篇小说〈莉莉〉》；徐日君的《凄美伤怀的哈尔滨书写——论迟子建的〈起舞〉》；林超然的《凶案的文学预谋》（包括《变乱中的文化喘息——读汪曾祺〈陈小手〉》、《与胜利对望的尴尬——读史铁生〈两个故事〉》、《远离自由的成长——读阿成〈干肠〉》）；李运抟的《为人间大美和民族生命画像——重读理由的报告文学〈痴情〉》。

《名作欣赏（学术版）》文学研究版第 7 期发表陶春军的《从〈所以〉看池莉小说"女性写作"艺术的嬗变》；吕晓洁的《讲述知识女性最隐秘处的疼痛——解读池莉新作〈所以〉》；林爱民的《"金庸式归隐现象"探析》；任葆华的《论路遥小说中的成长叙事》；陈艳霄的《贾平凹商州小说的神秘性浅探》；赵天才的《评陈应松的神农架系列兼怀赵树理的文学理想》；吴延生的《高晓声小说细节描写的作用分析》；赖翅萍的《试论张欣对"欲望主体"形象的崭新书写》；唐洁璠的《对 20 世纪 90 年代以来文学批评的反思》。

《时代文学》第 4 期发表周晶《从"黑夜"到"虹"的变迁——虹影小说中主题意象的解读》。

《渤海大学学报（哲学社会科学版）》第 4 期发表季进的《华语文学：想象的共同体——王德威访谈录》。

《西湖》第 7 期发表刘按的《为什么要把小说写得那么好（创作谈）》；张万新的《反对枯燥乏味——说说刘按的小说》；董健的《我印象中的许志英》；程永新的《铁凝·扎西达娃·洪峰》；周昌义、小王的《党代表之二：〈蓝衣社碎片〉》；陈家桥、姜广平的《"我是一切小说的当事人"》。

《作家杂志》7 月号发表徐肖楠、施军的《人格化想象中的现实经验》（关于魏微的评论）；张学昕的《无法打开的"纽结"——读戴来的短篇小说》；麦家的《〈南方〉的作者朱文颖》；程德培的《甜蜜的"怀疑论者"——金仁顺的七个短篇》。

《延河》第 7 期发表陈忠实的《陷入的阅读及其它——〈骞国政文集〉阅读笔记》。

《诗刊》7 月号上半月刊发表徐书遐的《家乡·诗》；人邻的《泥土、草木和庄稼的气息：书遐的诗》；杨志学的《奔涌的诗歌大潮——改革开放三十年〈诗刊〉的诗歌创作主流及审美取向》。

《钟山》第 4 期发表柯雷、张清华的《中国新诗 90 年：在动荡中成长——荷兰汉学家柯雷访谈》。

2 日，《小说选刊》第 7 期发表《千秋功罪，谁人曾与评说——本刊副主编访〈星火〉编剧、导演》；刘利的《创作谈：强大现实下的虚弱想象》（关于刘利《奇迹》的创作谈）；汪政的《评论：只要信，善就是真的》（关于鲁敏《逝者的恩泽》的评论）。

3日,《人民日报》发表赖大仁的《文艺批评的道德与职业操守》;刘先平的《呼唤生态道德》;曾庆瑞的《"侠骨柔肠"真英雄》。

《文艺报》发表《以喜剧的形式表现哲学的内涵——劳马作品研讨会纪要》;饶曙光的《电影批评的"大众"及"现实"立场》。

《文学报》发表陈竞的《为了忘却的记忆 〈于无声处〉今昔30年》;徐大隆的《从柔美到坚硬 董立勃借〈暗红〉转身》;李渊的《道德判断和文学》;徐鲁的《不是"青春祭",就是"青春秀"》;李霞的《扑面而来的生活气息——评刘国强的小说〈女村长〉》;陈骏涛的《东坝的悲情与风情——评鲁敏〈风月剪〉》。

5日,《山东社会科学》第7期发表樊星的《福克纳与中国新时期乡土小说的转型》;陈国和的《1990年代以来乡村小说的生命寓言书写——以阎连科为例》;刘淑青的《大众文化语境中"英雄"的崛起及审美趋向》。

《广西文学》第7期发表章德宁、冯艳冰的《激情和责任——北京文学杂志社社长章德宁访谈》。

《文艺报》发表晓理的《感觉,是幸福的——读张俊彪〈精神与精神性〉随感》;王建的《透视人生的反正面——王昕朋〈我们新三届〉读后》;安海茵的《"多少人爱我都不为过……"——评谭畅诗歌》;李鲁平的《从乡土抒情到人生沉思——读梁必文的诗歌》。

《文汇报》发表潘凯雄的《关于〈国运——南方记事〉》;杨阳的《80后的努力与"奇迹"》。

《当代文坛》第4期发表谢有顺的《写作不仅要与人肝胆相照,还要与时代肝胆相照——就大地震后的诗歌写作答蒲荔子问》;王干的《在废墟上矗立的诗歌纪念碑——论"5·12"地震诗潮》;干天全的《震撼灵魂的冲击波——地震诗潮的动因与启示》;刘火的《坚守乡村图景书写的意义》;范藻的《和谐文化建设的文学诉求——新世纪四川文学的"版图构成"及其意义》;梁竞男的《无法避讳的质疑和反思——逆流而上说〈废都〉》;傅元峰的《诗学的困顿——中国当代诗歌史研究的学术误区》;罗振亚的《超越羁绊的艰难突围——中国当代诗歌史撰写述评》;贺绍俊的《苦涩沉重的教育诗》;唐小林的《从伤痕到遗忘:人学视阈里的〈磨尖掐尖〉》;罗伟章的《我心目中的小说》;陈建新的《"新时期"文学中的继承权话语分析》;汤伟丽的《多元变异与有序格局——当代乡土小说未来发展走向预测》;姜辉、黎保荣的《中国现当代同性恋题材小说略论》;王杰泓、汤天勇的《世纪末"学者散文"写作的修辞分析》;张喜田的《乡村背景对贾平凹创作的矛盾性影响》;帅泽兵、邵宁宁的《"80后"之后:"90后"不会产生》;罗绂文、朱彬彬的《周建军诗歌中的乡土意识管窥——以诗集〈穿越隧道的歌吟〉和〈宛若莲花〉为例》;谭五昌的《在高原上建构的诗意栖所——简论牛放的"高原诗"系列》;谢晓霞的《论贾樟柯电影的底层形象》;余玫、张明仙的《后现代语境中〈士兵突击〉的"饮水机效应"》;马藜的《〈色·戒〉的女性叙事意蕴——女性的多重祭献》;徐健的《复仇·对抗·戏剧现场——对话剧〈刺客〉与〈大将军〉的美学阐释》;董春风的《对人心的拷问与探索——评李锐的长篇小说〈人间:重述白蛇传〉》;李芳的《论毕淑敏散文的叙事艺术》;王瑜的《长大成人与失落家园的找回——由新作〈狗爸爸〉论卫慧创作转型》;陈树义的《葛水平小说的女性意识》;李江梅、崔梅的《生命蕴涵的诗意掘进——析里程小说〈穿旗袍的姨妈〉的儿童视角叙述》;成湘丽的《女性视野下的董立勃小说批判》;黎阳、叶海声的《慈悲——吉君臣与他的小说》;王凤娟的《蒙太奇式小说——叙事学视角下的〈说西安〉》;王开志的《〈高兴〉让人高兴不起来——评贾平凹长篇新作〈高兴〉》。

《莽原》第4期发表魏微著、吴玄评点的《化妆》;孟繁华的《世道人心与疼痛的发现——重读魏微的短篇小说〈化妆〉》;姜广平的《"我的小说都是关注存在的"——与温亚军对话》;王剑的《对历史和人性的双重拷问——读南豫见的长篇小说〈百年恩公河〉》。

6日,《当代小说》第13期发表玄昧、朱多锦的《由〈城市走狗〉一诗谈现代诗的诸问题——朱多锦访谈》。

8日,《文艺报》发表雷达的《徐坤长篇小说〈八月狂想曲〉 视野弘阔的精神"鸟巢"》;刘茵的《大潮滚滚读〈国运〉》;胡志军的《诗意地展现女性之爱》(关于顾艳《灵魂的舞蹈》的评论);牛学智的《文学批评如何才有说服力》;陈晨的《文学精神在人民生活中找到突破口》;潘磊的《文学史写作的几个阶段》;叶廷滨的《阳光清明的诗歌之路》(关于王延华诗歌创作的评论)。

《芙蓉》第4期发表林一的《用心灵诠释生命的意义——为心安〈容易——人生99论〉所作的跋》。

《绿洲》第7期发表杨牧的《就是那鸟的鸣唱——赵天益〈东林听鸟〉读后杂说》。

10日,《人民日报》发表廖心文、王玉强、潘敬国的《献给北京奥运会的厚礼——喜看文献纪录片〈奠基〉》;徐坤的《剪影青春中国——我写〈八月狂想曲〉》。

《大家》第4期以"马季设座·特邀主持:马季　在座作家:徐则臣"为总题,发表张莉的《他让沉默者言说》,马季、杪椤的《老实写作:通往心灵世界的旅程》,马季、徐则臣的《徐则臣:一个悲观的理想主义者》;同期,发表林宋瑜的《中国女性书写的"出花园"——论作为先锋文学的中国女性文学》。

《文艺报》发表陈忠实的《陷入的阅读及其它——〈骞国政文集〉阅读笔记》;谭湘的《汉中女人的情和义——读陕西作家张虹的小说》;侯建飞的《灵魂现场——简评长篇小说〈雪落花开〉》;孟繁华的《一个文体和一个文学时代——中篇小说三十年》;以"农村题材电影应表现新气象、新面貌、新作"为总题,发表李准的《艺术家应站在历史制高点观察"三农"问题》,饶曙光的《时代呼唤执着为农民拍电影的艺术家》,张德祥的《时代精神风雨与乡土文化之根》;同期,发表李云雷的《漫谈文艺批评的公信力》;聂茂的《"80后"作家的文学狂欢》;张鹰的《慷慨激昂的生命壮歌——评长篇报告文学〈惊天动地战汶川〉》;杨焕亭的《毛锜杂文的人文关注和道德价值审视——读〈草野琐言〉有感》。

《文学报》发表李凌俊的《一个抑郁症患者的精神档案　深圳女作家自我剖析五年艰苦疗救的心路历程》;乔国强的《对"国家社科基金项目"的几点质疑》;阎晶明的《散文的性情》;薛原的《龙门山的疼痛》(关于阿贝尔《隐秘的乡村》的评论);徐策的《为荣誉而战》(关于瞿新华《为荣誉而战》的评论);蕙的风的《行走在理性和诗情间》(关于林渊液《无遮无拦的美丽》的评论)。

《中国社会科学》发表洪治纲的《新时期作家的代际差别与审美选择》。

《中国海洋大学学报(社会科学版)》第4期发表古远清的《两岸文学交流的回顾与省思》。

《中国现代文学研究丛刊》第4期发表刘勇、杨志的《论林语堂的宗教文化思想与文学创作》;吕国庆的《从文学印象主义看张爱玲的〈色,戒〉》。

《唐都学刊》第4期发表刘惠丽的《女性与人性的对话——谈严歌苓小说的女性叙事》。

《西南大学学报(社会科学版)》第4期发表寇鹏程、韩云波的《美学修改与道德修改:论金庸小说再修改》;杨萍的《从唐人女侠传奇到21世纪女性武侠》。

《学术论坛》第7期发表曹书文的《文化的认同与精神的重建——论新时期

家族小说的叙事情感》；李力的《借助诗的方式——论周涛散文构思》。

11日，《光明日报》发表古耜的《历史文化散文的新探索》；李敬泽的《向现在，向未来——说徐坤的〈八月狂想曲〉》。

12日，《文艺报》发表朱效文的《一个激情年代的童话——关于"热闹派"童话的记忆》。

《文汇报》发表胡殷红的《万方：我只在乎"准确"二字》；张屏瑾的《下一站小说——读〈不失者〉》。

15日，《人文杂志》第4期发表高小康的《文化冲突时代的都市美学》；沈奇的《困境中的坚守与奋进——关于当代陕西诗歌的检视与反思》。

《广东社会科学》第4期发表王本朝的《第一次文代会与中国当代文学的发生》。

《中山大学学报（社会科学版）》第4期发表张均的《1950年代的鸳蝴文学出版》。

《文艺报》以"与时代同行　与奥运同庆　徐坤长篇小说《八月狂想曲》评论"为总题，发表聂震宁的《文章合为时而著》、谢有顺的《书写可以站立的人生》、孟繁华的《青春中国的傲骨柔情》、杨匡汉的《炎节日知录》、何镇邦的《〈八月狂想曲〉的艺术风采》；同期，发表李树榕的《把文学批评的社会责任落到实处》；黄曼君的《作家生活的多维格局——参与抗震救灾伟大斗争的启示》；陈庆云的《历史书写与现实担当》。

《诗刊》7月号下半月刊发表王士强的《青年诗人心目中的好诗有哪些特征？》。

《文艺争鸣》第7期发表王富仁的《简谈"文化回归"》；张春梅的《介入：对网评的症候式阅读》；程光炜的《孙犁"复活"所牵涉的文学史问题——在吉林大学文学院的讲演》；夏维波、刘佳音的《村庄的意义与表达——谈新文学传统中的"村庄叙事"》；张勐的《恒常与巨变——〈山乡巨变〉再解读》；陈旭光、查萌、陈婷的《当代中国电影：创意产业与创意主体研究》；曹保明的《电视剧〈闯关东〉严重违背东北民俗》；赵勇的《电子书写与文学的变迁》；白浩的《底层文学精神的暧昧——兼谈一个文本〈马路上不长庄稼〉》。

《长江学术》第3期发表雍青、陈国爱的《接受与过滤：中国先锋批评与俄国形式主义》。

《文学评论》第4期发表胡星亮的《戏剧的"人学"转向与深化——论新时期现代现实主义戏剧创作》；樊星的《"改造国民性"的另一条路——论当代作家对于少数民族文化的发现与思考》；吴正锋的《孙健忠：土家族文人文学的奠基者》；路文彬的《试论"年轻主义"于中国当代文学中的形成》；王侃的《九十年代中国女性小说的主题与叙事》；洪宏的《苏联影响与夏衍文学名著改编观念的转变》；阎浩岗的《论〈红旗谱〉的日常生活描写》；王建疆的《文学经典的死去活来》；曾凡的《文学在今天的意义》；段吉方的《社会主义文学生产方式与中国当代文学的现代性》；武新军整理的《改革开放三十年与中国文学研究》；咸立强整理的《新时期社会主义文学与文化》；周新顺整理的《启蒙思潮与百年中国文学》。

《云南民族大学学报（哲学社会科学版）》第4期发表赵淑琴的《王安忆〈长恨歌〉的陌生化语言分析》。

《北方论丛》第4期发表王士强的《恶搞·恶炒·恶俗——论作为媒体诗歌事件的"梨花体"与"裸体朗诵"》；董秀丽的《身体言说的巅峰——新生代女性诗歌写作分析》；雷鸣的《中国当代生态小说几个问题的省思》。

《长城》第4期发表李建军的《诗意叙事、底层写作与文学自觉》；李洁非的《龄同世纪看夏衍》。

《百花洲》第4期发表颜敏的《文本形式与女性意识——论潘向黎的两篇近作》。

《江汉论坛》第7期发表魏天无的《口语、个人与传统：近年中国诗歌现象述评》。

《江苏社会科学》第4期发表温潘亚的《历史"现实观"制约"历史"的呈现方式——十七年历史剧创作文体形态论》；初清华的《新时期三元文学体制生成策略与变革趋向》。

《齐鲁学刊》第4期发表郭晓平的《民间理想与1990年代知识分子的无望救赎》；徐丽萍的《论1990年代中国女性文学创作》；谢中山的《论1990年代大众文学的生成语境》；王文玲的《新时期小说儿童叙事的双重变奏》。

《西藏文学》第4期发表李佳俊的《文化让人思考——喜读杨世君〈西藏文化建设与文艺管理文集〉》；于宏的《人文关怀、平民情结、怀旧情绪——论阿来的中短篇小说》。

《社会科学研究》第4期发表刘忠的《"第三代诗人"的文化认同与诗歌

观念》。

《社会科学辑刊》第 4 期发表孟繁华的《文学批评：重建中的困惑——以一种文体的批评为例》。

《学习与探索》第 4 期发表杨春时的《样板戏——革命古典主义的经典》；方长安、陈璇的《〈大堰河——我的保姆〉的"经典化"现象研究》。

《南方文坛》第 4 期发表熊元义的《在批评中进行理论的建构》、《文艺与未来的真正的人》；余三定、何轩的《"血性批评"的崛起与崛起的"血性批评家"——熊元义文艺理论与批评阅读手记》；程光炜的《我们这代人的文学教育——由此想到小说家浩然》；贺桂梅的《重读浩然："金光"或"魅影"之外的文学世界》；罗岗的《"创业难……"——浩然和他的先驱们》；南帆的《文学与公共空间》；鲁弘的《知青小说的非整体性》；甘安顺的《现代小说的演变及其创新方向》；苏童、李建周的《纸上的海市蜃楼——与苏童对话》；杨庆祥的《〈新小说在 1985 年〉中的小说观念》；於可训的《读〈圣天门口〉（修订版）断想》；吴培显、吴玉永的《现代性灵的冲淡看取与都市语境的美的张扬——论潘向黎小说及其对新世纪文学发展的启示》；周志雄的《一代知识分子的爱情——王蒙小说的一个侧面》；文波的《文坛热点两题》（排行榜花样百出惹争议、"打工文学"再掀热潮引起关注）。

《语文学刊》第 7 期发表杨典雅的《打开的潘多拉盒子——阅读王小波》；董龙昌的《农民工阶层与打工文学作品创造》；丛朝阳的《苦难·坚忍·温情——论迟子建〈伪满洲国〉中的人性问题》；胡晓文的《为自然而歌　为生态而歌——刘湛秋诗文的生态美学倾向》；仕永波的《昂扬蓬勃的诗情　纯美丰润的意象——散论刘北的儿童诗》；黄鹄的《论仿史小说的消解意味——以李洱〈花腔〉为例》；宋丹丹的《网络文学的类型化创作》；白松强的《作家的艺术风格与民俗学》。

《理论与创作》第 4 期发表侯文宜的《新时期 30 年文学思潮的观照与展望》；周保欣的《改革开放 30 年文学的道德创新问题》；刘起林的《改革开放 30 年红色记忆审美的意义范型多元化趋势》；罗成琰的《抒写　以生命的名义——谭仲池诗集〈敬礼　以生命的名义〉读后》；龚政文的《生命对生命沉痛而炽热的歌吟——读谭仲池诗集〈敬礼　以生命的名义〉》；王珂的《歌唱　以诗人的名义——谭仲池诗集〈敬礼　以生命的名义〉的接受之旅》；聂茂、厉雷的《感时伤国的灵魂之痛——谭仲池诗集〈敬礼　以生命的名义〉读后》；姚菲菲的《"移动文学"初探》；杨柳的《嫦娥原型在当代文学中的置换与反思》；余三定的《精短而又深长——评葛取兵的小小说》;梁桂莲、刘川鄂的《从逃离到突围——张执浩短篇小说论》;李美皆的《马晓丽论》;颜琳的《池莉小说的"陌生化"技巧》;谢刚的《论李师江的城市写作》;曹霞的《返回历史,重构历史——从〈致一九七五〉论林白的创作转向》;岳凯华、林丽的《从〈秦腔〉到〈高兴〉:贾平凹叙事艺术的转变》;李本东的《关于"我是"的一种叙述——残雪〈山上的小屋〉细读》;曾壤的《瓦解男权话语的叙事策略——解读王安忆〈长恨歌〉的边缘叙事》;黄钰、杨虹的《生命、生存的价值与意义——〈兄弟〉的另一种解读》;欧娟的《面具化的成长历程与冷漠式的青春哀伤——解读龚芳长篇小说〈面孔之舞〉》;贾宏的《对当前国产商业大片的美学批评》;应小敏的《直面残酷的勇气与影像表现的乏力——评〈盲山〉》;敖叶湘琼的《〈恰同学少年〉的近代湖湘文化内涵及其审美优势》;王再兴的《回归"文本",回归"文学"》。

《福建论坛》第7期发表孙彦君的《"错位"范畴——孙绍振小说解读的理论核心》。

17日,《人民日报》发表艾斐的《如何丰富经典文化》;於可训的《富国强兵的历史呈现——电视剧〈大龙脉〉观后》;王海玲的《回荡不去的爱国情怀》;蒋秋霞的《现实而纯情 浪漫而坚定》。

《文艺报》以"弘扬抗震救灾精神 坚持正确文艺创作方向"为总题,发表黄定山的《让我们的文艺创作无愧于时代》,李咏的《做好党和人民的话筒》,王海鸰的《见证灾难 认识中国》,徐坤的《文学是一种信仰》,王松的《用情感和生命去体验生活》,关峡的《伟大的祖国、伟大的人民、伟大的党》,谭晶的《在灾难中接受大爱的洗礼》,孙毅的《党员艺术家的神圣职责》,苟婵婵的《舞动生命的美丽》,郁钧剑的《真情 真诚 真实》,张保和的《我拿什么献给灾区的亲人》,巩汉林的《我的责任就是为人民演出》,黄宏的《我们从灾难中得到了什么》;同期,发表马建辉的《文艺中的历史观、价值观与国家文化软实力建设》;道辉的《思想存在的意义》。

《文学报》发表陈竞的《当代中青年作家系列访谈 王十月:从打工仔到作家》;红柯的《刁斗,一个有幽默感的人》;白亮的《改革开放30年文学笔谈之一 文学是另一种的民主和自由——与程德培对话》;谭旭东的《当前文艺批评的症结》;朱又可的《"每天的细节隐藏着计划"》(关于马莉《金色十四行》的评论);方卫平的《儿童文学读本如何选?》。

《作品与争鸣》第7期发表李研的《人情练达即文章》(关于孙建邦《县委书记失踪了》的评论);王刚的《〈六本书〉不仅仅是六本书》(关于倪学礼《六本书》的评论);邱华栋的《双重视阈审视下现代知识分子的灵肉挣扎》(关于倪学礼《六本书》的评论);孙煜华的《一个中国式教育的标本》(关于葛水平《纸鸽子》的评论);徐蔚的《子不教,谁之过?》(关于葛水平《纸鸽子》的评论);李云的《如何叙述底层的尊严》(关于许春樵《尊严》的评论);鲁太光的《我们怎样才能拥有尊严》(关于许春樵《尊严》的评论);阮直的《为穷人做一次心理按摩》;张宗刚的《身份歧视与人文情怀》。

19日,《文艺报》发表丁临一的《来自抗震一线的动人报告》(关于长篇报告文学《惊天动地战汶川》的评论);彭学明的《泪光里的军人颂歌——〈惊天动地战汶川〉有感》;李朝全的《鲜活的报告——读〈惊天动地战汶川〉的六个感受》;谷海慧的《文体活力的复苏——略谈〈惊天动地战汶川〉的文体意义》;李墨泉的《英雄的群雕——简评长篇报告文学〈惊天动地战汶川〉》。

20日,《小说评论》第4期发表金理的《罪的自觉、生命的具体性与机能化的文学》;仵埂的《人物命运与作家宿命》;黄桂元的《背影·流变·地利——新时期天津作家动态考察》;林霆的《天津小说三十年的文学史观察》;藏策的《"津味"到底什么味儿?》;陈忠实的《寻找属于自己的句子——〈白鹿原〉写作手记(连载六)》;阎真的《崇拜经典　艺术本位》;余中华、阎真的《"我表现的是我所理解的生活的平均数"——阎真访谈录》;余中华的《面对虚无的写作——阎真论》;员淑红的《时代变迁中的拒绝与怀念——评黄咏梅〈契爷〉》;翟永明的《身份确认的危机与个体命运的荒诞——评陈昌平的中篇小说〈复辟〉》;杨经建、吴舟的《现象学式书写:20世纪晚期小说的一种存在主义创作倾向》;骆冬青的《叙事智慧与政治意识——20世纪90年代小说的政治透视》;李美皆的《裘山山论》;何西来的《评〈园青坊老宅〉》;李建荣的《长篇小说的语体思辨——兼评马步升的〈青白盐〉》;李广远的《温婉与残酷:个体的历史命运——读〈赤脚医生万泉和〉》;杨光祖的《田小娥论》;杨景生的《生存压力之下的精神垮塌——评当代心理问题小说〈无巢〉〈今夜去裸奔〉》;方秀珍的《当代作家笔下的女性形象》;董建雄的《汪曾祺小说观的文化心理解读》;戴红稳的《蒋韵小说女性悲情书写及其文学意义》;以"方英文长篇小说《后花园》评论小辑"为总题,发表黄元英、聂玮的《永远的寻梦之旅》,董新祥的《家园情结、探索主题与爱情叙事》;同期,发表牛学智的《文学主潮论与"时代主体"探寻——雷达的文学批评世界》；毕新伟的《绘制乡土中国的全景图——读丁帆〈中国乡土小说史〉》；王卫英的《科幻小说与中国传统文化》；秦风的《批评之症候与期刊之走向——"首届全国文学批评期刊与当代文学走向学术研讨会"综述》；成丽丽、侯业智的《路遥逝世十五周年"全国路遥学术研讨会"综述》。

《东北师大学报（哲学社会科学版）》第4期发表高红、艾春明的《文化视野下的叙事和叙事学功能》。

《北京大学学报（哲学社会科学版）》第4期发表洪子诚的《1960年代的两岸诗歌问题》。

《河北学刊》第4期发表赵宪章的《2005—2006年中国文学研究热点和发展趋势——基于CSSCI中国文学研究关键词的分析》；刘忠的《实践性：毛泽东〈讲话〉的一个重要理论品格》。

《社会科学》第7期发表黄乃江的《诗钟与科举之关系及其对清代台湾文学的影响》。

《重庆三峡学院学报》第4期发表周晶的《论虹影小说开放式的叙事风格》。

22日，《文艺报》发表王晖的《奥运建筑：张力尽显的诗意写实——曾哲长篇纪实文学〈觉建筑〉》；阿城的《一个人的浮世之欢》（关于姚摩《阿X小姐》的评论）；李静的《新时期小说研究的新视野》（关于郭宝亮《文化诗学视野中的新时期小说》的评论）；牛学智的《文学创作最终拼的是人格》；以"王秋燕长篇小说《向天倾诉》"为总题，发表乔良、王新国的《一位肯下"笨"功夫的作家——关于〈向天倾诉〉的对话》，雷达的《我欲乘风归去》，贺绍俊的《为女性幸福打开"窗口"》。

23日，《天津社会科学》第4期发表罗振亚的《日常口语化的解构性写作——20世纪90年代的"民间诗歌"考察》；罗慧林的《都市景观：西方想象和现实消费的缝合体——中国当代文学"都市怀旧"现象反思》。

24日，《文艺报》以"'80后'湖州女作家作品评论"为总题，发表刘树元的《真实声音的青春绽放》，王侃的《探索自己心中的后宫》，白烨的《青春而沉稳　少年而老成》，鲍贝的《为追逐梦想而书写》，海飞的《纯真而青涩的浪漫情怀》，谢鲁渤的《定位在"温情派"》，梁小斌的《一首年轻母亲的颂歌》，胡志毅的《人物和自己灵魂对话》，殷实的《古老文学样式的维护》；同期，发表王干的《三十年短篇小说艺术创作轨迹回顾》；杨玉梅的《少数民族文学需要责任感使命感——"全国少数民族文学改稿班"随想》；李明武的《追寻拉祜族先民创世传说的奇异画卷——评拉祜族作家何发昌的〈幼虫出世〉及其它》；晓宁的《"转到童话世界来"——记满族青年儿童文学作家肇夕》；日失岚的《一部苍凉幽古的尧熬尔史诗——评〈星光下的乌拉金〉》；易晖的《乡村中国："变"与"不变"的诗学转换——读回族作家王树理长篇小说〈黄河咒〉有感》。

《文艺理论与批评》第 4 期发表李祖德的《苦难叙事、人民性与国族认同——对当前"地震诗歌"的一种价值描述》；鲁太光的《寻找，以文学的名义——从李辉的〈寻找王金叶〉说起》；以"笔谈赵树理"为总题，发表王晓明的《1950 年代以后的小二黑》，李阳的《在历史难题面前的叙事文学》，朱羽的《形式与政治——阅读赵树理》，邱雪松的《赵树理与"算账"》，朱杰的《从〈三里湾〉到〈户〉——1955 年以后的赵树理》；同期，发表熊元义的《文艺批评要站在历史的制高点上》；王衡的《浅析当前文学批评中批评者精神坚守问题》；王飞的《文学批评家的责任》；贾宏的《当前国产电影生态环境的担忧与思考》；黄振林的《媒介变革时代的戏剧困境与突围》；陈更海的《网络时代的大众文化》。

《文学报》发表金莹的《赵长天谈〈萌芽〉定位——让青年回到文学中来》；金莹的《话剧"功课"梅开二度　继〈金锁记〉之后，王安忆将英国作家哈代小说改编为话剧〈发廊童话〉》；李伯勇的《强调"作文重要"没有错——与韩浩月先生商榷》；十三弦的《想象一种女性美》（关于徐风〈缘去来〉的评论）。

《南方周末》发表蒋子丹、李少君的《动物保护：新的政治与文学》。

25 日，《文艺理论研究》第 4 期发表阎庆生的《论孙犁散文美学的内涵和逻辑结构》；乔以钢、洪武奇的《论当代女性文学批评的空间概念》。

《东岳论丛》第 4 期发表蔡梅娟的《二十一世纪中国文学批评的价值重建》。

《当代作家评论》第 4 期发表王尧的《关于"底层写作"的若干质疑》；周景雷的《从人的历史的维度出发——新世纪长篇小说创作考察》；姜桂华的《看似对立，实则缠绕——一九九〇年代以来文学接受心理特性分析》；徐肖楠的《让文学照亮心灵与现实》；张光芒的《比写作立场更重要的是发现真实的能力——评尤凤伟长篇小说〈衣钵〉》；王光东的《意义的生成——张炜小说中的"主题原型"阐释》；周立民的《故土、幻象与精神困惑——谈张炜长篇小说〈刺猬歌〉及其他》；麦家的《作家是头可怜的"豹子"——在苏州大学"小说家讲坛"上的讲演》；何平的《黑暗传，或者捕风者说》（关于麦家的评论）；胡传吉的《人是世间万物的尺度——论麦家长篇小说〈风声〉》；黄平的《致"赫图阿拉"："痛使我坐卧不安"——论林雪的〈大地葵花〉》；张学昕、吴宁宁的《成长的自审与文化品格的塑造——关于刘东的儿童文学创作》；洪治纲的《"游走"的意义——王手小说论》；施战军的《城市写作及其元素提取——王手小说简论》；贺桂梅的《重读"二十世纪中国文学"》。

《山东师范大学学报（人文社会科学版）》第4期发表曹新伟的《女性在民间视角下的诗学观照——严歌苓作品中的女性形象解读》。

《光明日报》发表黄毓璜的《发见意识与担当精神——关于当下文艺批评的思考》；陈刚的《幸福就是和谐——评〈幸福在路上〉》；余君的《共和国同龄人的激情写真》（关于邓一光《我是我的神》的评论）；昱桦的《守卫"底线"》（关于李鑫长篇小说《沉浮》的评论）。

《郑州大学学报（哲学社会科学版）》第4期发表孙留欣的《背弃与回归——当下诗歌与汉语语境的隔膜与融合》；王静的《阿来原乡人寻根之路的生态折射》；陈登报的《论博客文学中的狂欢精神》。

《晋阳学刊》第4期发表沈红芳的《三十年一场国企梦——从〈乔厂长上任记〉到〈那儿〉》。

26日，《文艺报》发表张锦贻的《新的民族少年　新的民族气质——近期少数民族儿童文学述评》。

《文汇报》发表潘凯雄的《关于学生课外阅读》；胡殷红的《雷达的"大师状"与"小脾气"》；王国伟的《随心、随缘、向善——读〈秋天的行走〉》。

27日，《文汇报》发表杨剑龙的《新世纪文学市场化与当代小说创作》。

《文学自由谈》第4期发表赵月斌的《为什么会连环追尾？》（关于李锐《扁担》与刘继明作品相似事件的阐发）；张莉的《因为底层，所以美好？》；胡殷红的《作家素描（五至八）》（关于李肇星、吴冠中、赵浩生、金庸的评论）；冉隆中的《体制外的写作者》；李美皆的《实事求是　诚信批评》；林霆的《大地震，诗复活？》；李更、文夕的《真实地感受社会》；金梅的《为了这片土地……》（关于韩乃寅《龙抬头》的评论）；邰科祥的《点评〈后花园〉中的某些关键词》；郭玉斌的《拣出几粒烂樱桃》（关于严秀英《就连河流都不能带她回家》）。

28日，《兰州大学学报（社会科学版）》第4期发表田英宣的《〈红旗谱〉研究热点分析与展望》。

29日,《文艺报》发表蒋子龙的《歌颂同心赴难的民族美德——关仁山长篇纪实文学〈感天动地——从唐山到汶川〉》;黄树芳的《读书遇故友　欣喜后来人》(关于《巅峰对决》的评论);邵风华的《密度之美和乡村历史重构》(关于王方晨长篇小说《水洼》的评论);李尚财的《军事文学的"突破口"——以柳建伟和徐贵祥为参照》;毛正天、毕曼的《学习科学发展观　树立先进文艺观——全国"科学发展与当代文艺"学术研讨会综述》;夏义生的《生命的赞歌》(关于汶川地震诗歌集《敬礼——以生命的名义》的评论)。

31日,《人民日报》发表赵实的《多出精品服务"三农"——大力繁荣农村题材电影创作》;李黎夫的《文化是需要精神的》;仲言的《历史题材创作的"真实"界说》。

《文艺报》发表陈超的《看似寻常实奇崛》(关于刘福君诗歌创作的评论);刘向东的《诗集〈母亲〉本事》;傅逸尘的《军旅文学:要攀登思想与精神的"高地"——军旅作家徐贵祥访谈录》;韩作荣的《弛张军人精神疆域的诗笔》(关于马文科诗集《猛士执戈奉玉帛》的评论);雷抒雁的《剑似秋霜气若虹》(关于马文科散文集《春回天地一寸心》的评论);杨晶的《从乡下人进城的叙述看中国经验书写》;高洪波的《关于诗歌的话题》。

《文学报》发表钱理群的《学术研究的承担》;陈竞的《许德民:我就是"敢"尝试》;李双木的《我所知道的钱文忠》;李清霞的《越来越严重的细节失真现象》;藏策的《底层叙事小说的新亮点》;谢冕的《坚定地写大主题》(关于桂兴华《城市的心跳》的评论);赵瑜的《被忽略的,以及被轻视的》(关于韩少功《暗示》的评论)。

《求索》第7期发表谭俐莎的《与自然对话:当代中国自然纪录片省思》;欧娟的《边缘文本的话语力量——"双百方针"前〈人民文学〉中的另类话语初探》;孙际垠的《论贾平凹散文中的生命体验》。

本月,《山东文学》第7期发表苗欣雨的《迟子建小说——故乡情结的成因及意义》;王晓梦的《简论池莉作品的情爱观》;张艳龙的《市民伦理中的怨恨——对艾伟小说〈小卖店〉的观念化解读》;贾海宁的《遥望远逝的家园——评桂苓的散文创作》;万海洋的《权力异化下的乡里众生——论阎连科小说的权力书写》;张燕芹的《谈公安题材小说中惩恶扬善的道德追求》。

《上海文学》7月号发表林莽的《读写札记》;陈村、吴亮、程德培的《80年代:差异·批评·碎片》。

《读书》第7期发表王尧的《道器之间的〈太平风物〉》；张莉的《一场灾难有多长？》(关于毕飞宇"玉米"系列小说的评论)。

《暨南学报（哲学社会科学版）》第4期发表姚新勇的《多义的"文化寻根"——广谱视域下的"寻根文学"》；周兴杰的《场域分析：探讨网络文学性质的一种途径》。

本月，天津人民出版社出版曹志伟的《陈舜臣的文学世界——独步日本文坛的华裔作家》。

新疆大学出版社出版廖肇羽编著的《艺术审美的神韵》。

中国戏剧出版社出版陈恒汉的《殊途同归——跨学科视野里的文艺评论》。

复旦大学出版社出版郜元宝的《小批判集》；王晓明、董丽敏、孙晓忠的《文学经典与现代人生》。

重庆大学出版社出版石坚、王欣的《似是故人来：新历史主义视角下的20世纪英美文学》。

8月

1日，《广州文艺》第8期发表陈然的《怀抱结石的人（创作谈）》；理由的《旧作闪回》(关于《扬眉剑出鞘》的评论)。

《文学界》8月号发表梁艳萍、李炜的《宁肯论》；庞培、刘淼的《关于新散文的问答》；孟繁华的《为平常日子而写作》；王冰的《背过身去的新视角——格致的启示》；格致、刘淼的《我的一天从六点钟开始》。

《名作欣赏（鉴赏版）》上半月刊第8期发表樊星的《别致的哲理小说——读范小青的短篇小说〈城乡简史〉》；陈国和的《对话在场的缺席——关于潘向黎的〈白水青菜〉》；彭宏的《哲思深蕴的记忆"眺望"——对李浩〈将军的部队〉的阅读印象》；谢文芳的《童真的美好及其他——关于郭文斌的〈吉祥如意〉》；周文慧的《身份认同的尴尬与缺失——评邵丽的〈明惠的圣诞〉》；郭剑卿的《爱情书写中的

文化认同与性别视野——关于蒋韵〈心爱的树〉》；杨汤琛的《神话重述中的现代叩问——评苏童的〈碧奴〉》；杜昆的《试析海子在文学史中的归属问题——兼论文学史的一种写作模式》；陈曦的《郭风童话：快乐的田园交响乐》；李超的《一个词语的历史——"80后"的谱系考察》；房芳的《20世纪90年代以来"知识分子写作"诗歌审美风格简析》。

《名作欣赏（学术版）》文学研究版第8期发表柴华的《自在之美——论王小妮新世纪诗歌的精神向度》；吴怀仁的《主体身份层面的另一种言说——舒婷〈致橡树〉的再解读》；秦敬的《论当代诗人的精神思想资源与诗歌的现实性》；王立宪的《采撷之中的人生寓意——再读迟子建的小说〈采浆果的人〉》；廖冬梅的《异化/反异化的生存图景——〈组织部来了个年轻人〉叙事主题新解》；沈红芳的《〈小邵〉：男性镜像映照下的女性他者成长》；叶诚文的《焦虑：启蒙叙事的情感特征——以丁玲、巴金的经典文本为中心》；喻子涵的《灵活多变的创作追求和文体实践——赵俊涛散文诗多元解读》；张立新的《都市散文中的心灵田园——赵践散文论》。

《西部华语文学》第8期发表杨庆祥的《文学史视野中的劳马小说创作——以〈抹布〉、〈傻笑〉为研究中心》。

《西湖》第8期发表手指的《一点办法也没有（创作谈）》；刘波的《尖锐背后的疼痛——关于手指的小说》；李立的《由创作谈去（创作谈）》；李静宜的《"先锋"姿态的写作》；程永新的《皮皮》（关于一个人的文学史之信件资料）；周昌义、小王的《党代表之三：〈中国农民调查〉》；汪政、晓华、姜广平的《"使批评成为批评家的生命表达"》。

《延河》第8期发表段崇轩的《警惕"文坛"沦为"市场"》。

《诗刊》8月号上半月刊发表邓诗鸿的《灵魂的细雪》；郁笛的《时光在泪水中悄然翻卷——读邓诗鸿组诗〈青藏诗篇〉》；潘颂德的《新诗九十年的回顾与思考》；刘征的《半个世纪的诗缘：我和〈诗刊〉》。

2日，《小说选刊》第8期发表徐坤的《创作谈：青春中国的赞歌》；晓剑的《创作谈：小说家的使命》。

《文艺报》发表杨立元的《〈喊黄河〉喊出了什么？——读〈喊黄河〉有感》；冉隆中的《文化自信力的升华和书写——读熊清华〈至爱极边〉〈语境保山〉》；徐鲁的《世界上没有渺小的体裁——近期儿童诗巡礼》。

5月,《山东社会科学》第8期发表倪万、吴园军的《中国式"大片"的起点、拐点与落点》。

《文艺报》发表谭旭东的《用诗歌为时代作证——评商泽军长诗〈奥运中国〉、诗集〈国殇：诗记汶川〉》;李云雷的《我们如何想像农民？》;刘宏志的《错位的"先锋"》。

6日,《当代小说》第15期发表吕家乡的《人文视角下的都市景观——读朱多锦的都市诗》;亓丽的《退守与进攻的两难选择——论刘庆邦矿工题材小说》。

7日,《文学报》发表陈竞的《孙晶岩：写奥运,激情的喷发》;傅小平的《肖复兴：关心细节远甚于成绩》;金莹的《商泽军：以诗歌献礼奥运》;黄孝阳的《大清静里的风和云》（关于储福金《桃红床的故事》的评论）。

8日,《绿洲》第8期发表王仲明的《兵团审美文化的发展和评论家的责任——读孟丁山的评论集〈守望心灵的绿洲〉》;余开伟的《绿洲托起人类的尊严与希望——读孟丁山文集〈守望心灵的绿洲〉》。

10日,《文艺研究》第8期发表吴义勤的《新世纪中国当代文学研究的现状与问题》;吴秀明的《论"十七年文学"的矛盾性特征——兼谈整体研究的几点思考》;丁帆、施龙的《人性与生态的悖论——从〈狼图腾〉看乡土小说转型中的文化伦理蜕变》;方伟的《国产类型大片、〈集结号〉与电影产业化实质》;胡大平的《艺术如何穿梭于商业和意识形态——从〈集结号〉叙事的意义看中国当下电影生产》;程惠哲、张俊苹的《从〈甲方乙方〉到〈集结号〉：冯小刚电影的票房策略》。

《学术论坛》第10期发表季中扬的《当代文化认同的思维误区》;肖晶的《隐形书写与女性创作》;朱利萍的《传统哲学与现代情怀的诗意整合——论传统哲学对张晓风散文的影响》。

《信阳师范学院学报（哲学社会科学版）》第4期发表刘士杰的《传统与现代熔于一炉,雄浑和婉约交相辉映——浅论叶维廉诗歌的艺术特色》;刘桂茹的《深度激情的生命诉求——旅美作家陈谦小说论》。

12日,《文艺报》发表丁晓原的《奥林匹克精神的中国阐释——孙晶岩长篇报告文学〈五环旗下的中国〉》;孔会侠的《〈地衣〉的复调与温情》;叶广岑的《箫鼓春社忆古风》（关于张长怀散文集《庙会风情》的评论）;李静的《"80后"与奥林匹克精神》。

14日,《文艺报》发表叶延滨、林莽、胡兆燕的《诗歌始终没有停下发展的步伐——关于中国现代诗歌30年的对话》;傅根洪的《好梦开始的地方——读〈我的笔名叫鲁光〉》;文羽的《改革开放与文学疆域的新拓展》;以"时代奉献者的深情歌唱 寒青报告文学作品五人谈"为总题,发表周明的《用真情实感诠释典范和楷模》,李炳银的《救时应仗出群才》,蔚蓝的《激情书写来自最底层的感动》,李建军的《让爱成为文学叙事的伦理基础》,傅溪鹏的《高歌"模范人物"的时代作家》;以"承接传统,传递真情——钱怡羊长篇小说《黑色咖啡》评论"为总题,发表吴秉杰的《有什么样的变化正在发生》,崔道怡的《浓浓的苦 一丝丝甜》,张昆华的《生活实力与艺术魅力》,白烨的《悲情背后的激情》,张永权的《民族品性的青春守望》;同期,发表王保国的《当代文人的学术使命》。

《文学报》发表李墨泉的《文章大写须放眼》(关于朱向前《毛泽东诗词的另一种解读》的评论);李鲁平的《诗编织的湖乡平原》(关于邹平《傍水而居》的评论);孟繁华的《一个文体和一个文学时代》;刘仁前的《我和〈香河〉的故事》;丁飞龙的《日历和它的深处》(关于《日历深处》的创作谈);李萍、朱广金的《〈大众文学〉,一片坚实的文学厚土》;吴欢章的《老总诗人的文化追求》;赵丽宏的《记忆和抒情——读王勉散文有感》;李刚的《诗歌是生命的绿地》(关于诗歌创作的创作谈)。

15日,《文艺争鸣》第8期发表郜元宝的《只剩下恫吓而已》;李朝全的《重估"新三十年文学"创作成就》;赵宪章的《2005—2006年中国文学影响力报告》;李林荣的《新世纪文学的三重门》;张文联的《玄幻小说刍议》;雷鸣的《当代生态小说的审美迷津》;毕飞宇的《〈玉米〉之外的点滴》;李炳银的《报告文学现实的行走姿态》;胡柏一的《报告文学与当代文学的关系》;张健的《对体育报告文学的反思》;贺绍俊的《回归质朴——读朱晓军的〈天使在作战〉》;李建军的《让爱成为文学叙事的伦理基础——评寒青的报告文学》;朱卫兵的《史诗品性与非虚构叙述——读徐剑的〈东方哈达〉》;谢冕的《为了一个梦想(中国新诗1949—1959)》;刘起林的《论知青作家中年时代的精神分化》;杨小青的《"坚守"与"留守"——从〈关于女人〉到〈等〉》;杨光祖的《艰难的突围与挣扎——新世纪西北中短篇小说论》;黄伟林的《"拨开他们像荒草一样的文字"——论东西的小说》;彭文忠的《湖南乡土文学生态价值论述》;以"余华作品讨论"为总题,发表王嘉良的《从"窄门"走向"宽阔"——余华创作转型的"历史美学"分析》,王侃的《论余华小说的张力叙事》,高玉的《论余华的"先锋性"及"转型"问题》,郭建玲的《论余华散文的叙述艺术》;同期,发表石兴泽的《刘绍棠论》;孟繁华的《论〈玉米〉》;段崇轩的《论毕飞宇短篇小说》;李雪梅的《胡学文小说的底层女性世界》;庞秀慧的《孙惠芬小说中的伦理悖论》;严英秀的《"空山"之痛》(关于阿来《空山》的评论)。

《文汇报》发表阿城的《一个人的浮世之欢——关于姚摩长篇小说〈浮世欢〉》;胡殷红的《林希:总会让别人为他的议论大惊小怪》。

《诗刊》8月号下半月刊以"尤克利:乡村情感的真诚回望"为总题,发表冯春明的《我读〈远秋〉》,高军的《关于尤克利诗歌的几个关键词》,刘京科的《一颗固守精神家园的赤子之心》;同期,发表陈因的《地域与时代共同培育的大地之子》;芦苇泉的《关于诗歌的祝福与问候》。

《民族文学研究》第3期发表毛巧晖的《民间文学与作家文学——以〈马五哥与尕豆妹〉和〈王贵与李香香〉的对比分析为例》;崔勇的《图腾诗的诗学可能——兼论南永前的图腾诗》;张春植的《朝鲜族移民小说与身份认同》;郑靖茹的《"西藏新小说"的兴起与终结》;刘洁的《阿拉旦·淖尔写作的草原文化意蕴》;张直心、徐萍的《高蹈与沉潜——少数民族新生代诗歌批评之批评》;吴开晋的《当代诗坛的新收获——读杨子忱〈长春史诗〉》;李翠芳的《心灵的还乡行走——评冯艺的〈红土黑衣——一个壮族人的家乡行走〉》。

《江汉论坛》第8期发表杨峰的《经典文学中的苦难意识探析》;陈利娟的《人物形象的虚构与叙事——贾宝玉与麦其土司二少爷之比较》。

《光明日报》发表张炯的《关于加强文艺批评的刍议》;沈源的《多彩色谱折射警察人生——评电视连续剧〈警察故事〉》;丁临一的《当代共产党人的光辉群像——评长篇报告文学〈执政能力〉》;杨义、冷川的《从女性自觉意识到学术圆通之境——评常彬〈中国女性文学话语流变〉》。

《学术探索》第4期发表叶振忠、王志强的《打捞历史 评说现实——评漓江版的〈2003中国年度最佳随笔〉》。

《汕头大学学报(人文社会科学版)》第4期发表翁奕波的《新马华文文学萌发时间之我见》。

《福建论坛》第8期发表江腊生的《历史循环与人性消费:当下文学历史叙述的走向》;朱双一的《新时期以来的两岸文学互动》。

16日,《文艺报》发表段崇轩的《把握改革开放历史的深层脉动——评焦祖尧的小说创作》;郝雨的《人和自然的美丽与残酷——评曾明了长篇小说〈子弹与花〉》;邢海珍的《让一个伟大的历史人物复活——读季新山长诗〈郑和来信〉》;练洪洋的《一位性灵女子的心情年轮——读申林散文集〈露醉五更〉》。

17日,《作品与争鸣》第8期发表朗寓的《乡村的善治和草民的慰藉》(关于杨少衡《大畅岭》的评论);李望生的《一个作家发出的红色预警》(关于陈启文《未知区域》的评论);黄群英的《必然的,也是荒诞的》(关于陈启文《未知区域》的评论);颜玉的《当梦想照进现实》(关于徐则臣《天上人间》的评论);董闽虹的《在法与情的夹缝中窥破人生》(关于徐则臣《天上人间》的评论);汪金友的《"文化"是用来卖钱的吗?》。

19日,《文艺报》发表木弓的《"三农"问题与生态文化——钟正林中篇小说〈可恶的水泥〉〈气味〉》;施战军的《微凉的知情和微温的体恤》(关于李菡文学创作的评论);徐国俊的《小隐于市 大隐于心》(关于林渊液散文集《有缘来看山》的评论);曲鲁的《沉默大地的歌者》(关于吴长忠散文诗创作的评论);张颐武的《感情生命的伟大》;彭松乔的《共和国体育腾飞的文学见证》。

20日,《学术研究》第8期发表袁联波的《叙述性与舞台性——论新时期中国实验性话剧的言说方式》。

《华文文学》第4期发表《创作与研究并呈 典范与新锐兼容——〈红杉林〉简介》;《〈美华文学〉简介》;王晖的《童心·真心·佛心——论〈陈瑞献选集〉的本体价值》;张桃的《振兴与繁荣:抗战及战后初期的印尼华文戏剧》;陈大为的《婆罗洲图腾——砂华散文"场所精神"之建构》;郭洪雷的《林语堂与中国现代传记文学》;钱虹的《赤子·浪子·游子——论海外华文女作家赵淑侠小说的民族想像》;田泥的《圣化与世俗的因果脉象——海外华文文学中的因果母题》;王巨川的《相期浴火凤凰生——海外华文文学中的因果母题》;许文荣的《马来西亚动地吟朗诗活动2008年再度走访全国》;《北美华文作家协会纽英伦分会与哈佛中国文化工作坊陆续举办文化活动》;刘小新的《上世纪末台湾文论的后现代论争与后殖民转向》;东瑞的《为香港文化生动地把脉——序陈少华〈香港文化现象〉》;王艳芳的《失城之乱:论黄碧云小说的城市身份想象》;花艳红的《作为第二自然的香港——1985—2000年〈香港文学〉中几种香港形象的构建》。

21日,《文艺报》发表孟繁华的《在精神的云端拥抱生活:鲍尔吉·原野散文集〈让高贵与高贵相遇〉》;袁鹰的《人生旅途风光无限》(关于郑荣散文随笔集《有缘在旅途》的评论);施亮的《传统的守望 现实的掘进》(关于安装智中国文学评论集《守望与突进》的评论);《首届蒲松龄短篇小说奖获奖感言》(获奖者包括:卢金地、林斤澜、陈忠实、晓苏、莫言、叶弥、苏童、贾平凹);《首届蒲松龄短篇小说奖授奖词》;大水的《物质渐趋欢谑下的精神溃疡与重构——读张洪兴的长篇小说〈绿逝〉》;以"展现变革中的现代乡土生活 周习长篇小说《土窑》"为总题,发表雷达的《生活本身的力量》,何西来的《三十年世事沧桑》,芳洲的《一位勤奋的写作者》,贺绍俊的《一种水灵灵的新鲜感》,房伟的《深刻的乡村体验》,崔道怡的《原汁原味的农村生活》,王干的《文学的力量就是道德的力量》,张丽军的《美丽的时代病毒》,白烨的《直面现实是主要特色》,张守仁的《写出了真实的细节》,刘庆邦的《对周习后期的创作会有很多启发》,李树高的《清丽为人 平民化为人》;以"另类的小小说文本——谢志强《新启蒙时代》五人谈"为总题,发表胡平的《纯文学的小小说作家谢志强》,洪治纲的《现代生活的绝妙寓言》,汤吉夫的《我读谢志强》,李运抟的《开放的现实主义艺术世界》,杨晓敏的《展示小小说的无限可能性与超越性》;以"诗意地表达中国古代文明——华文峰抒情诗《中华之歌》五人谈"为总题,发表高洪波的《抒发爱国之情的〈中华之歌〉》,张同吾的《中国古代文明的诗意荟萃》,韩作荣的《中华民族的简约诗史》,唐力的《笔下长风发浩歌》,谢冕的《简评〈中华之歌〉》)。

《文学报》发表张颐武的《三十年:中国崛起与文化发展》;傅小平的《"写作三十年,遭遇创作瓶颈" 莫言书展演讲坦言新作轻易不敢动笔》;金莹的《高占祥:探求传统美德回归》;陈竞的《池莉:直面中国教育》;黄桂元的《"改革文学"终结"伤痕文学"?》;熊育群的《我对散文的一些感想》。

22日,《文汇报》发表胡殷红的《沉寂许久的作家权延赤》。

《新文学史料》第3期发表柳鸣九的《辞别伯乐而未归——回忆并思考蔡仪》;陈福康的《"化私为公,得为人民所有"——给国家献宝的组织者郑振铎先生》;罗飞的《阿垅解放后参加的第一份工作》;高昌的《重逢:公木的1978》;石兴泽的《刘半农与傅斯年的交往和友谊》;任葆华的《沈从文与赵树理》;吴永平的《胡风书信中对周恩来的称谓演变考》。

23日,《统一论坛》第4期发表王震亚的《"台湾的鲁迅"——赖和》。

28日,《文艺报》发表陈超的《寻找通向传统的个人"暗道"》(关于现代诗创作的评论);古耜的《散文的公众意识与现实情怀》;刘大敏的《提高电视剧原创力 呼唤时代荧屏人物》;田子馥的《南永前的人类学视野——朝鲜族作家南永前图腾诗〈圆融〉读后》；高维生的《寻找火焰的地图》(关于蒋蓝《动物论语》的评论)；特·赛音巴雅尔的《依然十里杏花红——〈阳光丛书〉第三辑序》；张莉、何小平的《解读沅水历史文化之谜——评苗族作家侯自佳的散文集〈沅水解读〉》。

《文学报》发表傅小平的《朱苏进：〈朱元璋〉让我"恨爱两难"》；金莹的《陈占敏：八年熔铸"黄金四书"》；孙惠芬的《罗望子与周诚》；黄发有的《虎踞龙盘的文学重镇——〈钟山〉三十年读记》；雷达的《军旅女性形象的一次刷新——我读刘静〈戎装女人〉》；王干的《歌者的吟唱和悲悯——读王明韵诗集〈废墟上的歌者〉》；丁晓平的《苦难里开出的花》(关于何存中《姐儿门前一棵槐》的评论)。

29日，《光明日报》发表胡良桂的《批评家的责任与使命》；贺绍俊的《张扬人本精神理想的警察形象——读钟道新的未竟稿〈巅峰对决〉》。

30日，《文汇报》发表王周生的《曾经沧海——知青的书写与被书写》；胡殷红的《李存葆的儿女情长"英雄气短"》；雷启立的《以小说的方式能否回到当下？》

31日，《求索》第8期发表邱月、张福贵的《当代都市小说的都市情结与反都市情结》；李天福的《论新历史主义小说的文化思想走向》；尹季的《20世纪末中国家族题材小说中的怀旧意识》；杨丹丹的《顾城之死的文化解析》。

本月，《山东文学》第8期发表张颖的《智者的忧思与关怀——评毕四海的散文集〈生命的故事〉》；张燕芹的《论新时期公安题材小说的艺术风格》；赵瑞洁的《一位"游离于主流之外"的言说者——汪曾祺》；李子良的《舒婷诗歌的原型意识和现代意识》；陈昭明、倪晓华的《现代知识女性的情感困惑——解读方方的〈树树皆秋色〉》；刘文浩的《人为与历史的命定——阿来〈尘埃落定〉中的宿命色彩解析》；亓丽的《论新历史主义文学彰显作家主体性的叙述策略》。

《上海文学》8月号发表食指的《人格·韵味——在北京师范大学的演讲(片段)》；吕永林的《何谓1990年代的"个人化写作"》。

《文艺评论》第4期发表李林荣的《"丰富"何以成为我们的"痛苦"——新世纪散文创作与理论态势的一种谱系学分析》；贾宏的《关于当前国产电影生态环境的担忧与思考》；高小弘的《压制与抗争——论20世纪90年代女性成长小说中的身体叙事》；龚小凡的《平民主义的快乐阅读——当代图文书的阅读特征》；李志孝的《"柔软而温暖"的底层叙事——贾平凹长篇新作〈高兴〉》；夏元佐的《"德里姆河"的隐喻和张抗抗的随笔》；孙苏的《右岸的温情与忧伤》(关于迟子建《额尔古纳河右岸》的评论)；苗欣雨的《故乡情结——迟子建中短篇小说论》；黄

毓璜的《发见意识与担当精神——关于当下文艺批评的思考》;傅翔的《讲故事的难度——以遥远的小说为例》;李黎的《感动与发现》;肖桂贤的《文艺作品中的故事与细节》;张一凡的《多元一体的黑龙江少数民族文化艺术与特征》。

《芒种》第8期发表张建术的《中国诗歌会出现一个创造的大时期——从地震诗歌群说起》。

《江淮论坛》第4期发表汪树东的《论1980年代中国文学的生态意识》;任美衡的《论茅盾文学奖的"思维精神"及其局限》。

《读书》第8期发表周瓒的《大地震与文学表达》;陈捷先的《历史与小说之间》(关于韦庆远《正德风云：荡子皇帝朱厚照别传》的评论)。

本月,上海三联书店出版朱崇科的《考古文学"南洋"——新马华文文学与本土性》。

厦门大学出版社出版苏永延等的《周颖南散文解读》,王金城的《台湾新世代诗歌研究》。

人民文学出版社出版孙中田的《色彩的语象空间》。

学林出版社出版潘华琴的《文学语言的私有性》。

广西民族出版社出版陈敏、翟大炳的《诗歌审美心理导引》。

中国广播电视出版社出版陈传才的《当代文艺理论探寻录》。

福建人民出版社出版吴励生、叶勤的《解构孙绍振》。

9月

1日,《广州文艺》第9期发表寇挥的《把长篇写成短篇及其它杂感(创作谈)》;孟繁华的《三个场景或十个故事》;何镇邦的《以小见大及其它——重读陆文夫短篇小说〈小饭世家〉》。

《文学界》9月号发表陈启文、崔道怡的《天性、灵性与品性》;张守仁、陈启文的《我仍坚持自己的想法》;何启治、陈启文的《道是无晴却有晴——一个编辑和当代优秀长篇小说的遇合机缘》;章仲锷、陈启文的《关于编辑,关于文学》。

《天涯》第5期发表黄发有的《"改革文学":老问题与新情况》;蒋子龙的《1979年的虚构和现实》。

《名作欣赏(鉴赏版)》上半月刊第9期发表严家炎的《试说"中国的奥勃洛莫夫"——从〈王蒙自传〉谈到倪吾诚形象的典型意义》;郜元宝的《"感时忧国"与"救出自己"——关于〈王蒙自传〉》;张志忠的《中国当代文学的历史记忆——以〈王蒙自传〉为例》;温奉桥的《心灵的隐曲 时代的浩歌——读〈王蒙自传〉》;翟文铖的《体物之妙 功在密附——王蒙短篇小说〈木箱深处的紫绸花服〉阐释》;李萌羽的《"变"的辩证法——王蒙〈活动变人形〉的文化符码解读》;胡少卿的《只有自由与平静——读戈麦小说〈游戏〉》;彭莹的《并不深究,只在展现——解读〈永远的谢秋娘〉》;张泠的《大美无形——评尹全生小小说〈海葬〉中鸽子爷的形象塑造》。

《名作欣赏(学术版)》文学研究版第9期发表王志清的《黄山为辞兮黄河为采——袁瑞良辞赋荐赏》;杨士斌的《论小说〈我叫刘跃进〉对"无为"思想的阐扬》;栗丹的《沉重中的坚韧——2007年优秀短篇小说主题述评》;姜辉的《从"欲望"到"信仰"——中国现当代作家对同性恋的处理方式浅探》;梁艳芳的《一次对于"撒谎"的完美的语词分析——论老村的长篇小说〈撒谎〉》;王晖的《第一人称视角的越位——试论〈扶桑〉的叙事艺术》;马德生的《坚守与超越的叙事智慧——铁凝小说创作艺术辩证法探析》;陈蓉蓉的《遗失的未来——浅谈〈透明的红萝卜〉》;殷辉的《生命热情与历史书写——海凡抒情诗创作及其他》;王海燕的《试论阎连科小说中的死亡意象——以〈日光流年〉和〈丁庄梦〉为例》;尹季的《20世纪末中国家族题材小说的寻觅与救赎》;隽波的《论新诗"非加和性"的整体胜利——兼论当代新诗之流弊》。

《西部华语文学》第9期发表邱华栋、[德]顾彬的《"我内心里有一个呼救声"——顾彬访谈录》;刘绪源、胡廷楣的《折腾,还是不折腾——试谈长篇小说〈名局〉中的"选择"》。

《西湖》第9期发表苏阳的《有些东西和小说有关(创作谈)》;何同彬的《有生活的"温柔"与"暴虐"——苏阳小说浅议》;毕非一的《我们离小说有多远(创作谈)》;夏烈的《无厘头时代的疼痛事件——毕非一小说读后》;程永新的《"贴着地面行走"是文学的大倒退》;周昌义、小王的《刀尖上舔血(一)》;章德宁、姜广平的

《〈北京文学〉：高贵品格　民间立场》；张莉的《有尊严地书写》。

《社会科学战线》第9期发表王挺的《1990年代的女性个人化写作》。

《延河》第9期发表史元明的《男权中心的心理自闭——评小说〈天下本无事庸人自扰之〉》；李小杰的《"名"的枷锁与引诱——评〈朱笑天的天〉》；张昭兵的《"忠诚"的解读——剖析小说〈白狗庙〉》。

《钟山》第5期发表林莽、张清华的《见证白洋淀诗歌——林莽访谈》；韩少功、孔见的《韩少功、孔见对话录》。

2日，《小说选刊》第9期发表叶舟的《创作谈：羊的路线》；鲁太光的《评论：小说的精神》（关于韩少功《第四十三页》的评论）。

《文艺报》发表高洪波的《活力东莞　时代写照——刘元举报告文学集〈客居东莞〉》；赵瑜的《"去小说化"也可读》（关于韩少功《暗示》的评论）；张淑云的《幽默是一种智慧》（关于彭匈散文集《一事能狂》的评论）；杨荣树的《并不多余的"多余人"》（关于池莉中篇小说《香烟灰》的评论）；董学文的《站在新的历史起点上——近三十年中国文学理论》；李鲁平的《当代乡土诗的衍变》。

4日，《文艺报》发表杨晓敏的《小小说名家印象记》（申平、非鱼、周波、东瑞、朵拉）；敖忠的《理论批评走什么路？》；潘美云的《文艺在构建和谐社会中的作为》。

《文学报》以"网络文学：十年"为总题，发表陈竞的《文学网站：兴衰背后的经济推手》，马季的《网络作家：从焦虑到坦然》，陈村的《"网眼"陈村：十年"师爷"路》，葛红兵的《葛红兵：网络文学发展不可估量》；同期，发表金莹的《当代中青年作家系列访谈　关仁山：用文字搭建大爱桥梁》；商震的《"憨人"红柯》何英的《残雪和她的城堡》；孟隋的《"恶俗"这把刀》。

5日，《山东社会科学》第9期发表李雁的《论二十世纪女性创作中悲剧精神的嬗变》。

《广西文学》第9期发表张清华的《汉语在葳蕤宁静的南方——关于〈第二届广西诗歌双年展〉阅读的一点感想》；李少君的《广西诗歌与当代诗歌的地方化浪潮》；《2008广西诗情报告》。

《天府新论》第5期发表王亚平、徐刚的《"五四"与"当代文学"：历史重述中的意义生成与话语转轨》；张宏辉的《批评话语：文学现代研究的一种知识思想核心》；彭贵川的《从〈集结号〉透视中国战争大片的价值承载》。

《当代文坛》第5期发表李怡、王学东的《新的情绪、新的空间与新的道路——改革开放三十年的四川诗歌》；冯源的《成像与升值——关于四川当代散文发展态势的一种阐释》；惠雁冰的《枝蔓横生的历史现场：重解〈二月纪要〉》；邢小群的《从凤凰涅槃到炉中之煤——郭沫若晚年行为的心理动因试探》；张清华的《朦胧诗：重新认识的必要和理由》；易彬的《论"朦胧诗"发生的历史据点——以精神状态与写作训练两层面为中心的考察》；邵燕君的《"智性写作"与"游戏精神"——晓航小说论》；张学昕的《晓航小说创作论》；晓航的《智性写作与可能性探索》；邓利的《再论伤痕文学的历史价值和现实意义》；陈晓明的《小说的心理特权与历史化的紧张关系》；王泉根的《新世纪中国儿童文学创作症候分析》；张旭东的《新世纪"文学豫军"的创作困境与突破之途》；曾利君的《试论新时期小说的民俗描写——以贾平凹、陈忠实、韩少功的小说为例》；陈娇华的《解构中蕴涵着怀旧——从爱情书写角度考察叶兆言的新历史小说》；王卫英的《郑文光与中国科幻小说》；萨支山的《当代文学中的柳青》；吴景明的《冯小刚贺岁电影十年求索（1997—2007）》；樊华的《原生态热与都市人的乡愁》；曹纪祖的《责任与良知催生热血之作——评黄亚洲诗集〈中国如此震动〉》；许道军的《"用言词留住瞬间"——耿占春的〈新疆组诗〉》；沈红芳的《在苦难中升腾——论严歌苓小说中的女性意识》；杨春雪、朱丹的《是女性主义创作吗——对迟子建创作的一种思考》；李牧雨的《在通俗写作的跑道上滑行——张欣创作现象之我见》；季爱娟的《一个凝重而苦涩的话题——读张心阳前苏联问题系列杂文》；晓苏的《小说的叙述角度与叙述秩序》；任秀容、晓原的《徜徉于大地的心灵悸动——陈霁散文论》；陈剑晖的《让诗性穿透历史的苍茫——评冯艺的人文地理笔记》；杨剑龙、刘醒龙等的《知青文学与本土经验——长篇小说〈金牛河〉研讨纪要》。

《光明日报》发表里快的《"回归"背后的精神文化动因开掘及其艺术张扬——电视连续剧〈东归英雄〉赏析》；赵葆华的《守望国家情怀 高扬"东归"精神——评长篇电视连续剧〈东归英雄〉》；徐剑的《底层的温馨和普世关怀——〈冰冷血热〉创作谈》。

《莽原》第5期发表田中禾著、作家墨白评点的《姐姐的村庄》；张舟子的《精致的形式，丰厚的意蕴——评田中禾〈姐姐的村庄〉》；李庚香的《构建：文艺理论和文艺评论的"中原学派"》；姜广平的《"好的小说家是三轮车夫"——与麦家对话》。

6日,《文艺报》发表李衍柱的《以人为本:文学发展和繁荣的灵魂》;陈力君的《立足文本并超越文本——读〈中国当代长篇历史小说的文化阐释〉》。

《文汇报》发表胡殷红的《吴秉杰:书生意气在 挥斥方遒难》。

8日,《芙蓉》第5期发表季亚娅、麦家的《麦家之"密"——自不可言说处聆听》;麦家的《文学的创新》。

《绿洲》第9期发表栗军的《地域性下的诗性表达——沈苇诗歌创作特色小析》。

9日,《文艺报》发表古耜的《历史褶皱里的民生民魂——王昕朋、刘本夫长篇小说〈天下苍生〉》;李保平的《面对死亡是一种哲学》(关于刁斗《我哥刁北年表》的评论);练建安的《刀尖上的舞蹈》(关于曾纪鑫《千古大变局》的评论);梁平的《尊重与期待》。

10日,《大家》第5期发表丛治辰的《80年代的作者该干点什么》;以"马季设座 特邀主持:马季 在座作家:林那北"为总题,发表马季、林那北的《看似平常也曲折》,马季、桫椤的《生活在无所适从当中》。

《文艺研究》第9期发表邢建昌的《大众传播语境下文学理论的知识生产》。

《中国社会科学》第5期发表赵勇的《媒介文化语境中的文学阅读》。

《西南大学学报(社会科学版)》第5期发表周志强的《新诗史叙述:总体与局部——论近30年来中国的新诗史写作》;张宏生的《舍与得:境界的呈现与价值的多元——金庸武侠小说的一个面向》;刘帆的《华语武侠巨制的产业意义与市场策略》。

11日,《文学报》以"'甘肃小说八骏'奔腾进京"为总题,发表陈竞的《"甘肃文学论坛小说八骏北京之旅"举行》、《高凯:"小说八骏"是平台,也是擂台》;同期发表金莹、宋茹娇的《当代中青年作家系列访谈 李春雷:书写残奥会的"非常精神"》;金莹的《王唯铭:"迷城"中的身体力行者》;胡平的《我读正林小说》;杨剑龙的《行走在俗与雅之间——读郭海燕的中篇小说》;叶开的《一个人的摇摆——与吴玄〈陌生人〉有关》;陈艳的《当学术乘上童话的风帆——评宋耀良〈人面岩画之谜〉》;谭为宜的《于仁秋的〈请客〉与鲁迅的讽刺艺术》。

13日,《文艺报》发表丁毅的《贺敬之新古体诗简论》;楼肇明的《嘶哑中,溪水流过硗瘠的原野——谈童话艺术兼评英娃的生态童话系列》。

《文汇报》发表胡殷红的《话说众声嘈杂中的李敬泽》。

15日,《人文杂志》第5期发表周保欣的《乡土叙述的"冲突"美学与道德难度》。

《广东社会科学》第5期发表常文昌的《十四儿的创作与东干文化资源》。

《中山大学学报(社会科学版)》第5期发表夏志清著、李凤亮译的《张贤亮:作者与男主人公——我读〈感情的历程〉》。

《文艺争鸣》第9期发表许明的《超越历史的展望》;王晓华的《主体缺位的当代身体叙事》;杨春时的《中国现代主义文学思潮的非典型性》;庄锡华的《激进主义思潮与现当代文论的新视域》;李衍柱的《以人为本:文学发展和繁荣的灵魂》;曾繁仁的《新时期与新的生态审美观》;吴炫的《论黄永玉的"中国式独立品格"》;翟文铖的《论汪曾祺的"文气论"》;沈奇的《诗心与诗性——关于"地震诗歌现象"的几点思考》;张守海的《文学的自然之根——生态文艺学视域中的文学寻根》;潘华琴的《从文化寻根到皈依自然——以韩少功的创作转型为例》;漆凌云的《〈血色湘西〉中的民俗图景》;许哲的《心灵的罪孽与肉体的囚徒》(关于姚鄂梅《罪与囚》的评论);车红梅的《认同与超越——论毕淑敏小说对知识女性悲剧的思考》。

《文学评论》第5期发表南帆的《八十年代:多义的启蒙》;罗岗、刘丽的《历史开裂处的个人叙述——城乡间的女性与当代文学中个人意识的悖论》;张均的《"普及"与"提高"之辩——论五十年代精英文学与通俗文学的势力之争》;吴思敬的《风前大树:彭燕郊诗歌论》;李欧的《在神话性中生存——当代武侠小说的深层内涵》;周志雄的《追溯网络小说的传统》;邝邦洪的《二十世纪写实主义文学思潮论》;温奉桥整理的《〈王蒙自传〉学术研讨会》;冯希哲整理的《文学批评期刊与当代文学走向》。

《诗刊》9月号下半月刊以"第广龙:在日常的低处和生活的深处"为总题,发表阳飏的《由一个词:"沙尘飞扬"写起》,高凯的《诗人的高处》,黄海的《他的诗歌是生活的悲剧和晴雨表》,古粗的《黄土地上的生命情流》。

《中国社会科学院研究生院学报》第5期发表刘大先的《中国现当代少数民族文学的语言与表述问题》。

《长城》第5期发表徐则臣的《通往宁和与安妥之路——杨帆的小说〈瞿紫的阳台〉》;赵晖的《无地彷徨——说〈父亲,猫和老鼠〉》;胡明的《"治病"与"救人"——读刘昕玉的〈老魏〉》;李建军的《总要尽力地发光——关于宗璞及其他》。

《云南民族大学学报(哲学社会科学版)》第5期发表周晓燕的《小品文、杂文和随笔文体辨析》。

《北方论丛》第5期发表李波的《体制文化规约与红色记忆的现代性表达》；朱旭晨、王凯的《笃守与信仰：张雅文的纪实文学创作》。

《百花洲》第5期发表本刊编辑部的《文学与文学期刊的嬗变——"百花洲文学论坛·葛仙山笔会"纪要》。

《江苏社会科学》第5期发表陈捷的《伦理绝境中的女性选择——谈近期三部中国电影》。

《齐鲁学刊》第5期发表高宏存的《张承志：异类精神的文化再造价值》；韩春燕的《民俗·人·历史：阿成笔下的文化北国》；李建的《〈尘埃落定〉的神秘主义叙事与藏族苯教文化》。

《西藏文学》第5期发表于晓敏的《是什么在牵引着我》(创作谈)；于宏的《轻逸中的情与思——略谈于晓敏的散文》；徐琴的《于晓敏散文创作漫谈》。

《语文学刊》第9期发表孙高顺的《反思与拯救——北村小说创作转型与基督文化的关系》；李寒波的《偏爱与救赎——李锐小说对女性的偏爱和救赎精神的表现》；李侠云的《扶桑花开别样艳——从老子"无为"思想看扶桑形象》；张妙珠的《别样的心灵　别样的窗户——谈满都麦小说中关于野生动物眼睛的描写》。

《南方文坛》第5期发表杨庆祥的《作为"祛魅"的文学批评》、《〈新星〉与"体制内"改革叙事——兼及对"改革文学"的反思》；程光炜的《"80后"的文学史研究》；黄平的《"历史化"的"八十年代文学研究"——杨庆祥及其文学批评》；唐韧的《乱世聊斋与人性自省》；张清华的《我们会不会错读苦难——看待"5·12诗歌"的若干角度》；陈超的《有关"地震诗潮"的几点感想》；谢有顺的《苦难的书写如何才能不失重？——我看汶川大地震后的诗歌写作热潮》；梁平的《两个层面：我们的尊重与期待——关于抗震救灾诗歌的思考》；汪政、晓华的《父与子——邓一光〈我是我的神〉断评》；施战军的《个性正史的长调　水火相容的杰作——评邓一光的〈我是我的神〉》；邓一光的《关于〈我是我的神〉》；程德培、白亮的《记忆·阅读·方法——程德培与新时期文学批评》；荣光启的《"自由"年代的诗群崛起：当代广西诗坛》；杨克的《反向推进：从身体后退到语言——广西女诗人散论》；霍俊明的《为历史提供坐标和岩层：一代人的精神史与阅读史——〈朦胧诗以后：1986—2007中国诗坛地图》》；陈祖君的《新世纪的凹地："慢了零点一秒的春天"》；非亚的《广西：大学生诗歌的线索与特征》；王志清的《灵魂之舞的自由维度——王充闾的历史散文与散文研究史》；刘涛的《汉语变异所带来的文学变异——以苏童小说〈碧奴〉为例》；李德南的《个体在世的体验之书——从存在论的角度解读〈沙床〉中的诸葛》；宋子刚的《李少君：语出自然若有神——李少君诗歌的结构、存在论思考》；韦珺的《"自我"与"他者"——梁小斌不同时期诗歌创作视角浅析》；贺绍俊的《理论动态》（反思"三十年"渐成热点、余华《兄弟》的"复旦声音"引发争鸣、阎连科的长篇小说《风雅颂》被指诋毁知识分子）。

《理论与创作》第5期发表崔志远的《中国现代文学批评范型与新时期文学批评范型》；荆亚平的《改革开放30年文学"宏大叙事"的问题与反思》；胡良桂的《文学形象的核心价值》；余开伟的《消费时代被扭曲的女性——我对阎真小说〈因为女人〉的质疑》；罗益民的《含混的叙述与欲望的魅惑——评阎真的〈因为女人〉》；张春泉、袁琳的《阎真〈因为女人〉的交往理性解读》；李梅的《被男权话语误读了的两性世界——评阎真新作〈因为女人〉》；贺绍俊的《"文学湘军五少将"的硬汉精神——兼及70年代出生作家的"重"》（关于谢宗玉、马笑泉、沈念、田耳和于怀岸的评论）；刘恪的《他者的想象》（关于于怀岸的评论）；谢有顺的《散文写作要有精神根据地——从谢宗玉的散文谈起》；何向阳的《历史时刻，与生命时刻》（关于马笑泉的评论）；王颖的《湖湘代有才人出》（关于谢宗玉、马笑泉、沈念、田耳和于怀岸的评论）；以"'文学湘军五少将'创作谈"为总题，发表田耳的《为证所见，恍惚远行》，马笑泉的《语言、形式和意境》，于怀岸的《用虚构与世界对抗》，谢宗玉的《对散文创作的一点感想》，沈念的《风把内心吹响》；同期，发表胡俊飞的《20世纪90年代长篇小说"疯癫叙事"的叙述特征》；陈小碧、邱强的《"文学生产"与"新写实"小说思潮的发生》；北乔的《驻守公众生活现场的写作——谭仲池诗集〈敬礼，以生命的名义〉简论》；王春林的《王蒙心目中的若干历史人物——评〈王蒙自传·大块文章〉》；徐阿兵的《愉悦的歧途——麦家小说创作论》；李徽昭的《高晓声的当下意义》；陈林侠的《成长的怀旧与传统的成长——大陆与台湾成长电影的比较》；傅根生的《历史、文本与消费——〈赤壁〉的接受与批评》；徐健的《当下性·本土性·剧场性——从〈秀才到刽子手〉窥探新世纪以来话剧发展态势》。

《徐州师范大学学报（哲学社会科学版）》第5期发表徐放鸣的《学习余光中

传扬中华文化神韵》;余光中的《"我就像一个古老的帝国"——在余光中与20世纪华文文学国际研讨会上的致辞》;黎活仁的《与伤春拔河:余光中的时间意识研究》;梁欣荣的《情怀小样杜陵诗——余光中作品与中国现代诗的主题与格律》。

《福建论坛》第9期发表陶东风的《"私人化写作"重识》;李凤亮的《海外华语电影研究的新视野——张英进教授访谈录》。

16日,《文艺报》发表丁晓原、王晖的《报告文学30年:时代的文体和文体的时代》;蒋晓丽、鲁利君的《中国特色社会主义文艺理论体系初探》;周景雷的《底层写作的病象和底层批评》。

17日,《作品与争鸣》第9期发表贾耘田的《无关的题目和无关的人——评谈歌的小说〈升国旗奏国歌〉》;付艳霞的《老板之"小"与订单之"大"》(关于王十月《国家订单》的评论);梁文东的《"打工文学"中的新形象》(关于王十月《国家订单》的评论);鲁太光的《作为隐喻的疾病》(关于葛亮《阿霞》的评论);周展安的《道德书写的限度》(关于葛亮《阿霞》的评论);黄瑛的《"显规则"与"潜规则"的冲突》(关于邓宏顺《饭事》的评论);王颖的《请客吃饭的"政治学"》(关于邓宏顺《饭事》的评论);阮直的《文化不是灵魂的"排毒胶囊"》;扎西的《毛泽东与"帝王思想"——就〈沁园春·雪〉请教谢泳》。

18日,《文艺报》发表以"《瞬间与永恒——5·12大地震纪实》纪念 敬畏大爱"为总题,发表韩作荣的《诗的纪念碑》,黄新初的《这里是四川 这里是中国》,雷抒雁的《面对"瞬间",书写"永恒"》,崔道怡的《2008,泪洒中华》,贺绍俊的《当代中国人的心灵洗礼和见证》,王干的《记录历史,记录爱》;同期,发表梁凤莲的《文艺创作与生产线生产》;周春英的《柔美温婉与坚韧劲直——两浙文化背景下的20世纪浙籍女作家创作研究》;师力斌的《文学让死难者复活——读朱玉长篇报告文学〈天堂里的云朵〉》;曾凡华的《涛声并非依旧——读汤大立〈岁月的涛声〉有感》。

《文学报》发表侯钰鑫的《我和郭小川的缘分》;傅小平的《刘小川:把活生生的传统文化引入当下》;邓刚的《好人吕雷》;葛红兵的《写作的未来偏见》;查舜的《"专业作家"我之见》;白烨的《朴中见色的"生活流"》(关于马平《香车》的评论);许知远的《一个诗人的尝试》(关于柏桦《水绘仙侣》的评论)。

20日,《小说评论》第5期发表牛学智的《文学的农民叙述:一个单调而尖锐的线索——从陈奂生、散落民间的"父亲"到贾平凹的清风街》;洪治纲的《现实之外 寓言之中——中国六十年代出生作家群研究之一》;忤埂的《革命缘起与文学诗性的纠结》;金理的《在文学的年轮中成长——关于"70后"作家的阅读札记》;叶广岑的《少小离家老大回——叶广岑自述》;周燕芬、叶广岑的《行走中的写作——叶广岑访谈录》;李春燕、周燕芬的《行走与超越——叶广岑创作论》;宋剑华、刘冬梅的《〈青春之歌〉的再论证》;贾梦玮主持的《〈钟山〉三十年》;李敬泽的《灵验的讲述:世界重获魅力——田耳论》;阎晶明的《在"故乡"的画布上描摹"善"——鲁敏小说解读》;余志平的《生命意识的追寻与表现——刘庆邦小说创作论》;杨显惠的《秦岭小说的艺术质地》;傅翔的《讲故事的难度——以遥远的小说为例》;贺仲明、杨荣的《回归故事的魅力——从〈秦淮世家〉论庞瑞垠的小说创作》;龙长吟的《现代女性的天然悲剧——评阎真长篇新作〈因为女人〉》;刘华沙的《女性生存困境的深刻透视——读阎真的长篇小说〈因为女人〉》;郑海涛的《知识分子何为?——读朱晓琳〈大学之林〉有感》;以"陈行之长篇小说评论小辑"为总题,发表李洁非的《跨越历史、政治与人性的文本》,李伯勇的《理想主义者的瑰丽与湮灭》,李星的《裸露的权力现实和欲望心灵》;同期,发表贺绍俊的《文学批评刊物与问题意识——以〈当代文坛〉为例》;李梅的《"狼獒小说"的现代性魅影》;王敏的《消费文化语境中小说的身体叙事》;杨子彦的《人造黑洞:论阎连科小说〈风雅颂〉》;黄书泉的《抵达精神本源的荒诞——为长篇小说〈风雅颂〉一辩》;阎真的《语言的表演与语言的终极》;夏中华的《关于小说视点冲突问题的探讨》;吴斌卡的《略谈小说情节的淡化》。

《文艺报》发表赖大仁的《当代文艺批评变革与批评伦理问题》;李娟的《神话究竟有多"神"?——评"重述神话"的文学热潮》。

《文汇报》发表胡殿红的《这事像徐坤干的》。

《河北学刊》第5期发表黄万华的《香港文学对于"重写"20世纪文学史的意义》。

《三门峡职业技术学院学报》第3期发表张改亮的《20世纪80年代以来台湾女性文学中新女权主义现象研究》。

《重庆三峡学院学报》第5期发表陶德宗的《评聂华苓小说中书写的三峡文化》。

《学术月刊》9月号以"当代文学的关键词(专题讨论)"为总题,发表陈国恩的《"纯文学"究竟是什么》,何锡章、鲁红霞的《"先锋小说":文学语言的革命与撤退》,李怡、康莉蓉的《新时期文化思潮中的"启蒙"、"国学"与"新国学"》,贺芒的《"打工文学":在社会效应与美学合法性之间》,袁联波的《从"写意戏曲"到"写意话剧"》;同期,发表陆扬的《何以批判日常生活》。

《学术研究》第9期发表施议对的《诗运与时运——二十一世纪诗坛预测》。

23日,《文艺报》发表李炳银的《"木棉花开"红胜火——李春雷报告文学〈木棉花开〉》;南丁的《散文是他的事业》(关于王剑冰《散文时代》的评论);韩石山的《当写作成为生命的必须》(关于航之《青藤缠绕》的评论);以"人生印迹和历史风云交融在性灵中　关于阿莹散文的评论"为总题,发表陈忠实的《再读阿莹》,肖云儒的《阿莹的〈俄罗斯日记〉》,何西来的《满目绿意》,范咏戈的《文而有问的散文》,周明的《抒情在俄罗斯大地》,贾平凹的《想说的一段话》;同期,发表刘俐俐的《乌热尔图小说世界的独特价值》;龙彼德的《对深处的切入与表现——评瑶族诗人唐德亮的诗集〈深处〉》。

24日,《文艺理论与批评》第5期发表曹征路的《文学批评中的八个关键词》;李有亮的《当代文学面临的三大障碍——对"重返现实主义"思潮的再反思》;贺敬之的《关于〈灵魂三部曲〉致钟声扬》;晏杰雄的《底层世界的一道光——王学忠诗歌简论》;马平川的《精神维度:短篇小说的空间拓展——陇上对话陈忠实》;王恒升的《欲望的泛滥与精神的沦丧——评晓苏的短篇小说集〈吊带衫〉》;李宝群、王研的《关注普通人才能让戏剧和文学丰满》;宋宝珍的《底层生活的讲述者与底层精神的开掘者——评李宝群及其戏剧创作》;陈湘静的《关于十七年文艺领导权问题的再思考》;李波、郭玉华的《当代"红色记忆"作品生产的内在逻辑》;方伟的《对文学中"平面化现象"的透析与批判》。

25日,《文艺报》发表李美皆的《文学性,军旅文学发展的关键》;李秋菊的《田间诗的当代价值》;王一地的《为孩子辛劳,他感到幸福——叶君健与儿童文学》;彭小枫的《在定格中走向深远的激情》;白烨的《军中女杰的悲喜剧——读刘静长篇小说〈戎装女人〉》;李美皆的《以军人的诚挚与热爱》(关于方南江《中国近卫军》的评论);张鹰的《〈城门〉的美学意义》;《全军长篇小说创作笔会发言摘要》。

《文艺理论研究》第5期发表李衍柱、陈博的《"为学不作媚时语,独寻真知启后人"——王元化先生与新时期文艺理论研究》;时胜勋的《中国文论在中国的发生与其当代意义》;顾祖钊的《论文学意蕴层次批评方法》;金健人的《文学经典的结构与功能》;孙书磊的《典型理论与20世纪戏曲批评"失语症"》;向丽的《看:一种意识形态凝视？——关于"美"的审美人类学阐释》。

《文学报》发表金莹的《30年,张胜友的关键词:改革,改革!》;陈竞的《当代中青年作家系列访谈　金仁顺:迷恋短篇,追求好故事》;雷电的《王彬彬:独立思想,低调做人》;何英的《〈万物花开〉后的林白》;鱼丽的《高阳之归去来》(关于江澄格《高阳评传》的评论);王永宽的《散文之史与史之散文》(关于王剑冰《散文时代》的评论)。

《东岳论丛》第5期发表孙基林的《论现代诗的意象修辞与思想方式——以朦胧诗为例》。

《当代作家评论》第5期发表王小妮的《今天的诗意——在渤海大学"诗人讲坛"的讲演》;何平、王小妮的《"首先是自然,然后是写诗"》;李振声的《王小妮读札》;以"现代汉诗研究"为总题,发表罗振亚、刘波的《我们需要诗歌"潜力股"——诗歌刊物》,张学昕的《诗歌作为心灵的语言——综合性文学刊物》,张清华的《闪电的和恒常的——民间诗刊》,何平的《"诗歌在网上"——网络诗歌》,何言宏的《"诗歌标准"的焦虑及其他——诗歌研究与诗歌批评》,王家新的《词的"昏暗过渡"与互译——翻译诗歌》;同期,发表雷达的《劳马写作的边缘性和启示力》;贺绍俊的《劳马的哲学小说》;程光炜的《读劳马的小说》;张清华的《作为一种"新笔记体小说"来读》;周景雷的《季羡林散文的三题》;夏伟的《散淡:从人格乌托邦到日常活法——钱谷融襟怀解读》;季进的《当代文学:评论与翻译——王德威访谈录》;董健的《"打开窗户,让更多的光进来!"——序张光芒著〈中国当代启蒙文学思潮论〉》;赵凌河的《从"内在现实"走向"不确定的叙述"——余华与施蛰存文学观比较》;谢有顺的《每个作家都是一个广阔的世界——〈中国当代作家评传丛书〉序》;梁鸿的《理性乌托邦与中产阶级化审美——对六十年代出生作家美学思想的整体考察》、《"灵光"消逝后的乡村叙事——从〈石榴树上结樱桃〉看当代乡土文学的美学裂变》;阎连科的《梁鸿:行走在现实与学理之间》;黄发有的《潮流化仿写与原创性缺失——对近三十年中国文学的片面反思》;王兆胜的《坚守与突围:新时期散文三十年》。

《郑州大学学报(哲学社会科学版)》第5期发表杨士斌的《论小说〈我叫刘跃进〉对道家文化的具象解析》;詹玲的《另一种向度看城乡:市民作家笔下的外来者——以王安忆新作〈骄傲的皮匠〉为例》。

《南京师大学报(社会科学版)》第5期以"'新时期文学30年:反思与前瞻'

笔谈"为总题,发表王晖的《历史意识与历史书写——观察近 30 年文学的一个视角》,谢泳的《思想解放运动背景下的中国新时期文学》,樊星的《新时期文学的"当代性"——新时期与现代文学两个 30 年的比较》。

《世界华文文学论坛》第 3 期发表张长青、陈绪泉的《澳华情爱小说:男性的祛魅与女性的姿态》;计红芳的《六行之内的奇迹——湄南河畔的"小诗磨坊"》;朱郁文的《多元文化冲撞下的泰华女性命运——读陈仃的〈三聘姑娘〉》;朱骅的《略论"文化根性"在美国华裔文学中的流变》;胡春梅的《"越界"的书写——论任璧莲的〈梦娜在希望之乡〉》;杨纪平、吴泽庆的《同样的家庭观,不同的解说词——评〈典型的美国佬〉》;庄伟杰的《跨疆越域的边缘叙事——以新移民女性作家严歌苓、张翎为例》;郭媛媛的《失重后的裸露——评旅加作家宇秀散文集〈一个上海女人的温哥华〉》;夏楚群的《推开人性的最后一扇窗——张翎中篇小说〈余震〉解读》;袁勇麟的《香港文学本土性的一个典型——重读舒巷城〈太阳下山了〉》;王金城的《梦呓迷狂:论吴菀菱的后现代诗歌》;魏宏瑞的《忧郁与倔强的勇者——略论陈映真的小说创作》;尹奇岭的《两代人的悲歌——陈映真〈赵南栋〉解析》;曾丽琴的《文明的祭奠——论朱天心的〈漫游者〉》;肖宝凤的《漫游者说:论朱天心〈古都〉的历史书写》;郝瑞芳的《乡土乌托邦的追寻——比较沈从文与黄春明的"乡土世界"》;周志雄的《回顾与评判——〈第一次的亲密接触〉与网络文学的发展》。

《西华师范大学学报(哲学社会科学版)》第 5 期发表周晶的《智性叙述下的人类生存境遇——虹影智性化叙事手法解读》。

《社会科学战线》第 5 期发表古远清的《重构"香港文学史"——有关香港文学研究的反思和检讨》。

《山东师范大学学报(人文社会科学版)》第 4 期发表曹新伟的《女性在民间视角下的诗学观照——严歌苓作品中的女性形象解读》。

《晋阳学刊》第 5 期发表于祎的《新时期女性散文中女性主题的存在形态考察》;于沐阳的《朦胧诗与第三代诗比较论》。

26 日,《光明日报》发表李霞的《灵魂的对话——评贺绍俊〈作家铁凝〉》;陈晓明的《立足当下尽显本色——评展锋的长篇小说〈终结于 2005〉》;赵成林的《盛世写华章 老树著新花——从"百城赋"谈辞赋的生命力》;李一鸣、余蔷薇的《评王泽龙〈中国现代诗歌意象论〉》。

27日,《文汇报》发表胡殷红的《作家毕飞宇和他的粉丝们》;王志伟的《每一个人都具有生命的尊严》(关于《生·死·爱——汶川地震对话录》的评论)。

《文学自由谈》第5期发表赵月斌的《当文学遭遇耳光》(关于阎连科的评论);李建军的《且慢"送去"先"拿来"》(关于《狼图腾》的评论);余开伟的《偏爱之后的偏见》(关于曹乃谦《到黑夜想你没办法·温家窑风景》的评论);邓刚的《斗嘴38回合》;张叹凤的《汶川的文学活动》;冉隆中的《以命相搏的写作者》(关于孙世祥《神史》的评论);胡殷红的《作家素描(九至十二)》(关于刘白羽、权延赤、乔羽、万方的评论);牛学智的《一柄可疑的双刃剑》(关于普遍人性论的评论);李更、董宏猷的《文化喂养与普世教育》。

28日,《兰州大学学报(社会科学版)》第5期以"《高兴》研究专题"为总题,发表贺绍俊的《从庄之蝶到刘高兴看贾平凹的心路历程》,李云雷的《贾平凹与新世纪文学的"底层"转向》,马平川的《疼痛与抚摸:回归日常生活的现场——评贾平凹长篇小说〈高兴〉》,孙新峰的《论〈高兴〉对当下文学写作的意义》。

《厦门大学学报(哲学社会科学版)》第5期发表罗伟文的《胡风的文艺理论与黑格尔美学》;张羽、张彩霞的《近十年台湾节日变迁与文化认同研究》;朱双一的《论陈映真的身份建构》。

30日,《求索》第9期发表吴军的《"先锋小说"的双重隐患与启示》;曾壤、彭在钦的《论铁凝〈大浴女〉中的女性意识》。

《南京大学学报(哲学·人文科学·社会科学)》第5期发表贺仲明的《论中国乡土小说的现代性困境》;张剑的《论"两种现代性"的中西差异》;吴燕、张彩霞的《浅阅读的时代表征及文化阐释》。

《海南师范大学学报(社会科学版)》第5期发表张艳艳的《从雌性出发——严歌苓的历史叙事与人性情怀》;张琴凤的《论马华新生代作家的历史叙事》;古远清的《余光中向历史自首?——两岸三地关于余光中"历史问题"的争论》;喻大翔、邓琳的《满世界都开放着中华活字——从教学角度谈中国现代文学与世华文学的互补性》。

本月,《山东文学》第9期发表孙慧、陈博的《以情为笔,绘制真善美的画卷——评作家许晨的传记文学〈岁月之光〉》;张晶晶的《"黑夜"与新时期女性诗歌的兴起》;韩胜的《铁凝〈对面〉浅析》;王蓉的《乡村的个人想象与记忆——读韩少功的〈山南水北〉》;周春洁的《王海鸰走红现象探究》;霍巧莲的《"双性同体"写作在中国新时期女性文学创作中的困境》;刘淑青的《欲望旗帜上的爱情——毕飞宇〈相爱的日子〉解读》。

《上海文学》9月号发表陈东东的《论诗片段》;曹征路、李云雷的《立场、审美与"动态的平衡"》;郜元宝的《走出当代文学精致的瓮》;凤媛的《"比缓慢更缓慢"——孙甘露之于90年代以来先锋小说的转型》;王式俭的《他与世界对话——罗洛论》。

《中国文学研究》第3期发表杨姿的《欲望:介体的妥协与抵抗——〈色戒〉的另一种解读》;林季彬、荣光启的《艾略特的"宗教诗歌"观念与当代中国诗歌》;王俊秋的《权谋文化传统与"清宫戏"的盛行》;刘艳琳的《信任的能力——迟子建小说〈第三地晚餐〉的文化解读》;雷霖的《从有到无:心灵秩序重建的凌空之舞——论〈吉宽的马车〉对农民工题材的突围性书写》;彭萍的《"人的尊严、人的价值,理应受到重视"——周扬论马克思主义人道主义》。

《芒种》第9期发表张翠的《深情是批评出场的理由——评李万武新著〈为文学讨辩道理〉》。

本月,鹭江出版社出版张羽的《台湾文学的多种表情——关于台湾文学研究的思考》;朱双一的《台湾文学与中华地域文化》。

黑龙江大学出版社出版高方主编的《新概念文学写作论纲》。

新华出版社出版彭维锋的《在文学与政治之间》。

上海三联书店出版姚朝文的《文学研究泛文化现象批判》。

福建教育出版社出版陶东风的《文学理论的公共性——重建政治批评》。

中国社会科学出版社出版黄万华的《在旅行中拒绝旅行》。

10月

1日,《广州文艺》第10期发表钟求是的《关于〈零年代〉的一些思想碎片》;马季的《网络文学的更新与期待》;孟繁华的《80年代文学与汪曾祺的小说》。

《文学界》10月号发表马季、石舒清的《笨拙·深情·简单·迅疾》；白草的《略谈石舒清的小说》；于贵锋、古马的《美和爱，我们生活的真正意义》；吴义勤的《坚冰是如何被融化的——读张学东长篇小说〈西北往事〉》；汪政的《张学东短篇小说论》。

《名作欣赏（鉴赏版）》上半月刊第10期发表王干的《战斗·旋转·本色——三十年短篇小说创作轨迹回顾》；陈晓明等的《汉语小说艺术的短篇证词》；夏康达的《一种文体的崛起——中篇小说三十年》；汪政等的《长篇小说：三十年的时间简史》；樊星的《孙犁的"另类"作品及其文学史意义——孙犁的〈冯前〉欣赏》；段崇轩的《打一眼深井——读林斤澜〈头像〉》；郜元宝的《从〈异秉〉说开去》；傅书华的《想象中的"绿夜"与"绿夜"中的激情——读张承志〈绿夜〉》；林超然的《通往城市的路依然遥远——重读高晓声〈陈奂生上城〉》；王春林等的《理想精神的诗化表达——重读王蒙短篇小说〈海的梦〉》；张光芒的《身份认同与自我的重构——重读韩少功〈归去来〉》；毕光明的《文明落差间的心灵风景——重读铁凝〈哦，香雪〉》；彭宏的《先锋与武侠：歧路交叉的双重可能——重读余华的〈鲜血梅花〉》；陈国和的《新世纪乡村小说的当代性书写——关于阎连科的〈黑猪毛　白猪毛〉》；施津菊的《超越"伤痕"的伤痕回顾——毕飞宇短篇小说〈地球上的王家庄〉赏析》；张磊的《始知天籁本天然——读迟子建小说〈逝川〉》。

《名作欣赏（学术版）》文学研究版第10期发表谢稚的《国际化进程中的中国当代小说创作》；王彩萍的《〈北方的河〉：古典意境的现代发展》；宋悦魁的《农民工心灵与城市文明病的撞击——评武歆小说〈老笑〉》；裴艳艳的《本土封闭环境下的民族文化——再论王安忆〈小鲍庄〉》；徐巍的《银幕的扩展和视觉的还原——浅析王安忆的电影化技巧》；吴跃平等的《试论池莉小说生存意蕴的嬗变》；温长青的《严酷的现实与扭曲的灵魂——中篇小说〈螃蟹〉的叙事学解读》；黄岚的《诗意与写实的冲突——论红柯〈乌尔禾〉的整体风格差异》；李雪梅等的《穿越欲望化的智性写作——试论"70后"女作家杨映川的小说创作》；王衡的《剖析文化裂变的精神隐患　关注底层人们的生命过程本身——浅析〈一个人张灯结彩〉的人文关怀》；李爱华的《长驱挥金戈　沥血铸春秋——评电视剧〈彭雪枫〉》；蒋建强的《从人性温馨的理想主义到物化时代的严峻批判——梁晓声世纪末的女性形象表达》。

《西湖》第10期发表梁帅的《小说者的闲言碎语（创作谈）》；何凯旋的《时尚

圈套下的爱情与老年性问题》；阿舍的《关于我的短篇小说（创作谈）》；弋舟的《三个短篇的维度》；程永新的《对批评的批评》；周昌义、小王的《刀尖上舔血（二）》；戴来、姜广平的《用意料之外的手法讲好经得起推敲的故事》。

《社会科学战线》第10期发表陈佳佳的《电影〈小街〉的意识形态分析》。

《作家杂志》10月号发表洪治纲的《道德感与纯正的文学趣味——高君小说读后》；张学昕的《诗歌：生命、记忆与飞翔——诗人徐敬亚访谈录》。

《延河》第10期发表申欣欣的《在民族的悲剧中挺起精神——评〈伯邑考新考〉》；刘涛的《评胡晋生〈小小说二题〉》。

《诗刊》10月号上半月刊发表晴朗李寒的《打水漂》；郁葱的《"让文字和我保持相同的体温"——晴朗李寒近作印象》；王幅明的《散文诗：寂寞而又美丽的九十年》；曹纪祖的《新诗创作与社会主义新农村建设》。

2日，《小说选刊》第10期发表陈集益的《创作谈：一个真实的村庄》；杜卫东的《评论：一次冒险的泅渡》（关于甘铁生《干枯的蓝色妖姬》的评论）。

5日，《广西文学》第10期发表崔欣的《喧哗的背后——关于凌洁的小说》；霍小青的《温度·气度·风度——徐治平散文论》。

7日，《文艺报》发表木弓的《甘肃又有好作品——雪漠长篇小说〈白虎关〉》；刘庆邦的《"喊"出底层深处的甘苦》（关于徐矿《喊煤海》的评论）；李爱云的《历史责任与现实关怀》（关于李祝尧《破茧而飞》的评论）；周立民、张学东的《朝着未知光亮寻寻觅觅——关于〈妙音鸟〉的对话》；谢冕的《遭遇城市——读苏忠》；周思明的《民族文明融和之梦——读〈夜郎情觞〉》；杨迎霞的《描述女性奋斗和成长的力作——读长篇小说〈女记〉》；以"长篇报告文学《玉柴之春》评论"为总题，发表马季的《什么是"玉柴航母"起航的动力》，郭德明的《三年与三十年》，李朝全的《坚持改革和科学发展的一面镜子》，李炳银的《"玉柴动力"再造"玉柴之春"》。

8日，《绿洲》第10期发表彭惊宇的《简评李光武近期诗歌艺术的探索及衍变》；孟丁山的《解放思想与文艺创新——新时期兵团文艺创作浅谈》；王翠屏的《文学意义上的回味和思考》。

9日，《文艺报》以"灾难中的人性大爱——王毅诗集《英雄遍地》评论专辑"为总题，发表刘亚洲的《英雄的诗，诗的英雄》，梁平的《诗歌的英雄之旅》，张同吾的《大爱铸军魂》，叶延滨的《真诚使诗永恒》，徐坤的《一部生死之书　朴实之书》，范咏戈的《对生命的庄严承诺》；以"石竹长篇小说《天命》五人谈"为总题，发表白描的《柔软的石头》,孟繁华的《关中风情的精美描绘》,何西来的《天意高难问》,赵兴红的《〈天命〉的悲剧》,木弓的《〈天命〉的人物形象塑造》。

《文学报》发表葛琦、焦欣、薛小云的《王久辛长诗〈大地夯歌〉研讨会综述》;石一宁的《以当代意识重写长征》;金莹的《追随中国航天事业 30 多年,军旅作家李鸣生谈——"神七"飞天:"这是民族的空间高度"》;《相会在文学的天空下——〈小说选刊〉主编杜卫东答记者问》;张滢莹的《冯骥才:行动的知识分子》;崔道怡的《一生磨稿　两袖花香——悼章仲锷》;粥样的《疼痛记忆和灵魂之诗——"诗歌与人"5·12 专辑漫想》;吴俊的《上海文艺评论的"声音"——写在〈毛时安文集〉出版之际》;王纪人的《"80 后"的时代宣言——〈大爱无声〉读后》;周建鸽的《孩子视角对历史拷问》。

10 日,《文艺研究》第 10 期发表仲呈祥、张金尧的《坚持"美学的历史的"标准的和谐统一——关于艺术批评标准的若干思考》;贾磊磊的《建构艺术批评的文化标准》;肖鹰的《国产"大片"的文化盲视》。

《光明日报》发表李树喜的《孔祥庚和他的诗词》。

《社会科学》第 10 期发表马军英、曲春景的《媒介:制约叙事内涵的重要因素——电影改编中意义增值现象研究》。

《西南民族大学学报(人文社科版)》第 10 期发表赵毅衡的《中国侨居者的外语文学:"获得语"中国文学》。

11 日,《文艺报》发表孙建江的《平缓前行的水流——近期童话创作描述》。

《文汇报》发表胡殷红的《贾平凹与"假平凹"》。

12 日,《文汇报》发表铁凝的《文学是灯——东西文学经典与我的文学历程》。

14 日,《文艺报》发表龚举善的《紧贴时代的文学》;丁晓原的《"南方",中国大叙事之视窗——吕雷、赵洪报告文学〈国运——南方记事〉》;毕飞宇、胡殷红的《〈推拿〉的体温恰如其分》;黄孝阳的《撇去浮相见根本》(关于储福金文学创作的评论);彭华生的《胡德培的文学情缘》。

15 日,《文艺争鸣》第 10 期发表雷达的《原创力的匮乏、焦虑,以及拯救》;邵燕君的《荒诞还是荒唐,渎圣还是亵渎?——由阎连科〈风雅颂〉批评某种不良的写作倾向》;梁鸿的《知识分子的庙堂之痛与民间之痒——读阎连科〈风雅颂〉》;崔志远的《活跃的文学——〈文艺争鸣〉"新世纪'新生代'文学写作评论大展"述评》;李运抟的《新世纪文学:经验呈现与观念隐退——论底层叙事女性形象塑造的非观念化》；江冰的《80后文学与"80后"概念》；蔡翔的《重述革命历史：从英雄到传奇》；洪治纲的《窥探：揭开历史的真相——中国60年代出生作家群研究之一》；李丽的《汪曾祺短篇小说文体意识的形成》；刘东方的《新历史主义文学思潮的"流"与"源"》；张喜田的《论新时期家族小说的时间形态与意义》；陈亚丽的《金克木散文：在中西文化中行走》；梁向阳的《当代散文理论建设的回顾与反思》；齐红、林舟的《从性别到身体——对"60后"与"70后"女性写作的比较》；孙桂荣的《菲勒斯的性别化表述》；洪子诚的《有生命热度的学术——"我的阅读史"之乐黛云》；朱献贞的《周扬与"文艺为政治服务"口号的提出与"终结"》；叶红的《重读〈朦胧诗选〉——不该尘封的历史记忆》；曹万生、胡倩一的《崛起的背后：历史与关于历史的叙述》；徐仲佳的《刘心武论——爱情、性描写的变迁》；周斌的《刘恒论——以电影剧本创作为例》；张胜友的《〈袁庚传〉序》；任林举的《读〈钱万成散文选〉》；马兵的《〈创业史〉中的女人们》；金文兵的《建国后三十年文学审美化特征》；许涛的《高校题材小说的精神维度扫描》；余琪的《评红柯长篇小说〈乌尔禾〉》；吴艳的《陈应松小说的艺术之光》；赵德利的《读景斌长篇小说：〈马兰花儿开〉》。

《诗刊》10月号下半月刊以"徐俊国：用月光的语言铺就一条'还乡'之路"为总题，发表崔东萍的《说说"徐老师"》，谷禾的《钻心响的地方叫故乡》，赵思运的《"那些葵花，那些命运的钟摆"》，邰筐的《鹅塘村：一个诗人的乌托邦》。

《长江学术》第4期发表陆耀东的《论臧克家的诗》；李勇的《从"汶川诗歌"看新诗的状况和出路》。

《中国诗歌研究动态》第2期发表王士强的《"世界性"与"中国心"——叶维廉诗歌创作研讨会述要》。

《江汉论坛》第10期发表张岩泉的《论20世纪中国文学思潮的张力结构》；李运抟的《从乡村到城市的迷惘——论新世纪两种乡土书写意识的矛盾》。

16日，《文艺报》发表樊星的《新时期文学的时代精神》；赵兴红的《文学批评之功能》；《以诗情赞美生命与和谐　长诗〈奥运中国〉研讨纪要》。

《文学报》发表陈竞的《当代中青年作家系列访谈　弋舟：期许"写有教养的小说"》；雷达的《原创力的匮乏、焦虑和拯救》；张洪浩的《我们为谁写作？》；高克勤的《思想者的心路历程》（关于王元化《九十年代日记》的评论）；陈歆耕的《范小青的"苏州园林"》。

17 日,《光明日报》发表何雁、熊元义的《文艺批评在文艺多样化的发展中大有可为》;王岳川的《〈吕梁赋〉呈现中国精神情怀》;于文秀的《"新世纪文学"的空泛能指与文化想象》。

《作品与争鸣》第 10 期发表闫立飞的《灾难题材小说的可能和高度》(关于秦岭《透明的废墟》的评论);李迎新的《裂隙中看那一片云锦》(关于王祥夫《驶向北斗东路》的评论);范国华的《精致的说教》(关于王祥夫《驶向北斗东路》的评论);付艳霞的《身为人母,疑难遍布》(关于央歌儿《大战》的评论);常贺敏的《高考备战中的家庭生态》(关于央歌儿《大战》的评论);谢刚的《故事的诱惑:底层写作陷阱之一种》(关于陈然《报料》的评论);张昭兵的《灵魂的拷问和审判》(关于陈然《报料》的评论);乔世华的《作家要有自知之明》;陈鲁民的《"垃圾"不是繁荣》;李雷的《"打工文学"的全球视野与阶级意识——读王十月的〈国家订单〉》;余开伟的《消费时代被扭曲的女性——对阎真小说〈因为女人〉的质疑》。

18 日,《文艺报》发表陈忠实的《诗性和谷,婉转与徘徊》(关于和谷文学创作的评论);曾祥书的《让美丽在焦灼痛苦中活着——读曾祥彪长篇小说〈爱情是什么〉》;赵蓉的《"闲逛者":面向生存的写作》(关于许辉散文集《和自己的心情单独在一起》的评论);邢建昌的《文学理论三十年的知识演进》;邢海珍的《中国新诗:"走向世界"与"返归故乡"》。

《文汇报》发表吴谷平的《这一天——关于〈四川大地震:生死 24 小时〉》;胡殷红的《此高洪波非彼高洪波》。

20 日,《华文文学》第 5 期发表赵朕的《论郑若瑟的微型小说创作》;秋尘的《〈曾在天涯〉和〈陪读夫人〉的比较解读》;苏永延的《致丽茜——读〈我们三十岁了〉感言》;郭媛媛的《人生在选择中漫游——评加华作家曾晓文长篇小说〈梦断得克萨斯〉》;张艳艳的《国族意识与人性情怀的再书写——关于严歌苓〈小姨多鹤〉》;吴彤的《对女性主体建构的反思——以方桂香的小说〈幻灭的天才梦〉和〈这种感觉你不会懂〉为例》;《流军新著〈在森林和原野〉出版》;张琴凤的《论马华新生代作家的历史叙事》;《洪林新著〈泰国华文文学史探〉出版》;朱崇科的《新加坡突围:困顿与"戏"斗——英培安戏剧中的本土企图》;向忆秋的《华裔美国文学·美国华文文学·美国华人文学·旅美华人文学》;姜智芹的《"中国佬"与"金山客"背后的文化冲突和认同》;《朱崇科新著〈考古文学"南洋"〉出版》;《第四届新纪元全球华文青年文学奖》;黄冬梅的《台港澳及海外华文文学博士学位论文索引(1991—2007)》;落蒂的《介入与抽离——评古远清著〈台湾当代新诗史〉》;古远清的《〈台湾当代新诗〉的历史叙述及陌生化问题——对台北三位诗人批评拙著的回应》;刘正伟的《评古远清〈台湾当代新诗史〉》;陈秀冰、朱立立的《观乎语言/人文,以重建经纬——评李诠林著作〈台湾现代文学史稿〉》;司晓琨、赵小琪的《香港女性主义小说影视改编中的权力关系》;余坪、赵小琪的《当代香港小说在大陆传播场域中的权力关系》。

《社会科学》第10期发表徐志啸的《叶维廉中西诗学研究论》。

21日,《文艺报》发表曾镇南的《沉重的厚土 奋争的精灵——关仁山长篇小说〈天高地厚〉》;王鸣剑的《大爱无边 自强不息》(关于彭学明报告文学《两地书·母子情》的评论);龚军辉的《读长篇小说〈白吟浪〉》;彭松乔的《文化生态变迁与文艺批评发展》;南村的《他用一生坚守神圣的戏剧事业——纪念改革开放30年"赵瑞泰新时期文艺创作研讨会"综述》;赵瑞泰的《难忘蔡博——创作生涯中的一段难忘回忆》;李志川的《家庭伦理剧的兴盛与困惑》。

23日,《文艺报》发表周均平的《审美乌托邦:乌托邦研究的新趋向》;以"女性成长史 小城风物画 重阳长篇小说《裁缝的女儿》评论"为总题,发表石英的《真情 自然 质纯 文美》,阿成的《半部小说半部史》,门瑞瑜的《现实生活基础上的小说》,萨仁图娅的《生命崇高与追求的执著》,葛均义的《善与美的使者》,韦华的《浓情真爱写华章》,相龙烽的《愿将此爱付天涯》,刘克稳的《生命的救赎与超越》;同期,发表《徐迟报告文学奖:从南浔到石花的真实故事》;石鸣的《赋予乡土以现实和历史的厚度——四川新时期乡土文学的经验和价值》。

《文学报》发表金莹的《历史见证,时代先声——"改革开放30年与文艺创作高端论坛"在沪召开》;张炜的《三十年的文学演变》;金宇澄的《王祥夫:"这很可怕,可怕"》;何军民的《"青春文学"将向何处去?》;孙惠柱的《从反映生活到变成生活——新时期话剧的范式转型》;《广东省第七次作家代表大会作家感言》。

25日,《文艺报》发表吕益都的《文学批评的"对话关系"》;邹强的《"原生态"文化热潮的美学分析》;方卫平、刘冠德的《如何做到"最佳"——谈〈最佳儿童文学读本〉的编选》;徐妍的《疼痛与抚慰:成长小说的悖论叙事》。

《文汇报》发表胡殷红的《麦家其实并不"牛"》;郜元宝的《焉得思如陶谢手——〈不够破碎〉编后》;杨德华的《张炜:"在半岛上游走"》。

《重庆师范大学学报(哲学社会科学版)》第5期发表王本朝的《汉语新文学

史的意义〉;周晓风的《"汉语新文学"与当代文学研究新视野》。

《梧州学院学报》第5期发表覃春琼的《多重叙事视角下的中国形象书写——解读严歌苓小说〈扶桑〉》。

26—29日,由世界华文文学学会、广西民族大学主办的第十五届世界华文文学国际学术研讨会在南宁召开。

28日,《文艺报》发表木弓的《讴歌改革开放 塑造中国形象——张胜友政论报告文学〈珠江故事:东方的觉醒〉》;李朝全的《不唱悲歌唱战歌》(关于张锲文学创作的评论);聂茂的《把文字写进泥土里》(关于刘奇叶《论语》的评论);查舜的《好细节从哪里来》。

《扬子江评论》第5期发表马兵的《两个女人的史诗——评严歌苓的〈小姨多鹤〉》。

29日,《文汇报》发表袁志英的《"血与土"与狼》(关于顾彬对《狼图腾》评论的讨论)。

30日,《文艺报》发表雷达的《重庆性格与风流蝴蝶梦——读莫怀戚〈重庆性格之白沙码头〉》;强戈的《教授何以横飞》(关于《教授横飞》的评论);阎晶明的《姿态即精神》;宋家宏的《〈泥太阳〉:农村精神的缺失与重建》;李占祥的《诗意的西部和女性的自我诠释》(关于匡文留诗歌创作的评论);满全的《崛起的代价与文化的力量》(关于阿云嘎历史长篇小说《拓跋力微》的评论);白晓霞的《达隆东智的草原情怀》。

《文学报》以"体现尊严、价值和活力"为总题,发表陈竞的《贾平凹:没有桥,路还是要走》,金莹的《迟子建:这是我唱的一曲苍凉长歌》,傅小平的《麦家:采撷火种驱散黑暗》、《周大新:诗意温情守望乡土》;同期,发表陈仲义的《重读"朦胧诗"》;傅亮的《真情在白莲泾喷发》;高桥的《浦东热土上的作家们》;胡永其的《爱恨交织苦恋情》(关于《苦恋无果》的评论);李刚的《安静的幸福——读小西诗歌》。

31日,《光明日报》发表晓晴的《浩瀚的史诗》(关于翟泰丰《三十春秋赋》的评论);张鸿声、刘宏志的《文学中的底层叙事》;张富宝的《关切生存之痛 聆听向善之音——读长篇小说〈妙音鸟〉》;张德祥的《天啸一曲大风歌——观电视剧〈天啸〉感言》;孙建国的《别开生面的英雄赞歌》(关于电影文学剧本《生死诺言》的评论);何镇邦的《改革开放大潮的一朵小浪花——读长篇小说〈折腾〉》。

《求索》第10期发表唐爱明的《红色经典：多极共生的时代符码》；刘小菠的《后现代主义语境下的先锋文学审美倾向》；刘智跃的《精神分析文学的潜本文特点及在新时期小说中的美学表现》。

本月，《上海文学》10月号发表于坚的《诗论：一首诗是一个场》；李锐的《"中国经验"的"原罪"》；程德培的《距离与欲望的"关系学"——鲁敏小说的叙事支柱》。

《文艺评论》第5期发表沙家强的《记忆深处的生命复活——非经典文学的价值取向探析》；马伟业的《当下文学缺少什么？》；于文秀的《检省当下文坛伪问题》；徐阿兵的《力度·温度·限度——"温情叙事"三省》；徐肖楠的《我们文学中的恶欲》；周根红的《传媒时代的作家身份危机》；肖南的《消费时代雅俗文艺的合流》；罗振亚的《龙江当代诗歌论》；黄发有、杨会的《"在路上"的千年回望——马卡丹散文论》；冯希哲的《文学批评之病相与批评期刊之困境——"首届全国文学批评期刊与当代文学走向学术研讨会"综述》；施军的《文学总是面对着他人》。

《芒种》第10期发表韩小蕙的《好散文的因素》；洪岩的《情归何处——浅评2007年〈芒种〉女性文学作品的情感主题》；邓荫柯的《磅礴激情和灿烂文笔写伟大公仆——读报告文学〈好公仆潘作良〉》。

本月，广西人民出版社出版陆卓宁主编的《和而不同——第十五届世界华文文学国际学术研讨会论文集》。

青海人民出版社出版王培基的《文学语言专题研究》。

浙江大学出版社出版黄擎的《视野融合与批评话语》。

11月

1日，《广州文艺》第11期发表梁元元的《论陆文夫的小说创作》；刘白帆的《隐藏于作品中的作者——安妮宝贝》。

《文艺报》发表张俊彪的《审美的境域在心灵——话说刘声雨》；唐德亮的《广

度·深度·慧眼——读温远辉评论集〈善良与忧伤〉》；李少咏的《面向未来的记忆——张文欣报告文学印象》；以"任剑锋散文诗集《守望城市》四人谈"为总题，发表陈建功的《奔波的人生与诗意的守望》，邹岳汉的《站在高处的守望者》，海梦的《真实，是艺术的生命》，张同吾的《守望的快乐与痛苦》。

《文汇报》发表胡殷红的《"小女子"迟子建向大作家迈进》。

《文学界》11月号发表木朵、伊沙的《"我是为全集写作的作家"》；曾德旷的《漂泊是一张诗歌的床》；朱乌有的《我害怕成为第二个曾德旷》；乌蒙、苏非舒的《"我喜欢在深夜写东西"》；婴迈的《乡间之物——读苏非舒的〈喇嘛庄〉》；狄语蕊、徐东的《人人都是艺术家，人人都是乞讨者——作家的乞讨行为是否可以成作品？》；杜鸿的《中国文学行为艺术第一人》。

《天涯》第6期发表陈林侠的《华语大片中的"人海战术"与"反智现象"》。

《名作欣赏（鉴赏版）》上半月刊第11期发表罗振亚的《三十与十二》（关于新诗三十年的评论）；王珂的《在人心灵显示出伤口并渗透出血滴——昌黎〈内陆高迥〉解读》；田忠辉的《一首诗和一个时代——读北岛〈结局或开始——献给遇罗克〉》；孙绍振的《从橡树到女神峰》；伍明春的《重构女性与世界的关系——翟永明〈女人〉组诗简论》；蒋登科等的《平凡的美丽与朴素的深刻——评王小妮的〈十枝水莲〉》；霍俊明的《在寒冷的雪中让内心和时代发声——王家新〈帕斯捷尔纳克〉欣赏》；张德明的《"仰望"的姿态与谦卑的灵魂——西川〈在哈尔盖仰望星空〉赏析》；孙彦君的《对空洞的"英雄"的调侃》（关于韩东《有关大雁塔》的评论）；吕周聚的《从朦胧诗到第三代诗的转型——〈尚义街六号〉解读》；杨四平的《成长的焦虑与挣扎——重读"莽汉"和李亚伟的〈中文系〉》；孙绍振的《对大地的形而上的感恩》（关于海子的评论）；陈仲义的《四两怎能拨千斤——读伊莎〈黄河〉》；庄晓明的《"爱的繁衍与生殖"的祭坛——昌黎〈慈航〉解读》。

《名作欣赏（学术版）》文学研究版第11期发表吴婷婷的《现代与传统之间——解读宗璞〈野葫芦引〉中的文化选择》；吴延生的《清清的湖水静静地流——汪曾祺小说〈受戒〉细节描写的艺术性浅探》；杨丹丹的《民间男性"枭雄"的上海叙事——解读王安忆的〈遍地枭雄〉》；马炜的《苏童小说的死亡叙事》；方奕的《欲望·死亡·梦境——从三个关键词解读〈丁庄梦〉》；刘清生的《农民城市梦想的书写——柳青〈创业史〉的另一种解读》；徐卫卫的《〈集结号〉的英雄主义情结》；曹新伟的《通俗文化视野中的婚姻世界——析〈中国式离婚〉的男性中心

意识》。

《西湖》第 11 期发表张学东的《作家的进与退（创作谈）》；周立民的《扑面而来的正气》；林晓哲的《一个人的写作生活（创作谈）》；马叙的《舒畅的文字　暧昧的气息》；程永新的《向迟子建道歉》；周昌义、小王的《老和尚，生生死死见多了》；荆歌、姜广平的《"其实我才是一个有叙述激情的人"》。

《社会科学战线》第 11 期发表杨春风的《中国当代少数民族文学的民族性辨析》。

《延河》第 11 期发表张昭兵的《脊梁——评小说〈人民权利〉》；李小杰的《回忆在过去找你——评小说〈逃跑〉》；潘盛的《何处是家园——评小说〈乔家夫妻〉》；谢刚的《有效的中年写作——评〈一个人的公园（四篇）〉》；李小雨的《黄土高原：皱纹的聚拢与舒散》（关于梦野诗歌创作的评论）。

《作家杂志》11 月号发表周立民、张学东的《唤醒内心觉醒与人性回归之光——长篇小说〈妙音鸟〉访谈录》；张莉的《对"全球化"生活的凝视与反省——重读毕飞宇〈哺乳期的女人〉》。

《诗刊》11 月号上半月刊发表胡茗茗的《上帝是不掷骰子的》；张德明的《"以冲刺速度朝心中的方向奔跑"》（关于胡茗茗的评论）。

《钟山》第 6 期发表洪治纲的《范小青论》。

2 日，《小说选刊》第 11 期发表王安忆的《创作谈：意在不意之间》。

3 日，《人民文学》第 11 期以"岁月如春　风物长新——《人民文学》与新时期文学"为总题，发表邱华栋的《〈班主任〉：开端》，李修文的《〈哥德巴赫猜想〉：我看见的是你自己》，李元胜的《〈光的赞歌〉：一个事件，一个预言》，杨少衡的《〈乔厂长上任记〉：五十六岁的乔》，李洱的《〈陈奂生上城〉：变与不变》，徐坤的《〈春之声〉：面朝夜晚，春暖花开》，周晓枫的《〈你别无选择〉：别无选择的人别来无恙》，张悦然的《〈爸爸爸〉：活的水》，麦家的《〈红高粱〉：叛乱的智慧》，李浩的《〈大厂〉：潮起潮落》，鲁敏的《〈玉米〉：最好滋味的老玉米》。

4 日，《文艺报》发表贺绍俊的《〈深圳九章〉：改革时代的大赋体》；马季的《走进一片陌生的森林》（关于林那北《浦之上——一个王朝的碎片》的评论）；白丁的《纸房消失　城镇崛起》（关于冉正万长篇小说《纸房》的评论）；樊星的《"红军故事"值得挖掘》；胡良桂的《进步文艺与审美理想》。

5 日，《广西文学》第 11 期发表王迅的《对话·交流·提升——〈广西文学〉

2008小说精品创作恳谈会纪要》。

《当代文坛》第6期发表孟繁华的《总体性的幽灵与被"复兴"的传统——当下小说创作中的文化记忆与中国经验》；张发的《走向艺术规律：改革开放初期艺术学的走向(之一)》；敬文东的《有一种遗忘的时间形式仍在召唤我们——以"第三代诗人"赵野为例》；周志强的《诗歌史写作：建构与重构》；李云雷的《"底层"、魅惑与小说的可能性——读鲁敏的中短篇小说》；贺绍俊、阎晶明的《鲁敏小说解读》；鲁敏的《没有幸福，只有平静——小声地说小说》；刘智跃的《精神分析与新时期文学心理批评》；张宗刚的《散文病象观察》；杜素娟的《试论当下文学的大众化与商业化》；郭艳的《多元状态下的青春文学写作与可能性》；周雪花的《城市中的性与爱——"70后"作家的身体突围与伦理重构》；黄春玲的《新写作时代下的网络写作》；贾蔓的《传统真实与现代派虚构真实之比较》；李伟的《"莲花"模式：叙事原型——琦君文学作品中佛教文化现象探索(之二)》；刘敏的《疼痛，在传统与现代之间——洁尘随笔审美特性论》；张有根的《工业化时代的乐府歌辞——郑小琼诗歌零度书写与生命书写的两极张力世界》；王敏、李瑞生的《底层记忆与文化想象——新中国电影中的流动农民形象建构及其文化阐释》；尧荣芝、刘迅的《〈左右〉：王小帅的道路》；王小平的《文本的冒险：历史碎片拼贴的迷宫——论姜文〈太阳照常升起〉的后现代叙事》；高椿霞的《曹乃谦〈最后的村庄〉的悲剧精神解读》；陈静的《"水文化"与"沙漠文化"的融合——论沈苇的文学创作》；王永波、罗义华的《阎刚和他的"河口"小说世界》；王观胜的《旧西安在你的笔下清晰可见——鹤坪和他的〈大窑门〉》；刘川鄂的《布满触须的艺术品——郭海燕小说散论》。

《花城》第6期发表王安忆的《小说的创作》。

《陕西师范大学学报(哲学社会科学版)》第6期发表李春雨、刘勇的《老舍话剧之魅及其当代影响》；程国君的《台港女性书写的现代进程与意义向度》。

《莽原》第6期发表叶弥著、孔亚雷评点的《天鹅绒》；南野的《我对〈天鹅绒〉的读解》；姜广平的《"好的小说应该有着文化内涵"——与储福金对话》；何弘的《风行水上：不拘格套的和谐之章》(关于郑彦英散文集《风行水上》的评论)。

6日，《文艺报》发表马建辉的《"以人为本"与文艺使命》。

《文学报》发表陈竞的《蒋子龙：注视急剧变化的社会现实——历时11年打造〈农民帝国〉》；李麦的《刘继明：小说与现实的关系需重新认定》；李麦的《王鸿

生：我们都在失去自己的历史》；彭程的《自由背后的散文写作》；张莉的《无处不在的势利眼》；李学斌的《幽默是手段，还是目的？——略谈中国幽默儿童文学的现状与审美效应》。

《当代小说》第21期发表宋家庚的《小巷一条见风情——读〈花容〉有感》。

《南方周末》发表夏榆的《获奖的和没获奖的　茅盾文学奖与中国长篇小说30年》；夏榆、谢有顺的《"评委要敢于为自己投出的一票承担责任"》。

7日，《光明日报》发表贺绍俊的《直面现实的精神担当——第七届茅盾文学奖获奖作品一览》；丁临一的《弘扬抗震精神的珍贵历史记录——评〈决战唐家山〉》；梁海的《"向死而生"的生命叙述》（关于李西闽《幸存者》的评论）。

8日，《文艺报》发表《〈国家大道〉研讨会纪要》；小文的《"杨红樱现象"：放弃争吵，研究问题》；李春林的《苍凉·凄美·挺拔·峻奇——评常星儿的儿童短篇小说》；李东华的《寻找自我的艰难历程》（关于牧玲长篇动物小说《艰难的归程》的评论）。

《文汇报》发表胡殷红的《"双打"选手汪政、晓华》；赵瑜的《美好背后的面具——读〈无法安宁〉》。

《绿洲》第11期发表夏冠洲的《大漠中的人性搏斗——评李娟新作〈沙寨〉》。

10日，《大家》第6期发表丛治辰的《那条通往内心的夜路》（关于石一枫《张先生在家吗》的评论）。

《文艺研究》第11期发表包晓光的《"人文精神"思潮论解析：机制与意义》；邰科祥的《"把作品打造成一句成语"——贾平凹先生访谈录》。

《安徽大学学报（哲学社会科学版）》第6期发表刘跃平的《寻思维之窗　叩表达之门——叶维廉有限至无限道家诗艺之路的解读》。

《西南大学学报（社会科学版）》第6期发表蒋登科的《诗的个人性与普视性》；古远清的《澳门新诗创作及其评论特征》。

《江海学刊》第6期发表芦海英的《从流行走向"经典"：大众文本形态分析》。

《社会科学》第11期发表张荣翼的《走向后经典形态的文学批评》；董丽敏的《历史语境、性别政治与文本研究——对当代"女性文学史"写作格局的反思》。

《学术论坛》第11期发表龚举善的《转型期报告文学的题材范型与形式创新》；陈非的《乡村文学的殉道者——赵树理创作行为的道德意义与历史功用》；周新民的《走向神话——新时期初期小说中的"知识"话语》。

13日,《文艺报》发表何建明、刘颋的《30年:一个作家的成长和一个文体的成熟》;段崇轩的《打造自己的评论文体》;王彬的《边地的思索与批评公信度》(关于牛学智的评论);艾静的《小说之"最"——90后偶像青春文学阅读分析》;以"伟大抗震精神的真实见证——新闻作品集〈决战唐家山〉评论专辑"为总题,发表程步涛的《通经断纬织宏图》,李炳银的《英雄的交响与和弦》,丁临一的《弘扬抗震精神的珍贵历史记录》,李朝全的《书写民族心灵史光辉的一页》,崔道怡的《你是谁的眼泪?》同期,发表宫学斌的《一部新型农民的"创业史"——夏仁胜〈乡间大道——中国农村社会改革探索者宫学斌传〉研讨会纪要》;以"申晓长篇小说《奶娘》五人谈"为总题,发表李星的《黄土高原文化别样神奇美丽》,李建军的《一株热烈的野百合》,晓华、汪政的《长篇叙事传统魅力依然》,雷涛的《复活与回归》,韩鲁华的《本土、本色、本真的乡土叙事》。

《文学报》以"从'茅奖'看近年长篇小说得与失"为总题,发表陈竞整理的《洪治纲:缺点和优点都非常明显》、《彭学明:当下长篇创作的"有"和"无"》、《施战军:重新审视评判长篇的标准》;同期,发表韦泱的《"与众不同"的俞天白》;陈竞的《当代中青年作家系列访谈 税务官张楚的文学议程》;李建军的《〈王蒙自传〉:不应该这样写》;张守仁的《怀念和仲锷在一起的日子》;黄咏梅的《寻找内心的"湿地"——我读〈长安文学〉》;杨晓敏的《蔡楠和"新荷花淀"系列》。

《南方周末》发表《莫言对话瓦尔泽》。

14日,《光明日报》发表单三娅的《中国文学三十年——访中国当代文学研究会副会长孟繁华》。

15日,《广东社会科学》第6期发表黄健的《重构现代性:建国后十七年"国家文学"的意识聚焦——略论建国后十七年的文学形态》;席杨的《关于"文革文学""文学史叙述"的历史变迁:以五部中国当代文学史为例》。

《中山大学学报(社会科学版)》第6期发表程光炜的《当代文学在80年代的"转型"》。

《诗刊》11月号下半月刊以"孔灏:现代与古典的精神交会"为总题,发表叶延滨的《〈漫游与吟唱〉序》,李惊涛的《诗人孔灏三论》,刘晶林的《主、客观的遇合与诗歌空间的拓展》。

《文艺报》发表傅溪鹏的《独具特色的战争报告文学——〈枪杆子:1949〉读后》;丁芒的《品高趣雅 深投多思——读胡成彪诗集》;吴广川的《天然去雕

饰——胡成彪诗词读感》;陈歆耕的《〈大地夯歌〉的史诗性追求》;杨剑龙的《生的挣扎与爱的执著——读雪漠的长篇小说〈白虎关〉》;陈亚冰的《海南诗歌20年:灵肉的和睦相处——〈云起天涯(诗歌卷)〉阅读手记》;单永珍的《虚无现实中的灵魂救赎——唐晴诗集〈嘿,我还活着〉阅读札记》;吴秉杰的《"骏马"奔腾向前方——评近年少数民族长篇创作》;刘大先的《满族作家于晓威和他的小说》;高耀山等的《近三年来少数民族作家中短篇小说扫描》;李炳银的《文学之花在奇异的枝头绽放——读少数民族作家报告文学有感》。

《文艺争鸣》第11期发表童庆炳的《当代中国文学的世界性问题》;吴海庆的《技术化现实与中国当下的"反升华"写作》;唐轶惠的《走向操作性的文艺学——关于当代形态文艺学建设的初步思考》;陈晓明的《重论现实主义理论源流及其斗争——革命文艺理论的发生学探讨》;程光炜的《文学史研究的"当代性"问题——在华中师范大学文学院的讲演》;张直心、詹玲的《文学性本位与文学史旨趣——当代文学作品选编取向再省思》;龚元的《同"工"异"曲":传奇的历史化与人生的传奇化——〈白毛女〉与〈边城〉的比较研究》;朱大可的《1978~2008:中国文学的三段式》;单小曦的《〈广西文学〉对广西文学生产的参与》;唐迎欣的《困顿、荒谬中的坚守——析李冯小说〈孔子〉里的"在路上"形象》;赵勇的《〈兄弟〉·读者·八十年代——〈当代文坛〉新设栏目阅读札记》。

《文汇报》发表胡殷红的《爱上青藏女人的徐剑》;赵瑜的《一个疼痛过后的村庄——读〈隐秘的乡村〉》。

《文学评论》第6期发表王春荣、吴玉杰的《反思、调整与超越:21世纪初的女性文学批评》;涂昊的《论新时期30年中国小说创作理论的发展》;张炼红的《"大团圆"之争——传统"人情戏"的当代艺术流变》;季红真的《穿越历史烟尘的女性目光——论凌力的历史写作》;王中的《也谈语言的传统——先锋文学与革命文学比较论》;首作帝、张卫中的《重读改革小说——公化的现代性与私化的矛盾性》;李丹梦的《红柯中短篇小说论》;袁良骏的《香港小说风格流派述论》;王艳芳的《异度时空:论香港女性小说的文化身份想像》;陆卓宁的《泰华文学的发展及其文化取向》;陈涵平、吴奕锜的《论美华文学不同代际的纽约书写》。

《中国社会科学院研究生院学报》第6期发表魏红珊的《农民进城与身份缺失——以罗伟章、夏天敏、邵丽的作品为例》。

《长城》第6期发表李建军的《铁血歌手与柔情诗人》(关于魏巍的评论);张

学昕等的《我们时代的文学判断力》。

《福建论坛》第11期发表王毅夫的《多学科研究的视角——以台湾文学研究为例》；陈美霞的《意识形态·文学史·现代性——台湾文学史书写现状与现代性突围》；朱立立的《殖民体制下的"台湾民族主义"？——从藤井省三的〈台湾文学这一百年〉及相关论争谈起》。

《徐州师范大学学报(哲学社会科学版)》第6期发表陈爱敏的《个人记忆与历史再现——谈哈金的流散身份和文革书写》；林晓雯的《论〈灶神之妻〉的三维叙事空间结构》。

《北方论丛》第6期以"文学图志的情怀观和窗户观"为总题，发表杨义的《大文学观与文学史研究的文化转向》，胡景敏的《文学史的大国风范》，江腊生的《论文学图志的图像意识》，王巨川的《遭遇"读图时代"——也谈文学史叙述方式的转变》；同期，发表金洁、王威辉的《后现代视野下的手机小说》；靳新来的《汪曾祺小说语言的诗化》。

《民族文学研究》第4期发表丹珍草的《"在两种语言之间流浪"——〈尘埃落定〉的多文化混合语境》；白晓霞的《白玛娜珍小说的叙事方式》；卓玛的《等待者：〈麝香之爱〉中的女性形象原型》；潘超青的《置身于历史中的旁观者——读叶广岑的〈日本故事〉》；闫丽霞的《城与乡：温新阶的乡土情怀与文化选择》；阿牛木支的《彝族母语文学的文化生态与现代书写》；张华的《新疆少数民族女作家叙事方式之探索》；李建宗的《裕固族文学研究50年述评》。

《华东师范大学学报(哲学社会科学版)》第6期发表陆晓光的《论王元化新世纪"第四次"反思》；蒋述卓的《从学术史角度看王元化的意义》。

《百花洲》第6期发表林非的《探求与质疑》(关于散文创作的评论)。

《江汉论坛》第11期发表颜丙香的《当代少数民族文本的消费变异与文化生态》。

《江苏社会科学》第6期发表朱大可的《意见空间的文学挣扎》；张闳的《写作如何成为公民社会的典范——关于文学及人文学术的公共性的思考》；王晓渔的《当代中国文学为何退出公共领域》；张念的《言辞、文化然后道成肉身——文学与公共性的悖论》；骆冬青的《小说叙事的公共性与政治美学意蕴》；赵步阳的《朱文小说与本雅明寓言观的契合》。

《齐鲁学刊》第6期发表徐伟东的《困顿的心灵写照：浩然1978年后的小说

创作》;孔莉的《消费文化语境中文学经典的解构与重构》。

《西藏文学》第6期发表杨梦瑶的《爱的罂粟花——浅析〈西藏文学〉女作家的叙事、人物及语言》。

《社会科学研究》第6期发表张立群的《后现代视野中的当代中国文学经典——从文本到权力》;王小平的《文艺大众化:从现代到后现代》;肖伟胜的《作为青年亚文化现象的网络语言》。

《社会科学辑刊》第6期发表宋扬、许宁的《苦难与温情——萧红、迟子建死亡意识之比较》。

《学习与探索》第6期以"网络传媒时代的汉语文学(笔谈)"为总题,发表欧阳友权的《数字传媒时代汉语文学的建设维度》,白寅的《数字传媒时代的汉语诗歌》,陈定家的《网络时代的文学"奇迹"——以〈姑妄言〉的"重现江湖"为例》;同期,发表凌建英、赵琦的《非物质文化遗产·艺术生产·底层写作——非物质文化遗产背景下的底层写作》。

《语文学刊》第11期发表侯德健的《〈故乡相处流传〉的民间叙事立场》;卞秋华的《论"十七年"儿童文学的审美症结》;杨晓梅的《族际边缘人的艰难"原乡"路——谈阿来小说的原乡意蕴》;彭振中的《玄幻小说的接受心理探源》;伍曙亮的《汪曾祺"民间文本"中的地域资源书写》;于立辉的《政治裂隙下凋零的爱情之花——论宗璞〈红豆〉主体情感诉求与文本表征之间的裂隙》;许欣的《在自然中独唱——试论张炜散文的深层内涵及渊源》。

《南方文坛》第6期发表金理的《"新鲜的第一眼"与"生命的具体性"》;周立民的《观文者披文以入情——关于金理及当代文学批评的一些杂感》;张新颖的《一个年轻学人和一个讨论问题的例子》;黄发有的《重建理想主义的尊严——对近三十年中国文学的一种反思与展望》;吴俊的《文学的政治:国家、启蒙、个人——关于近代以来中国文学三种话语方式或权利诉求》;张莉的《三个文艺女性,一场时代爱情——重读〈爱,是不能忘记的〉、〈一个人的战争〉、〈我爱比尔〉》;王尧的《统一论述的背后》;罗岗的《文学史与阅读史:必要的和可能的——由"改革开放三十年文学"引发的一点思考》;陈晓明的《三十年来文学变革的十大后果》;汪政的《流放者的归来》;张闳的《从头脑到心灵——近三十年文学回顾及未来展望》;孟繁华的《风雨飘摇的乡土中国——近年来长篇小说中的乡土中国》;楼肇明的《沙盘·平面图和当代散文研究之整体性思维——兼论梁向阳〈当代散文流变研究〉》；柳冬妩的《身位与场位："打工诗歌"的主体痛感》；王尔勃的《从"反映"、"活动"到"表征"——"文化唯物论"引发的关键词转移》；吴亮、李陀、杨庆祥的《八十年代的先锋文学和先锋批评》；江建文的《广西新时期文学之发轫》；毛健的《红土地光影——广西新时期电影三十年》；黎学锐的《八十年代中的广西青年诗歌》；乔娟娟的《"受戒式"的汪曾祺：被叙述的异质》；洪治纲、欧阳光明的《现代知识分子的沉沦与救赎——论阎连科的长篇小说〈风雅颂〉》；曾一果的《"重新退回"与"历史批判"——由王尧教授〈脱去文化的外套〉说起》；高伟的《阮直例外》；文波的《文坛近况》（"5·12"诗潮引起热议；网络文学出现新的异动）。

《理论与创作》第 6 期发表张立群的《历史的"终结"与"浮现"——关于"新时期"以来中国当代文学的一种解读》；钟友循的《1980 年代文学的人文风标——新时期小说人道主义思潮及其价值之探析》；胡德才的《论中国当代喜剧小品的兴衰》；李琴、张力的《改革开放以来军事题材电视剧军人形象的嬗变》；任美衡的《评茅盾文学奖的"经典观"》；谢昉的《沉重的新世纪文学与乐观的新时期文学——新世纪文学与新时期文学发端之比较》；张卫中的《后悲剧时代的悲剧——新世纪底层小说中的悲剧性阐释》；方维保的《消费时代·爱情症候与想象的神经质——新世纪若干情爱小说主题阐释》；樊星的《当代哲理小说与神秘主义》；陆兴忍的《女性在日常生活叙事中话语权威的建构》；王丽霞的《漂泊的都市灵魂："城市新移民"小说的精神透视》；龙长吟的《社会生态中的笑谈与激荡——读彭见明的长篇小说〈天眼〉》；余三定的《追求理想与世俗现实的矛盾冲突——评中篇小说〈空城〉》；聂茂、厉雷的《传播学视域中灵性文学的精神原动力——以诗集〈琴与炉〉的文本为例》；张春红的《关于〈启蒙时代〉的几个关键词》；王洋的《夹缝中的选择与被选择——铁凝小说主题指向别论》；晓苏的《评迟子建〈逆行精灵〉中的鹅颈女人》；唐梅秀的《对存在意义的诗意追问——郑敏后期诗歌解读》；曾胜的《从新闻到电影——近年来新闻的电影改编现象分析》；俞洁的《"反特"类型剧的叙事超越——〈数风流人物〉的叙事话语与意识形态考察》；马藜的《影视剧中女性生育文化审视》。

16 日，《文汇报》发表吴小丽的《中国当代城市电影：上海的"缺席"与"在场"》；赵丽宏的《浑浊和清澈——读卢一萍的小说〈二傻〉》。

《中国人民大学学报》第 6 期发表刘勇、黎爱斌的《博客写作的社会文化背景和心理原因》。

17日,《作品与争鸣》第11期发表李云的《黯淡中的光彩,粗鲁中的希望》(关于海飞《像老子一样生活》的评论);李雷的《反思精英的"堕落"》(关于郝庆军《锦瑟无端》的评论);柴莹的《第三类人:女博士的"幸福"生活》(关于郝庆军《锦瑟无端》的评论);卢燕娟的《哀以无文》(关于傅恒《第九口井》的评论);孙佳山的《无法死去的"底层"》(关于傅恒《第九口井》的评论);孙煜华的《在精彩的叙事中升华》(关于凌可新《出趟公差》的评论);徐蔚的《入乎情　悖乎理》(关于凌可新《出趟公差》的评论);合力的《小说〈风雅颂〉引起争议》。

18日,《文艺报》发表欧阳友权、谭志会的《寻找网络文学的发展规律》;李万武的《"向死的文学"和"向死的批评"》;刘茂华、曾庆江的《近30年文学的反思与前瞻》。

20日,《小说评论》第6期发表徐妍的《"20世纪中国文学"总体美感的阐释误读——以现当代文学史中古典形态作家作品为中心》;李永中的《神话重述与中国形象重构》;仵埂的《小说的伦理精神》;金理的《语言与"实感"——从胡风的一封家书谈起》;陈忠实的《寻找属于自己的句子——〈白鹿原〉写作手记(连载八)》;格非的《中国小说的两个传统——格非自述》;余中华、格非的《我也是这样一个冥想者——格非访谈录》;余中华的《雨季·梦境·女性——格非小说的三个关键词》;张红娟的《无可回避的生命之"轻"——评张洁长篇小说〈灵魂是用来流浪的〉》;安静的《一个酱园,一个世界——评黄蓓佳的新作〈所有的〉》;潘新宁的《以符号为意象——新世纪写意小说研究系列论文之二》;周水涛的《新时期农民工题材小说研究现状及特征考察》;王建仓的《当下官场小说的叙事症候》;李遇春的《新时期湖北作家"底层书写"一瞥》;洪治纲的《后现代主义的精神标本——吴玄小说论》;徐日君、韩雪的《冷冽与温柔的纠结——谈萧红与迟子建小说情感叙述的差异》;张玉洁、胡宗锋的《乡土挽歌——读〈秦腔〉与〈德伯家的苔丝〉》;芦海英的《论先锋小说的文体策略》;马平川的《吴克敬近期小说论》;孙希娟的《解读迟子建小说中人物的诗性美》;李晓锋的《飞扬的人生　幽雅的笔致——评王晓云的中短篇小说集〈飞〉》;高世华的《风过无声却有痕——评石舒清的〈风过林〉》;李鲁平的《立足民族历史文化,关注民族女性命运——评土家族作家叶梅的小说创作》;彭卫鸿的《论叶梅小说的女性意识》;阎庆生的《孙犁:在文体选择的背后——兼谈徐光耀的"孙犁情结"》;赵学勇的《"路遥现象"与中国当代文坛》;晓苏的《小说创作与艺术想象》。

《文艺报》发表张春贤的《一曲新时期的创业者之歌》(关于邓玉香《情系三湘》的评论);余义林的《拳拳报国心　殷殷湘女情——读土家族青年女作家邓玉香的〈情系三湘〉》;邓玉香的《彼岸,幸福生活的家园》;以"吴玄长篇小说《陌生人》评论"为总题,发表陈建功的《中国文学中的陌生形象》,程永新的《由吴玄的写作想到几个关联词》,洪治纲的《后现代主义的文学探索》,施战军的《新生代小说的集成和超越》,邵燕君的《"陌生人":"局外人"与"出局人"之间》,张燕玲的《静虚的声音》,吴秉杰的《传统、现代和后现代》;以"长篇报告文学《冰点燃烧》评论"为总题,发表张胜友的《对灾难的反思和人文关怀》,熊育群的《作家面对灾难如何作为》,金岱的《点燃冰雪　"救援"人心》,游焜炳的《难得:有报告又有文学》,廖红球的《灾害的冷峻与文学的热情》。

《文学报》发表陈竞的《第七届青年作家批评家论坛上,与会者热议——当下文坛:个体灿烂整体黯淡?》;施战军的《现时代中国文学批评的危机与生机》;金莹的《百变徐小斌》;王祥夫的《散淡苏北》;李浩的《找回文学的"精英意识"》;孟隋的《恐怖文学的前世今生》;陈辽的《反腐小说的崭新创意——读评姜琍敏〈红蜘蛛〉》;宋家宏的《永难摆脱的生命印迹——读〈门缝儿里的爱情〉》;《坚持实事求是　彰显胆识善意——江苏省文学评论工作座谈会纪要》。

《东北师大学报(哲学社会科学版)》第6期发表刘雨的《乌托邦叙事的意义——格非〈人面桃花〉阅读笔记》。

《南开学报(哲学社会科学版)》第6期发表王宇的《百年文学民族身份建构中的性别象征隐喻》。

21日,《光明日报》发表方宁的《文艺的当代性——改革开放三十年的文艺理论与实践》;张效民的《为改革开放立传　为深圳特区画魂——读长篇小说〈深圳大道〉》。

22日,《文艺报》发表刘绪源的《杨红樱现象:商业童书与批评标准》;吴然的《在散文的路上》。

《文汇报》发表刘淑玲的《"听杨绛谈往事"的故事》;汪涌豪的《木心之于今天的意义——读〈读木心〉有感》;胡殷红的《臧老季老哥俩好》。

《新文学史料》第4期发表李冰封的《彭燕郊与〈诗苑译林〉与〈散文译丛〉》;彭仲夏、谭士珍、何先培的《四大作家返湘记》(关于周立波、康濯、蒋牧良、柯蓝的评论);黎辛的《舒群老师》;木斧的《忆田间》;张业松的《胡风问题的三个论域》;

郭艳的《中央文学研究所的创办与50年代初的文学情境》。

23日,《天津社会科学》第6期发表卢桢的《都市文化视角下的新时期诗歌析论》；陈慧娟的《论第一人称叙述视角的特性》。

24日,《文艺理论与批评》第6期发表旷新年的《"新左翼文学"与历史的可能性》；白浩的《新世纪底层文学的书写与讨论》；马建辉的《当前文艺中的历史观与价值问题》；周展安的《翻过这沉重的一页——阅读作为政治寓言的〈第四十三页〉》；关圣力的《质朴出神的叙事——读迟子建〈布基兰小站的腊八夜〉》；赵永刚的《当代文学批评的语言学转向及动态研究》；褚春元的《浅议当前"打工诗歌"》。

《解放日报》发表王蒙、徐芳的《激情、蜜月、生长、回归与词句》。

25日,《文艺报》发表白烨的《悲壮秘史的复现与反思——党益民长篇小说〈石羊里的西夏〉》；熊国华的《抗震精神　英雄史诗》（关于洪三泰长诗《神州魂》的评论）；何弘的《"香车"内外》（关于马平长篇小说《香车》的评论）；申林的《小石头的记号》（关于《高考往事》的评论）；刘继明的《环境文学的政治伦理》；相静的《加强文化领导权的建设》。

《文艺理论研究》第6期发表顾明栋的《文学的开放性：中西文论双向对话的一个共同基础》；张英进、董晓蕾的《中国电影与跨国电影研究》；胡亚敏的《在反思中前行——30年高校文学理论批评研究与教学回顾》；张荣翼的《文学研究的知识论追问及其意义》；施立峻的《审美批评的限度与可能——从批判理论看当代审美批评的建构》；曾军的《文化批评的当代转型与文艺学的学科重建》；刘锋杰的《文论创新的"现代"资源——对中国现代人文主义文论的一种期望》；鲁枢元的《20世纪中国生态文艺学研究概况》。

《东岳论丛》第6期发表李林荣的《作为遗产和资源的"新时期文学"》。

《甘肃社会科学》第6期发表芦海英的《女性书写的两种姿态——张爱玲、张洁女性小说叙事话语比较》。

《当代作家评论》第6期以"新时期文学三十年·我们这个时代的写作与批评（论坛）"为总题,发表南帆的《奇怪的叛逆》、陈思和的《时代·文学·个人》,王尧的《在困境与困惑的打磨中生长》,孙郁的《自己的空间》,洪治纲的《这个时代的写作与批评》,谢有顺的《中国当代文学的有与无》,陈晓明的《我对文学批评的理解》,蔡翔的《当代文学六十年》,张学昕的《文学批评所应该承载的》,张新颖的《谐谑式的语调和时代性的精神分裂》,吴俊的《文学批评面临的现时挑战》、《三十年文学片断：一九七八——二〇〇八我的个人叙事》，郜元宝的《焉得思如陶谢手》，格非的《作家与批评家》，李洱的《在场的失踪者》，毕飞宇的《一份刊物与几个小钱》，里程的《文学的出路》，赵慧平的《失去权威的文学批评现时代的发展问题》；以"文本细读与比较研究"为总题发表陈思和的《"历史—家族"民间叙事模式的创新尝试》、《人畜混杂，阴阳并存的叙事结构及其意义》；同期，发表张学昕、苏童的《感受自己在小说世界里的目光——关于短篇小说的对话》；张学昕的《苏童与中国当代短篇小说的发展》；何平的《"伤痕"如何被重述？——里程〈穿旗袍的姨妈〉读记》；马原的《细读〈穿旗袍的姨妈〉》；王尧的《关于〈穿旗袍的姨妈〉及相关话题》；贺仲明的《新文学与农民：和谐与错位——对新文学与农民关系的检讨》；王文胜的《论中国当代基督教文学的创作与批评》；郭冰茹的《"革命叙事"的转换、扬弃与消解》、《女性主义批评中国化之反思》。

《复旦学报（社会科学版）》第6期发表罗兴萍的《当代文学（1949—1976）民间英雄叙事的潜在建构》。

《晋阳学刊》第6期发表马德生的《当下文学消费时尚化的四个特征》。

27日，《文艺报》发表饶曙光的《中国主流电影建构》；丁临一的《三十年军事题材长篇小说漫评》；黄献国的《军旅小说审美变革三十年述略——以军事文学中短篇小说创作为例》；殷实的《军旅诗歌：语词或思想的抛物线》。

《文学报》发表陈竞的《当代中青年作家系列访谈　塞壬：一直在流浪》；罗望子的《叶弥：追风筝的女人》；王雪瑛的《关注的目光，批评的声音》；陈占敏的《散文的义理与情采》；梁鸿的《雪域高原的寻根之旅》（关于阿来《大地的阶梯》的评论）。

《文学自由谈》第6期发表邓刚的《再次斗嘴56回合》；牛学智的《"底层叙事"为何转向浪漫主义？》；赵勇的《面向世界：中国当代文学还缺少什么？》；范肖丹的《诗歌的世纪耗散》；胡殷红的《作家素描（十三至十六）》（关于麦家、徐坤、毕飞宇、李敬泽的评论）；蔡小容的《一钱白露　一钱霜（外一篇）》（关于钱红丽、陈蔚文的评论）；冉隆中的《小地方的写作者》；叶文玲的《人生无尽》（创作谈）；红柯的《为愚人而歌》（创作谈）；朱健国的《远离浮夸追李杜》（关于车延高《日子就是江山》的评论）；金梅的《〈中国第一女兵：谢冰莹全传〉随想》；文珍的《吴玄的〈陌生人〉》；李更、夏康达的《文化人的责任》。

《南方周末》发表张英、李邑兰、[德]顾彬的《"现代性完全是一个错误"——顾彬眼中的20世纪中国文学》。

28日,《兰州大学学报(社会科学版)》第6期以"当下中国影视研究专题"为总题,发表陈晓云的《当代中国电影中的跨国空间与全球想象》,董华峰的《娱乐的背后——中国电影接受心理探析》,任志明、黄淑敏的《消费文化语境中对"红色经典"影视改编的再审视》。

29日,《文艺报》发表王晖的《历史意识与历史书写——观察近30年文学的一个视角》;赵月斌的《吴村故事和北京怪谈》;徐坤的《歌者赵殷》;韩小蕙的《七八颗星天外——2008年散文创作扫描》。

《文汇报》发表胡殷红的《张炜:回望历史与关注现实》。

30日,《求索》第11期发表晏杰雄的《"亚乡土叙事"的可能性》;王正杰、芦海英的《王蒙和白先勇意识流小说论》。

本月,《山东文学》10月、11月合刊发表张颖的《齐鲁文化交织下的文学世界——毕四海创作论(一)》;钟希高的《〈九月寓言〉的诗意追求》;李掖平的《热烈纯净的生命歌吟——评师承瑞散文集〈故乡的明月〉》。

《上海文学》11月号发表翟永明的《"我不喜欢重复的写作"——答问(片段)》;陶东风的《文学公共领域的价值规范》;崔卫平的《开放的政治与开放的文学》;张闳的《文学的独立性与公共性》。

《读书》第11期发表行超的《写给失意的得意之作——走进王朔〈和我们的女儿谈话〉》。

本月,中国社会科学出版社出版朱巧云的《跨文化视野中的叶嘉莹诗学研究》。

上海人民出版社出版杨守森的《艺术境界论》。

解放军出版社出版张方的《文学批评:观念与方法》。

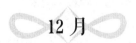

12月

1日,《广州文艺》第12期发表宋唯唯的《〈同路过〉创作谈》;李炳银的《"木棉花开"红胜火——报告文学阅读随感》;王干的《青春小说的滥觞——关于〈桑园留念〉》。

《名作欣赏（鉴赏版）》上半月刊第12期发表孙绍振的《从文体的失落到回归和超越——当代散文三十年》、《从细节上颠覆历史的宏大话语——读南帆〈戊戌年的铡刀〉》、《在灾难面前的超然幽默——读汪曾祺〈跑警报〉》、《抒情和幽默的奇妙结合——读周晓枫〈小地主〉》；冯植康的《苦难中的自我超越——解读〈"小趋"记情〉》；谢有顺的《以实事照见人生的底色——读贾平凹的〈祭父〉》；伍明春的《想象历史的另一种方式——余秋雨〈一个王朝的背影〉简论》；袁勇鳞的《自由的真相——浅析王小波〈一只特立独行的猪〉》；蔡江珍的《心灵乡土的清新与荒凉——谈刘亮程的散文〈狗这一辈子〉及其他》、《一种以人文精神贯注自然的方法——关于周涛散文〈哈拉沙尔随笔〉》；孙彦君的《从一个"吃"字看到民族无意识中的核心价值——读孙绍振〈国人之吃〉》；颜同林的《忆念与忘却——重读叶延滨〈干妈〉》。

《名作欣赏（学术版）》文学研究版第12期发表晋海学的《日常生活中的历史之重——评方方的小说〈武昌城〉》；梁艳芳的《守护人心温暖的品质——蒋韵〈心爱的树〉的叙事伦理意义》；车红梅的《"傻眼"看世界——余华小说〈我没有自己的名字〉的叙事分析》；王丽娟的《独特的观察视角：狗眼看世界——评鬼金新作〈两个叫我儿子的人〉》；司马晓雯等的《以理性经验之重镇守精神家园——读王小波〈我的精神家园〉》；吴延生的《唤醒对土地神圣的记忆——赵本夫小说〈无土时代〉人物解读》；姚建新的《身份、距离与情感渴求——毕飞宇小说〈家事〉评析》；朱利萍的《古典意蕴与现代审美的圆融——论张晓风散文的诗性美》；高文丹的《亦真亦幻的欲望叙事——析〈易妻为妾?〉的叙事特色》；刘国强的《诗意与狂欢：塔下的纯爱之歌——试论沈从文的〈边城〉和刘震云的〈塔铺〉》；王敏的《涓生的忏悔与子君的言说——〈伤逝〉与〈我的前半生〉比较》；褚又君的《别样的风景——1990年代以后小说的反讽形态》；王昌忠的《1990年代综合性诗歌写作成因探析》。

《西湖》第12期发表许仙的《小说的礼盒（创作谈）》；夏烈的《南国的元气：一种小说思路》；黄发有、姜广平的《坚守独立与自由的个体性是批评的底线》。

《社会科学战线》第12期发表逄增玉的《百年中医　医者何为——20世纪中国文学中的"医生"形象》。

《延河》第12期发表黄江苏的《荒诞而有价值的言说——评〈驴老二有话要

说〉》；王军君的《从一条国际新闻说起——小评〈都是猪惹的祸〉》。

《诗刊》12月号上半月刊发表《对话：诗歌与改革开放三十年》。

《解放军文艺》第12期发表"改革开放三十年纪念专号"作品推荐。

2日，《小说选刊》第12期发表孙惠芬的《创作谈：后颈窝的表情》。

《文艺报》发表牛宏宝的《词语雕刻的激情三十年——从〈激情编年：雷抒雁诗选〉说起》；傅建安的《新时期都市精神的诗性建构——改革开放三十年的都市文学解读》；以"吕雷、赵洪报告文学《国运——南方记事》评论"为总题，发表廖红球的《讴歌改革开放的文学献礼》，陈志红的《立意高远 浓墨重彩》，李炳银的《广东改革30年的文学史志》，游焜炳的《波澜壮阔的气象 生动抓人的细节》，杨匡满的《实实在在的大书》，雷达的《写出了历史纵深感》，周明的《瑰丽多彩显国运》。

4日，《文艺报》发表雷达的《近三十年长篇小说审美经验反思》；《杨菁长篇小说〈在埃及说分手〉评论》；王泉根的《杨红樱现象：童年文学的秘密》。

《文学报》发表陈竞的《毛时安：发出自己独特的声音》；徐虹的《邱华栋：全才的生存之道》；何平的《文学批评在今天还有存在意义吗？》；周俊生的《报告文学为何失去生命力？》；《描绘改革开放伟大历程的壮丽画卷 吕雷、赵洪长篇报告文学〈国运——南方记事〉研讨会部分发言摘要》。

5日，《光明日报》发表郦国义的《十年激扬文字——读〈毛时安文集〉有感》；王淳的《在和谐之美中受到感染——由电影〈女儿船〉生发的思考》；何冰凌的《天上的星星不说话——读〈和自己的心情单独在一起〉》；李准的《青春与军营共灿烂——观影片〈霓虹灯下新哨兵〉》。

6日，《文艺报》发表郝雨的《记忆与见证——新时期文学30年回顾》。

8日，《文汇报》发表宗合的《当下影视剧遭遇的瓶颈》；罗怀臻的《不含贬义的"大佬"——评〈毛时安文集〉》。

《绿洲》第12期发表许柏林的《大漠放歌人——读张新军散文》；徐泾哲的《"在路上"精神承载的展示——读王学忠诗集〈挑战命运〉》。

《解放日报》发表王安忆的《创作谈片：意在不意之间》。

9日，《文艺报》发表汪政的《一部社会推理小说的启示——松鹰长篇小说〈杏烧红〉》；王冰的《从容淡定写性情》（关于王彬的评论）；杨耘的《此岸和彼岸之间》（关于李硕儒《寂寞绿卡》的评论）；厚夫的《批评家不妨搞点创作》；《忽培元长篇小说〈雪祭〉评论》；忽培元的《迟开的花朵》；樊发稼的《新世纪少年儿童美好心灵的生动展示》（关于《真情少年》的评论）。

10日，《文艺研究》第12期以"文艺的当代性：改革开放三十年理论与实践"为总题，发表王文章的《确立符合社会发展方向的文艺的当代性》，雷达的《近三十年中国文学的精神》，云德的《新时期文艺：风起云涌三十年》，白烨的《三大浪潮、三次冲击》，贺绍俊的《文学叙事中的政治情怀》，陈晓明的《开放中的融合：三十年来的中国理论批评》，阎晶明的《文学研究的分野与批评的理想景象》，何西来的《文风倡导和人格建设》，孙郁的《三十年的思与想》；同期，发表王侃的《20世纪90年代中国女性小说的语言批判》；张春梅的《身体的辩证法——20世纪90年代以来的"身体叙事"》；林晓云的《中国当代女性主义文学批评的主要特征》。

《社会科学》第12期发表曾军、许鹏的《问题意识的突显与文化转向的深化——2008年度文艺学研究热点扫描》。

11日，《文艺报》发表马建辉的《文论拓展与价值重构》；余三定的《民俗小说的美学特点》；覃新菊的《土地的文学沉思》；郭志刚的《激情"上书"——纪念欧阳山百年诞辰》；刘宏志的《批评的解放与文学的发展》；刘鸿渝的《感人的实践品格和乡土品格》（关于周云诗集《霞光闪烁的爱》的评论）。

《文学报》以"见证和检阅：中国文学三十年"为总题，发表雷达的《对民族灵魂的发现与重铸——关于三十年文学创作的思考》，贺绍俊的《文体革新带来文学新变化》，潘凯雄的《三十年文学出版之路》，李敬泽的《探索文学标准的信念和能力——关于三十年文学期刊生存状况的思考》，彭学明的《诗性品格和史性特质——读三十年民族文学的发展》，王必胜的《与时代同行——三十年散文发展状况》，白烨的《六代同堂 八仙过海——三十年文学的文情代际》，谢有顺的《从"写什么"到"怎么写"——关于三十年青年作家的创作状态》；同期，发表东西的《小说与影视剧的跳接》；彭学明的《迷路的中国散文》；余建华的《纪实文学的兴盛及其矛盾》；梁鸿鹰的《一次动情的心灵感悟——〈大国不屈〉读后》；孙琴安的《心灵之美与生活之美——评叶玉琳新诗集〈那些美好的事物〉》。

12日，《文汇报》发表麦家的《得奖之后说〈暗算〉》。

《光明日报》发表邵瑜莲的《举重若轻，气度非凡——评战争题材电视剧〈浴血坚持〉》；蒋书丽的《另一种历史言说》（关于张品成《可爱的中国》的评论）；仲呈祥的《〈祈望〉：通过真与善而达到美》；陈歆耕的《一部改革开放30年历史的备忘录》(关于赵洪长篇报告文学《国运——南方记事》的评论)。

13日,《文艺报》发表何世进的《哲理高度和人性深度的求索——评傅恒中篇小说〈也是生命〉》；潘永翔的《俯拾皆风景——施秀华散文集〈点亮心灯〉序》；谢作文的《心系热土　情盈天地——评杨克辉诗词集〈魅力岳阳〉的情感世界》；喻向牛的《"可知"背景下的"不可知"选择——浅谈曹军庆的小说叙事策略》；王春林的《新时期长篇小说文体流变概述》。

《文汇报》发表胡殷红的《胡平展示通俗魅力》。

《解放日报》发表孙颙的《关于小说〈冬〉的回忆》。

15日,《文艺争鸣》第12期发表张颐武的《三十年与今天——中国文学与世界》；张炯的《新三十年文学的超越性》；孟繁华的《三十年中篇小说论略》；洪子诚的《在不确定中寻找位置——"我的阅读史"之戴锦华》；贺绍俊的《盲人形象的正常性及其意义——读毕飞宇的〈推拿〉》；张莉的《日常的尊严——毕飞宇〈推拿〉的叙事伦理》、《论毕飞宇兼及一种新现实主义写作的实践意义》；毕飞宇的《作家身份、普世价值与喇叭裤》；陈仲义的《在焦虑和承嗣中立足——"70后"、"80后"诗歌》；牛学智的《普遍人性是安全港湾吗?》；彭金山的《新世纪:文学批评如何建构》；李志孝的《论底层文学主题的多样性》；柳冬妩的《儿童视域里的后乡土世界——以张绍民诗歌创作为例》；苏桂宁的《走向商业时代的中国农民形象——80年代中国作家的一种乡村叙事》；邹忠民的《知青文学中的"局外人"意识》；刘广涛的《食指诗歌与青春主题研究》；方涛的《论当代诗歌泛政治化抒情模式的形成与消解》；王瑜的《当代文学史:审美转向与启蒙的尴尬》；乔亮的《赵树理何以成为方向》；杜文娟的《时代与文学的对话——〈三里湾〉的经典浮沉》；房福贤、王春霞的《新时期"灵异山东"叙事》；马平川的《梦回大唐:诗歌在"文学大省"的命运》；张均的《50年代文学中的同人刊物问题》；周志雄、郭道伟的《反思与创新——中国新时期文学三十年国际学术研讨会暨中国当代文学研究会第十五届学术年会综述》；熊修雨的《阎连科论》；张岩泉的《论"季节系列"》(关于王蒙"季节系列"的评论)；陈晓明的《〈从战争中走来〉:抵达历史的正义》；吕进的《叶延滨和他的诗歌创作》；李新、刘雨的《从〈泥鳅〉的文学隐喻分析底层叙事》；张艳梅的《〈少年巴比伦〉的叙事策略》；李松岳的《论中国实验小说对法国新小说的吸纳与变异》；靖辉的《逝去的伊甸园——关于"文学危机"的思考》；周雪的《从〈大浴女〉与〈半生缘〉的比较谈起》。

《诗刊》12月号下半月刊发表唐力整理的《改革开放的壮阔历程　激情荡漾的诗歌岁月——中国改革开放三十周年诗歌研讨会纪要》;蓝野的《洞庭六记——第24届青春诗会漫笔》。

《江汉论坛》第12期发表李润霞的《颓废的纪念与青春的薄奠——论多多在"文化大革命"时期的地下诗歌创作》;董文桃的《从体制内到体制外——论1990年代自由写作者出现的意义》。

《学术探索》第6期发表孙新峰的《贾平凹及其文学的文化意义新探》。

《福建论坛》第12期发表洪治纲的《理想生命的执着寻求——中国六十年代出生作家群研究之一》;林晓云的《中国当代女性主义文学批评的本土思想资源》;李烁的《铺垫：冷观与静思——论电视剧〈记忆的证明〉第一集的间离效果》。

16日,《文艺报》发表石一宁的《苍凉壮丽的乡土史诗——顾艳长篇小说〈荻港村〉》;晓宁的《生活着就是爱着》(关于刘兆林散文集《在西藏想你》的评论);李世琦的《抒时代之情　写民族之爱》(关于王凤翔《天磨铁汉》的评论);木弓的《国运与〈药道〉》;明飞龙的《行走于沧桑与美丽之间》(关于高兴文散文集《西出阳关》的评论);朱水涌、陈荣阳的《雕刻行走的碑石》(关于丽晴《南下干部》的评论);盛英的《融合之路：女性文学三十年》;王艳荣的《迟子建中篇小说简论》;以"长篇报告文学《从清华园到深圳湾》评论"为总题,发表张胜友的《为深圳的高科技发展树碑立传》,杨家庆的《讴歌了一种精神》,冯冠平的《科技应与文艺结合》,南翔的《有一种历史的纵深感》,段亚兵的《一部反映时代精神的力作》,陈秉安的《记录了科技的发展》,庄丽君的《透视知识分子的内心世界》,杨宏海的《写出了人性人情的新深度》,陈建功的《贺信》,胡平的《抒写时代的变迁和进步》,贺绍俊的《形象阐释深圳精神的深化和发展》,周明的《冯冠平的精彩人生》,温远辉的《一部大颂我国当代高科技人才风采的佳作》;同期,发表孙建江的《从三套丛书看出版对儿童文学的推动》。

17日,《作品与争鸣》第12期发表柳万的《一部没能把精彩进行到底的小说》(关于和军校《薛文化当官记》的评论);李万武的《文学感动力：别一种文学"深刻性"》(关于和军校《薛文化当官记》的评论);张勇的《"都市"是一面镜子》(关于裴蓓《我们都是"天上人"》的评论);鲁太光的《神话的终结》(关于裴蓓《我们都是"天上人"》的评论);李雷的《小说的"核"与层次感》(关于林那北《今天有鱼》的评论);张勇的《女性、悲剧与符号暴力》(关于林那北《今天有鱼》的评论);赵韡的

《知识分子的自渎与自赎——也评倪学礼〈六本书〉》；张岳健的《当前文艺批评：问题与解决》。

18日，《文艺报》以"郝树声长篇小说系列评论"为总题，发表胡平的《公务员生涯的趣味写照》，李建军的《向中国叙事致敬》，晓风的《一个作家横空出世》，何镇邦的《轻松书写生活情致》，王干的《乡村政治生活的写实图景》，崔道怡的《过眼岂止是云烟》；同期，发表张同吾的《30年中国诗歌美学精神的发展》，阿牛木支的《彝族母语文学的文化生态与现代书写》；田泥的《从边缘处走向繁华——当代少数民族女性文学30年回顾与展望》。

《文学报》发表《灾害冰面上的文学印记——长篇报告文学〈冰点燃烧〉研讨会摘要》；以"三十年，上海文学的历史印痕"为总题，发表金莹的《卢新华：命运选择我执笔〈伤痕〉》、《60年代生作家：三十年文学的精神切片》、陈竞的《宗福先：〈于无声处〉改变一生》、《先锋文学：改写当代小说基本命题》、《见证"80后"成长——赵长天谈文坛新生代》，叶辛的《知青文学：文学史上的凝重印记》，罗四鸰的《对精神滑坡的集体抗衡——陈思和答关于"人文精神大讨论"的若干问题》，魏心宏的《回想"七十年代以后"》；同期，发表李建军的《宗璞：一位尽力发光的作家》；裘山山的《熊家海：有肩膀的人》；崔道怡的《〈班主任〉与〈人民文学〉》；江飞的《焦虑的底层叙述》；夏烈的《缺席的文学性——从电影〈梅兰芳〉谈起》；叶炜的《飞翔的姿态》（关于王建《飞翔的目光》的评论）；王唯铭的《陶方宣的文字》；吴佳骏的《刀锋：质疑与颠覆》（关于红孩《拍案文坛》的评论）。

20日，《文艺报》发表吴岩的《亲历中国科幻文学三十年》；杨晓敏的《2008：中国小小说盘点》；林雨的《毕飞宇长篇小说〈推拿〉 在黑暗中寻找光明》；木弓的《风行水上 自然成文》（关于郑彦英文学创作的评论）；王方晨的《野草在大地上》（关于赵建英散文集《青草时代》的评论）；吴然的《倾听月亮开花的声音》（关于晏雁诗集《月亮开花》的评论）；张玉太的《作家应该走在时代的最前沿——读长篇小说〈草莽〉》；周巍峙的《蒹葭苍苍——顾骧著〈蒹葭集〉序》。

《文汇报》发表胡殷红的《谁能摘下朱向前的面具》。

《学术研究》第12期发孟远的《歌剧〈白毛女〉的叙事变迁史》。

《华文文学》第6期发表陈友冰的《意大利汉学的演进历程及特征——以中国文学研究为主要例举》；林春城的《华流在韩国》；袁良骏的《评夏志清先生"岭南讲演"》；吕红的《文坛盛会：逾百名女作家与评论家聚会拉斯维加斯》；曹惠民

的《"华文文学的新现象与新思考"研讨会在苏州召开》;潘雯的《时空的囚徒:〈蝴蝶君〉中的隐藏文本》;唐海东的《新移民的文革书写》;陈玉珊的《世界华文文学的学术前沿——第十五届世界华文文学国际学术研讨会综述》;张艳艳的《独特的家族史书写——〈合肥四姊妹推介〉》;盖建平的《"木屋诗"研究:中美学术界的既有成果及现存难题》;杨剑龙、罗四鸰的《冷静深入地书写新移民的生活与心态——北美中国大陆新移民小说研讨会综述》;陈玉珊的《一方文学沃土,多维学术空间——北美新移民文学国际学术研讨会综述》;蒋金运的《北美华人英文文学中的中国形象》;饶芃子的《在第十五届世界华文文学国际学术研讨会上的致辞》;黄静的《徘徊在雅俗之间——香港作家李碧华小说论》;张晶的《当代澳门小说在中国大陆传播效果的制约机制》;樊洛平的《海那边飘泊的一朵孤云:吉铮留学生文学的女性视角》。

21日,《文汇报》发表石川的《从美学革命到制度创新——中国电影改革开放30年回顾》;缪克构的《夏雨诗歌》。

23日,《文艺报》发表贺绍俊的《站立起来,崭新的中国形象——梁平长诗〈三十年河东〉》;严苏、梁弓的《闲话赵本夫》;姜广平的《对生存之痛的深切体察》(关于陈家桥文学创作的评论);以"刘永学散文作品评论专辑"为总题,发表冯伟林的《发现精神的眼睛》,王平的《骨子里是个文人》,何立伟的《散文的风景》,聂茂、李磊的《抵达灵魂的寻找》,龚旭东的《本色其人　斑斓其文》。

25日,《文艺报》发表朱晶的《关东风骨:洞察与彻悟——读王肯〈犟人散记〉》;木弓的《我们真的知道哪里有文学吗?——读王晓峰〈生活里的文学和艺术〉》;韦启文的《走进徐迟水晶晶的南浔》;柳扬的《"文化散文"的得与失——兼论中国当代散文的艺术取向》;简德彬、林铁的《乡土美学的理论自觉》;聂茂的《个人经验与文学批评》;白烨的《新的形象　新的气韵——读李海鹏的长篇小说〈团政委〉》;李美皆的《马晓丽:激情与内敛》;张鹰的《当代女性的精神洗礼——评王秋燕的长篇小说〈向天倾诉〉》。

《文学报》发表金莹的《三十年报告文学:在盘整中前进》;肖惊鸿的《叶延滨:慈眉善目的鹰》;陈竞的《当代中青年作家系列访谈　潘灵:行动起来,再坐下》;赵俊贤的《魂兮归来,评论家!》;汪政的《永远是文学的天堂——评〈苏州作家研究丛书〉兼谈地方文学研究》;王红的《"历史"中个人的成长——评章平长篇小说〈桃源〉》;朱效文的《儿童文学在新时期的几次争鸣》。

《世界华文文学论坛》第4期发表杨匡汉的《灵根自植——我观海外世界华文文学研究》；施雨的《虚拟世界中的海外女性书写》；唐海东的《海外华人的文革写作》；赵庆庆的《海外华文文学和华人非华文文学研究的比较整合新论》；李林荣的《认同困境与"他者"化迷思——对当前台湾文学在大陆传播、接受效应的几点省察》；黄红春的《日据时期台湾本土作家小说创作中的"中国情结"》；张剑的《论杨逵小说的现实主义及其艺术特征》；赵朕的《泰华文学的三次新崛起》；林强的《坐在想象与现实的交界——读钟怡雯散文精选集〈惊情〉》；杨洁的《荣耀背后的文化僵局——美籍华裔女作家与中国文化的尴尬》；李跃的《看"故事"如何"新编"——论刘以鬯小说〈寺内〉、〈蜘蛛精〉及其他》；刘红林的《"欲望之城"的美丽与肮脏——读小说〈月光下的拉斯维加斯〉》；方维保的《流浪的帐篷：性别差异与精神同构——三毛、金庸比较论》；彭宏的《金庸小说经典化的文学史思考——以"重写文学史"为背景》；吴立响的《试论古龙武侠小说中的道家思想》；陈公仲的《略谈小说人性的开掘——评沙石小说〈枣树上落下一只白鹤〉》；陆士清的《见识、勇气、力行——华文文学研究播种者曾敏之》；安琪的《开启台港海外华文学研究的新思考——"华文文学的新现象与新思考"学术研讨会述评》；钱虹的《"亭亭玉立二十周年，欢庆女性书写成就"——"海外华文女作家协会"第十届大会在拉斯维加斯召开》；苏永延的《〈萧村文集〉出版》。

《解放日报》发表聂茂、刘朝勋的《领袖形象的奇与正——〈毛泽东在一九二五年〉读后》。

27日，《文艺报》发表王山的《左手欢快，右手凝重——访诗人丘树宏》；叶炜的《"孤独"的雄鹰选择"飞翔"——读王建〈飞翔的目光〉》；《第二届"蒲松龄短篇小说奖"揭晓》（张抗抗、欧阳黔森、陈麦启、阿成、徐坤、杨少衡、鲍尔吉·原野、红柯获奖）。

《文汇报》发表胡殷红的《实践"政治经济学"的作家何建明》；杨德华的《"文学新星丛书"：一个文学时代的见证》。

28日，《扬子江评论》第6期发表黄万华的《越界和整合：中国现当代文学应有的文学史视野》。

30日，《文艺报》以"丘树宏诗歌评论"为总题，发表顾作义的《为时代和人民放歌》，廖红球的《时代的歌者》，张况的《民族精神与〈30年：变革大交响〉》，沈仁康《独特视角　智慧诗人》，王俊康的《懂得忏悔是一种崇高境界》，温远辉的《用真诚心灵和崇高情感来礼赞时代》,吉狄马加的《我喜欢丘树宏的诗》。

31日,《求索》第12期发表杨虹的《社会商业化进程中的商业文学景观》。

本月,《山东文学》第12期发表张颖的《齐鲁文化交织下的文学世界——毕四海创作论(二)》。

《上海文学》12月号发表张曙光的《诗歌作为一种生存状态或我的诗学观》;毕飞宇、胡殷红的《〈推拿〉的体温》;梁鸿的《通往"底层"之路——对"底层写作"概念及批评倾向的反思》。

《文艺评论》第6期发表汤学智的《文学研究的生命视角——兼谈新时期文学生命历程及其得失》;杨汤琛的《"新媒体散文"论》;乔焕江的《我们如何看待"80后"文学》;徐世强的《通往现实的"三重门"——论韩寒及其小说创作》;杨雪的《"郁美之城"的三重缺失——我读张悦然》;罗振亚、宋保卫的《骚动的裂变:评小说〈龟裂〉的批判意识》;杨亮的《一个人物,或一个世界——阎连科小说中的"人物"》;任雅玲的《现代人生存悖谬的寓言化象征——滕刚微型小说解读》;梁晓声的《关于蜕变的录相——评付秀莹长篇小说〈我是女硕士〉》;谭五昌的《当代知识女性生存与精神的双重困境——读付秀莹长篇小说〈我是女硕士〉》。

《中国文学研究》第4期发表涂昊的《论20世纪80~90年代中国的小说语言理论》;邓楠的《叙事艺术变革者马原论》;林凌的《军旅电视剧还能繁荣多久》;邹红、黄莹的《钱理群与新时期曹禺研究》;刘智跃的《论精神分析学说的性欲观念及其在新时期小说中的审美表现》;江腊生的《当代打工文学的叙述模式探讨》;邓玉久的《汪曾祺小说的审美特征》;萧映的《歧路之旅——论张执浩〈水穷处〉》;房利芳的《论海子的血色意象与血态抒情》;王攸欣、李兰的《从男性叙事维度看〈因为女人〉的现代爱性描写》。

《江淮论坛》第6期发表伍美珍、谭旭东的《改革开放三十年的儿童文学之路》。

《南京社会科学》第12期发表张岚的《本土视阈下百年中国女性文学的艰难步履》。

本月,长江文艺出版社出版杨匡汉的《中华文化母题与海外华文文学》。

江苏教育出版社出版方忠的《台湾散文纵横论》。

福建教育出版社出版朱云霞的《海岛正芳春——台湾女性文学》;孟繁华的《坚韧的叙事》。

新疆大学出版社出版施铁编著的《文学写作四讲》。

人民文学出版社出版索谦主编的《批评与文艺——2007北京文艺论坛》。

黑龙江人民出版社出版王晓华的《生态批评——主体间性的黎明》。

2009年

2009年

1月

1日,《广州文艺》第1期发表钟晓毅的《漂移在虚实之间的爱情——重温张洁的〈爱,是不能忘记的〉》。

《文学报》发表傅小平的《"最想当诗人"的钱春绮》;南丁的《文学要关注普通百姓》(关于张兴元《女儿桥》的评论);王春林的《寻找批评的灵魂》(关于牛学智《寻找批评的灵魂》的评论);陈艳的《无所不在的"鼠药"》(关于荆歌《鼠药》的评论);童力军的《陈舜臣的〈鸦片战争〉》;谢有顺的《"文学叛徒"今何在?》。

《文学界》1月号发表白草的《张贤亮散文中哲学思想及相关问题》;方华、张贤亮的《让更多的作家富起来》;秦岭、蒋子龙的《在人性的车间与庄稼地放逐思想》;闫立飞的《以小说参证当代历史——蒋子龙小说印象》;马平川的《重申短篇小说的写作伦理——以陈忠实的短篇小说为例》;陈忠实的《文学依然神圣》。

《天涯》第1期发表南帆的《传媒·幽默·历史》;李锐的《怎样表现未来》;钟文的《"寻根文学"的政治无意识》。

《名作欣赏(鉴赏版)》上半月刊第1期发表葛红兵等的《2008年文学佳作点评》;陈佳翼的《一抹光明的暖色——读聂鑫森的短篇小说〈塑佛〉》;徐秀明的《彷徨于学术视域与生活世界之间——倪学礼〈六本书〉阅读札记》;许道军的《"梨花是我的假想敌":陈先发的〈黑池坝笔记〉(第一辑)》;张永禄的《拥抱生命的圆全——评毕飞宇新作〈推拿〉》;赵牧的《苦难的景观——读刘庆邦的〈摸刀〉》。

《名作欣赏(学术版)》文学研究版第1期发表黄曙光的《被城市分裂的身体——从〈高兴〉谈农民工的城市梦》;孙新峰的《吃文化:〈高兴〉作品的审美主线》;胡牧的《〈静虚村记〉:禅境诗意——兼谈创作主体的审美心境》;孟芳的《无伴奏的天鹅之死——伊蕾诗歌女性意识的迷失与艰难回归》;韩蕊的《男性写作中妻性话语的缺席——路遥笔下女性形象论》;闫慧玲的《情爱意识的不同传达——以〈平凡的世界〉、〈废都〉和〈白鹿原〉为例》;高文丹的《我们能否把握自己的身体——析〈易妻为妾?〉的欲望叙事及文本意义》;李凤兰的《莫言小说的女性建构——〈丰乳肥臀〉读解》;万志全的《审美理想与尴尬现实的冲突:新诗的现状与未来》;宋桂友的《营造诗意独特的地域意象——唐晓玲"苏州女子"三部曲中的"苏州"书写》；黄芳的《审美空间的开拓与创新——论新时期女性散文的艺术特质》。

《西部华语文学》第1期发表王安忆、张新颖的《谈话录（六）：写作历程》。

《西湖》第1期发表镕畅的《永远如夏花般盛开（创作谈）》；孟繁华的《女性心理学与文学的游戏精神》（关于镕畅文学创作的评论）；[德]顾彬、叶开的《需要重新审视的现当代文学》。

《社会科学战线》第1期发表刘纳的《五四能压抑谁？》；张杰的《"另外一个世界的语言"——西方视阈中的汉语诗性研究》。

《延河》第1期发表郝琦、史元明的《家园的守护——评小说〈拆迁〉》。

《社会科学研究》第1期发表单小曦的《论五要素文学活动范式的建构——电子传媒时代文学理论范式研究之二》；仲红卫的《策略化与20世纪中国文学——以"文革"文学为出发点和中心》。

《诗刊》1月号上半月刊发表许敏的《我好像触到了诗歌的血液》；何冰凌的《纸上的还乡》（关于许敏诗歌创作的评论）；吴欢章的《论诗的雅俗共赏》。

《钟山》第1期发表李洁非的《一篇作品和一个人的命运》（关于萧也牧《我们夫妇之间》的评论）。

《阅读与写作》第1期发表古远清的《台客散文的野趣及其他——读〈童年旧忆〉》。

《解放军文艺》第1期发表吴平安的《"见解"、"意味"与散文的灵魂》。

2日，《小说选刊》第1期发表刘复生的《重新想象中国的困境》；刘醒龙的《一首小诗的启发》。

3日，《人民文学》第1期发表杨庆祥、陈华积的《写作者的责任与批评的难局——第七届青年作家批评家论坛纪要》。

《文艺报》以"开采文学的'石油'——评论家深度关注长庆作家群"为总题，发表黄海的《把诗歌从生命里喊出声音的人——读第广龙的诗歌》，千里鸟的《微笑——论程莫深幽默讽刺小说》，冯敬兰的《小女子　大情怀——张晓莉印象》，曲广学的《用文学铸魂》，李法家的《超越苦难的写手——记油田作家冰泉》，《现实的关注者——读李建华的诗歌》，张懿红的《政治批判与文化剖析：和军校乡土小说论》，游人的《让诗歌贴着地面低低地飞——我读张怀帆》，姚义的《李建学小说人"性"特色》。

5日,《广西文学》第1期发表李心释等的《关于当代诗歌语言问题的笔谈(一)》;温存超的《地域文化背景下都安小说的一种描述》;张柱林的《如何想象"现代"和"世界"——都安作家群的回顾与前瞻》。

《天府新论》第1期发表施秋香、刘文良的《"自然缺席"审问:文学生态批评的降值性批判》。

《当代文坛》第1期发表王一川的《通向询构批评——当前文学批评的一种取向》;葛红兵、赵牧的《中国经验·现实维度·反思视角——2008年文学理论批评热点问题评述》;李建周的《身份焦虑与文本误读——兼及王朔小说与"先锋小说"的差异性》;白浩的《文化无政府主义与先锋文学》;以"李建军主持的自由评论"为总题,发表仵埂的《情爱主题:从五四到新时期的历史嬗变》,王鹏程的《戴着镣铐的舞蹈——对于〈白鹿原〉修改问题的实证研究》;以"谢有顺主持的新锐方阵·吴玄专辑"为总题,发表程德培的《陌生人的镜子哲学——读吴玄长篇小说〈陌生人〉》,赖英晓《废墟之上的舞者——关于吴玄小说的另一种解释》,吴玄的《后现代者说》;以"何言宏主持的重写当代诗歌史"为总题,发表张晓红的《女性诗歌批评话语的重建》;同期,发表章罗生的《纪实文学的门户清理与分类标准》;陈庆祝的《意味深长的"边界"之争》;罗成的《现代性祛魅话语现象之反思——兼重申文学正当性》;牛学智的《自由的文学及文学的自由——刘川鄂的"自由主义"文学研究及批评观》;杜光霞的《迷途的诗潮——试论当代新诗的精神及艺术迷失》;周航的《"打工文学"生存样态初探——兼考察几家打工文学杂志的文学生产》;白晓霞的《西部少数民族文学中的文化意识》;王晓文、高宏存的《身份自觉与大中华民族精神的寻找认同》;曹家治的《裘山山:"纯棉"嗓音唱"天堂"》;葛丽君的《聆听"她们"的声音——读小说〈花满朵〉〈年馍〉与〈人间欢乐〉》;周怡、刘敬华的《媒态化身体的空间转换——文学文本中"异质文化"现象的传播学解读》;廖斌的《〈文讯〉书评:传媒时代的文学领航与大众文艺批评》;谢晓霞的《论张艺谋电影中的底层形象》;张立、孙宏波的《迷失的蝴蝶——叶弥中篇小说〈小女人〉探析》;淡墨的《漫评阳光——史小溪散文集〈纯朴的阳光〉读后》。

《花城》第1期发表范汉生口述、申霞艳整理的《风雨十年花城事·创刊时段》;李森的《阅读荒寂的时代》。

《陕西师范大学学报(哲学社会科学版)》第1期发表李西建的《解构之后:重审当代文艺学的本体论问题》;张玉能、张弓的《解释学文论与当代中国文论建设》。

《莽原》第1期发表金仁顺著、戴来评点的《彼此》;刘伟的《"彼此"中栖居与游牧——评金仁顺小说〈彼此〉》;姜广平的《"小说的虚构带来了另一种生活"——与林那北对话》。

6日,《文艺报》发表刘云山的《回顾与展望》(关于学习胡锦涛讲话精神的评论);李炳银的《桃李不言　下自成蹊——邢军纪报告文学〈最后的大师〉》;王春林的《"农民帝国"的陷落》(关于蒋子龙《农民帝国》的评论);李霞的《蟹肥了,幸福瘦了》(关于张荣超《蟹肥了》的评论);李艳的《不褪色的"红色经典"》;以"欧阳山百年诞辰纪念活动发言摘要"为总题,发表铁凝的《纪念欧阳山　继承欧阳山》,林雄的《进一步繁荣广东文学　弘扬欧阳山的文学精神》;同期,发表胡波、唐风的《"中山诗人"的使命意识和开放精神》;谷鹏飞的《文学沃土,作家摇篮——"大学教育与西北大学作家群现象学术研讨会"纪要》;王向峰的《坚持文艺批评的科学性原则》。

《当代小说》上半月刊第1期发表刘强的《文学不能只给人"安乐椅"》。

8日,《人民日报》发表梁胜明的《用科学发展观指导文艺研究》;吴泰昌的《中国散文三十年》;修磊的《当代视野下的女性文学》。

《文艺报》发表王必胜的《改革开放中的散文三十年》;张艳梅的《"墙"的多重隐喻》(关于罗望子小说《墙》的评论);何镇邦的《人性光辉与美丽心灵——评〈洛杉矶的中国女人〉》;包新旺的《一部现实主义题材的优秀电视剧——评电视连续剧〈十万人家〉》;《一部新时期农村知识青年的奋斗史和心灵史——羊角岩长篇小说〈红玉菲〉作品研讨会纪要》;羊角岩的《我的爱永远属于清江》。

《文学报》发表陈竞的《方方:写本有关"尖锐"的书　新作〈水在时间之下〉讲述汉剧艺人跌宕一生》;刘兆林的《邓刚不言愁》;红孩的《鲁迅没有得过"鲁迅奖"——兼谈三十年文学得与失》。

《芙蓉》第1期发表李华、曹旦升的《关于〈白吟浪〉的通信》。

9日,《光明日报》发表李朝全的《与民族休戚相关　与人民呼吸与共——2008年度中国报告文学概观》;毕胜的《火热的文心——孙梽文报告文学集序》;胡平的《改革的恩泽》(关于长篇报告文学《开眼》的评论)。

10日,《大家》第1期以"评论家论温亚军"为总题,发表李美皆、高文波的《温亚军论》,桫椤的《庸常生活里的淘金者——读温亚军中短篇小说》,温亚军、马季的《"生活"就沉淀在我们的内心》,谢琼、魏姣的《"你们"的世界——青年作家谈话录》。

《文艺报》发表董学文的《文学理论:在中国特色的道路上——新时期文学理论研究的基本经验》;韩进的《儿童文学出版新趋向及价值诉求》;李红叶的《中国儿童文学的国际视野》;以"赵本夫长篇小说《无土时代》评论(一)"为总题,发表聂震宁的《〈无土时代〉:人类一个时代的寓言》,贺绍俊的《用智慧融入天地》,吴秉杰的《在失落中寻找》,彭学明的《我们需要心灵之土》,何镇邦的《精心打造出力作》,白描的《激情点燃激情》,杨新贵的《一位坚持现实主义创作道路的优秀作家》;以"赵本夫长篇小说《无土时代》评论(二)"为总题,发表潘凯雄的《生命因土地而鲜活》,于青的《呼唤生态文明》,黄毓璜的《我们要去哪里?》,梁鸿鹰的《难舍乡土情结》,牛玉秋的《土地与生命:从形而下到形而上》,白烨的《乡村文明守护者》,陈晓明的《城市与乡土冲突新主题》,何向阳的《"怀念那片广大的原野"》;同期,发表吉狄马加的《母亲是生命的故乡——读刘福君诗集〈母亲〉》;鲁光的《情感的心雨——读〈秋天的行走〉》;卢付林的《小说如何走向读者——读彭见明长篇小说〈天眼〉》;段晓宏的《那一年,这一生——记军旅作家钟法权》。

《文艺研究》第1期发表陶东风的《网络交往与新公共性的建构》;吴兴明的《文艺研究如何走向主体间性?——主体间性讨论中的越界、含混及其他》;赵勇的《文学活动的转型与文学公共性的消失——中国当代文学公共领域的反思》;饶曙光的《改革开放三十年与中国主流电影建构》;陈旭光的《潮涌与蜕变:中国艺术电影三十年》;丁亚平的《意识形态、象征形式与自生能力——改革开放三十年中国电影体制变迁的路径》;陶庆梅的《残酷、辩证与理想——查明哲导演访谈录》;于强的《"文学与文学研究的公共性"学术研讨会综述》;朱寿桐的《"汉语新文学"概念建构的理论意义与实践价值》。

《文汇报》发表胡殷红的《其实王安忆随和得一塌糊涂》。

《中国社会科学》第1期发表杨春时的《现代性与三十年来中国的文学思潮》。

《西南大学学报(社会科学版)》第1期发表吕进的《区域文化视角下的重庆文学》;陈敢、林莹秋的《中国现代格律诗的回顾与前瞻》;高玉的《放宽文学视野评价金庸小说》;陈萍的《为"大陆新武侠"一辩》。

《江海学刊》第1期发表王文胜的《民族认同视野下的40年代大陆沦陷区乡

土小说创作》。

13日,《文艺报》发表於可训、赵艳的《杨豪的三部报告文学 秉承良心的写作》;徐坤的《〈红房子〉的历史寓意》;海帆的《叙事与意象相得益彰》(关于筱敏《幸存者手记》的评论);卢敦基的《〈秦腔〉低回》;刘润为的《写在〈文艺批判〉后面》。

15日,《人文杂志》第1期发表范玉刚的《"经典不再"时代的文艺学何为》;龚举善、陈小妹的《数字时代艺术生产的技术修辞》;傅松雪的《试论生态美学的存在论维度》。

《人民日报》发表傅思的《艰辛走西口 壮志写春秋——我看长篇电视连续剧〈走西口〉》;朱晶的《领袖形象的新演绎》(关于电视剧《第一军规》毛泽东形象塑造的评论);黄式宪的《风卷红旗旗更红》(关于电视剧《第一军规》的评论);贾云的《遇强愈强 百折不挠》(关于电视剧《第一军规》的评论)。

《中央民族大学学报(哲学社会科学版)》第1期发表覃忠盛的《〈刘三姐〉的民族艺术审美》。

《诗刊》1月号下半月刊以"娜夜:倾听内心,面对生活"为总题,发表草人儿的《姐姐娜夜》,雷平阳的《娜夜小记》,唐欣的《赞美中隐含祈祷——娜夜诗歌简论》,杨森君的《一切往好处想——题记:标题采用了娜夜的一首诗名》,耿占春的《救赎的时刻》。

《长江学术》第1期发表李从云的《在朴学精神与革命立场之间——对姚雪垠〈李自成〉创作的解读》;雷云祥的《文学批评与文学史研究的新范式——评金宏宇〈新文学的版本批评〉》。

《文艺争鸣》第1期以"余华主持·关于文学与想象力的讨论"为总题,发表张新颖的《苹果的种子和文学的想象力》,王侃的《想象之谜》,史桂林的《关于想象力的札记》,张博的《以志逆意——阅读与想象力:旅行,记忆,欲望》,王嘉良的《诗性智慧与艺术想象》,余华的《飞翔和变形——关于文学作品中的想象之一》、《生与死,死而复生——关于文学作品中的想象之二》;同期,发表张志忠的《现代性理论与中国现当代文学研究转型》;徐国源的《论朦胧诗对中国现代诗的贡献》;鲁枢元、张守海的《勒克莱齐奥与我们》;徐国超的《中国本土生态批评理论的深层建构——略论鲁枢元的生态批评研究》;毕光明的《黎族心灵的探寻——评关义秀的长篇小说〈五色鲨〉》;刘利波的《黎族风情画卷的诗意描摹——简析黎族作家龙敏创作艺术风格》;姜岚的《建省后的海南文学述略》;赵牧的《"重返八十年代"与"重建政治维度"》。

《文艺报》发表陈建功的《洒满阳光的人生屐痕——读〈血在沸腾 情在燃烧〉》;曾凡华的《不舍追求的行者——读刘波〈画瓢集〉》;张笑天的《坚守·价值与永恒——读蔡春山〈穿越平凡〉》;胡景敏的《我赞成"大文学观"》;杨晓敏的《小小说语言艺术的舞者》(关于陈毓的评论);杨经建的《"红色经典"何以为经典》;赵志忠的《开拓与辉煌——民族文学三十年评述》;李良玉的《高深诗作里的忧患意识》;以"布依族作家潘灵长篇小说《泥太阳》评论专辑"为总题,发表胡平的《〈泥太阳〉的纯净之美》,李敬泽的《乡土文学的再出发》,陈福民的《现代中国:阳光穿过泥土》,贺绍俊的《新农村、新启蒙、新形象》,龚勤舟的《农村的奋进与巨变》,孟繁华的《"外来者"与乡村社会》,阎晶明的《村子里面有哲学》。

《文史哲》第1期发表李新宇的《1955:胡风案中的鲁迅》。

《文学报》发表河西的《为顾彬辩护》;陆梅的《官场小说如何摆脱俗常写作?》;铁凝的《文学是灯——东西文学经典与我的文学经历》;朱小如的《担任新版〈上海文化〉主编 吴亮:一切问题都是文学问题》;金莹的《当代中青年作家系列访谈 "诗歌义工"黄礼孩》;以"纪念人民文学家欧阳山"为总题,发表廖红球的《高山仰止 景行行止》,谢望新的《岭南文学执掌帅印人物》,顾作义的《永恒的丰碑》;同期,发表王晓渔的《山寨文化的家谱学》;李建军的《从水中吐火到火中生莲》(关于阎纲《三十八朵荷花》的评论)。

《文学评论》第1期发表谢有顺的《当代小说的叙事前景》;李云雷的《秦兆阳:现实主义的"边界"》;姚晓雷的《何处是归程——由〈风雅颂〉看当下知识分子的精神之殇》;张直心的《"原乡小说"的裂变与重读——〈南行记续编〉的意义》;曾一果的《论一种文学的"城市叙述史"》;谭容培、颜翔林的《想象:诗性之思和诗意生存》;仇敏的《诗性主体·身体主体·消费主体》。

《中国社会科学院研究生院学报》第1期发表胡作友的《在史实与文学之间穿行——解读新历史主义的文学批评》。

《长城》第1期发表李建军的《小说的魅力与生气》(关于《白鹿原》的评论);以"新世纪长篇小说中传统的复活"为总题,发表谢刚的《新世纪长篇写作:"古典复辟"的缘由和陷阱》,刘江凯的《现代的,或古典的——谈新世纪文学的古典回归现象》,焦红涛的《"他们身处父亲的荫庇而不知他"》,周航的《另一种复古:桃花源情结的灵光乍现——谈当下小说创作中的一种寓言式倾向》。

《北方论丛》第 1 期发表李勇的《作为消费社会资本平台的当代传媒》；黄浩、黄凡中的《报告文学：文体的时代尴尬——对报告文学"生存艰难"的本体质疑》。

《百花洲》第 1 期发表枫勇的《印象·写作的庞培》；杨键、庞培的《对话：我内心有个宽银幕》。

《江汉论坛》第 1 期发表梁桂莲、刘川鄂的《饱含着真实生命体验的睿智之思——张执浩诗歌艺术论》；丁润生的《〈色戒〉：从小说到电影的演绎与诠释》。

《江苏社会科学》第 1 期发表张永的《论"东北作家群"小说的民俗叙事形态》；沈杏培的《童眸里的世界：别有洞天的文学世界——论新时期儿童视角小说的独特价值》；何平的《社会主义新农村建设中的文学参与》；汪政的《乡村文化建设中本土资源的文学书写》；周景雷的《史诗与英雄：向正义回归的文学叙事——从几部长篇小说看新农村题材写作的一种类型》；李云雷的《我们如何叙述农村？——关于"新乡土小说"的三个问题》。

《齐鲁学刊》第 1 期发表石兴泽的《真实三昧——读〈王蒙自传〉》；李梦的《〈私人生活〉的存在与虚无》。

《西藏文学》第 1 期发表王瑜的《性别问题：认同错位及其焦虑——评鄢然长篇小说〈角色无界〉》；李琴、张叹凤的《从幻觉的世界出逃——评鄢然长篇小说〈角色无界〉片论》；王晓梦的《一窗幽梦送流影——评鄢然长篇小说〈角色无界〉》；邓伟的《"无界"的残酷与芬芳——评鄢然长篇小说〈角色无界〉》；次央的《论地域特色电视纪录片的审美价值》。

《社会科学辑刊》第 1 期发表宋剑华的《精英意识与农民意识的相互置换——论陈登科〈风雷〉中人物形象的身份错位》；涂昊的《论新时期中国小说创作理论的理论限度》；刘巍的《现代女性作家对生命本体的探究》。

《学习与探索》第 1 期以"马克思主义与当代文艺批评"为总题，发表何雁、熊元义的《恢复马克思主义文艺批评的批判力量》，马驰的《现代、后现代语境中的西方马克思主义对中国当代文论的启迪》，季水河的《论马克思主义文学批评精神对中国当下文学批评的指导意义》。

《中国现代文学研究丛刊》第 1 期发表解志熙的《"反传奇的传奇"及其他——论张爱玲叙事艺术的成就与限度》。

《烟台师范大学学报（哲学社会科学版）》第 1 期发表朱立立、刘小新的《近 20

年来台湾地区"本土论"思潮的形成与演变》。

《徐州师范大学学报(哲学社会科学版)》第1期发表朱寿桐的《论汉语新文学文献整理的地域性运作——兼论澳门新文学文献观念的调整》。

《云梦学刊》第1期发表朱静的《〈对话与融合:程抱一创作实践研究〉序言》。

《语文学刊》第1期发表梁云云的《精神的清洁——张承志"后心灵史"时期创作反世俗倾向》;高峰的《和谐生态精神的呼唤》;黄珊珊的《林放文章老更成——谈林放的杂文集〈未晚谈〉》;曹存有的《谈余光中诗歌的结构形式》;李志艳的《富贵宣言的背后——林雪〈我要富贵〉的女性主义解读》。

《南方文坛》第1期发表曹文轩的《李云雷这个人》;孟繁华的《新世纪的新青年——李云雷和他的文学批评》;李云雷的《如何阐释中国与中国文学》、《批评的"泥土"》;李辉的《纪实文学:直面现实,追寻历史——关于〈中国新文学大系〉纪实卷(1977—2000)》;杨庆祥、陈华积的《第七届青年作家批评家论坛纪要》;宋剑华的《经典的模仿:〈百合花〉与〈红棉袄〉之对比分析》;申霞艳的《写作十年——摆脱"70后"的70年代出生的写作群体》;齐红的《蝴蝶的尖叫——"70后"女作家写作的历史意味》;董迎春的《回归诗性,建构经典——论当代诗歌书写的精神向度》;苏桂宁的《1980年代的小报文艺》;张晓峰的《有"大作品"无"大作家"的当代文学》;孟繁华的《从外部世界到内心世界——评吴玄的小说创作》;刘涛的《无聊时代的无聊诗意——评吴玄小说〈陌生人〉》;聂震宁的《历史的讲述与阅读——关于长篇历史〈铁血祭〉》;张新颖的《母亲的笑声、现实和叙述——谈张学东的几篇小说》;人邻的《沧桑岁月的鲜明诗痕——读叶延滨编年体诗集〈年轮诗章〉》;王艳荣的《论〈额尔古纳河右岸〉》;刘文尧的《及时捕捉即将逝去的群像——评〈文海晚晴——20世纪末老生代散文研究〉》;邱贤的《学者之思,晚风之境——评毛水清〈晚风集〉》;吴岩的《从晓牧的新作看移民文学的转型》;贺绍俊的《理论动态》(茅盾文学奖引发热议,当代文学批评过分学术化的弊端)。

《理论与创作》第1期发表吴珍的《大众文化消费的审美反思》;秦剑蓝的《论女性主义的后现代遭遇及其反思》;朱辉军的《30年文艺30个关键词》;彭学明的《在疼痛中苏醒和超越——深圳打工文学初探》;田皓的《20世纪前80年中国新诗的生态诗学主题》;刘长华的《论"70代批评"文学生理"先天性"的不足》;何镇邦的《历史史诗与风情画卷——读长篇小说〈天下一碗〉》;龚政文的《性情其人真诚其文——读刘克邦〈金秋的礼物〉》;罗先海、谭伟平的《世纪之交的回响——

阎连科乡土小说论》;黄玲的《被背叛的叙事——论张承志的小说创作》;陈亮的《一块蓝手绢也是意义重大的——梁小斌诗歌论》;廖述务的《乡村"写意":韵味的延留及残损——〈山南水北〉阅读笔记》;王畅的《〈马桥词典〉与〈暗示〉文体论》;张艳梅的《从〈角色无界〉看当代女性的被困与突围》;梅雪的《浅析池莉作品中八十年代青年形象——以〈水与火的缠绵〉为例》;刘中顼的《醇厚幽默的小城故事——读刘春来长篇新作〈办事处〉》;刘宝田的《〈银行档案〉的语言魅力》;聂茂、赵小乔的《在透明的快乐中诗意地行走——梁力〈欧行散记〉》;李茂民、孟丽花的《意识形态及其在影视剧中的言说方式》;陶立的《心香一瓣寄亡灵——追思彭燕郊先生》;陈善君、孙婵的《省会文艺界"改革开放三十年与湖南文艺"座谈会纪要》。

《福建论坛》第1期发表陈仲义的《新世纪:大陆女性诗歌的情欲诗写》。

16日,《光明日报》发表贾磊磊的《确立艺术批评的文化标准》;党国英的《影像纪实历史 心灵感悟巨变——电视专题片〈大寨〉揭示中国农村发展之路》。

《中国人民大学学报》第1期发表张志伟的《启蒙的合法性危机——当代中国启蒙所遭遇的挑战》;潘宇的《中国近代文化思潮中的调和论》。

17日,《文艺报》发表何志钧的《文艺消费与文艺生态建设》;邓涛的《农村生态文明的历史呼唤》;任蒙的《审美化处理历史记忆的文化散文》;《回顾30年光辉历程 推动社会主义文学大发展大繁荣——"中国改革开放文学论坛"纪要》;《30年文学:与时代同步 与人民同心——"中国改革开放文学论坛"研讨会发言摘要(一)》;《30年文学:与时代同步 与人民同心——"中国改革开放文学论坛"研讨会发言摘要(二)》;《开创打工文学新局面——深圳读书月第四届中国(宝安)打工文学论坛发言摘要》。

《文汇报》发表胡殿红的《范小青这女同志》。

《作品与争鸣》第1期史元明的《由凤凰到麻雀——从小说〈麻雀悲歌〉谈起》;贺绍俊的《仇恨与信仰搅拌的苦酒——读蒋韵的〈英雄血〉》;鲁民的《英雄血、英雄泪》;刘海燕的《尘世中那根最冷漠最柔情的弦》;汪杨的《关于生活本相的书写》;陈超的《"先锋流行诗"的写作误区》。

20日,《小说评论》第1期发表雷达的《20世纪近三十年长篇小说审美经验反思——中国新文学大系第五辑长篇卷序言》;孟繁华的《疲惫的书写 坚韧的叙事——2008年长篇小说现场》;洪治纲、范又玲的《乱花渐欲迷人眼——2008

年短篇小说创作巡礼》；专栏"延安的艺术变革"发表李洁非、杨劼的《形式实验场（上）》；同期，发表李建军的《〈百合花〉的来路》；胡传吉的《论情爱激情》；以"文学地理"为总题，发表吴义勤的《主持人的话》，张丽军的《论齐鲁文化与新世纪山东文学的"难美"飞翔，孙谦的《论九十年代》，刘永春的《乡村之魅·女性之痛·成长之惑——近年山东青年小说家的叙事景观》，房伟的《新世纪山东新诗的审美意识流变》；同期，发表陈忠实的《寻找属于自己的句子——〈白鹿原〉写作手记（连载九）》；任美衡的《评茅盾文学奖的"现实主义审美领导权"》；彭学明的《从茅盾文学奖看近年长篇小说创作的得与失》；王春林的《依然如此的茅盾文学奖》；贾梦玮的《心理暗箱的人文意义——评〈黑暗中的帽子〉》；梁海的《冰山在叙述中浮出水面——读王松的小说〈斯宾诺莎为什么会哭〉》；栾建梅的《精神堡垒的坍塌与重建——论〈风雅颂〉的文学史意义》；陈晓明的《西部叙事的美学气象与当代机遇——雪漠的〈白虎关〉》；李静、刘阳的《乡土经验·生存视域·成长叙述——读冉正万的〈洗骨记〉》；袁敦卫的《直面"意义"的空场——读冉正万的〈洗骨记〉》；孔会霞的《浓墨一个不该被文学遗忘的主题——论鬼子对侠义精神的自觉表达》；白晓霞的《民间传说在〈悲悯大地〉中的象征意义》；邱岚的《〈猫与鼠〉在文化诗学中的叙事操作》；陈佳冀的《追本溯源："动物叙事"的寻根之旅——新世纪动物小说的一个考察维度》；孙悦的《动物小说基本面貌勾勒》；王昌忠的《浅析中国当代小说中的狗形象》；雷电的《书生之气不可无——记王彬彬》。

《文艺报》发表贺绍俊的《四部小说，四棵大树——读〈铁凝长篇小说图文本〉》；孟繁华的《温暖善良的小镇伦理》（关于鲁敏《离歌》的评论）；阿来的《比意识和理性更深沉的》（关于钟正林《鹰无泪》的评论）；章罗生的《纪实文学研究水平有待提高》；黄云霞的《文学"反智"得失谈》；何轩的《"量"的检阅到"质"的分析》（关于"当代湖南作家评传丛书"的评论）。

《河北学刊》第1期发表孙秀昌的《关于马克思"不平衡关系"问题的两次论争》；陈友康的《中国民间文学研究的现实困境与未来出路》。

《学术月刊》第1期发表曹清华的《表达与鲁迅的"思想"——一个世纪难题》；王锺陵的《中国白话散文史论略——对"美文"的探索》。

《学术研究》第1期发表朱寿桐的《"汉语新文学"概念建构的理论意义与实践价值》。

《天津师范大学学报（社会科学版）》第1期发表古远清的《台湾"泛绿"文坛

构成初探》。

22日,《文艺报》发表段崇轩的《2008短篇小说的"亮点"》;江岳的《极目楚天舒》(关于湖北文学30年的观察评论);李志孝的《给文学批评一点生气》;刘晶林的《寻找精神的净土——读〈仲芙蓉小说集〉有感》。

《文学报》发表傅小平的《陆天明:三十年改变"命运" 新作反映深圳改革开放三十年的辉煌历程》;徐虹的《刘震云:没别的,就是一随和》;刘芳的《"山寨春晚"背后的草根精神》;洪治纲的《捍卫先锋,就是捍卫文学的未来》;李敬泽的《张庆国之虚虚实实——读〈卡奴亚罗契约〉》;刘川鄂的《为当下都市立此存照——评刘爱平的长篇小说〈繁华城〉》;赵月斌的《如雾如缕,梦与时光——读李菡的散文》。

《新文学史料》第1期发表袁良骏的《香港小说史上的徐訏》。

23日,《天津社会科学》第1期发表陈炎的《"初级关怀"与"终极关怀":新时期文艺的双重使命》;王泽龙的《中国现代诗歌意象艺术的嬗变及其特征》。

《光明日报》发表古耜的《现实与历史的深层谛视——2008年散文阅读印象》;陈先义的《硬汉是一种人生态度——评吴然〈男人颜色·直面海明威〉》。

24日,《文艺报》发表李长春的《在全国精神文明建设工作表彰大会上的讲话》;聂茂的《高蹈英雄情怀的生命激情——冯伟林历史散文读后》;谢作文的《质朴平实 异彩照人——阮梅作品创作风格浅析》;屠岸的《关于情诗创作致祁人的信》;束沛德的《难忘刘厚明》;立极的《一部爱的深情寓言》(关于安武林《友情是一棵月亮树》的评论);张锦贻的《以传统形式表现当代精神》(关于张鹤鸣儿童文学创作的评论);《爱情婚姻题材剧的一次有益尝试与突破——28集电视连续剧〈我们俩的婚姻〉研讨会综述》;《学者、作家评〈我们俩的婚姻〉》;张同吾的《红梅遍地,彩云满天——读翟泰丰〈三十春秋赋〉有感》;岳雯的《从人心到人心——读〈中国作家〉2009年第一期》;王向峰的《走向文学辉煌的王充闾》;晓荷的《人类因梦想而伟大 浙商因文化而繁荣——长篇小说〈大商无界〉作品研讨会纪要》。

《文艺理论与批评》第1期发表鲁太光的《当代小说创作需要新的哗变——2008年中短篇小说创作概述》;刘复生的《罗坎式现代化的启示——评小说〈罗坎村〉》;贺敬之的《〈欧阳山百年纪念〉总序》;涂途的《"红豆生南国,南国耸青松"——欧阳山百年缅怀》;李云雷的《欧阳山与中国文学的传统》;李阳的《〈武训传〉与新中国电影工业的重整》;马绍英的《底层意识、边缘立场和革命情怀——

张承志新世纪文学思想片论》;李新的《以〈神木〉为例谈刘庆邦小说的艺术特征》;江胜清的《论新世纪之交"反腐小说"创作的症结》;张懿红的《新时期甘肃乡土小说的美学风格与局限性》;李恒田的《论文学批评的语言之维》;吕植家的《论微型小说结尾的意义未定性与整体内部构造》;杨献锋的《"现实"诗意追寻中的偏离——论20世纪90年代诗歌书写中的"现实"追求》;侯桂新的《香港南来作家研究:思路与方法》。

25日,《文艺理论研究》第1期发表包兆会的《当代口语写作的合法性、限度及其贫乏》;畅广元的《告别"附属" 走向自主、自觉——改革开放30年文学社会的精神维新》;陆正兰的《从传达方式看现代歌词与诗的差异》。

《东岳论丛》第1期以"新时期鲁迅研究的反思"为总题,发表田刚的《新时期鲁迅研究的"历史化"趋向》,王得后的《一点感想》,王彬彬的《"新左派"与鲁迅的中国》;同期,发表姜异新的《〈女神〉中的两个赤子形象》;丰云的《"文革"叙事与新移民作家的叙述视角》。

《甘肃社会科学》第1期发表孙盛涛的《理论文本转型与文论核心概念的意涵迁移——关于当代文学理论演变方式的反思》;冯巍的《文学理论:作为研究对象》。

《当代作家评论》第1期以"我们这个时代的写作与批评(论坛)"为总题,发表陈建功的《遥寄祝贺与敬意——致"当代中国文学批评家奖"颁奖会的贺信》,林建法的《关于"当代中国文学批评家奖"评奖过程的一些说明》,莫言的《影响的焦虑》,阎连科的《作家与批评家》,陈众议的《外国文学与中国文学三十年》,孙绍振的《世纪视野中的当代散文》,吴俊的《三十年文学片断:一九七八—二〇〇八我的个人叙事(续)》;同期,发表阿来的《我只感到世界扑面而来——在渤海大学"小说家讲坛"上的讲演》;以"阿来研究专辑"为总题,发表何言宏、阿来的《现代性视野中的藏地世界》,张学昕的《朴拙的诗意——阿来短篇小说论》,何平的《山已空,尘埃何曾落定?——阿来及其相关的问题》;同期,发表林建法的《我们这个时代的写作与批评——〈二十一世纪中国文学大系·二〇〇八年文学批评〉序》;何言宏的《现时代的中国书写——〈二〇〇八年中国最佳中篇小说〉序》;张清华的《"发现惟有小说才能发现的东西"——〈二〇〇八中国最佳短篇小说〉序》;王德威的《〈诗经〉的逃亡——阎连科的〈风雅颂〉》;李振声的《内心阙如的时代,人,何以自处?——阎连科〈风雅颂〉略说》;徐敬亚的《中国第一根火柴——

纪念民间刊物〈今天〉杂志创刊三十年》;丁宗皓的《在碎片上》(关于现代诗的研究);唐晓渡、张清华的《关于当代先锋诗的对话》。

《郑州大学学报(哲学社会科学版)》第1期以"海派文学的传统与特征(笔谈)"为总题,发表袁进的《叛逆性——近代上海文学的特点》,陈思和的《复杂的叛逆性——现代海派文学的特点》,张鸿声的《海派文学的"小叙事传统"》,李楠的《1940年代海派小说新旧融合的叙事传统》。

《南京师大学报(社会科学版)》第1期发表袁园的《隐文本视角下的心灵真相——论晚年丁玲文艺思想的二重悖反》;沈杏培的《童年母题的当代书写与意义生成——新时期童年小说的叙事模式及其文化透视》。

27日,《文学自由谈》第1期发表李建军的《我看文学奖》;陈冲的《滑稽的"认可"》;赵月斌的《究竟是谁中了毒?》;赵玫的《叙述者说》;柯昕野的《叶文玲文学创作座谈会纪要》。

28日,《兰州大学学报(社会科学版)》第1期发表雷达的《我所知道的茅盾文学奖》;赵学勇、田文兵的《生态文明意识中的西部小说》;徐兆寿的《西部生态与西部文学的几种关系》。

《厦门大学学报(哲学社会科学版)》第1期发表俞兆平、智晓静的《现代性视野中〈创世纪〉诗人之诗学观》;王宇的《21世纪初年台湾女性小说的文化描述》。

《福建师范大学学报(哲学社会科学版)》第1期发表刘小新、朱立立的《当代台湾文化思潮观察之一——"传统左翼"的声音》。

30日,《江苏大学学报(社会科学版)》第1期发表刘小新的《"台社"知识社群的问题意识及方法论》。

31日,《求索》第1期发表蔡爱国的《论张曙光的个人化写作》。

本月,《山东文学》第1期发表张颖的《齐鲁文化交织下的文学世界——毕四海创作论(三)》;何青霞、刘金先的《毕飞宇创作中重复性小说语言的个案分析》;刘希云的《从子君到颂莲——从女性形象看五四到90年代知识分子的精神变迁》;毛玉华的《试论"法制文学"的概念界定》。

《上海文学》1月号发表洪治纲的《个体自由与历史意志的隐秘对视——读陈河的〈夜巡〉》;王家新的《"从内部来承担诗歌"——答一位青年诗人》;贺桂梅的《"十九世纪的幽灵"——80年代人道主义思潮重读》。

《芒种》第1期发表孟繁华的《三十年:公共论域中的文学与批评》。

《读书》第1期发表陈平原的《假如没有"文学史"》；旷新年的《把文学还给文学史》；张承志的《选择什么文学即选择什么前途》；杨晶的《杨刚之死》。

本月，中国旅游出版社出版卓慧臻的《从〈传说〉到〈巫言〉：朱天文的小说世界与台湾文化》。

江西教育出版社出版陈公仲的《文学新思考》。

1日，《广州文艺》第2期发表李云雷的《30年后读〈伤痕〉》。

《文学界》2月号发表罗宗宇、凌宇的《立足现代　上下求索——凌宇教授访谈录》；李斌的《凌宇与他的沈从文研究》；聂茂、罗成琰的《腹有诗书气自华——评论家罗成琰访谈录》；禹建湘、欧阳友权的《文艺理论批评边际的拓展》；梁小兰、谭桂林的《微雨落花人独立——谭桂林访谈录》。

《名作欣赏（鉴赏版）》上半月刊第2期以"'茅盾文学奖'八人谈"为总题，发表王彬彬的《"群英荟萃"还是"萝卜开会"》，吴义勤的《平常心看"茅奖"》，李钧的《遗珠之憾与标准缺失》，汪政的《作为文学奖项之一的茅盾文学奖》，邵燕君的《以和为贵，主旋律重居主导》，曹万生的《良心、经典与通俗》，盛英的《由迟子建获"茅奖"想起的……》，谭五昌的《简谈第七届茅盾文学奖评选背后的文化选择》；同期，发表王朝华的《海子的一首诗》；张雨的《看云的方式——评〈回忆玛丽·安〉与〈远和近〉》；孟繁华的《乡村中国的艰难蜕变——评周大新长篇小说〈湖光山色〉》；郭宝亮的《感悟乡土的困惑——贾平凹〈秦腔〉解读》；王春林等的《哀婉悲情的文化挽歌——评迟子建长篇小说〈额尔古纳河右岸〉》；王朝军等的《怎样才能抵达大众的内心——试论麦家长篇小说〈暗算〉》。

《名作欣赏（学术版）》文学研究版第2期发表蒋传红的《论〈平凡的世界〉的空间结构及文化意义》；王艳荣的《关于民族历史的想象——论〈额尔古纳河右岸〉》；陈亮的《道家之水浇文化之根——重读〈棋王〉札记》；张小荣的《平心静气

的生命感悟——阿城〈棋王〉细读》;徐燕的《自为的民生、民智空间的探求——阿城小说世俗性之再解读》;陈琳的《何处是我家园——评方方近作的女性叙事》;袁寒英的《"他者"世界生存的尴尬——方方〈出门寻死〉的存在主义解读》;蒋林欣的《殊途而同归的"死亡"抒写》;苏喜庆的《黑色寓言——王小波中篇小说〈2010〉后现代性解读》;翟月琴的《物我同形:于坚〈某夜〉一诗的细读》;李金梅的《张艺谋电影意识形态的变化及原因探究》;黄婉梅的《〈放羊的星星〉的背后魅力解读》;傅晓燕的《现代爱情神话的建构与消解——电影〈周渔的火车〉之爱情叙事》;陈静的《追寻绝域之大美——红柯西部小说论》。

《西湖》第2期发表丛治辰的《写小说,因为我恐惧(创作谈)》;陈晓明的《小说的"硬核"或"软肋"——丛治辰小说漫评》;李国平、姜广平的《文学的成长有赖于良好的文学生态》。

《社会科学战线》第2期发表肖伟胜的《文学理论霸权的颠覆与文学批评的开始》;陈伟军的《建国后十七年红色小说畅销模式的传播学解读》。

《延河》第2期发表薛祖青的《仇恨不流外人田——评〈牛牯庄〉》;任珊的《卑微者的诉说——评小说〈中秋〉》。

《博览群书》第2期发表古远清的《海峡两岸文学关系史自序》。

《诗刊》2月号上半月刊发表谢湘南的《写诗有如初见》(诗人随笔);刘嘉的《一个异乡人的精神之旅》(关于谢湘南诗歌创作的评论);燎原的《"新青年"姿态的中国新诗》。

2日,《小说选刊》第2期发表徐坤的《螺蛳壳里做道场》;曹威的《游弋于鱼缸的缤纷梦幻》。

3日,《文艺报》发表梁鸿鹰的《我们都生活在改革开放带来的命运里——陆天明长篇小说〈命运〉》;路也的《戏里戏外看人生》(关于陈少蔚《粉墨女角》的评论);毛军的《我们需要什么样的军旅文学——兼评〈虎出南亚——太平洋战争之中国远征军〉》;牛玉秋的《沉浮凭潮流 性格有新意——评羊角岩长篇小说〈红玉菲〉》;李贤平的《进城青年之精神成长谱——读陈纸的小说》;石一宁的《感受〈福寿之乡〉》;孙武臣的《坚守"变"中的"不变"——读朱亦秋散文随感》。

5日,《人民日报》发表刘效礼的《让历史照亮未来——从〈伟大的历程〉看中国30年文献纪录片创作》;凌晨光的《文艺学史论的创新研究》;林建法的《时代的写作与批评》。

《山东社会科学》第 2 期发表李天程的《痛苦的灵魂——孙犁"文革"时期心态探析》。

《广西文学》第 2 期发表李心释的《关于当代诗歌语言问题的笔谈(二)》。

《文艺报》发表李建民的《中国乡土文学的"中间性"叙述》;王晖的《新文学农民叙事的重审与发见——读〈一种文学与一个阶层〉》;顾艳的《我和荻港村》(创作谈);胡克兵的《老而弥坚志不渝——病中的李尔重同志》;陈佳妮的《实践英雄主义情结》(创作谈)。

《文学报》发表金莹、张滢莹、陈竞的《新年·新感·新气象——知名作家谈 2009 创作计划》(谭谈、贾平凹、张炜、陈世旭、赵本夫、周梅森、叶兆言、格非、刘震云、杨少衡受访);石湾的《还有几家文学报刊?》;朱晓军的《报告文学的责任》;朱红梅的《创造独特的散文研究气场》(关于范培松《中国散文史(20 世纪)》的评论);梁海的《拓展"官场小说"表现空间》;久泰平的《文化影响力:多研究发展,少研究排名》。

6 日,《文汇报》发表胡殷红的《能说会道也莫言》。

《当代小说》2 月上第 3 期发表巫丹的《游戏逻辑背后的生存话语》;陈姗的《情之困 爱之惑——张爱玲〈倾城之恋〉再解读》。

《光明日报》发表白烨的《平中见奇 淡中有浓——2008 年长篇小说概评》;张炯的《浩然正气贯长虹——读翟泰丰同志的〈三十春秋赋〉》;王薇薇的《在质朴中积聚力量》(关于王保忠文学创作的评论)。

7 日,《文艺报》发表杨宏海的《改革开放与深圳文学》;李东华的《慎重考虑市场需求与艺术追求》;谭旭东的《儿童文学的亮点与问题》;王式俭的《王宜振的情趣》;林非的《纯洁真挚的友谊——读吕中山散文集〈与名人握手〉》;高松年的《因爱生文——读顾志坤故乡三部曲有感》;刘先平的《呼唤生态道德——我想将大自然赠给每个人作为故乡》;李美皆的《心底流淌的纯净河流》(关于军旅作家张蒙文学创作的评论);郝雨的《好文字的"魔弹"效应》(关于苏北散文创作的评论);魏永贵的《流动的风景》(关于熊宗荣散文创作的评论);柏桦的《一个注满阳光的生命》(关于潘红诗歌创作的评论);骆寒超的《多彩世界的心灵综合》(关于王学海诗歌创作的评论)。

10 日,《文艺报》发表贺绍俊的《钢铁一般的坚定——贺晓彤长篇小说〈钢铁是这样炼成的〉》;衣向东的《月光下的舞蹈》(关于方紫鸢文学创作的评论);邓楠的《〈药殇〉：另一种真实》；樊瑞青的《〈荼蘼〉：日常生活的书写与重建》；田川流的《建立中国特色的艺术学》；李万武的《批评的时代主题与批评的作为》。

《文艺研究》第2期发表庄伟杰的《空间位移与放逐诗学》；李凤亮的《二十世纪中国文学研究的整体观及其批评实践——王德威教授访谈录》；杨匡汉的《海外华文文学中的跨界叙说》；赵稀方的《后殖民理论在台湾的演绎》。

《江淮论坛》第1期发表周聚群的《在历史的追忆中追寻未来——论白先勇、於梨华和聂华苓的文革题材小说》；寇国庆的《论鲁迅、余华小说中"看客"形象揭示的精神困境》。

12日，《人民日报》发表徐志伟的《重建文学批评的现实维度》；唐翰存的《呼唤写作的公共价值》；李朝全的《豪情满怀写时代壮歌——读张胜友报告文学新作》；吕进的《开门落"叶"深——评叶延滨〈年轮诗选〉》；李逊的《灵秀而厚重的文论》（关于刘润《文艺批判》的评论）。

《文艺报》发表牛学智的《西海固文学与地域文学发展的问题》；任美衡的《搭建文学之桥》（关于涂昊《20世纪末中国小说创作理论和创作实践关系研究》的评论）；罗四鸰的《"搬运工"顾彬》；赵海荣的《"酒社会问题"的"终极价值"、"人类性"及其它——读蒙古族作家张继炼长篇小说〈拒酒记〉》；鲁若迪基的《女儿国诞生的诗人》（关于曹翔诗歌创作的评论）；温存超的《一部震撼人心的大学形象史——评〈走过硝烟的大学——浙江大学西迁纪事〉》；唐力的《风用明亮的翅膀飞翔——评蒙古族诗人娜仁琪琪格的诗》；杨玉梅的《艾克拜尔·吾拉木〈阿凡提〉系列作品研讨会纪要》；索朗石达的《感悟伟大时代 书写崭新篇章》（关于西藏文学的评论）；克珠佩群的《在坎坷中前进 在变化中发展——记〈西藏文学〉的三个阶段》。

《文学报》发表陈竞的《慕容雪村新作截然不同解读引发思考——作家应站在时代和心灵的前沿》、《"冷眼旁观者"慕容雪村》；谢冕的《说不尽的传统》；田晓菲的《中国文化有前途吗？》；金莹的《周梅森：资本时代的"梦想与疯狂"》；梁鸿鹰的《王宏甲：弄出特别的响动》；李建军的《我看文学奖》；李万武的《怪异的文坛"警句"》；贾梦玮的《心灵的窗户被彻底关闭之后——毕飞宇长篇小说〈推拿〉简评》；秦文君的《中国儿童文学三十年》。

《解放日报》发表王宗仁的《散文之美美于思想——读原因散文集〈玲珑水仙〉》。

13日,《文汇报》发表詹宏志的《旅人——关于旅行的形上学以及胡晴舫的〈旅人〉》;汪涌豪的《凡经眼处　皆成学问——周振鹤及其〈知者不言〉》;胡殷红的《张抗抗你就"作"吧》。

《光明日报》发表黄式宪的《后大片时期更应以剧作为本》;费明的《好导演要有作家情怀》;周思明的《在审"丑"中谱写善与美的颂歌——评电视剧〈我的丑娘〉》;麦佳琪的《农村剧的清水蓝天——看〈清凌凌的水蓝莹莹的天(2)〉》。

14日,《文艺报》发表张岳健的《作家的责任与审美理想》;聂茂的《作为民族寓言的当代文学》;秦先的《精心维系我们的精神脐带》(关于《雨过琴书——对话文化与文化名人》的评论);刘俐俐、曾斌的《"退步论文学"的进步之思——重读张俊彪的长篇小说〈幻化〉》;鲍风的《与城市和解——读阎志新诗集〈明天的诗篇〉》;方卫平的《结构·心理·时代背景——说说〈腰门〉的遗憾》。

15日,《文艺争鸣》第2期发表张清华的《现代性逻辑与文学性危机》;程光炜的《历史回叙、文学想象与"当事人"身份——读〈八十年代访谈录〉并论对"80年代"的认识问题》;以"新世纪'新生代'文学写作评论大展(批评卷)"为总题,发表谢有顺的《文学批评的现状及其可能性》,邵燕君的《"纯文学"方法与史诗叙事的困境——以阿来〈空山〉为例》,李丹梦的《面对心灵的"乡土"——论阎连科的〈风雅颂〉》,申霞艳的《消费社会的文学生产》,张莉的《传媒意识形态与"世界文学"的想象——以"顾彬想象"为视点》,周立民的《岁寒,然后知松柏之后凋——谈晚年的冰心、巴金与现代知识分子精神传统》,杨庆祥的《如何理解"1980年代文学"》,梁振华的《媒介迁徙:通途或迷津——影像时代中国作家的文学立场与身份认同》,胡传吉的《关于文学的超越》,金理的《地窖中的历史与文学的个人——评严歌苓小说〈第九个寡妇〉》,张丽军的《新世纪乡土中国现代性裂变的审美镜像——读贾平凹的〈秦腔〉与〈高兴〉》,王春林的《2008年的长篇小说创作略论》;同期,发表樊星的《从"新启蒙"到"再启蒙"》;秦林芳的《丁玲与"伤痕文学"》;胡景敏的《巴金:最后一个无政府主义者——论1949年后巴金与无政府主义的关系》;张学军的《新时期文学的艺术变革》;李宗刚的《论"十七年"文学解放战争英雄叙事样式》;陈应松的《我们需要文学吗?》;张清芳的《王润兹论》;郭宝亮的《论〈褐色鸟群〉——两种元叙事规则博弈中的历史真相》;王侃的《〈兄弟〉在法语世界》;叶世祥、陈锋的《老年心态与汪曾祺小说的审美品格》;赵思运的《新世纪诗歌的切片呈现——评张清华年度诗歌选本》;姚文放的《文学的乡愁与心灵的还乡——读〈钱中文文集〉》;李健的《近年来中短篇传记文学的复兴》;吴心怡的《穿越小说的基本模式与特点》;张伟栋的《经验的重构与乌托邦形象——评李少君诗歌》;苏晓芳的《日常生活的新诗之旅》。

《诗刊》2月号下半月刊以"三子:意蕴悠远的冥思与静观"为总题,发表江子的《关于三子的六个关键词》,汪峰的《在时间中停留——简读三子的诗歌或"松山下"》,聂迪的《有关三子以及他的诗》,林莽的《在感知和领悟中自由地飞翔》。

《民族文学研究》第1期发表赵学勇、李冬梅的《一部近乎被遗忘的史诗——〈复仇的火焰〉的双向解读》;杨玉梅的《书写森林狩猎文化的温情和痛楚——乌热尔图小说的文化解读》;晁正蓉的《论当代维吾尔语小说中的梦幻叙事》;张春梅的《察析新疆当代文学批评》;吴道毅的《叶梅散文思想艺术论》;王锐的《裕固族作家铁穆尔的诗性写作》;刘文斌、哈宝龙的《鲜卑时代的艺术再现——评系列长篇小说〈鲜卑时代〉》;马季的《网络时代的民族文学生态》。

《江汉论坛》第2期发表程良胜的《一路沉沦:从祥子走向五龙》;许爱珠的《"说话"小说:民族化的现代小说形式探索——以〈白夜〉和〈高老庄〉为例》。

《学术探索》第1期发表李英的《改革开放以来中国儿童文学理论研究评述》;陈殿林的《山寨文化:抵抗与揶揄》。

《语文学刊》第2期发表蔡爱国、张玉的《论〈岁月的遗照〉的话语空间》;崔国军的《〈白鹿原〉传统长子形象的颠覆之"原"》;刘婧的《论微型诗的创作和鉴赏》。

《福建论坛》第2期发表韩捷进的《人性美画面的别样风景——"第三次浪潮"与"新时期"战场小说之比较》。

《韶关学院学报》第2期发表肖丽的《意识形态撑纵下的文学翻译——对小说〈饥饿的女儿〉书名英译的个案研究》。

17日,《文艺报》发表江岳的《在升迁与沉沦之间——阳生政界小说系列》;刘庆邦的《情感是采不尽的火种》(关于乌达职工文学作品集《地火》的评论);徐鲁的《不忍吹灭读书灯》(关于《韦庐文集》的评论);梁平的《难得这一隅诗意》(关于吴雪峰《雁栖南方》的评论);王同书的《词旨激扬　词艺腾飞——读顾浩新作〈胜日乐章〉》。

《作品与争鸣》第2期发表郑晓林的《因为感恩,所以温暖》;周玉宁的《心都"金属"了的时代》;王艳芳的《我们时代的金属性人格》;李新艺的《颓唐中的崛起》;陈永红的《看山只恨少峰峦》;谢刚的《单向的小说思维》;曹霞的《双重现实的深度开掘》;齐夫的《中国作家的最大问题》;张宗刚的《散文之末路》;李美皆的《当下军旅文学创作的得与失》。

19日,《人民日报》发表刘瑞生的《关于"山寨文化"的反思》;艾斐的《汉字的魅力》;贺绍俊的《历史眼光和使命》(关于《中国流行音乐与公民文化》的评论);杨志学的《诗歌的文体难度》;刘峰的《大众文化的理性解读》。

《文艺报》发表张锲的《古风不衰　再撰新意——谈〈安徽当代诗词选〉》;杨晓敏的《矫正畸形命运　开掘人性深度——陈力娇小小说印象》;马伟业的《如何客观评价"改革文学"》;李衍柱的《解放思想、改革创新:文学发展的不竭动力和源泉》;龙其林的《回归文学的生命立场》(关于谢有顺《文学的常道》的评论);傅汝新的《一部诗性但不完美的作品》(关于胡小胡文学创作的评论);以"长篇小说《深圳大道》评论"为总题,发表李准的《"深圳大道"是一条什么样的路》,陈骏涛的《在大时代的脉动中》,张梦阳的《小说体的"反"与"正"》,黄国荣的《虚构与非虚构巧妙结合的结晶》,徐妍的《从改革文学中突围的难度与限度》,陈晓明的《酣畅的当代传奇》,雷达的《气势有如虹的〈深圳大道〉》;同期,发表杨厚均的《特殊年代的思想档案》(关于陈昌本《探索突围岁月——党的十一届三中全会前夕京郊人民纪实》的评论);禹建湘的《网络文学的史学范式建构》。

《文学报》发表陈竞的《中国作协七届四次全委会上,作家热议原创力匮乏问题——既要坚守,也需超越突破》;金莹的《当代中青年作家系列访谈　路内:追随青春的旅程》;韦泱的《黄宗英:用笔追赶时光》;彭学明的《当今文坛病相报告》;岳雯的《2008年长篇小说几种态势》;霍俊明的《历史的记忆之碑》(关于梁平《三十年河东》的评论);赵瑜的《习习和秀珍》(关于习习《讲述:她们》的评论)。

《南方周末》发表夏榆的《"我不该断绝了跟禹作敏的关系"——蒋子龙专访》。

20日,《文汇报》发表胡殷红的《作家老板张贤亮》。

《光明日报》发表马季的《2008年网络文学综述》;冰洁的《情感世界的真实写照——读张振萍诗集〈一百次心醉〉》;何向阳的《阳春布德泽　万物生光晖》(关于何建明、朱子峡《东方光芒——东莞改革开放30年史记》)。

《华文文学》第1期发表陈友冰的《"意大利汉学的贡献"国际研讨会综述》;吴翔宇的《论新移民小说的空间诗学建构》;江少川的《论新移民小说的时间诗学建构》;王坤的《生命中文学的分量——读叶芳〈太平洋的呼唤〉》;马白的《钱静华

其人其文——钱静华政论杂文选〈独悟南天〉序》;李焕然的《多方探索　硕果荟萃——〈萧村文集〉读后》;《2008年汕头大学文学院新世纪人文系列论坛》;梁星的《福建省台港澳暨海外华文文学研究会纪念成立二十周年》;彭志恒的《语种、文化与文学——彭志恒访谈录》;陈国恩的《从"传播"到"交流"——海外华文文学研究基本模式的选择》;刘超的《赵健秀的亚裔美国文化建构》;《新加坡作家协会简介》;吴彤的《台港澳及海外华文文学博士学位论文索引》;古远清的《重建文学史的政治维度——〈海峡两岸文学关系史〉自序》;赵小琪的《当代台港澳小说在祖国大陆的传播与接受三维发展论》;樊燕的《繁华与荒凉——论高阳、二月河文字造景的差异》;陈家洋的《"失焦"的乡土叙事——台湾新世代乡土小说论》;林清华的《台湾的都市身份与蔡明亮的影像书写》;庄若江的《商业化语境下对传统"言情"范式的解构——试比较李碧华、池莉的情爱小说》;赵坤的《香港小说中的城市想象与想象中的香港城市》;朱寿桐的《犁青诗思的认识价值》。

《学术月刊》第2期发表方克强的《原始主义与文学批评》;胡星亮的《新时期"戏剧观"论争的反思与批判》。

《学术研究》第2期发表曾令存的《"40年代文学转折"研究》。

21日,《文艺报》发表赖大仁的《文学:在共克时艰中繁荣发展》;吴秀琼的《〈一叶扁舟〉中主人公的心理路程三部曲》;师力斌的《鹰隼出风尘,豪墨写大气——评黎晶长篇小说〈殉猎〉》;洪烛的《诗人心里就该有这样的荆棘——读谢建平的诗》;胡可的《胡可致戈基的一封信》;《广东文学30年:秉笔纵横意气扬——"改革开放30年与广东文学"研讨会专家发言摘要》;廖红球的《广东文学始终与时代同行》。

22日,《新文学史料》第1期发表屠岸口述,李晋西、何启治采写的《人文社的领导和朋友》;刘炜的《名作诞生记:〈将军吟〉、〈芙蓉镇〉》;胡德培的《当代人的〈当代〉》;吴学昭的《我是一个零——听杨绛讲故事》;舒芜的《老吾老》。

24日,《文艺报》发表李冰的《在中国作协七届四次全会上的讲话(摘要)》;张玉能的《中国化马克思主义美学的考察》;张炜的《仁慈的心和诗人的心》(关于郭廓诗歌创作的评论)。

25日,《东岳论丛》第2期发表王昉的《人文立场下的悲悯与关怀——论张爱玲小说创作的基本倾向》;田智洋的《天才情节与宗白华的美学风貌》。

《华南师范大学学报(社会科学版)》第1期发表吴奕锜、陈涵平的《从自我殖民到后殖民解构——论新移民文学的女性叙事》。

26日,《文艺报》发表木弓的《是解放了人,还是解放了鬼——周梅森长篇小说〈梦想与疯狂〉》;王童的《诗化情感的沉淀》(关于小说创作的评论);陈应松的《情爱悲歌》(关于《爱情斑马线》的评论);姚讲的《拓展与延伸》(关于陈永林文学创作的评论);王剑冰的《2008年的散文记忆》;傅逸尘的《日常经验的崛起与情爱叙事的强化——2008年度军旅长篇小说综评》;殷实的《灾难将什么带给了文学?——灾难题材文学创作随想》;朱航满的《直面现实内部的风景——2008年军旅中短篇小说报告》;胡平的《从历史的天空到历史的地面——读徐贵祥长篇小说新作〈四面八方〉》;柳建伟的《雪落花开都无声 你来我往了无痕——读王锦秋、刘慧长篇小说〈雪落花开〉》;祁鸿升的《传统抒情的复位与超越——浅论王久辛抒情长诗集〈致大海〉的抒情风格》;王龙的《军旅人生的另类书写——读王棵长篇小说〈幸福打在头上〉》。

《文学报》发表周慧虹的《喜见作家与农村作者结对子》;陈竞的《中国作协七届四次全委会上,与会者热议——网络文学带来新的挑战》;金莹的《在新一期〈当代作家评论〉"诗歌观察"栏目中,六位评论家、诗人分析去年下半年的诗歌创作状况,不约而同提出——"我们的诗歌缺乏力量"》、《"重写诗歌史!"》;傅小平的《"荒诞"新作写"精子危机"引发争议 张贤亮:我从来不走套路》;李美皆的《顾彬式的偏激和走俏》;《东莞改革开放30年史记——何建明、朱子峡长篇报告文学〈东莞光芒〉研讨会部分发言》;陆建华的《汪曾祺一生追寻文学之梦》;铁舞的《面对建设者,我们会热泪满面——我写报告文学〈凤凰涅槃〉》;陈继的《写作可以好用也好玩》;张文献的《记忆深处的感悟》;曲近的《孤独而辽阔——浅谈横行胭脂的诗歌写作》;邢秀玲的《小镇文化人的命运——评巴一的乡土散文创作》。

27日,《光明日报》发表张学昕的《文学批评的责任与承载力》;吴平安的《守护报告文学的操守与品性——读〈周政保报告文学评论集〉》;李炳银的《药道与世道——读胡世全报告文学〈药道〉》。

28日,《文艺报》发表王充闾的《鸳鸯赏罢觅金针——〈西藏读本〉读后》;宋家宏的《关于作家挂职深入生活的思考》;张笑天的《生命的本色——读丁利〈远去的村庄〉》;曾祥书的《用探寻的视角抒写心中的情愫——读单之蔷散文集〈中国景色〉》;吴宝三的《大森林守望者的诗意情怀》。

《中国文化研究》春之卷发表赵冬梅的《社会文化变迁与当代台湾的小城叙事》。

《求索》第 2 期发表邓楠的《论科学发展观视野下的文学创作》；寇国庆的《建国后十七年无产阶级文学实践之批评》；车红梅的《终极意义下的灵魂救赎——论毕淑敏小说创作理念》。

本月，《山东文学》第 2 期发表卢军的《论汪曾祺的文学史意义》；侯长振的《刘高兴：虚妄而又执著的追寻者》；黄巨龙的《试论杨朔散文的意境创造》；张守海的《大地的女儿——试论张炜小说〈柏慧〉中的鼓额形象》；王澍的《南帆〈现代性、民族与文学理论〉读后》。

《上海文学》2 月号发表发表程德培的《"水边的两块石头"——读叶弥短篇小说〈"崔记"火车〉》；伊沙的《有话要说》（关于诗歌的创作谈）；陈应松的《非文学时代的文学痛苦》；葛红兵的《文言与土语——从〈秦腔〉看中国当代文学的语言困境》。

《文艺评论》第 1 期发表陈爱中的《回归故乡：现代汉语诗歌的一种语言学阐释》；张良丛的《文本解释的限度和有效性》；印晓红的《文学理论新体系的创造性建构》；汤学智的《文学研究的生命视角——兼谈新时期文学生命历程及其得失（续）》；古耜的《文学三十年辩证观》；邵波、龚宏的《沉潜中的灵魂》；梁海的《历史向着自然返回——迟子建小说的诗性建构》；张琦的《新世纪乡村小说的几种表情》；杨旦修的《反情节：当代电影的一个叙事趋势》；郭力的《沃土繁花：龙江小说五十年发展述评——〈龙江当代文学大系（1946—2005）·小说卷〉导言》；刘波的《行走与冒险中造就的诗歌传奇——李亚伟诗歌论》；傅翔的《散文创作中的几个关键词——读刘志成散文有感》；刘伟的《格非的神秘主义诗学》；张德明的《当代城市文化形态下的知识分子身份认同——论邱华栋〈影子教授〉》；姜超的《〈草本爱情〉：拷问俗世繁华背后的精神畸变》；陈力娇的《永不迷失的精神家园》（关于小小说的创作谈）。

《芒种》第 2 期发表李万武的《批评的时代主题与批评的作为》。

《南京社会科学》第 2 期发表栾梅健的《试论中国现代文学形式和语言转变的动因》；朱念的《战争背景下的城市文化与女性写作——20 世纪 40 年代沦陷区女性文学的一种解读》。

《读书》第 2 期发表牛学智的《"底层叙事"为何转向浪漫主义？》。

《暨南学报(哲学社会科学版)》第1期以"'汉语新文学'讨论专题"为总题,发表朱寿桐的《汉语新文学:作为一种概念的学术优势》,黄万华的《本土和境外互为参照视野中的文学史分期》,傅天虹的《对"汉语新诗"概念的几点思考——由两部诗选集谈起》。

3月

1日,《广州文艺》第3期发表贺绍俊的《乔厂长还在"上任"吗?》。

《文学界》3月号发表燕窝、王小妮的《质朴如刀——王小妮访谈》;王小妮的《王小妮谈诗、散文、小说》;一棹扁舟的《北北作品中人物形象的性别影响》;霍俊明、路也的《在深入生存中仰望漂泊的激情》;刘传霞的《路也小说的女性主义气息》;马永波、川美的《从时间说起——川美访谈》;王珂的《像溪水却并非自然地流着——川美的诗及诗写作》。

《天涯》第2期发表刘复生的《"自由主义"意识形态的历史》;罗小茗的《"大众"何以"文化"》;罗岗的《重临"五四":启蒙抑或救亡?》;李云雷的《"神话",或黄金时代的背后——反思1980年代文学的一个视角》。

《西安外国语大学学报》第1期发表邓艮的《命名与误区:大陆外华文文学》。

《名作欣赏(鉴赏版)》上半月刊第3期发表赵黎波的《人性自在状态的呈现——铁凝散文〈你在大雾里得意忘形〉解读》;刘永丽的《绝望的情欲,绝望的爱——周晓枫散文〈桃花烧〉解读》;汤哲声的《我们应该怎样欣赏通俗小说》;韩颖琦的《空有惜花心 却无护花力——沧月〈护花铃〉的宿命意识》;陶春军的《"穿越小说"〈梦回大清〉的历史想象与心理补偿》;石娟的《解构历史·自由想象·出世江湖——由风起闲云的〈炼宝专家〉谈当下玄幻小说特色》;禹玲的《有种出卖叫"身不由己"——评王晓方"驻京办"系列小说中的秘书形象》。

《名作欣赏(学术版)》文学研究版第3期发表田鹰的《解构与重构——论张贤亮小说中的"才子佳人"模式》;张锦的《女性的"他者"化——从性别视角看〈尘

埃落定〉》；王桂肯的《"零距离"创作的背后——评池莉的小说》；沈琪芳的《安妮宝贝小说中的虚假与真实》；刘凤芹的《王朔小说中的另类形象的现实反观》；董颖的《阎连科小说中恶魔性缘起的文化因素》；胡晓文的《张中行散文的超然思想探析》；王立宪的《李琦散文的人生情怀》；鲍朝云的《论昌耀〈船，或工程脚手架〉繁复的美学意义——解读诗应"知人论世"、"多义当以切合为准"》；霍小青等的《心灵痛感的治疗空间——从文学治疗看台湾乡愁诗》；刘国强的《琴瑟与爱情：透进都市家庭里的一缕阳光——试论鲁迅的〈伤逝〉和刘震云的〈一地鸡毛〉》；王恒升的《1984年后的莫言当代军人小说创作与西方现代文学》；陈娇华的《残酷的诗情——试论先锋历史叙述中的诗意情境》；包燕的《情感与理智的性别言说——张爱玲与李安〈色·戒〉之叙事立场与内在盲点》；周潞鹭的《无法回避的"十四年"——试论张爱玲小说〈半生缘〉的影视改编》；樊旭敏的《〈黄土地〉对张艺谋早期经典影视作品的影响》。

《西湖》第3期发表郑小驴的《一眼望不到尽头（创作谈）》；马季的《短篇小说的意思与意义——兼谈青年作家郑小驴的短篇小说》；鲁敏、姜广平的《"我所求的恰恰就是'不像'"》。

《延河》第3期发表黄江苏的《荒诞而有价值的言说——评〈驴老二有话要说〉》。

《社会科学战线》第3期发表张永刚的《多民族多区域与新时期文学理论的创新》。

《诗刊》3月号上半月刊发表李轻松的《所以，我还在这儿》（诗人随笔）；罗小凤的《穿行于现实与虚幻间的精神轨迹》（关于李轻松诗歌创作的评论）。

《钟山》第2期发表《江南文化与江南文学（对话）》（贾梦玮召集，王彬彬、张光芒、何言宏、张清华、贺仲明、施战军、黄发有参与）；李洁非的《"从神童作家到右派分子"》（关于刘绍棠的评论）。

2日，《小说选刊》的3期发表李云雷的《王蒙的"编织术"》；鲁敏的《为了靠近，必须远离》。

《解放日报》发表沈敏特的《〈走西口〉等剧触发的联想》。

5日，《广西文学》第3期发表李心释的《关于当代诗歌语言问题的笔谈（三）》。

《人民日报》发表臧文华的《从文化发展看西藏进步》；戴清的《蕴藉节制的悲

剧美》。

《天府新论》第2期发表李荣秀的《"文坛宠儿"的辉煌与暗淡——简论丁玲和赵树理建国前后的思想和创作》;张军的《〈创业史〉经典化中的运作程式》。

《文艺报》发表韩进的《呼唤生态道德 讴歌自然和谐——刘先平与他的大自然文学》;李利芳的《赞美与忧思——张琳的短篇童话》;晓宁的《辽宁儿童文学的新时代》;谢毓洁的《从"小孩""童子"到"儿童"》;雷达的《性别尊严及精神出路——读阎真〈因为女人〉兼及其它》;杨柳的《21世纪我们怎么做女人》(关于阎真《因为女人》的评论);阎真的《重新定义爱情的时代?——就〈因为女人〉致友人书》;宋生贵的《论民族艺术发展的生态意识》;熊元义的《加强文艺理论研究——读〈开拓文艺理论新天地〉》;吴秀琼的《论海洋在〈一叶扁舟〉中的三大象征意义》;以"高杰贤军事长篇小说《拂晓长春》评论"为总题,发表陈建功的《每一个人的牺牲都应被牢记》,何镇邦的《新的角度与深度》,丁临一的《时代和人性的光泽》,张鹰的《〈拂晓长春〉的美学价值》,贺绍俊的《红色资源大道上的另辟蹊径》,彭学明的《在精彩与真实中崇高》,王干的《沿着红色经典的路径》;以"一幅恢弘的改革开放画卷——何建明、朱子峡合著〈东方光芒〉评论专辑"为总题,发表高洪波的《推开记忆的大门》,雷达的《奔跑的东莞》,张胜友的《作家的责任感和使命感》,何西来的《史家的战略眼光和诗家的笔墨》,吴秉杰的《"史记"的三个要素》,彭程的《融诗入史 气势恢弘》,木弓的《人民性是这部作品主题之魂》,陈歆耕的《现代版"中国神话"》。

《文学报》发表陆梅的《当选新一届四川省作协主席 阿来:找到与世界共振的节拍》;李建军的《文学批评:求真,还是"伪善"?》;陈占敏的《常令芳心对皎月——读张炜新作〈芳心似火〉》;韩作荣的《透彻与精微——读徐红的短诗》;张洁的《印象梅子涵》。

《山东社会科学》第3期发表孙基林、张鑫的《于坚诗歌的视觉叙述与感官世界》;罗兴萍的《试论当代英雄叙事小说中的英雄配置模式》。

《当代文坛》第2期发表孟繁华的《文学的速度与作家的情感要求——2008年的中篇小说》;赵勇的《从知识分子文化到知道分子文化——大众媒介在文化转型中的作用》;贺昌盛、孙玲玲、黄云霞、郑雪、王琴的《"反智主义"笔谈》;以"李建军主持的自由评论"为总题,发表彭学明的《文坛病毒与文学尊严》,郝庆军的《"才华最爱出卖人"——〈金锁记〉的艺术缺陷》;以"谢有顺主持的新锐方阵·何大草专辑"为总题，发表唐小林的《历史·记忆·经典化写作——何大草小说论》，陈斯拉的《留住秘密·唤醒记忆——何大草近年的长篇小说》，宋先梅的《历史的寓言与叙事的"野心"——评何大草的小说〈盲春秋〉》，何大草的《我不信——创作谈》；同期，发表陈娇华的《论新历史小说的革命书写》；刘巍的《新世纪女性文学的缺憾与未来趋向》；齐红的《女性：作为"他者"的存在——"50后"女作家的女性书写及历史意味》；王晓梦的《论九十年代女性散文》；吴思敬、张立群、贺绍俊、霍俊明的《梁平长诗〈三十年河东〉笔谈》；李美皆的《项小米论》；翟永明的《论李锐小说历史阐释的独异性》；陈才华的《苏童短篇小说中"物"的叙事功能》；欧阳光明的《"底层叙事"的另一种可能——以小说〈白莲浦〉和〈遍地青菜〉为例》；冯源的《从一座乡村开始的内省与反思》；孔明玉、晓原的《惶惑与建造》；马潇的《起舞于"黄金枷"下的双重迷失——论新世纪"古装大片"现实精神的缺失与历史观的虚妄》；李琳的《试论华语女同性恋电影的书写悖论》；严英秀的《女性主义的格调性写作：蒋韵作品散论》；张德明的《四川北川羌族的民间规约与文学创作》。

《花城》第2期发表范汉生口述、申霞艳整理的《风雨十年花城事：声誉及风波》；史铁生的《理想的危险》；王岳川的《文化走向：从"去中国化"到"再中国化"》；孟繁华的《文学与批评的镜中之像》。

《陕西师范大学学报（哲学社会科学版）》第2期发表曾繁仁的《论我国新时期生态美学的产生与发展》。

《莽原》第2期发表鲁敏著、崔曼莉评点的《暗疾》；刘海燕的《时光流转——评鲁敏小说〈暗疾〉》；姜广平的《"我的小说也走在回家的路上"——与罗望子对话》。

6日，《当代小说》3月上第5期以"第七届茅盾奖作品评论小辑"为总题，发表张建波的《神秘之域的独特生命展示——评麦家的〈暗算〉》，张延者的《〈秦腔〉——缅怀传统乡土文化的巨大碑石》，巫丹的《现代化进程中滞重乡村的裂变——评周大新的〈湖光山色〉》，缪慧的《流逝的伊甸园——从民族文化看〈额尔古纳河右岸〉》。

7日，《文艺报》发表刘勇、杨志的《金融危机给文化发展的机遇》；李夏的《吉狄马加：彝族文化的守望人》。

《文汇报》发表胡殷红的《方方的生活"风景"》；五谷的《文人的肖像录——读

贾植芳〈我的人生档案〉》。

8日,《芙蓉》第2期发表易允武、陈启文的《这是我们的责任》。

9日,《解放日报》发表张建亚、贾樟柯、石川、毛尖、葛颖、杨俊蕾的《一个新的电影景象》(关于电影《上海公园》的评论)。

10日,《大家》第2期发表萧映的《形式与变式——阅读〈西藏组诗〉》。

《文艺报》发表施战军的《小民的"仁恕"与"弘毅"——〈小姨多鹤〉及其启示》;余新的《今天的工人阶级什么样》(关于曹征路文学创作的评论);金星的《常识性无知很可怕》;郑兴富的《春天是我全部的宗教》(关于姚永明诗歌创作的评论);李金山的《将小说引入历史》;赖大仁的《当今文学究竟缺什么》;於可训的《转型期报告文学的集成式研究》;王跃文的《文学的精神内核是善》;朱辉军的《深具特色的一域》(关于《和谐　发展　繁荣——改革开放三十年与湖北文艺》的评论)。

《文艺研究》第3期发表王泽龙的《近三十年中国现代诗歌史观反思》。

《西南大学学报(社会科学版)》第2期发表赵思运的《一部知识分子自我改造的心灵文献——重读初版〈夜歌〉(1945)》;洪芳的《从生命高原上旋起的将军之风——朱增泉军旅诗歌论》;吴子林的《文艺学研究的一种可能向度——以文学批评家胡河清为例》;张武军的《重庆雾与中国抗战文学》。

《社会科学》第3期发表黄发有的《以文学的名义——过去三十年中国文学评奖的反思》;许道军、葛红兵的《叙事模式·价值取向·历史传承——"架空历史小说"研究论纲》;徐巍的《剧本化倾向、影像化诉求和电影技巧——当代小说叙事的新视角》。

12日,《文艺报》发表张同吾的《人性是永恒的文学之魂——读〈蒹葭集〉随感》;张雨生的《大山的乐章——读〈军事与文学的互访·张庞诗文集〉》;俞兆平、罗伟文的《平淡中蕴性灵　朴实中见深情——评林芗散文集〈回首云雾间〉》;缪俊杰的《原乡古韵红土情——评龚文瑞的散文创作》;王晖、丁晓原的《2008年报告文学主题解读》;李朝全的《一个人的价值》(关于《天使在作战》的评论);晓雪的《人生感悟的独特表达——评陈江平诗集〈自己〉》;杨启刚的《行走在城市的边缘——读布依族青年诗人陈德根诗集〈城市边缘〉》;苑坪玉的《对精神力量的礼赞——仡佬族青年女作家肖勤作品印象》;钟进文的《地域文化身份的认同与追求》。

《文学报》发表金星的《常识稀缺的时代》;陈竞、傅小平、金莹的《全国"两会"作家代表、委员谈文化、民生——是危机,更是发展新机遇》;张滢莹的《当代中青年作家系列访谈 丛治辰:怀疑与尝试是必经之路》;刁斗的《印马原象》;何英的《疲劳的文学 疲劳的批评》;赵军的《我读王建散文》(关于王建《走过最遥远的风景》的评论);何镇邦的《金钱与权力的博弈》(关于杨殿梁《国有银行》的评论);徐大隆的《当时间这面镜子被擦亮》(关于常芳《桃花流水》的评论)。

14日,《文艺报》发表向迅的《讴歌人民的大爱和大美——读余艳抗冰灾长篇报告文学〈人民,只有人民〉》;刘全德的《通向文化源头的大风歌——成路诗歌印象》;张立群的《批评的时代性、"陌生化"与多向性》;杨献平的《如此安静 如此端庄——读徐迅散文集〈半堵墙〉》;梅洁的《我读〈三十八朵荷花〉》;杨晓敏的《生活发现与写作坚守——范子平印象》;严苏的《关于小小说创作的随想》;孙宝福的《〈张恨水家事〉再现文学魅力》;田朋朋、汪卫东的《一次深入而又有趣的双向"重构"——读徐妍的新著〈新时期以来鲁迅形象的重构〉》;高晓晖的《风正一帆悬——吕书臣文学创作 50 年有感》;张义奇的《用诗的眼光观照中国文化——读杨吉成新作〈灵心诗性——诗性的中国文化〉》;李学斌的《图画书的本土化之路——熊亮作品〈看不见的马〉的启示》。

《文汇报》发表胡殷红的《蒋巍是个大忽悠》。

《解放日报》以"评话剧《杏花雨》"为总题,发表毛时安的《风流不被雨打去》,葛红兵、刘凤美的《浪漫精神的复归与东亚现代性反思》,邹平的《三重戏剧叙事下的爱与恨》,未泯的《期待历史的纵深》,石川的《关于主题的契入》。

15日,《人文杂志》第 2 期发表杨经建的《存在的"危机"与"边缘"的存在——再论 20 世纪中国存在主义文学"边缘性"》;詹艾斌的《主体伸张文论建构问题的确定及其研究思路》。

《广东社会科学》第 2 期发表宋剑华的《知识分子的民间想象——论莫言〈红高粱家族〉故事叙事的文本意义》。

《诗刊》3月号下半月刊以"白庆国:从真实生活的细节中熔炼出诗"为总题,发表张德明的《乡土的诗意空间》,吴玉垒的《用贴紧大地的唇"还原"大地的喘息》,王士强的《"在大地上行走"——关于白庆国的诗》。

《北方论丛》第 2 期发表姜山的《哲学思辨:寻真向善的人性追求——余秋雨散文魅力之一》;刘文良的《"双重视角"与生态女性批评的独特魅力》。

《文艺争鸣》第3期发表马大康的《期待第三种批评》；吴炫的《论文学的"中国式现代理解"——穿越本质和反本质主义》；汤拥华的《文学何以本质？》；代廷杰的《我们需要什么样的文学观——兼谈"否定主义文艺学"的文学观》；乔焕江的《文学：从"是什么"到"怎么样"》；张旭春的《"后现代文艺学"的"现代特征"？——评陶东风主编〈文学理论基本问题〉》；万水的《近年来文艺学有关"本质主义"与"建构主义"讨论综述》；以"北京文艺论坛·传统与文艺"为总题，发表谢冕的《说不尽的"传统"》，邹文的《节制创新、倚重复制的中国文化》，蒋原伦的《电子时代的民俗》；同期，发表卞永清的《论孙犁小说的道德倾向》；吴福辉的《我也穿过松紧不同的鞋子》；李楠的《聚京海之精华，取南北之优长——吴福辉先生其人其文》；徐克瑜的《当前文学研究中的文本细读问题》；范颖的《"第二媒介时代"的文学生态》；杜瑞华的《徐迟散文中的湖州怀乡情结》；陆孝峰的《后现代语境下女性生存的图景——评湖州女作家潘无依的小说创作》；张勐的《史铁生作品中的〈圣经〉原型》。

《文史哲》第2期发表黄悦的《阶级革命与知识分子人格——重论鲁迅的"第三种人"观》；张景兰的《隐含话语、政治策略与伦理立场的夹缠——再论左联、鲁迅与"第三种人"的论争》。

《文学评论》第2期发表张炯的《文学研究大跨越的时期——改革开放三十年中国文学研究的回顾与思考》；张霖的《两条胡同的是是非非——关于五十年代初文学与政治的多重博弈》；杨经建的《"身体叙事"：一种存在主义的文学创作症候》；韩敏的《从失范家庭结构中走出来的一代——论新生代作家的家庭叙事》；禹建湘的《革命话语在乡土想像中的激荡与消隐》。

《中国现代文学研究丛刊》第2期发表严家炎的《交流，方能进步——顾彬〈二十世纪中国文学史〉给我的启示》；陈福康的《读顾彬〈二十世纪中国文学史〉》。

《南通大学学报（社会科学版）》第2期发表古远清的《论台湾"现代派"两位重要诗人》。

《粤海风》第2期发表李林荣的《台湾文学研究：碎裂的拼图》。

《台湾研究集刊》第1期发表张羽的《文学与博览会的对话——以1935年台湾博览会为中心》；杨志强的《钟理和日记里的鲁迅传统》。

《漳州师范学院学报（哲学社会科学版）》第1期发表王念灿《倾诉·断裂·

救赎——张翎小说印象》。

《长城》第2期发表李建军的《为了纪念的重读》；以"新世纪的女性写作：困境还是胀破"为总题，发表王玉的《女性经验：女性写作的误区》，周航的《"剑走偏锋"至"寒光不再"：新世纪女性写作的转型》，刘江凯的《"强度"浮出与历史淡定：女性书写新走向》，甘浩的《"穿过云层的晴朗"》，谢刚的《突围演练：关于新世纪女性写作的转型》；同期，发表李洁非的《迷案辨踪——〈组织部新来的青年人〉前前后后》。

《百花洲》第2期发表甲乙的《印象·丁伯刚小记》；丁伯刚的《自述·穴居者自述》；张柠的《文化：山寨的归山寨　城堡的归城堡》。

《江苏社会科学》第2期发表丁帆、黄轶的《以文化批判者的独立精神面对历史和未来》；徐国源的《"现代性"议程与文化"公共空间"的衍变轨辙》；丁晓原的《论散文史书写的历史抵达与主体生成——兼论范培松〈中国散文史（20世纪）〉》；徐美恒的《论藏族当代汉语诗歌审美想象的独特魅力》；卢微一的《以世俗情怀书写国家影像文化——论新主流剧视界的苏系影视》。

《齐鲁学刊》第2期发表杨迎平的《施蛰存的诗歌翻译及其对当代诗歌的影响》；郝军启的《论贾平凹小说对性意象的重复叙述》。

《学习与探索》第2期以"马克思主义与当代文艺批评"为总题，发表董学文的《马克思主义文艺学的未来前景》，黄立之的《让文学回归道义：反思列宁对托尔斯泰的批评》，李志雄的《灵魂的分裂与完善——马克思主义文论与信仰的当代困境、对策和启示》；同期，发表黄光伟的《"新批评"派的"范例"及其历史意义》。

《语文学刊》第3期发表李桂娥的《一种生存理念——解读〈许三观卖血记〉》。

《社会科学辑刊》第2期发表查振科的《论现代诗歌的贵族化与平民化》；王玉琴的《从"向死而思"到"向死而在"——文学与死亡的亲缘性关系论略》；赖琴芳的《论林语堂〈苏东坡传〉的"自传"取向》；肖淑芬的《〈同命人审案〉：别开生面的女性主义叙事》。

《南方文坛》第2期发表张莉的《"以人的声音说话"》；张莉的《两个"福贵"的文学启示——以赵树理〈福贵〉和余华〈活着〉为视点》；梁鸿的《有体温的文学批评》；毕飞宇的《2008，突然而至的张莉》；侯马的《真实诗歌：中国的、现代的、批判的——答诗人徐江》;段崇轩的《静水深流见气象——2008年短篇小说述评》;陈建功、陈华积、白亮的《陈建功与新时期文学》;以"《问苍茫》与底层写作"为总题,发表邵燕君的《从现实主义文学到"新左翼文学"的可能性——由曹征路〈问苍茫〉看"底层文学"的发展和困境》,李云雷的《〈问苍茫〉与"新左翼文学"的可能性》,闫作雷的《"〈子夜〉传统"与工人阶级的反思文学——评曹征路长篇力作〈问苍茫〉》,刘纯的《从"说服力"看〈问苍茫〉的艺术与思想困境》,陈思的《"底层"的限制——谈曹征路长篇〈问苍茫〉的"传统依赖症"》,付艳霞的《从生活到文学——〈问苍茫〉之编辑手记》;同期,发表李建军的《模仿、独创及其他——为〈百合花〉辩护》;以"广西北部湾作家群"为总题,发表李东华的《以悲悯情怀观照人生——顾文散文创作一瞥》,杜渐坤的《廖德全其人其文》,朱先树的《心灵感悟与人生向往——读邱灼明的诗》,贺绍俊的《显型的故事性和隐型的思想性——读伍稻洋的小说》,王迅的《苍凉色——凌洁小说论》,罗小凤的《诗意瞬间的潜水采珠人——庞白诗歌论》;同期,发表缪俊杰、王晖、徐肖楠的《〈国运——南方记事〉三人谈》;周景雷、王爽的《打开日常生活的隐秘之门——魏微小说阅读笔记》;张琦的《地理空间·叙事伦理·生命感觉——徐则臣的小说北京》;贺绍俊的《理论动态》(传统与文艺话题更显当代人的忧思,回顾一百一十年的新文学,反思启蒙话语)。

《理论与创作》第2期发表季水河的《传媒时代文学批评的激变》;欧阳文风、王静的《传媒对文学批评的介入及其问题》;周兴杰的《传媒时代:受众批评的兴起和文学批评的泛化》;陈国雄的《传媒文学批评的功能探析》;王春林的《1978年到1989年长篇小说文体流变》;张群、汤振纲的《被压抑和误解的想象力:论当代玄幻小说——兼与陶东风先生商榷》;邵明的《大众趣味投射的历史镜像——世纪之交历史小说的价值偏颇》;周航的《"打工文学"主题谱系再探》;杜云南的《城市·消费·文学·欲望——城市文学的叙事特征》;吕东亮的《十七年文学研究中的文本解读问题——兼论十七年文学批评研究的必要性》;刘继业的《当代成长写作中的深潜诗意和忧伤——论韩东的长篇新作〈小城好汉之英特迈往〉》;黄健的《"浙江精神"观照下余华的先锋之路》;董外平、杨经建的《撒旦的诗篇——评盛可以长篇小说〈道德颂〉》;张国鹄的《巧喻善譬 骨峻风清——试析〈元曲之旅〉的比喻艺术》;邓磊、封旭明的《生命中不能忽视之孤独——〈边城〉〈九月寓言〉的另一种思考》;月满西楼的《论〈钢铁是这样炼成的〉的审美价值及当代意义》;张建安的《独标一帜的山水清音——论匡国泰诗歌的美学价值》;龙永干的《生活的沉重与介入的无效——论龚军辉的〈尾巴〉》;钟友循的《张艺谋电影:回望与小结》;陈林侠的《国产战争片在"后冷战"时期的生存危机》;任美衡的《楚文学的现代回声》。

《福建论坛》第3期以"专题研讨:关系主义与文学理论研究"为总题,发表南帆的《文学理论:本土与开放》,蔡福军的《关系主义,或一种历时的总体性》,王伟的《关系主义视野之下的文学理论写作》,廖述务的《共时性结构研究的普适度与有效性》,王嘉良的《西潮影响与现代中国浪漫文学流变》。

17日,《人民日报》以"主体性文艺创作探微"为总题,发表李准的《重大题材影视创作成就辉煌》,廖奔的《完成时代要求的审美转换》,于平的《值得生动表达的宏大主题》;段勇的《棠棣之花 辉映中华——读郑欣淼〈天府永藏〉》;同期,发表张健的《苍茫藏岛史 千秋家园心——读苏叔阳〈西藏读本〉》;贺绍俊的《文学家不应放弃精神担当》。

《文艺报》发表白烨的《"80"后在成长中成熟》;韩浩月的《乱世孤岛的寄居者》(关于严歌苓《寄居者》的评论);邹建军的《重读〈干妈〉札记》;陈亦权的《"网络语言"之虑》;以"齐燕滨诗歌作品评论"为总题,发表雷抒雁的《在审美中体味生活的诗意》,侯秀芬的《意境、感情与哲思》,韩作荣的《身在其境 诗如其人》,蒋巍的《是温暖的思想在流淌》,李小雨的《诗意跋涉者之歌》,王必胜的《诗意与哲理》,叶延滨的《让诗歌成为更多人的亲密朋友》,张同吾的《心音的和鸣》。

《作品与争鸣》第3期发表连建安的《一部关于存在、命运、灾难的纵深拓展之作》;周展安的《什么是文学的想象力?》;余开伟的《自传是靠不住的——评王蒙自传中的失误》;陈恭怀的《周扬和"丁陈反党集团"》。

19日,《人民日报》发表郭国昌的《强化文学批评的感受性》;张立新的《"团长"热播的喜与忧》(关于电视剧《我的团长我的团》的评论);戈耘的《居安思危话国防》(关于电视剧《狼烟》的评论);汪守德的《以独特的方式走进历史》(关于高杰贤长篇小说《拂晓长春》的评论);谭旭东的《用文学呼唤生态道德》(关于刘先平文学创作的评论)。

《文艺报》发表汪政、晓华的《有限的长篇与无限的问题——2008年长篇小说阅读札记》;容美霞的《理想田园 水晶爱情》(关于唐樱长篇小说《南方的神话》的评论);倪学礼的《大众叙事中的农民心灵史书写——略论改革开放以来农村题材电视剧的发展》;《呼唤生态道德 高扬大自然文学旗帜——"刘先平大自然文学创作30年暨'大自然在召唤'作品研讨会"纪要》;以"张培忠传记文学《文妖与先知——张竞先生传》评论"为总题,发表陈建功的《寻觅被历史烟云遮蔽的潜德幽光》,廖红球的《传奇的书写者》,何向阳的《回到历史现场》,顾作义的《这部作品给我们的启示》,雷锋的《百年中国学人的梵高》,郭小东的《人文革命的先驱者》。

《文学报》发表黄陈锋的《"草根学者"与"文化垄断"》;阎纲的《毛泽东论文风》;傅小平的《长篇新作讲述百多年中国人的爱、恨、漂泊与挣扎 何大草:命运是最终的乡愁》;徐景熙的《传记文学的潜心之作》(关于龚志聪《高山流水》的评论);王侃的《当文学遭遇选美》;李鲁平的《有一种品质叫信仰——读刘益善纪传体抒情长诗〈向警予之歌〉》;方卫平的《桂文亚:在感觉和想像的尽头》。

20日,《文汇报》发表胡殷红的《李兰妮把我弄"抑郁"了》;崔斌箴的《电影〈农奴〉背后的西藏记忆》。

《小说评论》第2期发表白烨的《生活的拓展与主体的凸显——2008年长篇小说概评》;贺绍俊的《波澜不惊的无主题演奏——2008年中短篇小说述评》;郭昭第的《贫困的叙事:2008年小说叙事的美学反思》;李建军的《内部伦理与外部规约的冲突》;胡传吉的《论同情》;专栏"延安的艺术变革"发表李洁非、杨劼的《形式实验场(下)》;以"刘继明专辑"为总题,发表於可训的《主持人的话》,田甜、刘继明的《"我差点儿成为了基督徒"——刘继明访谈录》,刘继明的《我的"创作转向"及其他——自述》,田甜的《"背负着疑问写作"——刘继明创作剪影》;同期,发表翟业军的《穿越百年中国小说史的一种方法——论五部"离婚"同题小说》;陈忠实的《寻找属于自己的句子——〈白鹿原〉写作手记(连载十)》;陈红旗的《论新时期文学的文化选择(1976—1985)》;贾梦玮的《历史的情感成本——〈钟山〉的"个人史"叙事》;何同彬的《批判现实主义者的当代命运——读安黎〈时间的面孔〉》;张清华的《作为身体隐喻的献祭仪式的〈百合花〉》;谢刚的《〈洼地上的"战役"〉:精神分析与文化视野中的文本重解》;周航的《主流意识形态遮蔽下的民间文化存在——以女性人物为基点再读〈创业史〉》;李丽的《论阎连科的辩证书写》;韩春燕的《神性的证明:解读迟子建小说的"原始风景"》;李丹梦的《文学的生态抉择——论红柯的中短篇小说》;周水涛的《王十月打工小说创作的精英化倾向及其他》;傅修海的《心灵深处的温暖——读陈旭红的〈白莲浦〉》;杨荣的《发掘人世间的爱与善——评陈旭红的〈白莲浦〉》；修晓林的《真诚的精神回望——论邓刚长篇小说〈绝对亢奋〉》；连晓霞的《民间话语观照下的意识形态言说——〈金光大道〉话语分析之二》；江冰的《草原的神性符号——千夫长的〈长调〉及其创作启示》；赵录旺的《倾听并打开自己——读陈忠实〈寻找属于自己的句子〉有感》；高旭国的《重寻文学评价的微弱呼声——再读刘纳〈写得怎样：关于作品的文学评价〉》；王德福的《小说文本隐喻话语的四个世界》；姜彩燕的《大学教育与作家成长——"大学教育与西北大学作家群现象学术研讨会"综述》。

《四川大学学报（哲学社会科学版）》第2期发表泓峻的《老舍文化身份与文学观念的复杂性及其汉语写作的多重价值取向》。

《光明日报》发表孟繁华的《批评的困境与内心的困境——我对当下文学批评的理解》；任美衡的《文学需要什么样的根基——从〈当前文学症候分析〉一书谈起》；张志忠的《烽火围城中的众生相——高杰贤长篇小说〈拂晓长春〉简评》。

《学术研究》第3期发表姜玉琴的《启蒙、批判与诗性——丁帆〈中国乡土小说史〉论》。

《学术月刊》第3期发表王宇的《另类现代性：时间、空间与性别的深度关联——中国现当代文学中的"外来者故事"模式》。

《河北学刊》第2期发表张法的《中国艺术学的当代话语：全球化与本土化》；席扬、温左琴的《中国当代文学史研究中的几个问题》。

《南开学报（哲学社会科学版）》第2期专栏"性别视角下的中国文学与文化"发表林树明的《中国大陆对西方女性主义文学批评的回应》，罗振亚、卢桢的《性别视野中的现代中国新诗》。

21日，《文艺报》发表吴义勤的《反思与建构——2008年文学批评一瞥》；徐肖楠的《大山深处的生命回响——读杨剑龙的长篇小说〈金牛河〉》；俞胜的《那年那月的那些事儿——读江暖的短篇小说集〈暗香如故〉》。

23日，《天津社会科学》第2期发表孟繁华的《百年中国的主流文学——乡土文学/农村题材/新乡土文学的历史演变》；闫立飞的《"纯粹历史小说"的出现——以刘圣旦〈发掘〉为中心》；叶立飞的《当代先锋作家生存哲学的价值变迁》；张大为的《经济理性时代地域文化的认同困惑——论"后津味文学"写作》。

24日，《文艺报》发表李浩的《究竟是什么出局了——王秀云长篇小说〈出局〉》；蒋守谦的《晚霞夕照间的人生感悟》（关于刘伯阜《岁月留痕》的评论）；郭文斌的《提防不洁的文字》；徐放鸣的《当前文学要弘扬英雄主义》；普冬的《诗歌首先应该是向美的》；聂茂、李磊的《核心价值与真实回归》（关于章罗生《新世纪报告文学的审美新变》的评论）。

《文艺理论与批评》第 2 期发表冯宪光的《论人民文学的主体基础》；王磊的《中国语境下文艺意识形态理论的三种形态》；闫作雷的《"〈子夜〉传统"与"新左翼小说"的困境——评曹征路新作〈问苍茫〉》；王艳荣的《不死的现实主义精神——评〈那儿〉〈霓虹〉》；李祖德的《"农民"与中国新文学的叙事动力》；李徽昭的《乡土意识以及身份根源——以高晓声为例》；张晓峰的《批判的可能——以〈秦腔〉〈兄弟〉〈刺猬歌〉为例》；张晓琴的《现实主义文学的生命力——新世纪中短篇小说的一个动向》；钱燕的《不可忽视当下文学理论研究的倾向性》；董学文的《吕德申与中国当代文学理论——从他的学术性格和风范谈起》；焦会生的《对社会公平公正的一种诉求——评韩少功短篇小说〈西江月〉》；吴高泉的《〈讲话〉提出的问题：文化领导权与审美认同》；郑恩兵的《〈讲话〉，马克思主义文艺理论中国化的经典之作》；丁伯林的《被地震唤醒的诗人和诗歌》。

25 日，《文艺理论研究》第 2 期发表南帆的《后现代主义、消极自由和负责反讽》；王纪人的《文学的速朽与恒久》。

《东岳论丛》第 3 期发表李新宇的《1961：周扬与难产的电影〈鲁迅传〉》；顾广梅的《从意义与信仰看中国现代小说成长叙事中的精神成长》。

《甘肃社会科学》第 2 期发表张炯的《文学研究大跨越的时期——改革开放三十年中国文学研究的回顾与前瞻》；李晓卫的《史诗品格与文化底蕴——〈创业史〉与〈白鹿原〉的一种比较》；张积玉、罗建周的《〈文艺阵地〉与 20 世纪 40 年代的中国文学批评》；韩伟、宋飞的《新世纪以来的文学批评》。

《当代作家评论》第 2 期发表程光炜的《如何理解"先锋小说"》；艾伟的《中国当下的精神疑难》；以"毕飞宇评论专辑"为总题，发表毕飞宇的《〈推拿〉的一点题外话》，张莉、毕飞宇的《理解力比想象力更重要——对话〈推拿〉》，洪治纲、葛丽君的《用卑微的心灵照亮世界——论毕飞宇的长篇小说〈推拿〉》；以"范培松评论专辑"为总题，发表谢有顺、石峤的《二十世纪中国散文的变道与常道——评范培松的〈中国散文史〉》，蔡江珍的《弘扬自我，崇尚个性——关于范培松的散文理论研究》，陈晓明的《历史与审美双重视野下的散文史——试论范培松〈中国散文史〉》，王光东、陈小碧的《整体性·关联性·个体化——读范培松的〈中国散文史〉》;同期,发表丁宗皓的《回到现实 重新出发——三十年诗歌评估的三个角度》;张学昕、丛琳的《打开新视阈,创造新空间——辽宁文学批评三十年》;罗岗、孙甘露的《"作家,在本质上是要把内心的语言翻译出来"》;王纪人的《解读孙甘露》;凌逾的《小里乾坤——陶然微型小说论》;李少君、蒋子丹的《动物保护:新内容决定新形式》;何言宏的《诗歌观察 主持人的话》;罗振亚、刘波的《我们的诗歌缺乏力量——诗歌刊物》;张学昕的《呼唤诗歌的野性——综合性文学刊物》;张清华的《高调的诗歌之低——民间诗刊》;何平的《衰退期的网络诗歌——网络诗歌》;王家新的《"在盐库守着波涛的记忆"——翻译诗歌》;何言宏的《"重写诗歌史"!——诗歌研究与诗歌批评》;罗振亚的《飞翔在"日常生活"和"自己的心情"之间——论王小妮的个人化诗歌创作》;唐晓渡、张清华的《关于当代先锋诗的对话(续)》。

《南京师大学报(社会科学版)》第 2 期发表艾秀梅的《论日常生活题材在当代文学史上的价值变迁》。

《世界华文文学论坛》第 1 期发表金进的《女性·政治与历史——李昂小说中的女性意识与历史书写关系之考察》;黄育聪的《重构历史与建构文化身份——试论台湾原住民论述的文化策略》;徐凤娟的《怎一个"情"字了得——论严歌苓新移民小说中的情感书写》;卢妙清的《吕红创作特色浅谈——以散文集〈女人的白宫〉为例》;世华的《吴玲瑶赴马来西亚作巡回演讲》;秋尘的《北美华文小说中移民婚恋意识形态解读》;陆士清的《悠悠华夏 魂牵梦绕——略谈蓉子的中国情》;吴周文的《"老潮州"的笑影与思考——感觉蓉子的〈上海七年〉》;张小燕的《评新华作家蓉子的"中国在地书写"》;乔永燕的《"闲笔"的魅力——读新加坡蓉子新作〈城心城意〉》;冯羽的《日本"林学"的风景——兼评日本学者合山究的林语堂论》;冯雷钢的《郁结与突围——试论叶维廉 70 年代诗歌风格的转变》;梁星的《福建省台港澳暨海外华文文学研究会纪念成立二十周年》;徐学清的《文化身份的重新定位:解读笑言的〈香火〉和文森特·林的〈放血和奇疗〉》;杨志强、汪娟的《钟理和与鲁迅针对国民性思考的同一性》;王澄霞的《达观从容到詈骂乖张的变奏——重读梁实秋散文集〈雅舍小品〉》;陈辉的《人与"妖"的千古绝唱——评徐克电影之〈青蛇〉》;高准、古远清的《关于〈台湾当代新诗史〉的通信》;白舒荣的《"我和你"——刘於蓉〈日本媳妇〉序》;陈辽的《华文女作家笔下的卡夫卡——读〈看不见的城堡 卡夫卡与布拉格〉》;曹清的《古远清〈香港当代新诗史〉在香港出版》;周宪、赵稀方、刘俊、肖宝凤、陈祖君的《民族认同:东方历史与民族主义》。

《山东师范大学学报(人文社会科学版)》第2期发表张琴凤的《华人新生代作家边缘意识和身份建构比较论——以中国大陆、中国台湾、马来西亚为例》。

《四川外语学院学报》第2期发表邹涛的《商文学:对海外华人文学的新审视》。

《郑州大学学报(哲学社会科学版)》第2期发表黄轶的《文化守成与大地复魅——新世纪乡土小说浪漫叙事的变异》;张向辉的《遗失的桃花源——论王安忆、朱天心创作中的都市废墟意识》;李萱的《作为救赎功能的梦幻叙事模式——以新时期以来的女性小说为中心》;张晓雪的《论20世纪中国女性小说的现代性》。

《晋阳学刊》第2期发表黄永健的《方法论更新与当代文学批评的出路》;李自雄的《当前中国文艺理论发展检讨》。

26日,《人民日报》发表张春的《小小说:当代文学的一道风景》;艾斐的《让诗飞翔》;方方的《正是凤凰涅槃时》(关于《中国乡村妇女生活调查》的评论);岸左的《贫者的骄傲与富者的卑微》(关于故事片《从头再来》的评论)。

《文艺报》发表马凯的《让中华诗词永葆活力》;傅逸尘的《生活质地、思想深度及文学性——当前军旅长篇小说的随想》;祝勇的《纸上的庞培》;王洪辉的《对博客写作的文化批判》;张鹰的《用生命书写赤诚——评苗长水的长篇报告文学〈北线大出击〉》;裴志海的《在路上——卢一萍散记》。

《文学报》发表陈竞的《电视剧〈我的团长我的团〉引发争议——军旅剧:热播背后的危机与困惑》;金莹的《当代中青年作家系列访谈 李浩:愿把小说变成"智慧之书"》;张学昕、何言宏的《"打捞"文学史上的"失踪者"》;谷平的《燃烧的生命燃烧的爱》(关于龚志聪《高山流水》的评论);王晖的《悲壮的拯救,艺术的报告》(关于朱晓军《一个一生的救赎》的评论);马平川的《当前散文到底缺什么》;朱新峰的《文学奖项大有可为》。

《南方周末》发表艾墨的《〈小团圆〉:揭发了什么?》;张英、陈子善的《张爱玲也许不高兴》(对陈子善的采访稿);吴永平的《牛汉眼里的胡风》。

27日,《文学自由谈》第2期发表雷达的《你为什么要这样?》;陈歆耕的《当代文学的几个趋势性变化》;彭学明的《迷路的中国散文》;晓田的《吴正小说集〈后窗〉研讨会纪要》。

《光明日报》发表赵宁宇的《青年电影导演之困局》;刘达成的《壮乡文化精髓的生动展示——贺人文纪录片〈丽哉勐僚〉获奖》;尹鸿的《"中国奇迹"的屏幕再现——评20集电视剧〈绝地逢生〉》;成文的《生命的残酷无碍生活的健全——观电视剧〈没有语言的生活〉》;魏君子的《〈从头再来〉:激情澎湃的励志交响曲》。

28日,《文艺报》发表林超然的《王书怀的意义》;王彬的《有一种痛苦叫温暖》(关于李铭的评论);耿瑞的《人类精神历程的文学表达——里快长篇小说〈狗祭〉评析》;王青风的《诗人更需要遐想》;王贤根的《藏胞心灵的壮美讴歌——读王宗仁散文集〈藏地兵书〉》;奚同发的《只是想写这个人物》(关于"吴一枪"系列的创作谈);邓毅的《文化元素与文学创作的嫁接》。

"文学话语转型与和谐文化建设暨第四届海峡两岸华文文学研讨会"在武汉大学召开。

30日,《南京大学学报(哲学·人文科学·社会科学)》第2期发表[德]顾彬的《从语言角度看中国当代文学》;王彬彬的《我所理解的顾彬》。

《海南师范大学学报(社会科学版)》第2期发表朱崇科的《术语的暧昧:"问题意识"中的意识问题——论华文文学研究中常用宏大术语的适用度》;李丽华、朱志娟的《追寻与超越:华美女性文学身份政治的诉求与纯粹艺术的探寻》。

31日,《人民日报》以"小剧场艺术呼唤精神向度"为总题,发表王晓鹰的《观众群体扩大,产品增多,但廉价笑声随之产生——娱乐不能"泛化"》,袁鸿的《片面追求物质利益——商业诉求湮没艺术理想》,水晶的《外表时尚,内功不足——期待力量与感动》;同期,发表张健的《评论不可哗众取宠》。

《文艺报》发表易晖的《命运之"戏"与反抗的"人"——方方长篇小说〈水在时间之下〉》;木弓的《了不起的李兰妮》;李建军的《文贵好而不贵多》;谢宗玉的《一条文化的鱼》(关于奉荣梅〈浪漫的鱼〉的评论);聂蔚的《非因画扇怨秋风》(关于侯虹斌历史小说〈长信宫词〉的评论);杜卫东、曹威的《壮歌礼赞新时期中国工人——读张庆和报告文学〈远方传来戈壁的壮歌〉》;石一宁的《"我们"的守望——读任剑锋〈守望城市〉》;张小红的《铁面执法与温暖人性——读黎明辉的警察小说》；王干的《拷问面具背后的灵魂——评骆平长篇小说〈药道〉》。

《求索》第3期发表马绍英的《新文学城乡话语的建构和变迁》。

本月，《山东文学》第3期发表郭红的《欲望与渴望——铁凝小说〈对面〉的男性视角分析》；张献青的《钟情平原　泣血讴歌——评李登建散文集〈平原的时间〉》；孟艳的《质朴的感动——〈傻瓜〉影评》。

《上海文学》3月号发表发表洪治纲的《心际障碍的微妙演绎——读黄梵的〈马皮〉》；韩东的《语言是一切，又什么都不是——答问（片段）》；东西的《小说与影视剧的跳接》；张清华的《找回的、生长的和衰弱的——近三十年的诗歌的一个概观》。

《中国文学研究》第1期发表张剑的《中国现代文学研究中的"现代性"话语批判》；张全之的《"巴金与无政府主义"研究的回顾与反思》；李章斌的《近年来关于穆旦研究与"非中国性"问题的争论》；傅建安的《卫慧小说的后现代叙事狂欢》；梁迎春的《敞显"隔膜"与"理解"的诉求——论鲁迅与知识者的文化论战》；卢付林的《现代的召唤：走出传统伦理的困境——以陈独秀、李大钊、胡适、鲁迅等五四激进文人为中心》；徐仲佳的《"个人的发见"——论现代性爱思潮与20年代小说现代转型之关系》。

《芒种》发表武斌的《金融危机与文化艺术的机遇》。

《读书》第3期发表黄裳的《也说汪曾祺》；王际兵的《寻找一种谈论方式》（关于《秦牧全集》的评论）。

《暨南学报（哲学社会科学版）》第2期发表宋剑华的《〈林海雪原〉："兵"的传奇与"兵"的神话——重读"红色经典"系列之一》；杨红莉的《汪曾祺小说审美特征生成论》。

本月，中央编译出版社出版李胜清的《意识形态诗学的主体向度——文艺的实践论研究》。

高等教育出版社出版王一川主编的《文学批评教程》。

人民出版社出版刘文良的《范畴与方法：生态批评论》。

4月

1日,《广州文艺》第4期发表钟晓毅的《爱情迷魅与文学见证——张弦〈被爱情遗忘的角落〉再读》。

《文学界》4月号发表北塔的《在那里:诗神在黑铁上发烫——重读骆一禾的诗》;张积文的《体验黄昏 叩问生命——骆一禾诗歌中"黄昏"意象分析》;逸云的《从诗人骆一禾说开去》;枕戈、潘亭、劳韵仪的《斯人已去,知音难求——刘清华谈江堤》;刘纪蕙的《林燿德的电脑影像思维》。

《名作欣赏(鉴赏版)》上半月刊第4期发表陈仲义的《诗歌的"后"视镜(上)》;邱景华的《新古典与现代经验——舒婷〈滴水观音〉及〈圆寂〉细读》;张立群的《"一个幽闭天才"的写作精神——朵渔诗论》;施津菊的《〈悬棺〉:生命意识的后现代表达》;王珂的《〈假设比想象来的真实〉的学院式诊治》;余放成的《〈淡淡的血痕中〉是障眼法还是爱情——与胡尹强先生商榷》。

《名作欣赏(学术版)》文学研究版第4期发表李军辉的《论武侠文学中的民族精神》;李莉的《权力与情欲:当下农村小说的叙事障碍——从〈村子〉说开去》;王小英的《当代小说中三种基本的女同性恋模式》;王雅萍的《偏执性格与生存困境——评杨争光早期小说中的人物塑造》;刘际平的《有意味的形式——论顾城的〈感觉〉一诗的审美特征》;于沐阳的《"哗变"背后的"风景"——对20世纪80年代诗潮更迭动因的思考》;专栏"张爱玲散文赏析与研究小辑(一)"发表杨剑龙的《前言:张爱玲与她的散文创作》、《〈论写作〉:牢骚里的真感悟》,王兆胜的《〈中国人的宗教〉:边缘人生的奇思逸笔》,温潘亚的《〈童言无忌〉:温热而苍凉的人间情味》,郑战兵的《〈道路以目〉:体味人生安稳的一面》,徐从辉的《〈华丽缘〉:戏里戏外的人生》。

《西湖》第4期发表李云的《阅读着父亲的额纹写字(创作谈)》;王继军的《山中发红萼——读〈燕声莺语〉》;王富仁、姜广平的《"每一个人都是这个世界的'过客'"》。

《作家》杂志第4期发表孟繁华的《东北风情与新"世说新语"——评纪永亮的两个短篇小说》。

《延河》第 4 期发表杨方的《音调未定的话语权——评小说〈代表蔡久夷〉》。

《诗刊》4 月号上半月刊发表雷霆的《心不会走远》(诗人随笔);潞潞的《生活在乡下——读雷霆诗歌》(关于雷霆诗歌创作的评论);周所同的《其人其诗说雷霆》、谢冕的《黄亚洲的诗意"发现"》;蒋涌的《张新泉:站在低处歌唱的诗人》;屠岸的《读李清联的〈凝望〉》;袁鹰的《胡刚毅:井冈之子》;杨志学的《陆恒玉:钟情于诗歌的赤子》;莫文征的《王耀东:躲在天堂里的眼睛》。

《解放军文艺》第 4 期发表冯其庸的《铁马金戈入梦来》。

2 日,《人民日报》发表赵立波的《深化公共文化服务体系建设》;李辉的《看诗意颠倒墨客众生》(关于秦岭雪诗集《情纵红尘》的评论);贺绍俊的《人生际遇与国家命运的共振——读长篇小说〈命运〉》;王呈伟的《提倡怎样的文化精神》。

《小说选刊》第 4 期发表贺绍俊的《宽容中的善良》;何镇邦的《我对〈圣徒〉的看法》;孟繁华的《圣徒传说与精神救赎》。

《文艺报》发表杨健的《铁军是这样炼成的——张麟纪实文学〈头等兵团——中国解放军第二十二军征战纪实〉》;王干的《军魂在地震中闪光》(关于苗长水《北线大出击》的评论);蔡毅的《不能让娱乐性取代文学性》、徐淳刚的《大脑中的灯盏》(关于黄孝阳《遗失在光阴之外》的评论);常克的《叙述之美》(关于《影随心动》的评论);胡可的《魏风〈风从太行来〉阅读笔记》;周明的《历史的追寻》(关于陈传意《西江绝迹》的评论);世宾的《生命的觉悟者——论郑玲诗歌的生命意识》;龚政文的《现实精神·英雄情结·人性视角——读长篇小说〈钢铁是这样炼成的〉》;李正委的《在坚守信仰中永生——读长篇历史小说〈秦武卒〉》;岳雯的《在路上:回归与重塑——2008 年长篇小说扫描》;郭艳的《平静中,青春亦在成长——2008 年青春文学综述》;《弘扬正气 凝聚人心 振奋精神——报告文学〈大巴山的女儿〉研讨会发言摘登》;《一部砥砺报国之志的"胆剑篇"——达度、洛沙报告文学〈体操神话〉研讨会纪要》。

《文学报》发表金莹、张滢莹的《"三月三诗会"、"首届凤凰台诗歌节"同时在两岸举行——寻找诗歌力量、诗歌精神》;黄桂元的《负重跋涉的杨显惠》;李锐、毛丹青的《烧梦——李锐日本演讲纪行》;何雪英的《文学如何"介入"当下现实——从邱华栋的〈教授〉谈起》;谭旭东的《文学进入了食利时代》;郭久麟的《为饱受冤屈的革命英雄立传——读张俊彪的传记文学创作》;柳漾的《在天边放牧云朵——读徐鲁童话诗》。

3日,《文汇报》发表刘心武的《王小波,晚上能来喝酒吗?》;胡殷红的《骄傲的阿来》;《从洋房爵士乐中掉转头来——作家王小鹰五年完成60万字〈长街行〉》。

3—4日,由海南师范大学、《海南师范大学学报》编辑部主办的"王鼎均文学创作国际学术研讨会"在海口召开。

4日,《文艺报》发表马建辉的《文艺应给人以鼓舞》;范垂功的《英雄叙事的新进展——读杨宏的长篇小说〈热血家族〉》。

5日,《广西文学》第4期发表李心释等的《关于当代诗歌语言问题的笔谈(四)》;徐治平的《擎起如椽大笔,书写历史新篇——〈云水激荡:2008广西北部湾〉的文献价值和现实意义》。

9日,《人民日报》发表饶曙光等的《扬帆海外 提升中国电影影响力》;苏叔阳的《将平凡凝为诗意——影片〈海的故事〉观后》;庞建的《〈潜伏〉:创新和可看性》。

《文艺报》发表贺绍俊的《信息时代的"柳毅传书"——谢望新长篇小说〈中国式燃烧〉》;蒋巍的《生产力中的猴·虎·人》(关于报告文学《东方光芒》的评论);陈平原的《作家进校园大有可为》;谭旭东的《真性情与文化意蕴》(关于薛正昌《行走在苍老的年轮上》的评论);张立群的《灵台深处唱出生命之歌》(关于邵小平诗歌创作的评论);李万武的《作家的思想醒悟》;韩永进的《积极引领精神生活》;吴刚的《民族文学的百年辉煌——读〈20世纪中国少数民族文学百家评传〉》;乌·纳钦的《成功的诗歌交流——谈〈巴·拉哈巴苏荣〉译本》;段林的《边地恋曲的深情述说》(关于周庆荣文学创作的评论);高明霞的《史诗情境中的女性叙事——读母女作家柴世梅、安心长篇小说〈柔然公主〉》;吴然的《童心与爱的歌唱——读回族诗人马瑞麟儿童散文诗选集〈蛐蛐蚂蚁山喜鹊〉》;《马背上的歌者——格桑多杰诗歌研讨会纪要》。

《文学报》发表陈竞的《他们这样改变命运 三作家谈1977高考之路》;金莹的《影片〈高考 1977〉在全国上映,引发热议——艺术如何表现历史记忆》;张滢莹的《当代中青年作家系列访谈 郑小驴:年少并非回避责任的理由》;蒲草的《"70后"的身份焦虑》;周志强的《反故事:田苏菲的神话》;西篱的《女性精神的光芒——读宋晓琪散文》;席慕容的《她的选择》(关于王春鸣《桃花也许知道》的评论);玲珑、诗芸的《网络草根文字的致命伤》。

《解放日报》发表严伟的《回肠荡气的现实主义之作》。

10日,《文艺研究》第4期发表李小江的《论"狼图腾"的核心寓意——国民性、民族性与民族主义问题》;荒林的《重构男权主体政治的神话——〈狼图腾〉的三重表意系统及其男权意识形态》;吴秀明、陈力君的《从〈狼图腾〉看当代生态文学的发展》。

《文汇报》发表胡殷红的《装傻充愣邓友梅》。

《光明日报》发表夏义生的《科学发展观与当代文艺的思维转型》;熊元义的《民族精神的开掘和弘扬》;林丹的《女性写作的魅与锐——朱文颖小说谈》。

《社会科学》第4期发表王彬彬的《中国现代大学与现代文学的相互哺育》;杨剑龙的《论20世纪乡土文学的创作心态与叙事方式》;王珂的《新诗30年五大成就和五大问题》。

《学术论坛》第4期发表王红、李志艳的《辉煌与缺陷:论消费文化对当代文艺的影响》。

《江淮论坛》第2期发表蓝天的《台湾文学"悲情意识"的生成与演变》。

《新余高专学报》第2期发表龙锦辉的《流散与融聚——谭恩美与严歌苓文化认同之比较》。

11日,《文艺报》发表相金科的《奏响时代的音符——李春雷报告文学创作回眸》;懿翎的《〈边街〉与心灵救赎》;唐双宁的《诗,靠什么去写》;聂茂、刘朝勋的《梦里梦外"抱月行"》(关于少鸿《抱月行》的评论)。

14日,《文艺报》发表范咏戈的《发现小说应当发现的——漫谈第二届蒲松龄短篇小说奖获奖作品》;傅建安的《非常年代"恶之花"》(关于杨剑龙长篇小说《汤汤金牛河》的评论);龚军辉的《在爱情与婚姻不等式中挣扎》;白烨的《夹缝与压力中的"70后"》;姜超的《异乡漫游路上的回望与静思——读潘永翔的乡土诗》;王建国的《风中,那片真情好温暖——吴宝三〈此情未被风吹去〉读后》。

15日,《文艺争鸣》第4期发表王尧的《重建文学与精神生活的联系》;张颐武的《"公民身份"与"新世纪文化"》;洪子诚的《"边缘"阅读和写作——"我的阅读史"之黄子平》;颜翔林的《暴力美学的象征——以刘小枫〈拯救与逍遥〉为例》;以"曹征路长篇小说《问苍茫》小辑"为总题,发表贺绍俊的《中国的"小林多喜二"在追问——读〈问苍茫〉》,孟繁华的《不确定性中的苍茫叩问——评〈问苍茫〉》,南蛮子的《深圳!深圳!——读〈问苍茫〉》,曹征路的《沧桑阅尽意气平——〈问苍茫〉创作谈》;同期,发表白烨的《新的异动与新的问题——由2008年文情再谈新世纪文学》;孙桂荣的《走过青春期的文学实验——论新世纪"青春文学"》;晏杰雄的《从凌虚高蹈到贴近大地——新世纪长篇小说文体论》;罗慧林的《当代小说的"细节肥大症"反思——以莫言的小说创作为例》;张晓峰的《80年代以来西方文学影响下的中国当代文学进程》;蔡咏春的《虚构性的汉语迷宫:语词中的世界——马原、格非、孙甘露与先锋叙事实验》;谭五昌的《20世纪90年代"个人写作"诗学探析》;崔志远的《关于"现实主义深化"和"写中间人物"》;张福贵、杨丹的《底层的真相与病相——解读〈高兴〉》;李时薇、王家平的《〈秦腔〉的方言与关中文化风俗研究》;姜子华、刘雨的《由方方、池莉小说中的粗俗女性谈起》;王宏图的《李洱论》;赵彬的《王小妮论》;张鸿声的《论〈上海的早晨〉》;陈茜、陈卫的《论〈北极村童话〉》;王尧的《"'现代派'通信"述略——〈新时期文学口述史〉之一》;陈晓明的《激情与洒脱——评孟繁华的〈中国当代文学史通论〉》;丁帆的《何以对将来青史!——序李玲〈邓拓评传〉》;邢楠的《读严歌苓的小说〈扶桑〉》;徐英春的《传统文化与现代观念的有机融合——再读新历史小说》;董之林的《与时弊同时灭亡的文字——对〈热风时节〉的一些补充说明》。

《长江学术》第2期发表胡景敏的《巴金〈随想录〉的发表、版本及其反响考述》。

《学术探索》第2期发表骆小所的《艺术语言情感个性和超越性解读》。

《语文学刊》第4期发表钮绮的《念头一闪,莲花就开了——论汪曾祺小说的回归意识》;伍涑华的《农民双重性格的典型体现——析陈奂生人物形象》;任竹良的《花开的声音——论新时期女性写作中女性意识的张扬》;许欣的《青春文学特征分析》。

《福建论坛》第4期发表周宁的《跨文化形象学的"东方化"问题》;周云龙的《跨文化戏剧研究:观念与方法》。

16日,《人民日报》发表陆天明的《创作自由与社会担当》;马季的《网络文学的现实意义》。

《文艺报》发表许苗苗的《网络文学:现状及问题》;孙春旻的《该如何善待一个孤寂的心灵》(关于罗伟章〈吉利的愿望〉的评论);郭宝亮的《文学与文化的双重解读》张颐武的《怀林斤澜先生:一个晚辈的回忆和追念》;何向阳的《一年好景君须记,最是橙黄橘绿时——2008年中篇小说扫描》;肖惊鸿的《文学性强　艺术精良　关怀深广——2008年电视剧概述》;胡平的《衔华佩实的短篇园地——

2008年短篇小说创作概观》；李东华的《乱花渐欲迷人眼——2008年儿童文学创作扫描》；韩作荣的《灾难·现实感·诗性意义——2008年诗歌扫描》；朱向前、傅逸尘的《小寒大寒又一年——2008年军旅文学创作扫描》。

《文学报》发表张宗刚的《天才与病态——科幻奇才迪克及其小说》；金莹的《张爱玲遗作〈小团圆〉两岸三地热销，引发争议——"文化佐料"，还是"良好文本"？》、《止庵："〈小团圆〉里有她一生的感受"》；吴玄的《哭还是笑？——缅怀林斤澜先生》；陈竞的《"骂文学""骂小说"何以成时尚？》、《当代中青年作家系列访谈 臧棣：诗歌文化萦绕生命境界》；陈宏生的《文坛真的如此污糟？——与彭学明先生商榷》；王国华的《分裂的写作》（关于王虎《幻影魔术室的灯光》的评论）；赵郁秀的《我看辽宁儿童文学的崛起》；张洁的《记得当时年纪小》（关于小线《本事》的评论）。

《南方周末》发表陈一鸣的《终将要回归繁体字？——专访〈汉字五千年〉总策划兼撰稿指导麦天枢》；朱大可的《汉字革命和文化断裂》；梁文道的《汉字、国家与天下》；张英采访止庵的《这是一个全新的张爱玲——与〈小团圆〉有关的种种》；夏榆的《杨炼："文学在任何时代都不会受辱"》。

17日，《文汇报》发表胡殷红的《简单的陈世旭》。

《作品与争鸣》第4期发表李云雷的《对"如何发展"的反思》（关于杨守知中篇小说《坚固的河堤》的评论）；刘浩华的《文学家为什么迷惘？》；闵良臣的《作家的"悲哀"》；徐勇的《从哪个角度更能接近小说的叙述？》；红孩的《鲁迅没有得过"鲁迅奖"——兼谈三十年文学的得与失》。

《光明日报》发表史可扬的《呼唤电视艺术的道德意识和道德建设》；王田的《〈南京！南京！〉是给中国的也是给世界的》；申澈的《新政之举 和平之旅——评长篇电视连续剧〈郑和下西洋〉》；王一川的《乡村生活哲学的新维度——系列影片"乡村三部曲"观后》。

18日，《文艺报》发表高天庆的《用科学观念再思文学理论创新》；王丽丽的《在民间狂欢与主流共名之间——从赵本山到小沈阳文化现象》；赵霞的《当下儿童文学批评的难度》。

《解放日报》发表戴翊的《时代精神与英雄底气——读长篇小说〈东方大港〉》。

20日，《学术月刊》第4期发表高玉的《当代文学及其"时间段"划分》。

《学术研究》第4期发表刘俐俐的《汉语写作如何造就了少数民族的优秀作品——以鄂温克族作家乌热尔图的作品为例》。

《华文文学》第2期发表兰志成的《利器与盲视的双重悖论——读朱立立的〈身份认同与华文文学研究〉》；盖建平的《感性与诗情：作为华人生存经验的木屋诗》；王冠含、江少川的《论新移民小说的影像叙事》；杨经建的《虹之影，一个五光十色的梦——从叙事学层面解读虹影小说》；陈红霞的《美国华裔文学中的中国价值观》；张志强的《无碍之蜂雀自由地竞飞——论陈瑞献文学世界中的三种空间》；庄伟杰的《马华文学的问题意识和价值判断探蠡——兼谈马华文学研究与教学的可能性》；罗义华、邹建军的《超越与亏空——20世纪90年代以来美国新移民文学的创作新倾向》；王亚丽的《论白先勇小说中的少年意象》；陈美霞的《现代性与台湾日据时期通俗文学论述》；赵小琪的《接受美学视野下台湾现代诗社符号诗的意义生成方式》；张重岗的《柏杨及其文化疗救的悖论》；张鸿声、郝瑞芳的《世俗的现代性——论柏杨创作的品格》；王烨、王佑江的《台湾"创世纪"诗社的超现实主义诗观》；李晨的《纪录台湾——"解严"以来台湾纪录片的美学发展与社会议题(1987～2007)》；范伯群的《〈台湾散文纵横论〉序》；陈涵平的《解读澳门文学　寻找"澳门性"——评〈边缘的解读——澳门文学论稿〉》。

《台湾研究》第2期发表古远清的《三十年来大陆的台湾新诗研究》。

21日，《文艺报》发表白烨的《风情中的人情——读颜歌的长篇新作〈五月女生〉》；陈忠实的《一场华丽的青春冒险》（关于纯白色《指间的幸福》的评论）；梁弓的《感受诗人的爱》（关于胡弦诗歌创作的评论）；白丁的《宽恕、忏悔和爱》（关于刘庆邦《哑炮》的评论）；田川流的《文艺娱乐与喜剧精神之异同》。

23日，《人民日报》发表卫南的《再现激情岁月　唱响祖国颂歌——迎接新中国成立60周年第一批重点国产影片综述》；翟泰丰的《惊心动魄　撼动心弦》（关于长篇电视剧《敌营十八年》的评论）；龙长吟的《诗意的〈土地〉》；沈亮的《底层叙事中的人文关怀》；楚民的《学者小说说"故乡"》（关于荣正长篇自传体小说《故乡叙事曲》的评论）。

《文艺报》以"孙皓晖历史小说《大秦帝国》评论"为总题，发表范咏戈的《复活与行走》，雷涛的《在〈史记〉面前站立起来》，胡平的《"照亮"历史写作》，李荣胜的《独树一帜的旗帜》，王幅明的《历史和记忆》，王观胜的《喧嚣世界的宁静写作》；同期，发表杨光祖的《忧患始于安乐——张贤亮长篇小说〈一亿陆〉》；余开伟的

《文学蜕变的现实标本》;田夫的《心悠悠兮念之久常》(关于《大秦帝国》的评论);李星的《一部规模空前的秦帝国兴亡史》(关于《大秦帝国》的评论);李满的《大历史 大变局——评祝春亭、辛磊长篇历史小说〈大清商埠〉》;于洪笙的《守护阳光的那条橘黄色围巾——读穆玉敏长篇小说〈测谎〉》;李少君的《〈江湖志〉:整合性的诗歌》;凌仕江的《奇异色彩与优雅的沉静——读沙爽散文集〈手语〉》;以"抒时代之情 塑中国形象 梁平长诗《三十年河东》研讨会"为总题,发表雷达的《一首气势恢弘的时代抒情诗》,阿来的《诗人之心在时代中跳动》,雷抒雁的《诗人挑战诗,诗挑战诗人》,韩作荣的《表达贴切且有意味》,张颐武的《给"新新中国"一个恢弘的形象》,文羽的《诗人良知与社会担当》,田夫的《中国阳光有味道》,叶延滨的《向新中国60周年献上一份厚礼》,梁平的《诗歌要担当时代责任》,沈卫星的《为改革开放树起诗碑》,胡平的《写出精神,写出力量》,张燕玲的《写什么与怎么写同样重要》,木弓的《当代中国的诗歌形象》,蒋巍的《让梁平站在我的书架上》,吴秉杰的《叙事和抒情》,张清华的《文化记忆添分量》,夏申江的《激荡心灵的一条河》,彭学明的《直白显诗意,真切见诗情》,霍俊明的《个人历史想像力·求真意志·民间姿势》;以"张满飚漫谈诗歌理论与创作"为总题,发表张满飚的《人民文化登上历史舞台的先声》、《我看于丹》、《用真情写诗》。

《文学报》发表陈竞的《电影〈南京!南京!〉全国公映,编剧、导演陆川表示找不到适合改编的文学母本 文学如何直面民族灾难?》、《陆川:最大限度逼近真实》;金莹的《梁平:优秀诗人要和社会有"瓜葛"》;张之路的《中国儿童文学的目光》;韩浩月的《青春写手办刊:与"理想"无关》;邱华栋的《〈江湖志〉的冒犯——读哨兵诗集〈江湖志〉》;韦丽华的《内心的力量——读〈和自己的心情单独在一起〉》;陆梅的《构建儿童文学发展的和谐生态 全国儿童文学理论研讨会在桂林召开》。

《解放日报》发表孔曦的《流淌在〈高考1977〉里的善》。

25日,《文艺报》发表贺敬之的《为新诗史增写新的篇章——致大河报社》;于文秀的《手机文学现象:午后茶点与后文学景观》;海飞的《日常光影下的人性捕捉——谈王彩霞的小说创作》;俞鸣的《风沙过后始见金——赏析传世臻品〈北京故居〉》;王彬的《尽管这囊萤火虫只能映照书房一角——我读〈译海求珠〉》。

《东岳论丛》第4期发表杜霞的《革命伦理教化体系中的十七年教育成长电影》;李天程的《青灯黄卷与文化守夜——孙犁〈书衣文录〉简论》。

28日,《文艺报》发表何向阳的《纵浪大化中　不喜亦不惧——叶广芩新家族系列中篇小说》;崔道怡的《他是一把解剖刀》(关于张学东《超低空滑翔》的评论);蔡毅的《不要忘记了文学的美感》;苏永延的《水底鱼龙欲奋扬——陈汝惠小说创作的异彩》;梁庭华的《直逼现实的心灵透视——评柳岸中篇小说〈燃烧的木头人〉》;《〈潜伏〉:谍战剧的一大突破　〈潜伏〉研讨会专家学者发言纪要》;彭学明的《万物花开——2008年散文扫描》;王颖的《江湖夜雨十年灯——2008年网络文学扫描》;以"海波作品六人谈"为总题,发表阎纲的《青年高良之烦恼》,崔道怡的《〈民办教师〉:哭笑人生》,范咏戈的《警世的欲望批判书写》,何西来的《这部小说很好读》,周明的《好一派陕北风情》,李建军的《续接古老的叙事传统》;以"《金头颅——抗日名将陈安宝传》评述"为总题,发表郑晓林的《一次文学上的奇妙"混搭"》,孙侃的《以客观的姿态再现一个真实的人》,袁亚平的《我的头,在何处》,朱首献的《规避消费主义叙事的力作》,张廷竹的《还原历史　纪念英雄》。

《常州工学院学报(社科版)》第2期发表司方维的《穿行于中西文化之间——评张翎长篇小说〈邮购新娘〉》。

《解放日报》发表邹平的《人性的尖锐之痛——评王小鹰长篇小说〈长街行〉》。

29日,由台盟中央、全国台联主办的"'五四'运动与台湾文学发展学术报告会"在北京召开。

30日,《人民日报》发表赖大仁的《文艺大众化的误读》;黄式宪的《〈邓稼先〉:"强国梦"的悲壮诗章》;艾斐的《诗与史的交响》(关于电视剧《三十春秋赋》的评论);范垂功的《文学艺术的超越性》。

《文艺报》发表翟泰丰的《跨越灾难　超越自我——何建明长篇报告文学〈生命第一〉》;张明武的《大爱的昭示　心灵的慰藉》(关于长篇纪实文学《从唐山到汶川》的评论);李清园的《徽风皖韵亦动人》(关于郭保林散文创作的评论);林希的《看〈潜伏〉读龙一》;何志钧、李志艳的《略论文艺市场的开拓》;陈素娥的《多维角度·前沿视点·主题解读》;蒋晓丽的《直面精神生活的差距》;舒伟、光阑的《〈大王书〉:幻想文学的本土性探索》;《全军军事题材中短篇小说创作笔会研讨发言摘要》。

《文学报》发表李建军的《文学因何而伟大》;方竹的《父亲舒芜和他的朋友们》;金莹的《孙郁:用文字抵制精神粗糙》;陈竞的《苏童:〈河岸〉距离我最远》;郑纳新的《张光年与新时期的〈人民文学〉》;袁利荣的《诗意和诗性的闪光》(关于

彭程《急管繁弦》的评论);吴秉杰的《不留遗憾的表达》(关于谢望新《中国式燃烧》的评论);杨晓升的《江暖与她的小说风景》;陆士清的《诗思深邃扣心弦》(关于孙思诗歌创作的评论);吴光辉的《2008年中国散文情感表达的突破与困惑》;以"李刚新诗集《如果这样爱》笔谈"为总题,发表梁平的《生活就从最细小的爱开始》,李刚的《诗意,生活所向——关于诗歌的自我对话》,曲近的《大爱弥漫的时空——读李刚诗集〈如果这样爱〉》。

《南方周末》发表李宏宇的《陆川:我发现以前我不了解"人民"这个词》。

《求索》第4期发表丁筑兰的《对当代审美文化"涌现"现象的规律把握》。

本月,《山东文学》第4期发表张国昌的《论报告文学的采访艺术》;童清华的《关于文学的几点思考》;王玉林、周睿的《官场叙事:主体的实用主义与市民的文化需求》;韩少华、郑亚红的《浅谈影视表演中的历史意识》;王兴盛的《复活的美狄亚——论苏童作品中的女性形象》。

《上海文学》4月号发表发表程德培的《梦幻与现实——读陈善堹的短篇小说〈大老板阿其〉》;莫非的《诗歌就在那里,我们没有注意》;金理的《挣扎中的再生——试论"接球手"》。

《文艺评论》第2期发表张利群的《论文学评价标准的三元构成及其建构条件》;赵梦颖的《历史的可阐释性》;段吉方的《文化消费时代的审美实践与艺术悖论——从徐岱〈艺术新概念〉谈起》;王文捷的《媒介时代流行文本与社会文化心理更新》;刘文波、赵伟东的《抒情主义的实证》;李林荣的《"底层叙事"中的声音和沉默》;江冰的《"80后"文学的前世今生》;周根红的《影像时代文学出版的影视策略》;徐勇、徐刚的《小成本商业电影与戏剧传统——从〈疯狂的石头〉和〈即日起程〉看中国电影》;冯毓云、王咏梅的《黑土地绽放的戏剧奇葩》;崔修建的《亦豪亦婉亦真亦美的深情书写——〈龙江当代文学大系(1946—2005)·散文卷〉导言》;汪树东的《以真诚的文字托举激情与爱意——评诗集〈李琦近作选〉》;李翠芳的《激情时代的宽厚深广——宗璞写作的时代意义》;邢海珍的《读桑克的诗》;铁栗的《风中,那片真情好温暖》(关于吴宝三散文集《此情未被风吹去》的评论);林非的《纯洁真挚的友谊——读吕中山散文集〈与名人握手〉》;唐飙的《虚实有度 剪裁得体——读长篇历史小说〈五国城〉》。

《读书》第4期发表李陀的《关于七十年代的记忆》(关于《七十年代》的自述);徐葆耕的《漫话中文系的失宠》;王蒙的《赵本山的"文化革命"》。

《南京社会科学》第 4 期发表贺仲明的《新民族国家与"十七年文学"的身份认同》;吕林的《论九十年代散文在多重辩证关系中的艺术发展》。

本月,河南大学出版社出版敬文东的《灵魂在下边》。

安徽大学出版社出版王晓初、朱文斌主编的《世界华文文学研究(第五辑)》。

5 月

1 日,《文学界》5 月号发表小奇、小饭的《用写作来怀念过去的每一天》;夏烈的《自我怀疑与内心厌恶》(关于小饭文学创作的评论);赵金钟的《月光与铁的诉说:郑小琼诗歌印象》;赵国荣、马小淘的《做有趣的人,写有趣的东西》;谢琼、邓小驴的《为写作和生活的关系而苦闷》。

《天涯》第 3 期发表贺桂梅的《1990 年代中国危机与知识分子主体的重建》;刘禾、李凤亮的《穿越:语言·时空·学科》;吕新雨的《鲁迅之"罪"、反启蒙与中国的现代性——对刘小枫"基督神学"的批判》。

《当代文坛》第 3 期发表王兆胜的《近百年中国散文诗的成就》;范藻的《痛定思痛,地震文学的美学介入及其神学冥思》;郑阿平的《川西大地上一棵树站成的风景——读钟正林的小说》;以"李建军主持的自由评论"为总题,发表褚又君的《刘高兴形象与当代小说的人物塑造问题》,柳冬妩的《"打工散文":来自底层内部的身体书写》;以"谢有顺主持的新锐方阵·王十月专辑"为总题,发表胡传吉的《未知肉身的痛,焉知精神的苦——王十月小说论》,胡磊的《打工文学的叙事向度——以王十月的写作为例》,王十月的《文学的小乘与大乘》;同期,发表陈佳冀的《作为一种类型的"动物叙事"——新世纪动物小说类型理论初探》;曾怡园、奔厦·泽米、达荷的《新中国云南哈尼族文学研究综述》;叶向东、张越的《于坚的诗学思想》;曾平、向荣、马睿、苏宁的《贺享雍新作〈村级干部〉笔谈》;郭春林的《小镇:从风情万种走向无风无情——论畀愚的小说创作》;俞世芬的《诗化的藏地民族志——评朗顿·班觉的长篇小说〈绿松石〉》;胡军的《"寻找我们母亲的花园"——论林白对女性传统的追溯》;林渊液的《陆梅成长小说的转型研究》;李峰的《毛泽东对古代帝王诗词的继承与超越》;曹琨、黄丹的《桃花,生命的隐喻——浅谈干天全诗歌的艺术特色》;尧荣芝、乔玲的《找寻与猜想——电影〈李米的猜想〉叙事分析》;傅红的《商品化情势下的"价值游离"话语——1990—1999年〈人民文学〉小说非主流话语形式分析》;孙新峰的《怪胎女婴:解读〈秦腔〉作品的一把钥匙——重读〈秦腔〉》;赵德利的《知识分子爱欲心理的文化透视——评邢小利小说集〈捕风的网〉》;山鹰的《穿行于善和爱的土地——评杨宓的新作〈爱的天空〉》。

《名作欣赏(鉴赏版)》上半月刊第5期发表张志忠的《池莉笔下的小市民风景》;毕光明的《难以告别的革命——评蒋韵短篇小说〈红色娘子军〉》;张学军的《追求者的精神旅途——读残雪〈最后的情人〉》;吴雪丽的《坚硬的城乡 慈悲的河——读苏童小说〈西瓜船〉》;梁鸿的《愤怒的颓废 强大的虚无——朱文〈磅、盎司和肉〉赏析》;李运抟的《别具特色的底层叙事——评锦璐小说〈弟弟〉与〈美丽嘉年华〉》。

《名作欣赏(学术版)》文学研究版第5期发表武善增的《乡土价值偏爱与现代性怨恨交织成的精神焦虑——论路遥小说〈人生〉的精神向度与艺术表达》;樊燕的《清凉世界里的俗世人生——解析葛水平小说〈喊山〉》;石立干的《葛水平小说文化内蕴解读》;颜水生的《新时期乡土散文史论》;吴延生的《宗璞散文"纯朴雅致"的语言特色显在成因分析》;柴建才的《试论汪曾祺与"样板戏"的复杂情结》;沈婉蓉的《论当代戏剧作品"质采一统"的缺失》;刘凤芹的《坚守中的突破——路遥现实主义创作论》;王彩的《女性本原性:嫁接在人物命运树上的文化符号——对铁凝中篇小说〈麦秸垛〉话语的开放性接受》;蒋丽的《唤醒女性沉睡的身体——海男〈身体祭〉中的身体叙事》;王艳文的《被校正的儿童——"十七年"现实题材儿童小说中的主人公形象》;胡牧的《从成长到胜利——"十七年"革命英雄主义电影美学研究系列论文之一》;周航的《论电影〈画皮〉(新版)的审美取向》;以"张爱玲散文赏析与研究小辑(二)"为总题,发表陈子善的《〈公寓生活记趣〉:"一篇非常隽永的文字"》,杨剑龙的《〈谈音乐〉:以纤敏的感受描摹音乐之美》,范钦林的《〈必也正名乎〉:在世俗中找寻实际的人生》,张鑫、施军的《〈洋人看京戏及其他〉:戏里戏外看人生》,张登林的《〈烬余录〉:写出战争环境中人生的真实本相》。

《西湖》第 5 期发表文珍的《三更风作切梦刀（创作谈）》；南帆的《日常的涡流》（关于文珍文学创作的评论）；潘向黎、姜广平的《"最好的想象力是让人感觉不到想象力的存在"》。

《社会科学战线》第 5 期发表王艳玲的《论王安忆小说叙述视角的转换》。

《社会科学研究》第 3 期发表尤作勇的《"现代文学"的歧路——白先勇陈若曦比较论》。

《延河》第 5 期发表张红娟的《"为自己的下半生搏一搏"——评谢方儿〈群众演员阿花〉》；赵俊贤的《未面世的陕军文学理论"东征"》；常智奇的《一个县委书记的边塞诗作——郭宝成诗歌印象》。

《钟山》第 3 期发表李洁非的《屈服——陈企霞事件始末》；齐红、汪渊之的《"爱情"：一张人性的"试纸"——金仁顺的爱情小说》；《关于作家和知识分子的讨论》（贾梦玮召集，王彬彬、张光芒、何言宏、张清华、张新颖、贺仲明、洪治纲、施战军、黄发有参与）。

《诗刊》5 月上半月号发表唐诗的《把乡亲们请到诗意的村庄》（诗人随笔）；张立群的《土地的记忆与形象书写》（关于唐诗诗歌创作的评论）。

2 日，《小说选刊》第 5 期发表林希的《我们心中的诗》；郭文斌的《寻找真境》。

5 日，《广西文学》第 5 期发表李心释的《关于当代诗歌语言问题的笔谈（五）》。

《山东社会科学》第 5 期发表王晨的《文学批评的伦理转向：文学伦理学批评》；夏秀的《电子媒介时代的文学》。

《天府新论》第 3 期发表汪树东的《论中国当代文学的生态意识的来源》；徐勇的《试论"新的人民的时代"中知识分子形象的再书写》。

《文艺报》发表陈福民的《文学史写作的多种可能性》；杨显惠的《解读〈皇粮钟〉需要心智》；周习的《芳心、尘埃与木车——读张炜散文集〈芳心似火〉》；以"讴歌农村新生活　塑造农民新形象　杨少衡长篇小说《村选》笔谈"为总题，发表陈建功的《时代在前进　社会在进步》，何镇邦的《以小见大出思想》，贺绍俊的《政治文明深入中国乡村》，木弓的《文学"新人"是怎样打造的》，文羽的《大变动时代的乡村话剧》，李建军的《以积极姿态关心我们时代的政治生活》。

《花城》第 3 期发表范汉生口述、申霞艳整理的《风雨十年花城事：不懈的攀登》；残雪的《现代主义文学中的审美活动》；韩少功、罗莎的《一个棋盘，多种棋子》。

《陕西师范大学学报(哲学社会科学版)》第 3 期发表吴进的《〈创业史〉对农民的描写及其知识分子趣味》。

《莽原》第 3 期发表毕飞宇著、荆歌评点的《家事》；李丹的《穿越的游戏——评析毕飞宇小说〈家事〉》；姜广平的《"我追求小说的可能性与陌生感"——与刘建东对话》。

7 日，《人民日报》发表蒋登科的《抗震诗歌的诗学启示》；任殷的《电视电影景色新》。

《文艺报》发表牛学智的《新世纪文学批评：关于"中国经验"和"理论化"的困惑》；《第二届"蒲松龄短篇小说奖"授奖辞》；刘仁前的《穿行于三四十年前的故乡——我写长篇小说〈香河〉》；《立足天津　面向全国　天津市中青年批评家座谈会发言摘要》；吕益都的《〈南京！南京！〉：独具匠心的艺术处理》；范藻的《〈南京！南京！〉要挑战什么？》；傅逸尘的《错位、暧昧、失重的叙事立场》（关于电影《南京！南京！》的评论）；陈辽的《阎纲：多种"二重组合"的优秀评论家》；木弓的《老街故事出新意》（关于《边街》的评论）；李朝全的《与人民同忧乐共担当——2008 年报告文学综述》；刘大先的《错落的和谐——2008 年少数民族文学扫描》；荀春荣的《壮丽悲歌　永昭后世——读〈大爱无私——抗震救灾诗词选〉》；董明祥的《当代革命军人核心价值观的体现——评〈从唐山到汶川〉》；王宗仁的《漂泊，终点又回到起点——评刘宏伟的散文创作》；胡平的《不同凡响的散文——读散文集〈涛声自说自画〉》；毕胜的《现实品格与人文情怀》（关于陆涛声随笔的评论）；朱晖的《书生本色》（关于陆涛声随笔的评论）；吴然的《视角转换后的人生体察——读郑铮的长篇小说〈狗狗也有难念的经〉》；程步涛的《忽得远书看百过——读喻晓散文集〈与神奇同行〉》。

《南方周末》发表黄清龙的《蒋介石在情报上不是共产党的对手》（台湾观众看电视剧《潜伏》）；加藤嘉一的《"启蒙"还是"救亡"？》（日本观众看电影《南京！南京！》）；石岩的《前〈潜伏〉时代的谍战剧》；张英的《毕飞宇：我们每个人都活在自己的盲区里》。

8 日，《文汇报》发表安小羽的《等待是一生最初的苍老——〈小导演失业日记〉读后》；胡殷红的《刘兆林的"花花肠子"》。

《芙蓉》第 3 期发表刘星、墨白的《关于〈别人的房间〉的通信》。

9日,《文艺报》发表巴一的《尽在水声山色里——读冯伟林湖湘文化散文》。

10日,《大家》第3期发表王威廉的《隐秘的神圣》;马季、桫椤的《江湖的现代性与人心的迷失》。

《文艺研究》第5期发表方宁的《〈文艺研究〉与当代中国文艺学术史》;康保成的《五十年的追问:什么是戏剧?什么是中国戏剧史?》;傅谨的《三十年戏曲创作的现代性追求及得失》;陈晓明的《"对中国的执迷":放逐与皈依——评顾彬的〈二十世纪中国文学史〉》。

《文汇报》发表张斤夫的《文学"特区"与海派文学》。

《中国社会科学》第3期发表李震的《〈摩罗诗力说〉与中国诗学的现代转型》;颜翔林的《当代神话及其审美意识》。

《中国海洋大学学报(社会科学版)》第3期发表古远清的《"回到个人主义与自由主义"——评徐訏的文艺思想》。

《西南大学学报(社会科学版)》第3期发表张中宇的《近30年新诗形式流变与诗性流失——以傅天琳前后期诗歌创作为例》;徐润润、徐楠的《今天,为什么还要读诗写诗》;周桂君的《文学话语书写与相对性的认同》;胡安定的《认同的策略:论鸳鸯蝴蝶派的自我确认》。

《江海学刊》第3期发表秦林芳的《"实录"与主体性的消泯——丁玲陕北后期写作的发生学考察》。

《社会科学》第5期发表王一川的《中国电影文化:从模块位移到类型互渗》;张志平的《"回到现场"和"情境写作"——"五四"以来中国文学史研究与写作新潮》;张永禄的《〈长河〉:未竟的中国式"战争与和平"》。

《学术论坛》第5期发表彭松乔的《挪移·变异·寻觅——近三十年中国文学的"世界性因素"探询》。

14日,《人民日报》发表滕云的《劳动永远是无上光荣的旗帜》;仲言的《重塑文艺批评公信力》;李肇星的《人民至上是历史的正常——汶川地震一周年看〈人民至上〉》;雷达的《废墟上的觉醒与感动》(关于陈歆耕报告文学《废墟上的觉醒》的评论);彭加瑾的《朴实无华写精神》(关于电影《潘作良》的评论)。

《文学报》发表陈竞的《近期出版的〈南方文坛〉推出一组批评文章,对走过十年的中国网络文学进行客观分析和深入剖析——网络文学:繁荣背后的问题与反思》;金莹的《当代中青年作家系列访谈 祝勇:在行走中思考》;杨海蒂的《"主任"商震》;李麦的《铁凝:阅读不应"失重"》;以"新农民形象　新时代风貌　杨少衡长篇小说《村选》研讨会部分发言摘要"为总题,发表张炯的《展现现实农村的复杂与斑驳》,何西来的《农村政治民主化的两造》,孙绍振的《构思精巧　寓意深刻》,阎晶明的《由〈村选〉谈杨少衡》,林焱的《波澜不惊说〈村选〉》,何强的《好小说需要好细节》。

《光明日报》发表李蕾的《〈中国文情报告:2008—2009〉指出——文学在变动中应有基本的坚守》。

《南方周末》发表桂碧清口述、李怡整理的《姐姐眼里的王元化》;张英的《上山下乡首先是一个经济问题　专访〈中国知青史——大潮〉作者刘小萌》。

15日,《人文杂志》第3期发表曾军的《观看上海的方式》;童娣的《重述与反观:论世纪之交以来小说中的"1980年代知识分子"形象》。

《广东社会科学》第3期发表罗振亚的《集体"突围表演"的背后与"失败的运动"——70后诗歌的发生动因与价值估衡》。

《中央民族大学学报(哲学社会科学版)》第3期发表刘兴禄的《当代湘西少数民族文学中的民族志特征探析》;王静的《草原:文化的反观和自述——中国、俄罗斯、蒙古三部草原电影比较》;罗宗宇的《典型个案研究与"中华多民族文学史观"的实践问题》。

《文艺争鸣》第5期发表高小康的《建构论与本质论:为承认而斗争?》;王晓华的《走向实质多元主义的理论建构——我看本质论与建构论之争》;曹谦的《反本质主义的本质——评陶东风先生的文学意识形态理论》;陶东风的《论文学公共领域与文学的公共性》;陆扬的《超越日常生活》;李溢的《对"国家形象论"引入文艺批评后的理论思考》;程光炜的《重访80年代的"五四"——我看"中国现代文学研究"并兼谈其"当下性"问题》;杨庆祥的《如何理解"重写文学史"的"历史性"》;詹玲的《面向历史的"人民性"叩问——以历史文学为考察对象》;何雁、熊元义的《文艺批评中的"进步文艺"观念》;张法、王莉莉的《"主流电影":歧义下的中国电影学走向》;陆炜的《"三起三落"的新中国戏剧——从戏剧剧本出版情况看新中国戏剧发展》;王传习的《论陆文夫小说的吴文化书写与想象》;宋桂友的《吴文化的别样气息——范小青小说叙事中的区域文化书写研究》;修晓林的《意识悖论中的女性写作——对叶文玲〈三生爱〉的一种解读》;吴杨的《"新中国电影60年类型样式研究"学术研讨会综述》。

《文史哲》第3期发表席扬的《文学经典的"生成"语境与"指认"困境——以"十七年"散文的文学史叙述变迁为例》。

《文汇报》发表胡殷红的《"老呔儿"关仁山》；五谷的《"不需要动因"——读〈废墟上的觉醒〉》。

《文学评论》第3期发表李杨的《"人在历史中成长"——〈青春之歌〉与"新文学"的现代性问题》；李遇春的《胡风旧体诗词创作的文化心理与风格传承》；文贵良的《阿城的短句》；王彬彬的《鲁敏小说论》；刘平的《新时期话剧三十年的探索与发展》。

《长城》第3期发表李建军的《真实是文学的力量之源——〈聂绀弩刑事档案〉的意义》；以"'混乱的美学'：新世纪中国文学的狂欢化趋向"为总题，发表王玉的《怪诞·狂欢·审丑·精神分裂——新世纪文学的审美趋向》，谢刚的《狂欢式写作——新世纪长篇写作现象之一瞥》，周航的《罪孽之下的动物狂欢——谈新世纪长篇小说中的动物视角》，甘浩的《隐忍的批判：在狂欢叙事的背后》。

《北方论丛》第3期发表张学昕、何言宏的《当代文学史："正典结构"的重建》；江腊生的《"个人化"写作与市场消费》。

《华东师范大学学报(哲学社会科学版)》第3期发表刘旭的《当代三农文学与知识者的自我病态化》。

《百花洲》第3期发表刘元举的《印象·上天入地李鸣生》；李鸣生、姚雪雪的《对话·让读者和历史检验》。

《光明日报》发表黄发有的《漫谈文学批评》；陈歆耕的《为"中国的脊梁"画像——写在报告文学〈废墟上的觉醒〉出版之际》；汪守德的《描写独特时代生活

凸显鲜明人物性格——读徐贵祥的长篇小说〈四面八方〉》；朱平珍、余三定的《另一种乡思——评伍方散文集〈村事〉》。

《民族文学研究》第2期发表王丹的《从乡村到城市的文化转型——刘德方进城前后故事讲述变化研究》；杨荣的《荒诞背后的生存之痛——瑶族作家光盘小说论》；熊辉的《陆晶清：新诗史上不该被忘记的白族女诗人》；张妙珠的《狼形象所昭示的满都麦创作思想变化》；刘茂海的《一部原生醇厚充满激情的回族史诗性作品——读查舜的长篇小说〈月亮是夜晚的一点明白〉》；李光荣的《一位民族学人的焦虑与睿智——读马绍玺〈在他者的视域中〉》；郭茂全的《生态文明的呼唤　绿色家园的守望——评古岳生态散文〈谁为人类忏悔〉》。

《江汉论坛》第5期发表汤哲声的《流转带来神奇——程小青〈霍桑探案〉、高罗佩〈大唐狄公案〉论》;翟兴娥的《论苏童早期小说的感知方式》。

《江苏社会科学》第3期发表陈辽的《"写真实"在20世纪中国小说中的历史命运》;曾一果的《寻找人类的"村庄"——王安忆小说中的乡村与城市》;汪成法的《中国现代大学校园文学与新文学传统》;王力的《赵树理小说中的农村社会隐喻系统》;张立群、王永的《叙述的方式与观念的解读——博尔赫斯之于余华小说的意义》。

《西藏文学》第3期发表徐琴的《西藏文坛最美的收获——评第五届"西藏新世纪文学奖"获奖小说〈界〉》;次仁央宗的《我读〈远村〉》。

《社会科学辑刊》第3期发表朱寿桐的《论现代都市文学的期诣指数与识名现象——兼论上海作为都市空域的文学意义》;陈方竞的《新兴都市上海文化·报刊出版·新小说》;杨慧的《"普通"的微言大义——"文化革命"视域下的瞿秋白"普通话"思想》;隋丽的《中国现代文学生态主题的演进与变迁》;颜琳的《"作家"与"战士"意识的交互显现与抑制——延安时期丁玲身份认同现象的个案分析》;罗宗宇的《论沈从文的"重造"思想家族成员及其关系图景》;陈兴伟的《新时期官场小说的叙事策略》。

《学习与探索》第3期以"马克思主义与当代文艺批评"为总题,发表马驰的《再论马克思的实践观——兼评实践美学论者的一些观点》,章辉的《马克思主义美学中国化问题的反思》,陈诚的《马克思主义美学研究如何中国化——兼评"新实践美学论"》。

《语文学刊》第5期发表刘达开的《"奋斗叙事"缺席的无意识——重读〈人生〉》;郭晓岩的《析精英文学的韧劲——以〈九月寓言〉和张炜为例》;汤吉红的《从偶然到超然——评析余华〈活着〉》;吕新禄的《1976年—2000年开放时期文学世纪末"人"的重建、解构和消解》。

《南方文坛》第3期发表周立民的《做一个快乐的阅读者》、《小说家的世界有多大——关于当代文学的读书札记》;金理的《以心求心——我对周立民人与文的理解》;孙郁的《关于周立民》;程光炜的《〈中国现代小说史〉与80年代的"现代文学"》;罗兴萍的《传统评书与当代文学英雄叙事——以〈烈火金钢〉为例》;以"网络文学"为总题,发表欧阳友权的《网络文学:前行路上三道坎》,王颖的《市场时代下网络文学的问题与反思》,马季的《十年网络文学:集体经验与民间智慧》,

陈仲义的《网络诗写：无难度"切诊"——批评"说话的分行和分行的说话"》，酒徒的《九年一觉网文梦》；同期，发表吕雷的《追寻现代人感觉认同的轮回——从"新感觉派"到莫言再到盛可以》；刘稀元、徐刚的《"饥饿"的力量及其升华——"20世纪50—70年代中国文学"的"题材分类"与"饥饿"叙写》；王晓明、杨庆祥的《历史视野中的"重写文学史"》；李静的《论林白》；赵勇的《现代性的气味——读〈下落不明的生活〉》；姜革文的《在反省中生长——〈烧梦：李锐日本讲演纪行〉读后》；袁基亮的《一篇没有心理描写的心理小说——读傅恒的中篇小说〈村官也是官〉》；罗小凤的《广西"70后"女性小说家话语方式探究》；白烨的《渐变中的异动与思索——2008年文化热点综述》(和谐文化的探讨，"普世价值"之争论，网络文学的类型化发展，"山寨文化"的兴盛)。

《浙江学刊》第3期发表符祥杰的《"思想革命尚未成功"——周作人的启蒙思想与"沦陷"悲剧》；王洪岳的《文学如何表现完整的人？——以大江健三郎为例》。

《理论与创作》第3期发表谭仲池的《诗的激情在抗震救灾中奔涌燃烧——谈抗震救灾诗和自创诗歌的感受》；杨向荣、傅海勤的《山寨现象的文化社会学剖析——兼及文艺学研究的文化社会学路径》；孙桂荣的《女性主义的当代分歧及其在文学批评中的展开方式》；王伟的《文化转向中"形式与内容失去挑衅性"质疑》；刘茂华的《中国文论"中国化"的遮蔽性——对中国文论现代性转型的一种批判》；何镇邦的《农民兄弟当代命运的吟咏——读谭仲池的长篇新作〈土地〉》；龙长吟的《对弱者的诗意肯定——读谭仲池的长篇小说〈土地〉》；北乔的《男性成长叙事的新视野——评谭仲池长篇小说〈土地〉》；郑明娥的《新世纪之交的生存叙事视角的意义》；汪登存的《小说叙事的影视化美学倾向》；周森龙的《人物报告文学的发展脉络与精神变奏》；马玲丽的《"无根"——论知青作家的文化心理》；夏义生的《政治文化与文学叙事的暧昧历史——重读王蒙文革前的小说》；张小平、于京一的《论北村小说的话语游戏》；洪艳的《抚触生活的伤与痛——谈毕飞宇〈哺乳期的女人〉的美学向度》；傅异星的《冰雪点燃的精神火炬——读余艳长篇报告文学〈人民，只有人民〉》；齐钢的《日常生活、身体和文化鸡尾酒——后现代消费文化语境中的李安影像叙事》；李江杰的《样板戏电影：女性意识的缺失与变异》；李琴的《于无声处听惊雷——〈租期〉的叙事艺术兼及路学长的导演策略》；王文斌的《"疯狂"依然 真实不再——对电影〈疯狂的赛车〉的批判性考察》;罗珊的《张彻电影中的金庸群侠——透过人物分析看张彻指导金庸武侠作品得与失》;谭桂林的《用心血去感受 用激情去书写——在〈当代湖南作家评传丛书〉出版座谈会上的发言》;朱辉军的《以超逸的情怀提升人们的心灵》;张柱林的《呼唤真正的现实主义》。

《清华大学学报(哲学社会科学版)》第3期发表温潘亚的《象征行为与民族寓言——十七年历史剧创作话语形态论》;王锺陵的《中国电影史略论》。

《福建论坛》第5期发表陈国恩的《嬗变与建构的当代意义——论五四文学传统》。

16日,《文艺报》发表丁国旗的《回顾过去 建构未来——2008年马克思主义文艺理论研究》;郭艳的《阅读颜歌:早慧、自我与成长——关于〈良辰〉》;以"陈启文长篇报告文学《南方冰雪报告》评论"为总题,发表龚政文的《在行走中追问,在凝视中沉思》,木弓的《讴歌生命 赞美道德》,何镇邦的《一部有广度有深度的优秀作品》,贺绍俊的《重建作家理想精神家园的报告》;同期,发表孟芊芊的《儿童文学领域的"马太效应"——浅谈当前儿童文学短篇小说的生存状况》。

17日,《作品与争鸣》第5期发表何希凡的《深窥历史宿命与现实规则的人生关怀》;张昭兵的《在爱与恨的边缘摇摆——评小说〈都市灯火白〉》;阮直的《文坛到底谁缺席?》;张颐武的《文学的双峰并峙正在形成》;陈应松的《非文学时代的文学痛苦》。

19日,《文艺报》发表大解的《陈超:诗和理论的双轮车》;白描的《痛感与暖意》(关于蒋巍《灵魂的温度》的评论);何镇邦的《为业余创作的兴盛叫好》;洪治纲的《道德感与纯正的文学趣味——高君小说读后》;马建辉的《开拓文学市场需把握的几个问题》;阳丽君的《现代汉诗对叙事文学要素的综合运用》;彭程的《散文:在自由的背后》;以"周厚勇、欧文礼、赵兴中新作评论"为总题,发表王明凯的《让文学成为城市的名片》,黄兴邦的《秋水为神玉为骨》,蒋登科的《赵兴中的诗"江湖"》,张传敏的《诗坛中的一株野花》;同期,发表《电视连续剧〈国家行动〉评论》。

20日,《小说评论》第3期发表李建军的《永远站在鸡蛋一边——论超越了文学的文学精神》;专栏"延安的艺术变革"发表李洁非、杨劼的《旧形式的利用和改造》;同期,发表胡传吉的《性饶舌的困与罪》;以"刘庆邦专辑"为总题,发表於可训的《主持人的话》,杨建兵、刘庆邦的《"我的创作是诚实的风格"——刘庆邦访谈录》,刘庆邦的《从写恋爱信开始——自述》,杨建兵的《对底层的诗意抒写——论刘庆邦的小说创作》;同期,发表陈忠实的《寻找属于自己的句子——〈白鹿原〉写作手记(连载十一)》;胡平的《我所经历的第七届茅盾文学奖》;雷达的《我所知道的茅盾文学奖》;马建梅的《新文学背景下文学创作的民间性——鲁迅文学奖获奖短篇小说透视》;杨致远、周根红的《新世纪军事题材小说的文化转型》;以"赵德发创作评论小辑"为总题,发表王者凌也、施战军的《有一种中国式叙事叫"通腿儿"——赵德发论》,房伟的《一种独特的"中国经验"叙述——评赵德发长篇小说》,张丽军的《重建新世纪中国伦理的文学思考——论赵德发〈君子梦〉、〈双手合十〉的伦理叙事与道德关怀》,张懿红的《"农民三部曲":作为思想重构的历史叙述》;以"高杰贤长篇小说《拂晓长春》评论小辑"为总题,发表陈建功、陈晓明、贺绍俊等的《在红色资源大道上的另辟蹊径》;同期,发表钱理群的《重建文学与乡土的血肉联系——李伯勇长篇小说〈旷野黄花〉序》;张晓琴的《平原美学及铁凝小说创作的自我突破——以〈笨花〉为例》;严运桂的《刘震云小说中知识分子的生存状态思考》;刘定富的《多重视域里的青藏书写——〈芳草〉"吉祥青藏"专号阅读札记》;王芳的《〈绿松石〉中的人性及其冲突》;韩春燕的《虚构的文学故乡:关于谢友鄞小说中的"边地"》;贺芒的《论打工小说中的游侠精神》;同温玉的《〈暗算〉:人算与天算》;阎丽杰的《论〈离离原上草〉的艺术模式与突破》;贾梦玮的《知识分子的表情——兼及〈钟山〉"关于作家与知识分子的讨论"》;张学昕的《历史与个人隐秘的现时回访——评海桀的长篇小说〈云间草〉》;张锦的《海外汉学对新时期中国现当代文学研究的影响》;赵黎波的《"底层写作"批评的言说理路探析》;付品晶的《中国当代小说的音乐叙事》。

《东北师大学报(哲学社会科学版)》第3期发表李新、刘雨的《当代文化视野中的打工文学与底层叙事》。

《学术研究》第5期发表程相占、[美]阿诺德·柏林特的《从环境美学到城市美学》。

《学术月刊》第5期发表陈晓明的《开创与驱逐:新中国初期的文学运动——中国当代文学史的发生学研究》;周新民的《新时期中国形式批评的创建》。

《河北学刊》第3期发表黄曼君的《一种动态和谐的生态审美存在——五四精神光照下中国现当代文学的诗性构想》。

21日,《人民日报》发表何志钧、秦凤珍的《正确引导大众文艺消费》;尹鸿的

《离现实更近一点》(关于电影《突发事件》的评论);吕进的《诗歌的大众与小众》。

《文艺报》发表李清霞的《杨则纬长篇小说　常态成长的烦恼与焦虑》;雷达的《那一段昭示四面八方的历史》(关于徐贵祥《四面八方》的评论);谢志强的《小小说要创造可持续发展的形象》;本报编《在场主义引发散文理论争鸣》(包括《对话:走近在场主义散文创始人周闻道》、《影响:在场主义交锋》、《诞生:在场主义散文》);林朴石的《病毒观察:对一段历史的反思——读柯岩中短篇小说集〈道是无情〉》;江子的《对乡村命运的温情关切——读长篇小说〈双龙村纪事〉》;艾克拜尔·米吉提的《关于〈村情〉的话题》;以"吴玉辉长篇小说《守护》评论"为总题,发表张炯的《唱响科学发展的主旋律》,文羽的《反映社会进步　讴歌时代精神》,贺绍俊的《突出践行科学发展观主题的好作品》,何镇邦的《凌峰形象的典型意义》,木弓的《科学发展与生态文明》,陈俊杰的《新人新作值得一读》。

《文学报》发表傅小平的《"郁达夫小说奖"论证会上,作家、评论家畅谈——文学奖:如何做到不变味?》;李麦的《黄发有:独立与个体性是批评底线》;李麦的《陈思和:破除人云亦云的文学史》;侯德云的《"大文学"中的微型小说》;陈占敏的《把小说还给阅读》;臧建民的《文学要承当社会使命》(关于《普绪赫文丛》的评论);刘复生的《幕僚命运与百年风云》(关于伍立杨《烽火智囊》的评论);子张的《"不成样子"的灵魂》》(关于胡尹强《不成样子》的评论);孙建江的《儿童文学的"艺术性"与"大众性"》。

22日,《文汇报》发表郭春林的《"电影书写者"贾樟柯在想什么——读〈贾想——贾樟柯电影手记〉有感》;何平的《一个"圈子"有一个"圈子"的文学——也谈〈圈子圈套〉等职场小说的畅销哲学》。

《光明日报》发表瓜田的《说俗论雅》;饶曙光的《人性与党性的完美统一——评影片〈突发事件〉》;尹鸿的《电视剧文化中耀眼的日光——电视剧〈我是太阳〉有感》;王宜文的《铭刻记忆丰碑——文献纪录电影〈人民至上〉感怀》。

《新文学史料》第2期发表罗紫的《一个"地方胡风分子"的经历》;王端阳的《王林的交代:关于梁斌、孙犁》。

23日,《文艺报》发表吴光辉的《描摹乡土意象　宣泄人性悲情——谈废黄河历史民俗文化系列散文创作的情感表达》;陈惠方的《朝为田舍郎　暮登文学堂——读长篇小说〈芙蓉外史〉》;何西来的《长歌当哭——读唐双宁〈断肠日〉有感》。

《天津社会科学》第 3 期发表黄发有的《创新焦虑与断裂思维——近三十年中国文学的历史逻辑反思》；王侃的《虚构与纪实——20 世纪 90 年代中国女性小说叙事修辞研究》；张国龙、吴岩的《当代散文的突围策略：建构系统的"散文诗学"》。

24 日，《文艺理论与批评》第 3 期发表鲁太光的《不一样的世界——读〈摩天轮〉等三篇小说》；付艳霞的《兵戈沸处同国忧——评宗璞的〈西征记〉》；以"《潜伏》笔谈"为总题，发表秦喜清的《〈潜伏〉的结局到底想说什么》，何吉贤的《危机和腐败时代的信仰之路》，米静的《由〈潜伏〉反思中国电影》；同期，发表孙民乐的《如何寻找中国"当代文学"》；王磊的《也谈"文艺腔"——关于〈中国不高兴〉的文化断想》；周水涛的《农民工小说的流变与发展》；方华蓉的《略论农民工题材小说中的乡村妻子形象及文化寓意》；王彦霞的《关于中国电视剧发展史的分期问题》；刘卫东的《"女性文学"：繁华背后的危机》；项静的《游历西方与中国认同——重读张承志〈绿风土〉》；罗勋章的《用诗心书写底层童话——评王安忆的小说〈骄傲的皮匠〉》；陈英群的《论刘庆邦小说中的民俗系列》；张治国的《新农村建设与史诗性书写——评王建琳的新作兼论当下长篇小说创作》；张永刚的《文学理论：走向文学实践的可能及方式——对当前中国文学理论一种吁求的内在解读》；林琳的《缅怀中的回顾与思考——纪念〈在延安文艺座谈会上的讲话〉发表 67 周年》；方伟的《三十年文学审美价值创新的多重呈现》。

25 日，《文艺理论研究》第 3 期发表李菲的《新时期文学人类学研究的范式转换与理论推进》；李勇的《文学生活：文学研究与文化研究交叉的领域》；马汉广的《从"作者"到"写手"——作者：作为精神主体性的确立与缺席》。

《东岳论丛》第 5 期发表程亚丽的《中国农民的"变形记"——孙慧芬〈吉宽的马车〉主题阐释》；孙桂荣的《"俗"何以成为"媚俗"——"'池莉'热反思"的反思》。

《当代作家评论》第 3 期发表丁帆的《一九四九：在"十七年文学"的转型节点上——〈中国现当代文学史与思想史的关联性〉论纲》；王彬彬的《当代文艺中的"阶级情"与"骨肉情"》；董健的《论反修防修文学》；吴俊的《当代中国文学的历史境遇——从"传统"的观点看》；陈思和的《三十年治学生活回顾——陈思和三十年集序》；黄发有的《困境中往往隐藏着生机——陈思和访谈录》、《从人化审美到物化审美——近三十年中国文学的审美怪圈》；韩春燕的《写作：隐秘的皈依之途——孙春平近年小说创作研究》；杨利景的《贴着地面飞翔：孙春平近期小说创作的新变》;杨利景、孙春平的《一个小说家与生活的亲密接触》;赵慧平的《对于文学批评困境的一种判断》;丁宗皓的《一个报人文本的文化解读——评〈敬宜笔记(续编)〉》;专栏"重返八十年代"发表程光炜、李杨的《主持人的话》,张伟栋的《"改革文学"的"认识性的装置"与"起源"问题——重评〈乔厂长上任记〉兼及与新时期文学的关系》,白亮的《"身份"转换与"认同"重建——兼论〈人啊,人!〉进入历史叙述的方式》;专栏"文化视界"发表朱晓进的《主持人的话》,刘志权的《平民文化心理与新历史小说》;同期,发表王春林的《深入一个人的灵魂究竟有多难?——评蒋子龙长篇小说〈农民帝国〉》;郭宝亮的《论〈王蒙自传〉的思想史意义》;温奉桥的《蝴蝶·桥梁·界碑——论王蒙八十年代的精神现实》;以"陈占敏评论专辑"为总题,发表张炜的《谁读齐国老顽耿》,张清华的《历史的黑夜和记忆的星空》,宋炳辉的《所有的一切,都从写实开始》。

《南京师大学报(社会科学版)》第3期发表王文胜的《论史铁生的文学创作与心理疗伤》。

26日,《文艺报》发表古耜的《王充闾散文集〈张学良人格图谱〉:站立起丰遒、鲜活、厚重的文学形象》;李春雷的《用灵魂之火温暖他人》(关于高杨散文集《心祭》的评论);房伟的《一部杂糅的狂欢化寓言》(关于周其森《场客》的评论);李鸣生的《痛出什么样的中国?》;熊金星的《直面现实与审美超越》;王彩萍的《伟大人格与伟大作品》;唐浩明的《湖湘文坛谁人识》。

27日,《文学自由谈》第3期发表李进超的《蒋子龙笔下的女性意识》;牛学智的《"中国经验":越来越含混的批评路线》。

28日,《人民日报》发表陆贵山的《唯物史观与文艺创作》;王秀芹的《悉心培养"90后"小作家》;金萼的《世俗之上读残雪》。

《文艺报》发表陆梅的《顽强就能生根发芽吗 我写"留守儿童"》;李美皆的《拥抱一个庄严的誓言——读陈歆耕长篇报告文学〈废墟上的觉醒〉》;张无为的《知识女性的精神困惑与选择——韩静慧小说近作的意义》;孙郁的《三界内外——读彭程〈急管繁弦〉》;李建平的《文艺制度研究对文学理论的深度开掘——评张利群学术新著〈文艺制度论〉》;以"展现红色历史 讴歌红军精神 阎欣宁长篇小说《地平线》评论"为总题,发表张炯的《历史在卓具才华的笔墨中复活》,崔道怡的《故事生动 人物鲜活》,文羽的《革命历史可以写得气象万千》,吴秉杰的《以小见大 细节取胜》,董存保的《军事题材长篇小说的新开拓》,贺绍俊的《坚持正确历史观需要勇气和见识》，何西来的《主题厚重　意义深远》；同期，发表杨杰的《当代文学批评的科学武器》。

《文学报》发表傅小平的《新著〈典型文坛〉引起学界关注　李洁非：返回历史现场》；张滢莹的《阎连科：在世俗中袒露灵魂》；陈辽的《〈小团圆〉究竟是怎样的一部作品？》；赵瑜的《差一点失败的张爱玲——我看〈小团圆〉》。

《厦门大学学报（哲学社会科学版）》第3期发表逄增玉的《论"新边塞文学"的革命性与现代性叙事》。

29日，《文汇报》发表胡殿红的《郭文斌和他的"安详"哲学》。

《光明日报》发表胡平的《生命至尊的主旋律——读何建明长篇报告文学〈生命第一〉》；雷达的《真正的记忆不会被时间冲淡——〈震区警察的记忆〉及其他》；张雨生的《落笔灾区尽是情》（关于刘素英长篇纪实文学《从唐山到汶川》的评论）；吴开晋的《诗路是宽广的——读刘希全诗歌近作》。

30日，《文汇报》发表季季的《张爱玲为什么要销毁〈小团圆〉》。

《南京大学学报（哲学·人文科学·社会科学）》第3期发表曹新宇的《现代性的延续与启蒙理性的消长——评董健、胡星亮主编的〈中国当代戏剧史稿〉》。

《海南师范大学学报（社会科学版）》第3期发表张炯的《在首届王鼎均文学创作国际学术研讨会上的讲话》；封秋萍、卢芸的《"首届王鼎均文学创作国际学术研讨会"综述》；黄维樑的《余光中的"文心雕龙"》；陈德锦的《香港当代"大散文"浅论：以二十世纪六十年代前后的散文为例》。

31日，《求索》第5期发表陈伟华的《论当代婚外情小说与基督教文化》。

《世界文学评论》第1期发表江少川的《漂流、再思、超越——林湄女士访谈录》；陈涵平的《诗学视野中的北美新华文文学的文化进程》。

本月，《山东文学》第5期发表涂文蓓的《浅析电视剧〈士兵突击〉的创作得失》；徐明华的《浓烈的情思　无尽的怀恋——评李维生的〈深情的怀念〉》；陈蔚的《追寻真正意义上的个人写作》。

《上海文学》5月号发表洪治纲的《化繁为简，以轻搏重——读郝炜的〈卖果〉》；宋琳的《感通于语默之际》；阎连科、蔡莹的《文体：是一种写作的超越——阎连科访谈录》；程光炜的《"再解读"思潮与历史转型——以唐小兵编〈再解读：大众文艺与意识形态〉等一批著作为话题》。

《芒种》第5期发表张翠的《中国特质·中国风情·中国气派——浅谈文艺

创作与建设中华民族共有精神家园》。

《读书》第 5 期发表河西的《春天,十个海子——纪念海子逝世二十周年》;柳冬妩的《村里的童年越来越少》(关于张绍民诗歌创作的评论)。

本月,新疆青少年出版社出版艾海提·吐尔迪的《时代召唤——文学探索与回忆》。

6月

1日,《广州文艺》第 6 期发表潘焕梅的《无法言说的圣洁——重读乌热尔图》。

《文学界》6月号发表陈启文、孙博的《故乡与异国:在文化夹缝中的自我认知》;徐学清的《孙博小说论》;吴华的《讲述"失语者"的故事:再读曾晓文的〈梦断得克萨斯〉》;陈启文、曾晓文的《我的精神仍在成长》;陈启文、陈河的《我是一个高级的文学爱好者》;王手的《陈河又写小说了》;陈启文、李彦的《母语和外语,哪一种更能直抵表达的核心》;白烨的《高屋建瓴,独树一帜——读李彦的小说》。

《名作欣赏(鉴赏版)》上半月刊第 6 期发表韩石山的《新行:一个真正的民间诗人》;莫言的《迷人的〈旧宫殿〉》;邢海珍的《对历史大悲剧的追怀与感伤——读罗门的诗作〈麦坚利堡〉》;姜广平的《逸出主题域的唯美叙事——以毕飞宇为例谈小说无意义叙事》;以"聚焦·许春樵《男人立正》"为总题,发表方维保的《人民性与穷人的道德理想主义——读许春樵的长篇小说〈男人立正〉》,陆琳、王春林的《底层想象的合理与尴尬——评读许春樵的长篇小说〈男人立正〉》,许春樵的《乱说小说》;同期,发表裘文意的《〈活着〉:精英抑或大众》。

《名作欣赏(学术版)》文学研究版第 6 期发表张直心等的《淘选经典 欣赏名作——当代文学作品选编刍论》;黄玲的《寒冷·通透·忧伤——穆旦晚年(1975—1976)诗歌的一种读解》;李松岳的《灵魂因痛苦而丰富——从何其芳的〈回答〉说起》;王际兵的《〈黄金时代〉的"黑色幽默"语言论析》;李伟华等的《王小

波的精神立场与历史想象》;李斌的《试论〈高老庄〉人物表现的文化意义》;周进珍的《孤独的灵魂守望者——陈应松小说〈松鸦为什么鸣叫〉中的伯纬形象》;李春的《王蒙新时期小说语言运用探析》;赵修广的《当代女性性别"审丑"意识的表达——论〈淡绿色的月亮〉、〈化妆〉与〈手术〉等几篇小说的主题与叙述特色》;周欣瑞的《利刃之礼——读李碧华〈霸王别姬〉》;黄巨龙的《略论杨朔散文创作寻觅诗意的构思法》;刘媛媛的《坚守与寻求——评蒋韵小说〈隐秘盛开〉》;王进庄的《"王葡萄"在历史中反抗历史——评严歌苓作品〈第九个寡妇〉》;胡颖华的《论严歌苓"雌性"书写的矛盾性》;彭丽萍的《虹影长篇小说构造的多重生存困境》。

《西湖》第6期发表徐奕玲的《更无人处月胧明(创作谈)》;程德培的《余情怎能了却——徐奕玲的小说〈余情〉》;须一瓜、姜广平的《"好作品需要完整的不被打扰的气场"》;马季的《诗性升华的原乡意识——莫言小说艺术论》。

《社会科学战线》第6期发表王宏根的《新时期寻根文学运动的人类学思想》。

《延河》第6期发表雷抒雁、牛宏宝的《叩问变革年代的诗境——雷抒雁访谈》;薛祖清的《"身份证":生命中的不可承受之轻——评马金章的短篇小说〈一个找不到自己的人〉》;张霞的《县官历险记——评小说〈副县长杜丘的仕途〉》;王春林的《平凡中的陌生——评牛学智新作〈寻找批评的灵魂〉》。

《诗刊》6月号上半月刊发表谢君的《诗歌的大道是生活》(诗人随笔);韩作荣的《蓝色的孤独》(关于谢君诗歌创作的评论);燎原的《朱乃正与昌耀》;高金光的《"大"诗人王怀让》;叶橹的《"倾听"与"挽留"》;吴思敬的《诗人的时间意识》。

《解放军文艺》第6期发表汪守德的《穿透历史的巨大想象空间》;柳建伟的《罪恶背后的真的洁白》。

2日,《文艺报》发表张同吾的《胸中浩然气 笔下万古情——雷抒雁近作随想》;房向东的《怀念何满子》;何平的《"农民"如何被当下文学书写——由葛安荣〈玫瑰村〉想到的》;韩永进的《提高国家的文化软实力》;李万武的《批评怎样面对真问题》;《〈丁新民与他的民工兄弟〉作品研讨会发言摘要》;崔道怡的《人间大爱之路和桥》(关于丁新民作品的评论);赵旻彪的《丁新民的三个跨越》;以"《丁新民与他的民工兄弟》评论专辑"为总题,发表翟泰丰的《一首让人沉思的诗》,范咏戈的《一个爱心传播者的形象》,张炯的《时代的英雄者》,张守仁的《他们播撒爱的种子》,包明德的《企业家的典范》,胡平的《题材的取舍很重要》,王必胜的《平实中见奇崛》，文羽的《一个创业者和他的特殊团队的迷人世界》；同期，发表艾克拜尔·米吉提的《渔猎文化的生动记录——评赫哲族作家孙玉民的散文》；毕艳君的《诗性土地上的民族歌者——格桑多杰诗作简论》；张俊彪的《〈中华五十六民族之歌〉及其歌者雷佳》。

《解放日报》发表何镇邦的《民族意识与公民意识的觉醒——读长篇报告文学〈废墟上的觉醒〉》。

《小说选刊》第6期发表陈应松的《远山中的巨兽》；周展安的《巨变时代的微缩景观》；汪政的《评〈黑白电影里的城市〉》。

4日，《人民日报》发表王春瑜的《重视文艺作品的历史真实性》；赖大仁的《让科学精神在文学中传扬》；汪权的《提升文化国际影响力》；王晖的《民族飞天梦的激情书写——评长篇报告文学〈千古一梦〉》。

《文艺报》发表张永权的《高洪波诗集〈诗歌的荣光〉：诗人的使命与诗歌的荣光》；段守新的《高校知识分子生态史——读汤吉夫小说集〈知识者生存〉》；徐志伟的《确立整体性批评观》；丁晓原的《〈一个医生的救赎〉：作为一种"刚性写作"的意义》；张未民的《"回家"与中国化的人生》；郝雨的《在山西这片"麦地"上——评北岳文艺出版社"麦地"丛书》；荣耀军、管雪莲的《宏大叙事背后的人性哀思》。

《文学报》发表丁帆的《三种不良批评倾向》；金莹的《工业题材写作陷入瓶颈》、《"工业题材"概念急需厘清》；吉狄马加的《诗与我们共同面临的时代——在"第二届中国诗歌节"上的演讲》；陈竞的《龙一：〈潜伏〉的成功不可复制》；越没的《泛人性化解读的歧路——从电影〈南京！南京！〉说起》；赵毅衡的《独特的敦煌第四次书写》（关于冯玉雷《敦煌遗书》的评论）；李琴、张叹凤的《从幻觉的世界出逃——评鄢然小说新作〈角色无界〉》；贾梦玮的《寻找新文学与农民的深层契合点》（关于贺仲明《一种文学与一个阶层——中国新文学与农民关系研究》的评论）。

5日，《广西文学》第6期发表李心释等的《关于当代诗歌语言问题的笔谈（六）》；张俊显、黄伟林的《翻晒灵魂深处的潮湿——读"凹地诗丛"五诗人集》。

《光明日报》发表何雁、熊元义的《重视悲剧的美育作用》；刘凤侠的《无根的缅想与无尽的表达》；李朝全的《现代爱情童话和爱情传奇——读黄晓萍报告文学〈真爱长歌〉》；张鹰的《用心灵书写历史——评长篇历史小说〈秦武卒〉》；范咏戈的《好书入眼——读陆涛声的〈涛声自说自画〉》。

6日,《文艺报》发表钱志富的《也谈"诗言体"》;李娟的《女性主义批评:从单数到复数》;郭艳的《谈谈几位青年作家的近作》;章罗生、刘朝勋的《人文叙事中的家国大爱与当代英雄——聂茂、厉雷报告文学〈回家——2008南方冰雪纪实〉读后》;田珍颖的《散文家这样写评论——读韩小蕙评论集〈太阳对着散文微笑〉》;何冰凌的《江水之南山万重——评王达敏〈论文学是文学〉》;奚同发的《人生岂能如戏——读计文君小说〈天河〉》;西北龙的《天使的忧伤》(关于冯文喧诗歌创作的评论);《神圣的情怀 壮阔的历史——长篇报告文学〈千古一梦——中国人第一次离开地球的故事〉评论》;以"新中国60年儿童文学影视研究"为总题,发表简德彬、林铁的《现代性与新中国60年儿童影视中的儿童形象》,毛攀云的《新中国红色儿童电影的革命想像》,陈文敏的《新中国国产动画60年创作路向》;同期,发表熊元义的《经典传承与文化消费的引导》;孙伟科的《经典在传播中必然面临价值流失吗?》;何志钧、吕园园的《经典重读和文化消费的双重取向》。

《当代小说》上半月刊第6期发表张晓峰的《关于当代小说的叙事伦理》。

9日,《人民日报》发表陈先义的《军人核心价值观的精彩呈现——评大型话剧〈红帆〉》;马树学的《"水神"礼赞》(关于长篇报告文学《攻坚克难的"水之魂"特别团队》的评论);李舫的《渐行渐远的乡村牧歌》。

《文艺报》发表白烨的《七堇年长篇小说〈澜本嫁衣〉:成熟的新人 清劲的新风》;笛安的《我用诚意铸就写作》;李尚荣的《幸福的困惑与失衡》(关于温亚军《伪幸福》的评论);井绪东的《青春·生命·爱情》(关于徐成淼《一代歌王》的评论);王宜振的《从口语中提炼真金》;石一宁的《绘刻风俗与人性的长卷——读舍人长篇小说〈宦海沉浮〉》;胡平的《面对网络文学的兴起》;孙武臣的《诗意抒发生活哲思——读张庆和散文有感》;白吉秀的《商情小说 人文精神——读丁力小说》;以"小小说30年特刊"为总题,发表《坚持开拓创新 打造文化品牌——百花园杂志社办刊纪实》,王蒙的《小小说的明天更美好》,陈建功的《小小说的"经典化"追求》,翟泰丰的《百花园里一奇葩》,王臣才的《小小说做出大文章》,冯骥才的《小小说让郑州扬名》,《小小说是营造文学绿地的事业——任晓燕访老作家南丁》,王晓峰的《一本刊物与一座城市》。

《文艺研究》第6期发表关四平的《当代历史题材影视剧创作的反思》;沈伯俊的《三问电影〈赤壁〉》;郑铁生的《沉重的话题:历史真实与艺术真实》。

11日,《人民日报》发表饶曙光、杨晓云的《开掘传记片的独特魅力》;王秀芹的《当青春文学遭遇市场》;汪政的《沧海横流中的命运之歌——评〈人间正道是沧桑〉》;陈建功的《平凡素朴的警界英雄——报告文学〈真爱长歌〉读后》;陈诚的《当代文学理论的辨析》。

《文艺报》发表马平川的《陕西诗歌在困境中坚守》;曾学优的《从"客家健妇"到红军战士——〈红翻天〉对客家女性形象的成功塑造》;王冰的《散文不可庸常化》;卢有泉的《〈流动的花朵〉:真切表现农民工子女生存状态》;以"周梅森长篇小说《梦想与疯狂》评论"为总题,发表贺绍俊的《政治见识与现实穿透力》,汪政的《周梅森的变与不变》,牛玉秋的《梦想离疯狂到底有多远》,肖惊鸿的《勇敢面对现实生活》,懿翎的《三个人的疯狂照进一个时代的梦想》,岳雯的《资本时代"三剑客"》。

《文学报》发表傅小平的《学界热议青春写手杂志现象——有市场,更需规范和引导》;陈竞的《当代中青年作家系列访谈 "快乐书虫"文珍》;须一瓜的《美女盲流·神仙裸泳》(关于葛水平的评论);黄麟的《韩石山的"幽默"——用统计学能鉴定"文学大师"的优劣?》;牛学智的《我们究竟该怎样面对"文坛病相"?》;李敬泽的《"小日子"解》(关于张鲁镭《小日子》的评论);张志忠的《在痛苦与选择中成长》(关于陈可非《红菩提》的评论);黄咏梅的《静水照大千》(关于肖建国《静水无形》的评论)。

《南方周末》以"专访刘震云"为总题,发表张英的《话找话,比人找人还困难》、《刘震云的"家长里短"》。

《社会科学》第6期发表赵稀方的《后殖民文学》。

11—23日,第三届世界华文文学高峰论坛在徐州师范大学召开,会议主题为"跨文化、跨学科的华文文学研究"。

12日,《文艺报》发表陆贵山的《承接和弘扬现实主义文学的优良传统》;张霞的《评丁晓原〈文化生态视镜中的中国报告文学〉》。

14日,《文汇报》发表杨剑龙的《新媒体时代的文化批评——从李辉质疑文怀沙说起》。

15日,《文艺争鸣》第6期发表王光东的《新世纪文学的"思想能力"问题》;贺桂梅的《80年代、"五四"传统与"现代化范式"的耦合——知识社会学视角的考察》;梁鸿的《暧昧的"民间":"断裂问卷"与90年代文学的转向——90年代文学现象考察之一》;洪子诚的《"一体化"论述及其他——"我的阅读史"之质疑与批评》;叶廷芳的《人类的生存危机与文学的救赎》;张冬梅的《喧嚣之后:反思文学评奖》;童娣、张光芒的《新世纪文学叙事伦理的新动向》;刘巍的《新世纪文学底层写作的精神缺失》;方卫平、赵霞的《论新媒介与当代儿童文学的发展》;熊晓萍的《论"青春写作"与网络的双向互动》;孙民乐的《在文学中"发明"历史》;朱水涌、张静的《传统重建为何尴尬——以"寻根文学"为例》;姜辉的《论"红色经典"叙事的爱情模式》;余华的《细节的合理性》;陈剑晖的《巴比伦塔与散文的推倒重建——驳周伦佑的〈散文观念:推倒或重建〉》;王兆胜的《散文的常态与变数》;孟繁华的《评贾平凹散文集〈大翻扶风〉》;吴景明的《守望大地:苇岸散文的生态意识》;丁仕原的《论韩少功〈山南水北〉的和谐美》;李敏的《林斤澜新论——从"创伤叙事"的角度看》;吴三冬的《张承志论——论小说的思想轨迹》;徐慧琴的《论〈青春之歌〉》;王尧的《"三个崛起"前后——新时期文学口述史之二》;程桂婷的《也论孙犁的病》;汪杨的《梦想照进现实——评苏童长篇新作〈河岸〉》;郑阿平、叶建钟的《〈生死场〉与〈红高粱家族〉的生命意识》;张琦的《鲁敏的取景器:三组词语,一个世界》;陈庆祝的《郑小琼诗歌:从苦难的表述开始》;李宪瑜的《"失〈诗经〉":再读〈倾城之恋〉》;富胜利、杨建丽的《拉美魔幻现实主义与中国当代文学》;刘小源的《对〈秦腔〉叙事策略的分析》。

《诗探索》第1期发表古远清的《1990年代的台湾诗坛》。

《诗刊》6月号下半月刊以"谷禾:与生活同步并保持独立的品质"为总题,发表大解的《亲历与见证》,王夫刚的《尘土飞扬,尘埃落定》,耿占春的《否定的诗歌》,邹汉明的《过于卑微的生活之歌》。

《台湾研究集刊》第2期发表朱双一的《梁启超台湾之行对殖民现代性的观察和认知——兼及对台湾文学的影响》。

《天府新论》第S1期发表海盛琦、廖倩的《台湾文学的乡愁抒写》。

《学术探索》第3期发表李自雄的《当代中国文学理论反本质主义批判的批判》。

《语文学刊》第6期发表沈滨的《爱与恨调和的灰色世界——解读迟子建的〈野炊图〉》;陈颖、程道光的《余秋雨散文作品的模糊语义分析——〈文化苦旅〉的模糊语义》;陈晓娜的《论王安忆小说中的移民群像》;孔伟的《黑暗中的烛照——论池莉小说中女性观的发展流变》;铁艳艳的《论多元化语境下王朔的"反崇高"》;白婧的《汪曾祺的后期"故乡系列"小说与中国传统散文文风》;黄海令的《论孟京辉戏剧中的戏曲因子》;张丽晶的《繁华春梦,此恨绵绵——析王安忆的〈长恨歌〉》;岳文丽的《析"十七年"文学中刘真的小说作品》。

《福建论坛》第6期发表欧阳友权、谭志会的《火星文:挑战传统与更新观念》;郑颐寿的《〈品三国〉:一种辞章的分析》。

16日,《文艺报》发表木弓的《杨黎光长篇报告文学〈中山路〉:主题宏大 思想深邃 形象感人》;公仲的《寄居者的生存状态》(关于严歌苓《寄居者》的评论);刘章的《呼唤大众使用的好诗》;何镇邦的《吉君臣小说简评》;牛学智的《在常识与真理之间探寻》;罗四鸰的《我们仍需要新的英雄形象出现》;马忠的《批评:用责任和良知说话》;普冬的《谈诗意》。

17日,《作品与争鸣》第6期发表赖洪波的《向土地致敬,向现实发问》;师力斌的《无穷无尽的地主梦》;颜玉的《城市祭》;苗逐奇的《焦虑与困惑》;齐夫的《如果冯梦龙当编剧》;王兆胜的《"显露"与"隐藏"》;彭学明的《文坛病毒与文学尊严》。

18日,《人民日报》发表胡惠林的《文化产业的战略价值》;朱彤的《历史剧的价值取向》;仲呈祥、张金尧的《精美的叙事 深沉的解读——评电视剧〈郑和下西洋〉》;万明的《中华航海文明的艺术再现》(关于电视剧《郑和下西洋》的评论)。

《文艺报》发表贺仲明的《中国乡土文学的精神发展空间》;孙荪的《二月河有话要说》;顾骧的《兰气息 玉精神——悼李子云》;陈晓明的《真到极致是常情——读李清明〈寥廓江天〉》;杨晓升的《一枝红梅报春来——谈阮梅的报告文学创作》;世宾的《一个人的修行之路——诗人黄礼孩印象》;马季的《真正需要的是自我竞赛——青年作家葛亮印象》。

《文学报》发表金莹的《乡土已转型,文学如何转身?》、《秦岭:站在崖畔看村庄》;对话《作家应有怎样的精神姿态?》(对话者为王彬彬、张光芒、何言宏、张清华、张新颖、贺仲明、洪治纲、施战军、黄发有等);陈竞的《怀念她,就是怀念那个时代——追忆文艺评论家李子云》;黄孝阳的《说说小说的俗与雅》;周大新的《好看的小说——评蒋泥长篇小说〈玉色〉》;贺仲明的《乡村改革的质朴再现——读葛安荣〈玫瑰村〉》;曾祥书的《走吧,找一个属于自己的生存空间》(关于刘路一《我是老师》的评论)。

19日,《文汇报》发表五谷的《心在人民 利归天下——读陈小津的回忆录》。

20日,《文艺报》发表黄鸣奋的《让文艺与科技携手腾飞》;唐翰存的《生态文学的道德观》;杨晓敏的《文坛名家的小小说写作》;刘树元的《追寻小说艺术表现的特色与张力——论王手近期的小说创作》;以"展现西部风采　传承民族文化　再现峥嵘岁月　弘扬时代精神"为总题,发表安武林的《奇幻·风情·忧患·成长》,佟进军的《童心开启尘封的记忆》,赛娜·伊尔斯拜克的《幻想的翅膀》,雷达的《一个伟大传奇的文学备忘录》,李炳银的《有关一个人和一块土地的记忆》,邹红的《西部的新创造》,王仲明的《一部儿童教育的优秀作品》。

《学术研究》第6期发表伍方斐的《国内后现代主义文学思潮研究的学术史反思》。

《学术月刊》6月号发表张鸿声的《城市的公共性想象与日常性的消失——以"十七年"上海题材文学为例》。

《华文文学》第3期发表曾敏之的《香港作家联会二十年的文学旅程》;刘俊的《不可理喻:新移民社会的另类展示——论沙石的小说创作》;陈为为的《新移民诗歌的空间诗学》;陈富瑞、邹建军的《论新移民小说中的文化记忆》;吴宏娟的《从意识与技巧之争看海内外文学观念差异——以张爱玲的女性写作为例》;李斌的《别样的"史诗"——论〈一个女人的史诗〉对革命叙事及史诗情结的解构》;肖成的《摇曳在椰风蕉雨中的"南洋梦"——林义彪长篇小说〈椰风蕉雨白楼梦〉管窥》;宋红梅的《游走在传统与现代之间——论新加坡诗人华之风的诗》;蒙星宇的《网事如烟——北美华文网络文学20年》;《第四届新纪元全球华文青年文学奖得奖名单》;王伟的《文学批评的逻辑——评兰志成先生的〈利器与盲视的双重悖论〉》;钟怡雯的《定位与焦虑:马华/华马文学的问题研究》;黄惟群的《崛起的澳洲华文文学》;颜敏的《在文学的现场——"台港澳暨海外华文文学"在中国大陆文学期刊中的传播与建构(1979—2002)》;李娜的《舞鹤创作与世纪末台湾》;李正琴、陈学祖的《台湾及海外华文女性文学中的知性世界》;赵小琪的《台湾创世纪诗社对超现实主义技法的修正性接受》;张重岗的《〈海角七号〉的叙事纬语》;李晨的《难以规避的历史与现实——也评〈海角七号〉》;李松、刘苹的《"文学话语转型与和谐文化建设"暨第四届海峡两岸华文文学研讨会综述》。

《社会科学论坛(学术研究卷)》第6期发表房萍的《身份·时空·性别——张翎小说的意象修辞》。

23日,《文艺报》发表张学昕的《苏童长篇小说〈河岸〉:寻找生命的真实形态》;夏义生的《生命的亮色:真诚与向善——评刘克邦的〈金秋的礼物〉》;石华鹏的《小说比生活精彩》;马建辉的《战争题材作品中的"人性"问题》;阎三忠的《用文学塑造不朽的铁人精神》;路小路、李学恒、潘顺梅的《铁人精神:石油文学的钙质和灵魂——第三届中华铁人文学奖获奖作品读议》;《红色土地的英雄史诗 红色文学的华彩乐章 长篇小说〈血色黎明〉评论》。

24日,《光明日报》发表陈艺静的《勾勒当代基层社会生活画卷》(关于吴玉辉《守护》的评论);朱自强的《大将风度方有"从容"笔墨》(关于秦文君《云裳》的评论);卢有泉的《关注农民工子女》(关于徐玲《流动的花朵》的评论);《写作者的责任与批评的难局——第七届青年作家批评家论坛纪要》。

25日,《文艺报》发表张永权的《边地文化的诗意表达》;李炳银的《汶川大地震的个性书写》;许苗苗的《网络文学的空间及问题》;王干的《未完成的青春——〈逛荡〉小议》。

《东岳论丛》第6期发表李钧的《新什么历史,而且主义——新历史主义小说流变论》;刘进军的《由"神"到"人"的英雄人生——论新时期革命历史题材小说中的英雄形象》。

《世界华文文学论坛》第2期发表杨匡汉的《参古创格——海外华文文学艺林一叶》;钦鸿的《读马华女作家融融的两部长篇小说》;王文津的《一花独秀——文莱微型小说微探》;喻大翔、周黎萍的《果到金秋万里黄——世界华文女作家散文风格论》;陈德锦的《黎翠华散文的情与调》;王剑丛的《笑里藏爱——论吴玲瑶的散文》;高志强的《十三岁的烙印——触摸林海音的散文创作心态》;乔文的《〈世界中学生华文微型小说大赛优秀作品选〉出版》;吕周聚的《生存困境中的人性展现——评吕红的〈美国情人〉》;郭媛媛的《错位中的温暖与坚守——旅法作家鲁娃中篇小说〈诺曼底的红色风景〉细读》;申微文的《第七届世界华文微型小说研讨会在上海顺利召开,江曾培、黄孟文等4位荣获"终身成就奖"》;哈建军的《行医·流浪·悟诗——论杜风人诗歌的主体意识及其特色》;陈钰文、颜呐的《〈孽子〉:一本被遗忘的历史书》;柴高洁的《朱雀桥边的野花——金大班形象的比较分析》;初英子的《〈中国新文学大系·微型小说卷〉隆重推出标志着微型小说从此堂堂正正地进入文学史》;程桂婷的《文明和爱:民族战争中破碎的神话——解读严歌苓的长篇新作〈寄居者〉》;李仕芬的《亲密与疏离——严歌苓〈老人鱼〉解读》;王泉的《文化焦虑与人性守望——袁劲梅小说之"道"》;杨会的《夹缝中的分裂与弥合——论袁劲梅小说》;张翎的《浴火,却不是凤凰——〈余震〉创作谈》;萧相恺的《"殇祭"——为逝去的时代及阿嫌、良山、含笑、老张们》;赵庆庆的《我是茉莉花,也是杂烩冰——华裔作家林婷婷畅谈菲华文学和北美华人文学》;公仲的《一幅独特的华人人物风景画——评江岚长篇小说〈合欢牡丹〉》;古远清的《〈古远清文艺争鸣集〉自序(外一篇)》;王盛的《爱心永在　风范长存——追念余思牧先生》。

《现代情报》第6期发表程光的《浅谈海外华文文学资料的搜集》。

27日,《文艺报》发表朱相远的《如何看待儿童文学中的战争题材》;易莎的《关于新诗的一些感想》;张莉的《鲁敏:持取景器者》;张雨生的《作家复位在于作品复活》;李学斌的《变形与奇遇:儿童成长的寓言模式——读张之路科幻小说"小猪大侠莫跑跑"系列》。

《解放日报》发表沈敏特的《再谈文学的认识功能——读〈绝情华尔街〉》。

28日,《文学报》发表金莹的《费振钟:不是"文化散文",而是"历史写作"》;陈竞的《雪静:作家要保持独立的精神空间》;张滢莹的《长篇〈沉浮〉开"职场小说"先河　崔曼莉:我只是个"写作者"》;黄国荣的《我们该在意什么?》(关于文学批评的评论);雷达的《深沉的爱与悲悯——宗满德作品印象》;孙郁的《有温度的文字》(关于苏北《一汪情深》的评论);陈爱民的《乡土是灵魂的牧场》(关于周克武《桃红李白》的评论);《八位名家笔谈浦子长篇小说〈龙窑〉》。

30日,《文艺报》发表李洁非的《李明性长篇小说〈家谱〉:这个农民形象不一般》;张楚潘的《想起了"贾平凹说庙"》;房伟的《报告文学〈大地为鉴〉:聚焦人民公仆》;木弓的《〈走火〉:生活沃土养育出一部好小说》;杨厚均的《如何塑造英雄人物》;张岳健的《文艺评奖与文艺评论》;以"秀文诗选四人谈"为总题,发表晓雪的《清新明快　朴素自然》,朱先树的《为希望的热土而歌》,王妍丁的《优美的田园奏鸣曲》,李小雨的《大海岸边的土地》。

《求索》第6期发表胡良桂的《新人文精神与近三十年中国文学的走向》。

本月,《山东文学》第6期发表陈兴伟的《新时期官场小说主题意蕴探析》;尹小玲的《论陈铨的民族文学观》。

《上海文学》6月号发表程德培的《记忆是一种忘记的形式——读麦家短篇小说〈汉泉耶稣〉》;周伦佑的《创作札记》;刘继明的《小说与现实》;葛红兵、陈佳冀的《"方言写作"与"底层写作"的可能向度》;夏德元的《寓言式写作:作者与读者的合谋》。

《文艺评论》第3期发表张屹的《新媒体艺术传播与言意关系再审视》;崔修建的《"叙事性":观念的转化与诗艺本质性的置换——先锋诗歌批评关键词解读之一》;金哲的《意志论·存在论·解构论——形而上学批判之路》;杨经建的《第七届茅盾文学奖:困境的展示与平庸的抉择》;陈剑晖的《新时期散文观念与散文论争》;陈国和的《20世纪90年代以来乡村政治书写的当代性——以阎连科为例》;施军的《苦难叙事的看点与立场》;肖南的《人与性:女性自我的真实镜照》;黄光伟、张良丛的《历史回眸:黑龙江报告文学(1946—2005)——〈龙江当代文学大系(1946—2005)·报告文学卷〉导言》;汪树东的《童心本位的追寻与坚守——〈龙江当代文学大系(1946—2005)·儿童文学卷〉导言》;司马晓雯、周欣瑞的《论"80后"的后网络时代经验》;刘波的《奇险地带的精神穿越——评罗振亚〈20世纪中国先锋诗潮〉》;杨荣的《资本时代的人生悲歌——〈问苍茫〉及其叙事伦理》;高方、林超然的《艾苓散文:心灵立场的生活解码》;李福亮、王清学的《20世纪50年代浩然小说的文化艺术传承》;徐肖楠的《没有忧郁和优雅的城市叙事》;文绪的《心灵对心灵的诉说》。

《中国文学研究》第2期发表刘殿祥的《"五四"新文化与二十世纪时代精神——论闻一多对郭沫若的评价》;黄林非的《重新考量中国现代文学的理性精神》;龚敏律的《论鲁迅小说的反讽精神》;袁洪庚的《论当代"肃反小说"中的娱乐与政治》;罗新星的《难以割舍的家族情结——新时期家族小说论》;黄乐平的《嬗变的风格,迷失的自我——张洁小说情爱观综论》;孙叶林的《乡言村语中的"湘西世界"——沈从文小说〈萧萧〉新论》;李运抟的《新世纪文学研究的可喜收获——简评〈新世纪报告文学的审美新变〉》。

《芒种》第6期发表贺绍俊的《中年化的小说文体——读解2008年中短篇小说的一种方式》;李准的《国企改革有诗篇——电视剧〈漂亮的事〉感言》。

《南京社会科学》第6期发表黄发有的《论"十七年"文学的审美主流》;秦林芳的《"转过身来"的"韦护"——论晚年丁玲的杂文创作》。

《读书》第6期发表旷新年、王向阳的《镀金时代的文学》。

本月,贵州出版社出版刘可的《文学美》。

学林出版社出版隋丽的《现代性与生态审美》。

民族出版社出版白薇主编的《文学与新闻传播研究》。

中国戏剧出版社出版孙洁主编的《中国戏剧理论评论获奖论文集》。

四川大学出版社出版徐新建主编的《灾难与人文关怀》。

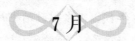

7月

1日,《广州文艺》第7期发表汪政的《寻找、先锋与文学西藏——再读扎西达娃的〈西藏,系在皮绳扣上的魂〉》。

《文学界》7月号发表刘超、凹凸的《京西文学之子》;彭程的《在"词语中"自足自适——凸凹印象记》;祝勇的《中国民间的后裔——论凸凹散文》;仵埂、朱鸿的《大音若稀,木铎之声微茫》;谭畅的《一个有悬念的作家——熊育群访谈录》。

《天涯》第4期发表刘复生的《先锋小说:改革历史的神秘化——关于先锋文学的社会历史分析》。

《当代文坛》第4期发表陶东风的《无聊、傻乐、山寨——理解当下精神文化的关键词》;吴景明的《生态文学的伦理文化诉求》;韦清琦的《农妇·剪纸·狼——重读贾平凹的〈库麦荣〉》;以"李建军主持的自由评论"为总题,发表肖鹰的《岂容于丹再污庄子——为韩美林批于丹一辩》,赵勇的《在语言狂欢的背后——从〈狂欢的季节〉看王蒙言语反讽的误区》;以"谢有顺主持的新锐方阵·哨兵专辑"为总题,发表夏可君的《时间之痛:哨兵诗歌写作的地方志》、《〈水立方〉:对称的火焰与时间性的法则》;同期,发表蔡咏春的《空间化的叙事——论先锋派对时间性的消解》;李琦的《论"乡恋"心态与近年来的乡土小说创作》;张婷婷的《从完美到绝望——论谢宗玉的长篇小说〈伤害〉》;何炜的《文化休克下的民国历史文学造影——田阁一宏大历史叙事和新历史小说浪潮后的四川作家群》;冯源的《人与自然的诗意达成——以谭冬林散文为例》;宋洁的《贾平凹与民间文化》;苏敏的《第六代导演视域中的"女儿"形象——以影片〈青红〉与〈红颜〉为例》;王云芳的《鼎鼐调和的别样滋味——论王鼎钧散文对中国传统文化的继承与革新》;王建永的《从"童心"到"童话"——论顾城诗歌创作的童心视角》;林平的《论杨牧诗歌表现的儒家意识》；王菱的《诗性文化的诗化解读——〈灵心诗性——诗性的中国文化〉述评》；贺绍俊的《王学忠：当代中国的工人诗人》。

《名作欣赏（鉴赏版）》上半月刊第 7 期发表刘春的《众里寻他·当代诗歌百读（一）》；温锁林的《舒婷〈致橡树〉的语言解读》；孟绍勇的《在"回忆"与"想象"之间游走——从〈桃之夭夭〉看王安忆小说的书写策略》；刘继明的《农村题材和农村问题》；牛学智的《反抗常规与黑暗的旅行（一）——世纪之交南帆的文学理论批评选择》。

《名作欣赏（学术版）》文学研究版第 7 期发表王宗凡的《一生的守望——柏杨小说〈约会〉解析》。

《西湖》第 7 期发表陈希我、姜广平的《"写作，首先是自己需要"》；巴克的《文学还能给我带来什么（创作谈）》；汪政的《什么是结实的小说——读巴克小议》。

《作家》杂志第 7 期发表张英进的《鲁迅……张爱玲：中国现代文学研究的流变》。

《延河》第 7 期发表黄江苏、薛祖清的《大地上的异乡者——评第广龙的散文〈深色的血脉〉》。

《社会科学研究》第 4 期发表唐爱明的《"红色经典"：话语膨胀与话语共生》。

《诗刊》7 月号上半月刊发表胡杨的《诗的原野》（诗人随笔）；李少咏的《地域的诗性之光》（关于胡杨诗歌创作的评论）；以"中国诗歌节·诗歌论坛"为总题，发表杨匡汉的《青草还得长在对岸》，杨克的《诗歌与审美，在时代里迁徙》，郑小琼的《诗意的可能性》，李少君的《草根性与新世纪诗歌》，李浩的《我们的生活缺失什么？》。

《钟山》第 4 期发表李洁非的《改良的破碎——细看"大连会议"》；徐兆淮的《忆念老刘——写于〈钟山〉创办三十周年纪念之际》。

2 日，《小说选刊》第 7 期发表徐坤的《通天，还是不通天？》；马相武的《表现主义的有益尝试》；世宾的《被预设的人物命运》；温亚军的《现实只是小说的背景》。

《文艺报》发表女真的《工业题材创作：积累才有飞跃》；田珍颖的《万千思量在田野》（关于《大学生"村官"》的评论）；商国华的《工业题材诗歌缘何歉收》；鲍风的《观察生活的另一双眼睛——车延高诗歌艺术印象》；刘绪义的《为"泛校园"立传——评长篇小说〈爱情回锅肉〉》；邓毅的《春天的协奏——周厚英、欧文理、赵兴中诗歌印象》；黄济华的《深情的呼唤与赞歌——读刘芳散文集〈绿色的乐章〉》;魏久尧的《现实主义之树常青》。

《文学报》发表陈竞的《彭燕郊:"被低估"的文学史形象》;贾平凹的《当下社会的文学立场》;傅小平的《洪治纲:代际交流亟待加强》;梁鸿的《乡土文学:创作焦虑,批评失语?》;唐宇煜的《当消费符号成为文学因素》;马长征的《乐极而生悲——读畀愚〈碎日〉兼谈近期长篇小说的审美新趋势》;谭五昌的《苦难记忆与诗人身份——张兴材〈我们都是汶川人〉读后》;乔世华的《开启幽闭的历史之门——读龙一的〈暗火〉》;陶东风的《网络与文学的去精英化》。

3日,《人民日报》发表曾繁仁的《建设中国特色的生态美学》;仲呈祥的《当代"农神"的银幕诗篇——电影〈袁隆平〉观后感言》;王一川的《抒写科学家的民生情怀》(关于《袁隆平》的评论);张秀峰、龚文瑞的《当代农民的艺术吟唱》。

《文汇报》发表潘凯雄的《"粉丝"》(关于苏北《一汪情深》的评论);彭新琪的《风雨百合花——怀念茹志鹃》;欧阳文彬的《朋友—"敌人"—朋友》。

《光明日报》发表陈树义的《传媒时代的文学批评》;贺绍俊的《充满诗意和诗思的历史回溯——读杨黎光的报告文学〈中山路〉》;梁鸿的《作家学者研讨中国当代乡土文学创作》;李群的《当下文学呼唤道义责任与良知》。

4日,《文艺报》发表张浩文的《农村题材60年:在负重中前行》;吴道毅的《超越生存困境的可能——评王芸的小说创作》。

《文汇报》发表陈思和的《艺术批评·新方法论·学院批评 二十五年文学批评论回顾》。

《解放日报》发表赵本夫的《永远的汪曾祺》。

5日,《山东社会科学》第7期以"新生代作家研究"为总题,发表董文桃的《作为反抗工具的性话语和欲望消费观念——二十世纪九十年代新生代小说的叙事策略》,方奕的《东西:嬉笑的悲剧论者》,刘永春的《论新生代叙事的平面化特征》。

《广西文学》第7期发表李心释等的《关于当代诗歌语言问题的笔谈(七)》。

《花城》第4期发表范汉生口述、申霞艳整理的《风雨十年花城事·在解构中转型》;刁斗的《写什么与怎么写》。

《南都学坛》第4期发表王珂的《菲律宾华文诗人云鹤新诗创作的特点与价值》。

《莽原》第4期发表墨白著、野莽评点的《某种自杀的方法》;龚奎林的《疾病的隐喻与生存的困境——墨白小说论》;姜广平的《"小说是我对生活的设问"——与袭山山对话》。

6日,《当代小说》上半月刊第7期发表孙书文的《"可能"空间:书写与生存——论侯林的散文文体》。

《解放日报》发表王蒙的《百卷沧桑 百卷风流(总序一)》(《中国新文学大系1976—2000》的总序);王元化的《留下时代的痕迹(总序二)》(《中国新文学大系1976—2000》的总序)。

7日,《人民日报》发表张炯的《科学与文学融会的结晶——评〈神七纪实——中国首次太空行走〉》;李道新的《独辟蹊径的英雄叙事——电视剧〈我的兄弟叫顺溜〉观后》;李溢的《文艺作品与国家形象》。

《文艺报》发表李朝全的《党益民报告文学〈守望天山〉:奉献与感恩》;周景雷的《在转型中重振工业精神》(关于李宏林《非常城市》的评论);王士强的《地震之后,写诗是温暖的》(关于长诗《我们都是汶川人》的评论);陈广德的《逃离与返回》(关于成建华诗歌《相逢》的评论);李云雷的《小说如何切入现实》;陈应松的《让现实变成艺术的一部分》;周思明的《致力于恢复文学经典的尊严》;《大上海的变迁史 上海人的心灵史——王小鹰长篇小说〈长街行〉评论》;以"理解·尊重·和谐 周习长篇小说《婚姻危机》评论"为总题,发表李星的《它是人性的历史,也是人性的未来》,郭艳的《以丰富性反拨欲望化》,范稳的《和解:一种可贵的态度》,《〈婚姻危机〉研讨会鲁院第十一届高研班师生发言摘要》;同期,发表陈恩黎的《从"黎锦晖现象"谈中国儿童文学研究》。

《芙蓉》第4期发表一苇、老Q的《为了阅读的愉快》;姬志海的《清水涤尘后的妩媚——2009年〈芙蓉〉的新面貌》。

9日,《文艺报》发表郭新民的《中国新诗发展状态思考》;阿朵的《温暖和善良的力量》(关于温亚军中篇小说集《落果》的评论);蓝野的《言说者的言说——读郭金龙的诗》;饶曙光、李琳的《喜剧不是傻乐 需要足够智慧》;孙春平的《体验新农村建设的喜悦和忧虑》;以"何建明长篇新作《我的天堂》评论"为总题,发表雷达的《史的气魄和诗的情思》,丁晓原的《国家叙事中的史诗建构》,田珍颖的《坚守与渴望的岁月纪实》,李炳银的《人间是如何连接了天堂的》;以"再现当代变革进程的优秀长篇 陆天明长篇小说《命运》评论"为总题,发表张颐武的《再现"写实"的力量》,吴秉杰的《命运的开掘》,南翔的《命运在哪里拐弯》,龚政文的

《文学叙事的另一种可能》;以"同在蓝天下共同成长进步 《蓝天下的课桌》(一)"为总题,发表高洪波的《几个关键词》,文羽的《有教无类的教育反思》,李东华的《以文学的方式代言》,于友先的《敬意与感谢》,张胜友的《为了共和国的未来》,吕先富的《让阳光温暖每一颗童心》;以"同在蓝天下共同成长进步 《蓝天下的课桌》(二)"为总题,发表束沛德的《感人肺腑的真实故事》,金波的《引人深思的心灵之书》,樊发稼的《分量厚重 真实深刻 感人至深》,王泉根的《直面现实敏于剖析的文学佳构》,汤锐的《一本感动当代少年的励志好书》,谭旭东的《关注底层童年生命状态》;同期,发表王文章的《在〈延安文学史〉出版座谈会上的讲话》;《学习延安文艺思想 弘扬延安文艺精神——〈延安文学史〉出版座谈会发言摘要》。

《文学报》发表陈竞、金莹的《作协"变脸",走下"庙堂"》;潘向黎的《琴心剑胆范小青》;李骏虎的《由〈白鹿原〉的白璧微瑕说开去》;余岱宗的《时代欲望的活标本》(关于张旻《邓局长》的评论);丁晓原的《国家战略的文学报告》(关于傅宁军《大学生"村官"》的评论)。

10日,《人民日报》发表钱念孙的《文艺创作要有经典意识》;郭国昌的《文学是民族精神的载体》;陈晋、吴正裕的《展示伟人青春岁月——读纪实文学〈横空出世〉》。

《大家》第4期发表范玮的《天使的困境》;张未民的《地球上的文学》;世宾的《同大地一起苏醒》;马季、桫椤的《神秘的家园和洁净的心灵》;吴君的《我的回归》(创作谈);孟繁华的《心的家园在故乡》;周文英的《论〈天边女儿国〉的女性人物形象》。

《文艺研究》第7期发表本刊编辑部的《反思与发展:中国文艺研究三十年暨纪念〈文艺研究〉创刊三十周年学术研讨会综述》;胡继华的《赛博公民:后现代性的身体隐喻及其意义》;黄念然的《电子传媒时代的身体状况》;汪民安的《手机:身体与社会》。

《中国社会科学》第4期发表黄曼君的《中国现代文学语境与古代文学资源》。

《西南大学学报(社会科学版)》第4期以"中国现代诗学学科建设笔谈(之一)"为总题,发表袁忠岳的《现代诗学研究的哲学提升》,古远清的《两岸诗学的交流与整合》,李怡的《中国现代诗学建设的三大难题》,钱志富的《关于编撰〈中国现代诗学史〉的设想》,梁笑梅的《从诗到诗性:视觉文化传播中现代诗学研究的审美转向》,张传敏的《打通古今、融贯中西:中国现代诗学史上的一种倾向》,段从学的《中国现代诗学的可能及其限度》;同期,发表丛鑫的《突围的陷阱:女性写作反思》。

《江海学刊》第4期发表程中原的《胡乔木的文艺批评》。

《社会科学》第7期发表殷国明、李江的《批评:对文化圈层间隔的穿越》;陈林侠的《跨文化传播与当前境外合拍片的危机》。

《学术论坛》第7期发表陈献兰的《网络文学:传统文学的泛化和异化》。

11日,《文艺报》发表欧阳文风的《应建立和完善网络文学批评标准——"网络・网络文学・公共空间"全国学术研讨会综述》;李霞的《谁把小人物送上了"金光大道"?——读长篇小说〈本色警察〉》;穆肃的《〈百年莞香〉:异香的史诗》;王充闾的《通俗传远　创新动人——读〈苏方桂文选〉》;卞孝萱的《赤子之心的人格高度——序朱颖人教授诗集》;杨克的《用真情和心灵书写——读〈邓鸣作品选〉》;方卫平的《新媒介对当代儿童文学发展的意义》;李雪的《女儿:审视与还原的精灵——当代女作家小说中女儿对"母性神话"的解构》;《对当代农村生活及农民精神世界的独到感知——张洪兴长篇小说〈绿逝〉研讨会发言摘要》;陈建功的《农村题材创作的新收获》;以"畀愚小说创作评论"为总题,发表吴天行的《畀愚会有更广阔的文学之路》,武亮靓的《深深地根植于生活沃土》,谢鲁渤的《煲出人生百味》,王学海的《挣扎的努力》,木弓的《女性人生　平民情怀》,郑翔的《"新写实"小说的当下延伸》。

《解放日报》发表李有亮的《跨度、深度与纯度——〈小说与诗歌的艺术智慧〉阅读印象》。

14日,《人民日报》发表梁鸿鹰的《强化文学批评的现实力量》;王永宽的《散文之史与史之散文》(关于王剑冰《散文时代》的评论);周红岩的《又见紫荆花盛开》(关于刘笑伟长篇散文《又见紫荆花儿开》的评论);何西来的《重建美丽家园》(关于邱树添《美丽家园》的评论);高深的《评论家的"视野"》。

《文艺报》发表《纪念中国作家协会成立六十周年》。

《光明日报》以"美学与日常生活"为总题,发表杨春时的《"日常生活美学"与"超越性美学"》,王德胜的《感性意义:日常生活的美学维度》,彭锋的《超越、还原与逗留——关于日常生活审美化的再认识》。

15日,《人文杂志》第4期发表钟维琴的《城市意象与当代文化身份冲突》。

《广东社会科学》第4期发表李权时的《论岭南文化工具主义——兼论岭南文化的现代转换》；杨经建的《启蒙主义语境中的存在主义选择——论20世纪中国存在主义文学的历史文化语境》。

《中央民族大学学报(哲学社会科学版)》第4期发表杨琳的《阿来小说语言的多文化混合语境》。

《华东师范大学学报(哲学社会科学版)》第4期发表杜心源的《文学史：文类、叙事和历史语境》。

《诗刊》7月号下半月刊以"胡弦：努力抵达自主写作状态的诗人"为总题,发表韩作荣的《洞察·描述与理解》,马永波的《从经验到形式——阅读胡弦》,庞余亮的《2002年·冬天·胡弦》,傅元峰的《在物与作品之间——胡弦诗歌特征简析》；同期,发表食指的《读诗断想》；汪峰的《诗何为：和友探讨(外二篇)》。

《文艺争鸣》第7期发表童庆炳的《反本质主义与当代文学理论建设》；陶东风的《文学理论：建构主义还是本质主义？——兼答支宇、吴炫、张旭春先生》；王洪琛的《理论主义的贫困——由吴炫〈当前文艺学争中的若干理论问题〉引发的思考》；陈晓明的《壮怀激烈：中国当代文学60年》；傅宗洪的《大众传媒时代与抒情话语的生产》；陈思和的《文学中的"身体"象征了什么？——论朱崇科的〈身体意识形态〉》；罗兴萍的《文本如何细读——陈思和文学评论的特点》；李丹的《一个关键词的前世今生——陈思和的"民间"概念的理论旅行与变异》；王一川的《中国电影文化60年地形图》；李道新的《类型的力量——以新中国建立以来国产影片的若干统计数据为例》；周星的《类型化未必是中国电影创作出路——新中国电影60年"类型-样式问题"思辨》；潘天强的《在类型电影与作者电影之间——中国电影的策略》；徐克瑜的《论文学接受中的正读、误读和歧解》；赖洪波的《在一种批评方法的背后——文化研究与知识分子身份认同》；刘稀元的《"厌食症"对物的拒绝——残雪与80年代后期文化语境》；寇旭华的《〈尘埃落定〉的象征性分析》。

《文史哲》第4期发表郭延礼的《20世纪初中国女性文学四大作家群体考论》。

《文学评论》第4期发表樊星的《新时期文学与"新民族精神"的建构》；周新民的《筑构精神理想国》；李建军的《再论〈百合花〉——关于〈红楼梦〉对茹志鹃写

作的影响》;孙桂荣的《论"80后"文学的写作姿态》;张晓红的《"内视"和"外视"中的"身体写作"》;常彬的《抗美援朝文学中的域外风情叙事》;马俊山的《评董健、胡星亮主编的〈中国当代戏剧史稿〉》;田泥的《评李洁非〈典型文坛〉》。

《中国现代文学研究丛刊》第4期发表宋以朗的《书信文稿中的张爱玲——2008年11月21日在香港浸会大学的演讲》;林幸谦的《张爱玲"新作"〈小团圆〉的解读》。

《长城》第4期发表李洁非的《周恩来时间——1959～1962年的文艺斗争》;以"'底层写作':并未终结的伦理命题"为总题,发表周航的《关于"底层写作"的两个基本问题》,王玉的《文学与底层》,焦红涛的《对"底层文学"的再检讨》,刘江凯的《"底层写作"的洞见与不察》。

《中国社会科学院研究生院学报》第4期发表韩伟、黄亚妮的《文学回归自身与走向自觉的文学批评——论80年代中后期的文学批评(1985—1990)》。

《北方论丛》第4期发表杜云南的《20世纪中国家族小说之历史变迁》;刘文辉的《传媒权力生成——另一种考察视阈》;马宏伯的《岁逢"甲子"话研究——共和国文学研究60年学术研讨会综述》。

《百花洲》第4期发表黄桂元的《印象·王松的儒雅与野性》;王松、黄桂元的《对话·作家离"现实"有多远》。

《江汉论坛》第7期发表刘郁琪的《"叙事学新发展"还是"伦理批评新道路"——叙事伦理的提出及其理论价值》;甫玉龙、陈定家的《比特化:网络时代的文学巨变》;黄曙光的《革命经典中的惩恶扬善与阶级外衣——以〈太阳照在桑干河上〉的钱文贵为例》;罗麒的《论〈鹿鼎记〉的反武侠特征》。

《江苏社会科学》第4期发表陈奇佳的《网络时代的文学生产》;吴效刚的《老舍的自由心态与其小说的人本思想》。

《齐鲁学刊》第4期发表秦林芳的《论〈太阳照在桑干河上〉的国民性批判》;商昌宝的《尴尬的境遇:1950年代的茅盾》;张伯存的《王小波的文学世界》。

《西藏文学》第4期发表于宏的《诗歌中的历史——当代藏族诗歌片论》。

《社会科学辑刊》第4期发表李秀金的《文学生态语境中的话语隐喻——关于新写实小说的话语阐释》;张冬梅的《飞翔的沉重——1990年代以来的自由作家与出版人》。

《学习与探索》第4期发表[德]顾彬、王卓斐的《绝望之虚妄,正与希望相同——一位文学史家的心声》;张荣翼的《图像化背景与意义的重建——当下文学批评所面对的挑战和应对》。

《南方文坛》第 4 期发表南帆的《现代主义、现代性与个人主义》;金理、陈思和的《思潮与争鸣：现实主义·现代主义·纯文学的反思——〈中国新文学大系(1977—2000年)·文学理论卷〉导言之一》;申霞艳的《消费社会,为大地歌唱的人——石舒清论》、《批评是对另一种生活的思念》;张柠的《申霞艳：来自阅读前线的批评家》;林岗的《思念另一种生活》(关于申霞艳的评论);以"儿童文学"为总题,发表曹文轩的《关于"全国儿童文学理论研讨会"》,朱自强的《论"分化期"的中国儿童文学及其学科发展》,张国龙、张燕玲的《处于成长之中的中国"成长小说"》,徐妍的《市场化潮流中儿童文学开放的底线与碑石——论当下儿童文学的批评尺度》;同期,发表侯桂新的《洪子诚与当代文学史写作的主体性》;武新军的《中国当代文学史研究的困境与出路——评程光炜新著〈文学史的兴起〉》;范肖丹的《郭小川,二十世纪中国诗坛的西绪福斯》;阎真、赵树勤、龙其林的《还原知识分子的精神原生态——阎真长篇小说创作访谈》;曹征路的《生活之树常绿——兼答"北京大学当代最新作品点评论坛"》;胡续冬的《近十年来的诗歌场域：孤绝的二次方》;李少君的《草根性与新世纪诗歌》;西川的《海子诗歌的来源与成就》;荣光启的《海子诗歌：从〈小站〉出发》;郑纳新的《新时期初期的三次文学会议》;专栏"广西文艺六十年",发表张柱林的《现实主义时代的浪漫主义——常剑钧剧作中的"乡民情结"》,邓玉莲的《论黄咏梅小说的话语方式及其当代意义》;同期,发表陈剑晖的《激情与闲适中的生命变奏——评高洪波的散文创作》;张德明、杨清发的《〈三十年河东〉二人谈》;任相梅的《比红烧肉还要好看》(关于毕飞宇《推拿》的评论);马绍玺的《鲁若迪基诗歌论》;修晓林的《精神家园的反复咏叹——评叶文玲长篇新作〈无忧树〉》;张燕蓟、徐亚男的《"复印报刊资料"文学系列期刊学术影响力分析》;贺绍俊的《理论动态》(五四运动九十周年渐成讨论热点,文坛是否病毒泛滥？)。

《语文学刊》第 7 期发表张云丽的《严歌苓小说的情爱伦理叙事》;申景梅的《十七年儿童小说创作概况及研究综述》;杨晓梅的《一个精神原乡者的艰苦抉择——〈尘埃落定〉中"土司太太"的心灵世界》;郑燕的《论女性主义文学批评中"女性"、"女性主义"和"女性写作"概念的本土化理解及运用》;仇静的《交织着内疚的痛感成长——析陈染〈与往事干杯〉》。

《理论与创作》第 4 期发表赵炎秋的《共和国叙事理论发展六十年》；杨向荣、傅海勤的《边界位移中的知识建构与反思——六十年文艺学学科的发展走向》；宛煜的《中国电影音乐六十年的发展流变及现状分析》；刘起林的《抗战题材影视剧"话题"作品的审美偏失》；刘海波的《逼近真实与疏离真实——论新世纪战争题材影视剧的悖反特征》；黄稼辉的《略论当前军事题材影视作品叙事维度的转变》；颜浩的《错位的视角与变调的启蒙——论〈南京！南京！〉的历史叙事》；兰师文的《论文本诠释过程中主体性的安顿》；雷珍容的《论诗性语言的"隐喻性"特征》；张立群的《后革命视域下的中国当代诗歌——或曰 30 年来诗歌发展的一种解读》；胡良桂的《第七届茅盾文学奖的时代感与地域性》；周雪花的《铁凝故园小说的民间想象与家族叙事》；马振宏的《从〈秦腔〉到〈高兴〉看贾平凹的焦虑意识》；闫立飞的《描写、叙述与故事——青年作家龙一、武歆和秦岭的中短篇小说创作》；苏勇的《对抗与妥协　存在与超越——评苏童长篇小说〈河岸〉》；刘保亮的《论阎连科小说的道家意蕴》；刘邦奎的《浅析〈藏獒〉的文化内涵和时代意义》；杨金砖、夏昕的《弘扬时代旋律　描摹潇湘热土——论〈脚手架〉兼及刘翼平的文学情结》；余三定的《用慧眼灵心解读人生——评陈砚发的随笔创作》；许道军的《历史叙事的形而上学：冯伟林的〈书生报国〉》；刘绪义的《乡村那沉重的肉身和舞蹈的灵魂——评傅春桂散文集〈痛，就喊出来〉》；刘艳琳的《恐惧：抹不去的生命伤痕》；骆志伟的《〈潜伏〉的商业诉求与美学考量》；马藜的《青春的伤痛：从女性叙事视角看当下电影中女性生存境况——以〈青红〉、〈孔雀〉、〈红颜〉为例》；张先飞的《超越现实的南柯梦——从电影〈高兴〉的四个关键词说起》；李元洛的《骏马嘶风——读湖南蝈蝈〈碎瓷划伤的河流〉》；欧阳友权、欧阳文风的《网络公共空间的文学反思》。

《福建论坛》第 7 期发表宋剑华的《〈红旗谱〉：非农民本色的革命传奇》；张鸿声的《传统城市性的延续与现代性的建立——老舍话剧中的"新北京"》。

16 日，《文艺报》发表金波的《圣野的诗歌人生》；曾庆瑞的《"电视剧文学"刍议》；郭宝亮的《〈一句顶一万句〉与"刘震云现象"》；晓华的《写作的难度》；王春林的《营筑短篇里的大千世界——陈然短篇小说论》；廖奔、刘彦君的《新中国戏剧 60 年：不断焕发新的青春光彩》；赵晖的《〈将军的部队〉撼人心魄》。

《文学报》发表陆梅的《当下散文的困境和缺失》。

17 日，《人民日报》发表张志忠的《略论当代文艺的家国叙事》；丁晓原的《中国精神的少年图志——读〈震不垮的川娃子〉》;陈冲的《一部浪漫主义的"成长"小说——读赵玫新作〈漫随流水〉》。

《作品与争鸣》第 7 期发表云雷的《脆弱的道德,或无力的"善"》(关于王祥夫小说《我本善良》的评论);傅翔的《在写意与童话的世界里给人以温暖和感动》(关于王华《在天上种玉米》的评论);李尚才的《了无新意与缺乏力度的表达》(关于王华小说《在天上种玉米》的评论);晓宁的《打工文学:内在超越之路》;冯静的《文学担当与历史建构》;程德培的《梦幻与现实——读陈善埙的短篇小说〈大老板阿其〉》;朱耶的《劳动美》;幼河的《作家们都怎么了?》;王玉的《女性经验:女性写作的误区》。

19 日,《文汇报》发表李平的《民间叙事与青春抒情——读杨剑龙的长篇小说〈金牛河〉》;余亮的《重审中国当代文学六十年》。

20 日,《小说评论》第 4 期发表洪治纲的《"底层写作"的来路与归途——对一种文学研究现象的盘点与思考》;傅元峰的《传说重述与当代小说叙事危机》;专栏"延安的艺术变革"发表李洁非、杨劼的《从小说看"转换"(上)》;同期,发表胡传吉的《诉苦新传统与怨恨情结》;李建军的《土性作家和有根据的写作》;陈忠实的《寻找属于自己的句子——〈白鹿原〉写作手记(连载十二)》;以"李修文专辑"为总题,发表於可训的《主持人的话》,阳燕、李修文的《"我们来到了痛苦的中心"——李修文访谈录》,李修文的《写作和我:几个关键词》,阳燕的《李修文的文学资源与创作个性》;同期,发表江冰的《〈小时代〉:"80 后"的另类经验》;田忠辉的《韩寒〈光荣日〉的"异在"声音——从文学"80 后"到文化"80 后"》;刘俊峰的《心灵生存空间的自我解构——由郭敬明〈幻城〉看"80 后"写作》;付明根的《从〈红 X〉看"80 后"乡村书写与新媒体之关联》;潘新宁的《典型解构·诗性自由·综合分化——改革开放三十年小说诗性发展的起点、方向和途径》;彭丽萍的《难以成立的"世俗化"标准——关于军旅文学"世俗化"倾向的另种解读》;李谞博的《寻根意识形成的历史语境及其思想迷误》;赵慧娟的《成长的异化与异化的成长——60 年代出生作家成长之路》;胡东海的《一本杂志·六篇文章·一种理念——评贾梦玮主编〈当代文学六国论〉》;李洁非的《批评的重要指向》;赖翅萍的《现代爱情、婚姻主体的想象与重建——论张抗抗的婚恋叙事》;冯晶的《张炜创作中民间意识的形成流变探析》;吴俊的《徐则臣小说简评》;吴岚的《"间性境遇"中的伤害——评谢宗玉的小说〈伤害〉》;石峤的《保持向生活发问的勇气——

论谢宗玉和他的小说〈伤害〉》;白军芳的《论方方长篇小说〈水在时间之下〉的"尖锐"美学》;赖大仁、苏勇的《〈天下苍生〉的文化意蕴》;徐肖楠、施军的《在时尚中飞翔的灵魂向往——长篇小说〈中国式燃烧〉带来的启示》;郎伟的《青春诗情与岁月烟云——读查舜长篇小说〈月亮是夜晚的一点明白〉》;何占涛的《〈受活〉絮言的叙事模式》;雷电的《林贤治印象》;高宇民的《论当前从小说到电影改编的一种新趋向》。

《河北学刊》第 4 期发表王彬彬的《"新启蒙运动"与"左翼"思想在中国的传播》。

《解放日报》发表肖复兴的《另一种李代桃僵——评电视剧〈龙须沟〉》。

21 日,《人民日报》发表蒋登科的《诗歌与乡土的新向度》;张万林的《乡村文化之忧》;李炳银的《中山路上的历史沉思》(关于杨黎光报告文学《中山路——追寻近代中国的现代化脚印》的评论)。

《文艺报》发表王川的《张炜长篇散文〈芳心似火〉:寻找美德与信仰》;康桥的《崇高与美应是不变的追求》;畅广元的《理解民族文化传统的新视阈——读庞进散文集〈平民世代〉》。

23 日,《文艺报》发表田忠辉的《网络语境下:"80 后"写作对中国文学观念的拉动》;张景超的《警惕文学批评的伪饰化》;孙德喜的《土楼里也有英雄》(关于何葆国长篇小说《黄家坳的土楼》的评论);蔡勋建的《"写"出了西藏颜色》(关于诗人王良庆的评论);古丽莎·伊布拉英的《新时期新疆少数民族文学民译汉态势》;晓雪的《反映时代　走向群众》;张怀存的《一种特别的气息——读土族作家祁建青散文有感》;毕艳君的《一颗耀眼的流星》(关于端智嘉文学创作的评论);满全的《寻找勇士与玫瑰——读额鲁特·珊丹系列散文诗〈十月之印象〉》;蒋子龙的《百年梦想的文学阐释》;傅查新昌的《本真的智慧——解读仡佬族作家何述强的散文创作》。

《文学报》发表傅小平的《作家,如何与城市相遇?》、《"80 后"写作:无关真实的都市经验》;乔亮、陈竞的《当代中青年作家系列访谈　张鲁镭:"小日子"里淘幸福》;葛水平的《灵醒娃丁天》;张滢莹的《程庸:"东学西渐"的探路者》;周芹的《"百家讲坛"与"鸳鸯蝴蝶派"》;韩浩月的《自由表达的博客时代》;张立国的《衔文化生态　筑理论新巢——读〈文化生态视镜中的中国报告文学〉》;何平的《〈巫言〉:另一种当代汉语小说?》;戴翊的《别具一格的上海市民生活史——读长篇小说〈长街行〉》;徐鲁的《周蜜蜜:姜百合的芬芳》。

《天津社会科学》第4期发表贺仲明的《转型的艰难与心灵的归化:"十七年文学"的政治认同问题》;傅元峰的《政治规避及其美学反抗:80年代文学的文化认同问题》;张光芒、童娣的《自我与他者的纠缠:90年代以来文学的身份认同问题》;李怡、程骧的《论五四新文学的认同焦虑及其危机体验》。

24日,《人民日报》发表胡良桂的《以人为本:文学的价值取向》;曾凡的《呼唤文化原创力》;王春瑜的《精彩勾勒民国人物——读〈烽火智囊〉》;薛梅的《质朴中的丰厚——读〈万花山〉》。

《文艺理论与批评》第4期发表刘琛的《论意象消费——消费社会与视觉文化的互文性》;景俊美的《坚守的力量——读胡学文小说新作三篇》;李志孝的《转型时代的乡村底层人生——胡学文小说人物论》;祝东力的《〈铁人〉与我们的时代》;翟泰丰的《惊心动魄 撼动心弦——评新编电视剧〈敌营十八年〉》;刘军的《是严酷的历史还是一个人的电影?——观〈南京!南京!〉提出的质疑》;王衡、李科平的《欲望追寻与精神建构之间的裂隙——论影视剧的精神坚守问题》;周来祥的《中国化的马克思主义的体验美学——我看王朝闻美学思想》;王宁的《王朝闻艺术辩证法的成因》;王莅的《底层的抒情与王学忠诗歌的意义》;吴投文的《当前诗歌症候分析》;王君梅的《从清官神话到张平反腐小说》;王晓丹的《云南文学中的少数民族女性形象》;王竹良的《论当代湖南文学的两大传统》。

《光明日报》发表解放的《成长的喜剧 性格的悲剧——电视剧〈我的兄弟叫顺溜〉观后》;凌红的《呕心沥血赤子情——电影〈潘作良〉观后》;种洁的《从"造梦"到"祛魅"——〈少林寺传奇〉解释"新功夫剧"文化内涵》。

《吉林大学社会科学学报》第4期发表王学谦的《鳄鱼的"血地"温情与狂放幽默——莫言散文的故乡情结与恣肆反讽》;王烨的《废妾运动与巴金〈家〉的叙事想象》;苏克军的《无"家"的彷徨——鲁迅对于"家"的绝望与痛苦》;李蕾的《京派作家的聚合形态考察——以沙龙为论述中心》。

25日,《文艺报》发表赖大仁的《以历史反思观照当代文艺价值理念》;谭好哲、孙媛的《精神价值重建与当代文学艺术创作》;曹霞的《探寻60年代作家群的精神轨迹》;冉隆中的《广袤大地上的文学收获——云南峨山新农村文学基地作品扫描》;《网络作家在鲁院》;以"《皇粮钟》评论"为总题,发表崔道怡的《深沉悠远的〈皇粮钟〉》,段守新的《抒苍生歌哭 为历史写真》,王干的《这一声敲得历史苍凉、大地回荡》，雷达的《在〈皇粮钟〉里"找到中国农民"》，胡平的《皇粮题材的魅力》；以"叶广芩长篇小说《青木川》评论"为总题，发表陈建功的《小说家天赋的有力证明》、陈忠实的《生活真实与艺术真实的完美创造》、贾平凹的《叶广芩：陕西作家的榜样》、雷达的《用现代之眼追寻历史文化之魂》、文羽的《从容、睿智的温暖叙事》、何西来的《奇才：为小说叙事而生》、肖云儒的《多重文化眼光　别样艺术魅力》、李星的《多维视野观照下的艺术世界》、李建军的《还可以改得更好》、刘斌的《一部现实主义力作》、雷涛的《深深扎根于生活沃土》、胡平的《〈青木川〉与"史诗"之比较》、范咏戈的《纯粹之美》、牛玉秋的《〈青木川〉的魅力：原创、结构、悬念》、白烨的《胆识与勇气》、吴义勤的《"历史"与"文学"互为成就》、彭学明的《青木川一声长叹》、叶广芩的《我写〈青木川〉》；同期，发表《构筑现实与理想交融的和谐世界——郝敬堂报告文学〈都市寻梦人〉研讨会发言摘要》；以"真实地触摸时代的伟大变革——长篇报告文学《中国模范生——浙江改革开放30年全记录》评论专辑"为总题，发表文羽的《对开放和崛起的另一种形象解读》、贺绍俊的《阐述中国特色　总结中国经验》、石一宁的《辉煌来自人的解放》、吴晓波的《一个模范记者的〈中国模范生〉》、夏烈的《伟大和残酷的平衡：一份特殊的中国平民报告》。

《文艺理论研究》第4期发表张旭曙的《后结构主义文学批评观念探微》；张万民的《辩者有不见：当叶维廉遭遇宇文所安》。

《东岳论丛》第7期发表杨新刚的《新都市小说中"经济人"形象特征及意义》。

《甘肃社会科学》第4期发表辛晓玲的《意境：中国现当代散文的传统审美精神》；李建军的《论散文的空灵美》。

《当代作家评论》第4期发表黄平的《对话与独白——论李松涛〈忧患交响曲〉》；陈奇佳的《苦痛的多重变奏——李松涛诗艺一叶》；王彧的《"诗说："——读李松涛的诗》；梁海的《直抵生存本真的自由抒写——宋晓杰诗歌论》；张学昕的《"后锋"写作及其他——诗人杨炼、唐晓渡访谈录》；陈超的《精确的幻想——从田原的诗说开去》；汪剑钊的《乡愁：一种生态主义的焦虑——关于田原的诗之独白与潜对话》；以"迟子建评论专辑"为总题，发表何平的《重提作为"风俗史"的小说——对迟子建小说的抽样分析》、胡传吉的《迟子建：温柔敦厚，一往情深》、史元明的《庄重地离家，轻逸地回归——论迟子建小说中的"离家模式"》、张昭兵的

《死亡的魔术、神曲、心理三重奏——解析迟子建小说〈世界上所有的夜晚〉的叙事艺术》;同期,发表王安忆的《刻舟求剑人——朱天心小说印象》;黄毓璜的《寻找,或者无意抵达——面对〈无土时代〉》;张莉的《看吧,这"非常态"书写——陈希我论》;阿来等的《第七届"华语文学传媒大奖"专辑》;专栏"文化视界"发表朱晓进的《主持人的话》,沈杏培的《论儿童视角小说的文体意义与文化意味》,谈凤霞的《论女性童年身体话语的文化意蕴》。

《郑州大学学报(哲学社会科学版)》第 4 期以"五四话语中的中国现代文学(笔谈)"为总题,发表张宁的《"五四"与"左翼"的同质性——关于新文学运动与左翼文学运动"共性"的思考》,李怡的《"五四"与现代文学"民国机制"的形成》,练暑生的《如何看待中国现代文学的大传统——在历史的漩涡中展开想象》,毛丹武的《五四:记忆与遗忘》。

《晋阳学刊》第 4 期发表杨珺的《女性散文中的母女关系解析——以〈亲情解析〉〈我有这样一个母亲〉为例》;何学军的《论"十七年"家族小说的文化变异》。

《解放日报》发表何方的《固守真诚 蕴藉华章——读蒋鸣鸣散文集〈人牛集〉》。

27 日,《文学自由谈》第 4 期发表李兆忠的《古典艺术精神的一次回光返照》;何英的《当代文学的六个词组》;李建军的《一本中国人的必读之书》;杨爱芹的《观照女性生存的〈藏品女人〉》;郑小琼的《〈孤独骑士之歌〉的诗意担当》;瞿腊阿娜的《上海飞来〈云南的云〉》;方英文的《小说的难度》。

28 日,《人民日报》发表刘起林的《"戏说历史"的叙事偏差》;王珂的《新诗为何难有"经典"》。

《文艺报》发表白烨的《吴瑜长篇小说〈上海,不哭〉:在追寻与追问中成长》;冯毓云的《迟子建小说:诗意的栖居》;李建军的《先锋旗帜与现实经验》(关于杨永康文学创作的评论);李伟明的《回归到作品》;马建辉的《以文化人——论文学在社会主义精神文明建设中的作用》。

《厦门大学学报(哲学社会科学版)》第 4 期发表高波的《"海子神话"与"文学知识分子"心态》;陈冬梅的《试论 20 世纪五六十年代台湾小说叙事模式的转变》。

《兰州大学学报(社会科学版)》第 4 期发表李明的《"为农民写作"的文学思考——以赵树理创作为中心》。

30日,《文艺报》发表梁鸿鹰的《彰显文学批评的现实力量》;汪政、晓华的《一种文体与一个地方——谈太仓市的微型小说创作》;女真的《作家担当了什么》;《网络文学:一种新的文学在崛起——"起点四作家作品研讨会"发言摘要》;李美皆的《温情与才情》(关于王尧长篇散文《一个人的八十年代》的评论);蒋建伟的《在晨钟暮鼓中寻找一抹乡愁》(关于孟庆武旧体诗的评论);《杨黎光报告文学〈中山路〉评论》;孙夜、刁泽民的《努力造就长篇小说作家队伍——鲁院文学院"长篇小说创作深圳研修班"侧记》;《文学记录的精神档案——李兰妮作品〈旷野无人〉研讨会发言摘要》;《灾难考验民族意志 文学反映民族精神——"抗震文学与中国精神"研讨会纪要》。

《文学报》发表张滢莹的《刘震云:写不同的话,看更远的风景 坦然面对新作〈一句顶一万句〉各种评价》;傅小平的《王彬彬:文坛"异数"的性情评说》;伍立杨的《窥破迷津看回忆录》;李美皆的《一个知识分子的心灵史》(关于王尧《一个人的八十年代》的评论);红孩的《美的本质在于审美——罗光辉散文印象》;赵瑜的《历史的重现》(关于韩少功《重现——韩少功的读史笔记》的评论);马平川的《文化大散文为什么"没文化"》。

《海南师范大学学报(社会科学版)》第4期发表许苗苗的《三城记——都市景观与作家心态》。

31日,《人民日报》发表马平川的《拓展文化散文的精神空间》;范垂功的《文艺当展现生存价值》。

《光明日报》发表雷达的《在〈皇粮钟〉里找到中国农民》;张炯的《新农村大有可写》;李炳银的《汶川大地震的个性面对与书写——读关仁山长篇报告文学〈感天动地——从唐山到汶川〉》;蒂尼的《警惕"娱乐化解读"历史》。

《求索》第7期发表章妮的《论新生代散文的文类跨越与叙事调整》。

本月,《山东文学》第7期发表韩振英的《乡村生命的歌与哭——评李登建散文集〈平原的时间〉》;郑书伟、谭炳琪的《"残雪式"与"卡夫卡式"意象比较研究》;石一宁的《一扇独特的窗口——读吴正中篇小说集〈后窗〉》。

《上海文学》7月号发表洪治纲的《现实与亲情的撕扯——评张惠雯的〈垂老别〉》;王纪人的《上海叙事:弄堂乾坤——评王小鹰的长篇小说〈长街行〉》。

《芒种》第7期发表李万武的《小说应该"回到"的地方——以衣向东中篇小说〈爱情西街〉为例》。

本月，中国戏剧出版社出版孙洁主编的《新时期戏剧创作研究论文集》。

上海文化出版社出版陈勤建主编的《文艺民俗学论文集》。

中国人民大学出版社出版金元浦主编的《当代文艺心理学》。

天津社会科学院出版社出版张大为的《理论的文化意志》。

8月

1日，《广州文艺》第8期发表阎晶明的《当年明月曾照人》。

《文艺报》发表赵勇的《新媒介时代，文学批评如何发挥作用》；黄桂元的《超越时空的生命风景》（关于《笔杆子》的评论）；何西来的《一部弘扬灾后重建精神的好书——评邱树添长篇报告文学〈美丽家园〉》；忽培元的《乱云飞渡仍从容——读〈业余摄影家〉印象》；李星的《表现民间信仰和乡村记忆的小说——读韩怀仁的长篇小说〈大虬〉》；吕进的《唐诗的村庄》；何世进的《挑战纪实文学的难度和深度——评长篇纪实文学〈一个医生的救赎〉》；林贵春的《父爱如山——读冯文暄散文〈父亲松开了攥着我的手〉有感》；王泉根的《关于儿童分级阅读的思考与对策》。

《文学界》8月号发表潘旭澜的《精神美食——读〈放逐与回归〉》；李元洛的《情系苍生赋好诗——读杜渐坤诗印象》；杨闻宇的《作为文学编辑的古耜》。

《名作欣赏（鉴赏版）》上半月刊第8期发表刘春的《众里寻他·当代诗歌百读（二）》；以"齐菲诗集《隐蔽的沙滩》荐评专辑"为总题，发表介子平的《读诗人的一道隐喻命题》，宁志荣的《青春的乐章——读齐菲诗集〈隐蔽的沙滩〉》，闫文盛的《时间的隐语——读齐菲诗集〈隐蔽的沙滩〉》，阎扶的《与凤凰一起谈天》，李剑啸的《每一个飞翔的影子都映满蔚蓝——齐菲诗歌印象》；以"电影《南京！南京！》小辑"为总题，发表崔卫平的《记忆之战》，辛楠的《他者视角：〈南京！南京！〉的叙事冒险》，杨国光的《不仅是叙事策略的角力——故事片〈南京！南京！〉观后感》；同期，发表牛学智的《反抗常规与黑暗的旅行（二）——世纪之交南帆的文学理论批评选择〉》；周宇清的《时代知识精英的心灵之旅——读许纪霖〈大时代中的知识人〉》；王澍的《质疑"送去主义"》。

《名作欣赏（学术版）》文学研究版第 8 期发表张元卿的《母性、家父长制与女性抒写》；张福萍的《女性语言的私有性》；李莉的《打破学科界限的文化会通——金克木晚年散文的文化会通思维方式之一》；张晓勇的《开放的篱笆与坚固的围墙——〈阿 Q 正传〉与〈许三观卖血记〉叙事模式比较分析》；杨志芳的《批判灵魂痼疾　寻找民族精魂——鲁迅与韩少功比较谈》；郑孝芬的《原野奇葩——〈边城〉和〈受戒〉的女主人公形象比较赏读》；李新平的《雪域高原的历史记忆——谈李爱华〈西藏日记〉的史料价值》；邓玉久的《贾平凹作品的语言特色》。

《西湖》第 8 期发表朱文颖、姜广平的《"我写小说，首先是慰藉自己"》；李美皆的《从〈小团圆〉看张爱玲的终极身体写作》；秦客的《我为什么要写短篇小说（创作谈）》；刘波的《智性写作的叙事和诗意》。

《社会科学战线》第 8 期发表杜世强的《呼唤爱情题材作品的回归——十七年文学的一个视角》。

《作家》杂志第 8 期发表[韩]朴明爱的《〈花腔〉的魅力——兼谈李洱小说的叙事观念》；[韩]朴宰雨的《先锋性的探索——超俗不凡的智略型作家李洱》；张清华的《晨光中的语词蜃景——序诗集〈妖精的王座〉》；梁海的《"先锋"与"古典"的诗性合谋——重读苏童的〈妻妾成群〉和〈红粉〉》。

《延河》第 8 期发表史元明、郝奇的《传统乡土社会的一曲挽歌——评小说〈黑土〉》；红孩的《你是我眼里的风景——读夏坚德散文集〈黄稻草〉絮语》；王静的《山花遍野春正浓——神木文学现象扫描》。

《诗刊》8 月号上半月刊发表鲁克的《聆听寂静》（诗人随笔）；梁小斌的《鲁克的疼痛之根》（关于鲁克诗歌创作的评论）；以"诗歌论坛·聚焦网络诗歌"为总题，发表张德明的《互联网语境中的诗歌》，张洪军的《浅谈网络诗歌的喜与忧》，王珂的《新诗博客与网络诗歌的发展》，文立冰的《网络促进了诗歌的平民化》，王天成的《网络与诗歌自娱》。

2 日，《小说选刊》第 8 期发表申霞艳的《倾听遥远的笛声》；田崇雪的《请给我一个感动的理由》。

4 日，《人民日报》发表陈树义的《文学应有社会担当》。

《文艺报》发表郭艳的《青春写作正在影响传统文学观念》；李俊国的《"小人

物"写就大历史》(关于阿耐《大江东去》的评论);沈世豪的《关键在于出新》(关于《豹子山》的评论);尹博的《以对话进入文学》;周蓬桦的《从文学的本质出发》;赵春秀的《要深入研究电视文学剧本创作规律》;刘润为的《杂文是人格的光辉》;鲍远福、刘秀丽的《努力创作具有审美精神的文艺作品——"消费主义文化与当代文艺建设"学术研讨会综述》。

5日,《广西文学》第8期发表李心释等的《关于当代诗歌语言问题的笔谈(八)》。

《光明日报》发表王萌的《悲悯情怀观照下的庸常人生》(关于王安忆《月色撩人》的评论)。

6日,《文艺报》发表孟繁华的《当代文学:农村与乡土的两次历史演变》;凌行正的《崇高的红色——李景荣长篇小说〈灰色·本色〉读后》;《〈我的兄弟叫顺溜〉胜在人物塑造》;以"迟子建创作研究专辑"为总题,发表郭力的《生命迷津中的死亡意象》(关于迟子建文学创作的评论),崔修建的《温情的抚摸与忧伤的品悟》,连秀丽的《温情也是一种深度》,金哲的《理论的局限与经验的弥补——关于〈白银那〉结尾方式的合理性问题》,宋扬的《"性灵说"对迟子建小说的影响》;以"阿成创作研究专辑"为总题,发表刘绍信的《阿成小说中的"我"》,乔焕江的《平民视角中的宽容和理解》,徐志伟的《阿成的"另类"都市空间》,汪树东的《人生大舞台的审美观照》,张良丛的《黑土地文化的多维度反思》。

《文学报》发表南妮的《"激情儒警"陆海光》;华璐的《"90后"正式登台》;吴俊的《如此之"多"的长篇小说》;曾凡的《叙述的节奏与作家的心态——致李佩甫的一封信》;陈建功的《真性情的〈花开无声〉》;白烨的《在爱中历练和成长——读吴瑜的长篇小说〈上海,不哭〉》;魏威的《"小阿弟":知青文学的新视角——评陈德楹的长篇新作〈南天风雨〉》。

《南方周末》发表邵燕祥的《何满子:特立独行的人与文》。

7日,《光明日报》发表黄建军的《弘扬"主旋律"与"和声以鸣盛"》;张博实的《穿越生死场的自由孤魂——读林贤治的〈漂泊者萧红〉》;霍俊明的《历史的回声——评梁平的〈三十年河东〉》;柯平的《龙窑的淘宝者》(关于浦子《龙窑》的评论)。

8日,《文艺报》发表张燕玲的《充满时代感与丰富性的新的文学板块》;郭志刚的《争什么》(关于柯岩长篇小说《AC俱乐部》的评论)。

10日,《文艺研究》第8期发表白烨的《文学批评的新境遇与新挑战》;谢有顺的《如何批评,怎样说话?——当代文学批评的现状与出路》;陈国恩的《文学批评的状态和批评家的角色》;周保欣的《底层写作:左翼美学的诗学正义与困境》;盘剑的《"公众之梦"与公共梦幻空间的建构》;陈晓云的《现代电影院文化涵义的双重解读》。

《社会科学》第8期发表王进、陈思和的《人文的复兴——〈中国新文学大系(1977—2002年)·文学理论卷〉导言之一》;赵德利的《人文生态:文艺民俗的创化模式与审美向度》。

《学术论坛》第8期发表肖晶、邱有源的《边缘的崛起——论文学桂军的女性书写与文化内涵》。

《重庆科技学院学报(社会科学版)》第8期发表陶兰的《严歌苓对苦难女性的社会关怀和生命关怀》。

11日,《人民日报》发表刘起林的《提升文化境界 维护文化安全》;金光的《莫把粗鄙当个性》;何镇邦的《勾画农村的复杂与斑驳》(关于杨少衡《村选》的评论)。

《文艺报》发表郭宝亮的《忧郁来自生命的疼痛——张楚小说印象》;周思明的《彩虹在天地间吟唱》(关于刘虹《虹的独唱》的评论);东方煜晓的《宁静的述说》(关于赵宏兴散文集《岸边与案边》的评论);罗戎平的《〈千古江山〉写出镇江文化脉络》;明照的《诗歌创作要注意三个问题》;封秋昌的《如何把握和反映现实的整体?——也谈"小说如何切入现实"》;王芬的《诗歌与社会关系的反思与重建》;洪烛的《超越"青春期写作"》;以"杨晓敏评论集《小小说是平民艺术》五人谈"为总题,发表雷达的《一个辛勤耕耘者的文体理论》,胡平的《关于小小说领军人物杨晓敏》,孟繁华的《令人感动的是文化理想》,何向阳的《微言大义 尺幅千里》,文羽的《小小说持续发展需要理论支撑》;以"成一长篇小说《茶道青红》评论专辑"为总题,发表蔡润田的《学识与文体的冲击》,段崇轩的《传统叙事艺术的回归与创新》,杨矗的《茶道人道史不欺 史笔文笔才尽现》,杨士忠的《一杯浓醇的红砖茶》,陈坪的《茶道上的空谷足音》。

13日,《文艺报》发表李东芳的《"京味儿"会消失吗——京味文学的美学转型》;王学海的《诗歌生长在土地上——叶坪短诗简评》;白烨的《网络文学的勃兴》;陈超的《内行的选择》(关于网络诗歌创作的评论);郝雨的《如何"再写"谍战类小说——兼评网络谍战小说〈大上海之红色特工〉》;梁肇佐的《寻梦者在歌吟——读韦其麟诗集〈依然梦在人间〉》;柯平的《失败的成功者——读浦子长篇小说〈龙窑〉》;杨光祖的《粗野是一种力量——读范文长篇小说〈红门楼〉》;赵晖的《时代需要电视剧热情拥抱现实》。

《文学报》发表张滢莹的《诗歌是我永远的归宿——访青海省副省长、诗人吉狄马加》;蓝芒的《文学呼唤激情和想像力》(关于白桦《蓝铃姑娘——云南边地传奇》的评论);陈晓明的《超低空的原生态叙述》(关于张学东《超低空滑翔》的评论);许民彤的《〈废都〉归来,争议未脱窠臼》。

14日,《人民日报》发表黄会林的《中国电影:色彩斑斓一甲子》;王浩的《青春激情的雕像——观电视剧〈在那遥远的地方〉》;钟晓毅的《理想之地　燃烧之情——读〈中国式燃烧〉》;杨利景的《网络文学"疯长"之后》。

《文汇报》发表黄集伟的《一笔写不出两个"贾"》(关于贾平凹《废都》重版的评论)。

《光明日报》发表黄军的《让儿童电影回归创作本体——观一批儿童新片印象》;关雅荻的《当电影沦为广告》;李国民的《人间大爱　感动中国——电影〈寻找微尘〉观后随想》;张德祥的《旧事新知——看电视剧〈望族〉有感》;鸣泉的《读懂母爱——儿童剧〈小蝌蚪找妈妈〉观后》。

15日,《文艺报》发表施战军的《范小青与当代世情小说》;吴万夫的《关注生态是作家的责任》;聂茂的《欲望挤压下的生命意义》;李浩的《〈夜火车〉:用小说和自己博弈》;赵霞的《当代童话创作中的生态意识》。

《文艺争鸣》第8期发表张炯的《共和国文学60年的评价问题》;孟繁华的《民族心史:中国当代文学60年》;赖大仁的《文学"因何而死"与"因何而生"》;以"刘震云长篇小说《一句顶一万句》小辑"为总题,发表张清华的《叙述的窄门或命运的羊肠小道》,张颐武的《书写生命和言语中的"中国梦"》,贺绍俊的《怀着孤独感的自我倾诉》,孟繁华的《"说话"是生活的政治》,曹霞的《滔滔的话语之流与绝望的生存之相》;同期,发表王德威的《归去未见朱雀航——葛亮的〈朱雀〉》;蔡翔的《1960年代的文学、社会主义和生活政治》;罗岗的《"读什么"与"怎么读"——试论"重返80年代"与"中国当代文学60年"之一》;李建周的《第三代诗歌的认同焦虑——以"1986现代诗群体大展"为中心》;武善增的《论"打工文学"创作的若干问题》;申霞艳的《血的隐喻——从〈药〉到〈许三观卖血记〉》;王纯菲的《新世纪:

文学经典的解构与延存》；龚海燕的《出版还能继续引领新世纪文学吗？》；赵黎波的《高晓声论——"他"的时代已经过去？》；季红真的《汪曾祺与"五四"新文化精神——汪曾祺小论》；郜元宝的《汪曾祺论》；白杨的《朦胧诗在台湾现代的回响——"一个中国"的诗歌空间与80年代两岸诗歌交流》；周雪的《铁凝小说中的浴女形象与身体叙事》；鲍良兵、孙良好的《书写陌生化年代的生存困境——评钟求是的长篇小说〈零时代〉》；肖小云的《评阎真长篇小说〈因为女人〉》；何弘的《评张克鹏的长篇小说创作》。

《民族文学研究》第3期发表海日寒的《论阿尔泰的诗歌创作》；杨迎平的《论张承志的回族情结与流浪秉性》；王兰香的《论新时期以来的云南彝族现代诗歌》；郑亚捷的《地域文学研究的新收获——评〈新疆当代多民族文学史〉》；王鹏程的《边缘的活力——读〈文学桂军论——经济欠发达地区一个重要作家群的崛起及意义〉》。

《诗刊》8月号下半月刊以"牛庆国：不止于乡土的乡土深情"为总题，发表雷漠的《灵魂的热度和生活的深度》、阳飏的《牛庆国诗事：1、2、3、4……》，牛娅娅的《"庆国兄"的三种生活角色》；以"诗歌圆桌·一首诗的几种读法"为总题，发表孔灏、杨方、龙扬志对路也《木梳》的评论，林莉、离离、阿华、霍俊明对北野《马嚼夜草的声音》的评论，徐俊国、李成恩、李见心、卢娟、谷禾、王芬对邰筐的《凌晨三点的歌谣》的评论，川美、友来、三子、宋晓杰对李小洛《背影》的评论，黑马、李林芳、辰水、王士强对雷平阳《小学校》的评论。

《时代文学》下半月刊第16期发表柳艳娜的《金庸小说中的悲剧性人物分析》。

《语文学刊》第8期发表田华的《析中国儿童文学的语言特点及其发展》；王蕾的《近十年王小波研究述评》；李进的《失落梦想的追寻与重拾——〈人面桃花〉掩卷后》。

《福建论坛》第8期发表孟繁华的《新时期以来公共论域中的文学与批评》；陶东风的《"公共/私人"的几种划分模式及其反思》；徐岱的《无赖的灭亡与复活——对"韦小宝性格"的人文解读》；苏涵的《一个剧作家群的崛起与消隐——对福建当代戏曲作家群体兴衰的思考》。

16日，《文汇报》发表陈晓明的《"去乡愁"与幸存者的乡土经验》；黄会林的《〈寻找微尘〉与"微尘"精神》。

17日,《作品与争鸣》第8期发表木弓的《你瞧,做一个优秀的小官有多么难——关于杨少衡的小说〈黄金圈〉》;付艳霞的《"乡土文学"美学精神的延续与变化》;戴建生的《"一根筋"的性格塑造:从秋菊到马达》;刘忠的《温暖与荒寒》;林超然的《完全不靠谱的"底层叙事"》;陈鲁民的《从〈潜伏〉看信仰的力量》;杨娟的《〈南京!南京!〉争鸣综述》;谈歌的《与"80后"有关的9个话题》;刘伟的《"80后"离文学史有多远?——莫言之于80后的意义》。

18日,《人民日报》发表季惠杰的《60年歌词书写中国记忆》;梁光弟的《微尘,和谐社会的基本粒子——故事片〈寻找微尘〉观后》;王源的《悠扬美丽的英雄赞歌——观影片〈沂蒙六姐妹〉有感》;高深的《评论家别成"赶场人"》。

《文艺报》发表陈福民的《批评的倦怠与知识的困局》;小文的《壮心不已彭荆风——纪实文学〈解放大西南〉读后》;陈涛的《光彩在残缺与卑微中闪烁——读傅爱毛小说》;黄传会的《守望贫困》;田川流的《创意时代的文学创意》;赵春秀的《推进当前女性散文研究》。

20日,《文艺报》专栏"当前文学发展状况论坛(一)"发表陈晓明的《幸存与"渐入佳境"——对当代文学现状及可能性的思考》,洪治纲的《信息时代与文学合法性的危机》;同期,发表温远辉的《一个诗人的现代都市体验》(关于江冠宇长诗《深圳物语》的评论);以"张国华长篇小说《长天秋水》评论"为总题,发表范咏戈的《基层政权的另一种真实》,陈福民的《在真实与想像之间的中国基层政治》,王必胜的《长天秋水 绵长温婉》,蒋巍的《从"长天秋水"到"小说家""思想家"之争》,王干的《以光明之心看待生活》,夏语冰的《生活在生活中》;同期,发表任菲、刘克敌的《对逝去美好人生的虔诚追忆——读吴正小说集〈后窗〉》;顾建新、顾越的《别出心裁的叙事策略——读陈力娇小小说集〈赢你一生〉》;女真的《工业记忆:温情与悲情——关于〈一个人的工厂〉》;朱先树的《抒情与哲思——读邱灼明的诗》;王迅的《丰盈的体验 真切的印记——评东西散文集〈挽留即将消失的情感〉》。

《文学报》发表陈竞的《"当代文学中的城市叙事"研讨会在沪举行,评论家热议——当下城市文学:"看不见"的城市》;金莹的《陈思和:重提理想、追求与崇高的意义》;傅小平、陈竞的《陈忠实携新作〈寻找属于自己的句子〉来沪:生命的意义就是写作》;郭文斌的《文学到底是什么》;耿占春的《关于文学的一些"卜辞"》;张柠的《睡眼惺忪的张梅和一座城市》(关于张梅《张梅自选集》的评论)。

《华文文学》第4期发表梁文文、刘娜的《第三届世界华文文学高峰论坛综述》；罗洁的《中美教育和文化的碰撞——读黄宗之、朱雪梅〈破茧〉》；周昕的《华裔美国小说研究的新亮点——评邹建军〈"和"的正向与反向〉》；刘景松的《耕播·坚守·展望——读〈越南华文文学〉》；康海玲的《酬神、娱人与文化权的诉求——多种语境下的马来西亚华语戏曲》；朱文斌的《新马华文诗歌与中国新诗关系论析》；谢永新的《论胡志明华文诗歌的中国文化内涵——东南亚华文文学研究之一》；罗四鸰的《英雄的消失与米调的归来——从苏炜小说〈米调〉反思当代小说的精神缺失》；陆士清的《现实与现代的诗情升华——非马诗观的一种解读》；邓秋英的《高贵的单纯，静穆的求索——论林湄小说创作主题的转变》；刘俊的《"单纯/中国"与"丰富/美国"的融合——施雨诗歌、散文、小说综论》；江少川的《论新移民小说中的跨国婚恋书写》；袁勇麟的《梦里客身——评张爱玲〈小团圆〉》；陈辽的《〈小团圆〉究竟是怎样的一部作品》；艾尤的《在欲望与审美之间——论20世纪80年代以降台湾女性小说的欲望书写》；赵小琪的《当代台湾小说在祖国大陆对应性选辑传播形态》。

《台湾研究》第4期发表古远清的《"泛绿文学阵营"初探》；刘红林的《"皇民文学"幌子下的文化选择和身份认同》；林星的《文化社会学视野下的闽南文化在台湾的传播及变迁》。

《学术月刊》第8期发表樊星的《当今女性文学与神秘主义》；刘阳的《在后形而上学意义上重建文学本体论——新世纪文学本体论研究的理据分析》。

20—25日，由中国社会科学院台湾史研究中心举办的"台湾殖民地史学术研讨会"在大连召开。

21日，《文汇报》发表陈歆耕的《"我要和你结婚"——读李更〈谢有顺回避哪些问题?〉一文有感》。

《光明日报》发表贺绍俊的《倡导建设性的文学批评》；束沛德的《美不胜收的大自然画卷——〈大自然在召唤〉读后》；艾克拜尔·米吉提的《引领创作 引导读者》；王晨的《诗歌：中国与世界交流的重要纽带》。

22日，《文艺报》专栏"当前文学发展状况论坛(二)"发表贺绍俊的《网络时代对文学挑战的断想》；同期，发表韩春燕的《文学作品要塑造真正的英雄人物》。

《新文学史料》第3期发表董大中的《所谓赵树理〈就职宣言〉是一篇伪作》；荣天玙的《金无足赤 人无完人——毛泽东与周扬的交往》；彭晓芸采写的《寻找

知识分子丢失了的人格力量——访〈五四之魂——中国知识分子精神史〉的作者林贤治》。

25日,《文艺报》发表吴俊的《从互联网和亚文化角度看"80后"文学》;李敬泽的《以太行山为自家园子》(关于唐兴顺文学创作的评论);王剑冰的《余继聪散文的味道》;季林荣的《重建文学评论的公信力》;专栏"当前文学发展状况论坛(三)"发表梁鸿鹰的《当前文学发展的主流与可能》;同期,发表木弓的《"共和国"诗歌形象的成功塑造——丘树宏长诗〈共和国之恋〉印象》;孙纪文的《宋家伟诗歌印象》;王明凯的《立体的大码头》(关于谢向全长篇小说《大码头》的评论)。

《学术交流》第8期发表蓝天的《日据时期台湾文学形态的嬗变》。

27日,《文艺报》专栏"当前文学发展状况论坛(四)"发表吴义勤的《"文学性"的遗忘与当代文学评价问题》;同期,发表马季的《网络上的文学新景观》;张志忠、刘根法的《铭记战争　警钟长鸣——读长篇小说〈石牌保卫战〉》;龚勤舟的《时代的新声——寓真词及其艺术风格》;孙武臣的《阳光青年阳光情——读祝永〈中国女孩非洲腹地亲历记〉》;张锲等的《深深的眷恋　厚重的担当——周文杰文学作品评论专辑》;以"阎志专题"为总题,发表韩作荣的《幻想与紫色的精灵》,谢冕的《守望是在山林之上》,谭五昌的《作为个人心灵史、时代寓言的抒情长诗》。

《文学报》发表张滢莹的《谢泳:研读细节深处的历史》;陈竞的《王树增:〈解放战争〉为年轻人而写》;奚学瑶的《谏说余秋雨》;洪治纲的《天行健,君子自强不息》(关于刘醒龙《天行者》的评论);陈佑松的《历史和女性身体之谜》(关于何大草《盲春秋》的评论);周明的《苏州神话》(关于何建明《我的天堂》的评论);朱金晨的《一位真诚面对生活的诗人》(关于龚璇诗歌创作的评论);李天靖的《成如容易却艰辛　写在〈干涸的人字瀑——纪念诗人公刘〉出版前》;陈柏森的《谈谈我的工业题材诗创作》;戴冰的《角度要新　开掘要深》(关于散文创作的创作谈);倪辉祥的《我的〈金浦三部曲〉》;以"丁及抒情短诗选辑"为总题,发表范小青的《让自己变成灯火》,曲近的《心灵的溪流清澈见底——读丁及的诗有感》。

28日,《人民日报》发表秦川的《抒写时代豪情　唱响祖国颂歌——庆祝新中国成立60周年国产重点影片综述》;李洋的《军事影视要攻占高地》。

《光明日报》发表傅书华的《且说"后赵树理写作"》;木弓的《老派故事　新意读解——评谢望新长篇小说〈中国式燃烧〉》;周玲的《诗意的凤凰——读普冬〈凤

凰丹枞·普冬抒情诗选〉》。

《常州工学院学报(社科版)》第 4 期发表计红芳的《身份的纠结——香港"南来作家"的文化焦虑》。

29 日,《文艺报》发表贺桂梅的《当代文学的历史叙述》;贺绍俊的《行走在山路上的铿锵脚步声——读〈贵州作家〉有感》;莱笙的《诗人的审美角色》;专栏"当前文学发展状况论坛(五)"发表张颐武的《传统文学·青春文学·网络文学 平行发展的新格局》;同期,发表张灵的《小说仍然是敞开新生活的最佳载体》;朱向前的《"重整山河"待后生》(关于傅逸尘的评论);张锦贻的《于童心中呈现民族性格——近期少数民族儿童文学一览》。

《文汇报》发表陈忠实的《寻找属于自己的句子》;五谷的《书生之气不可无——读〈傻也风雅〉》;朱向前的《好一个"作协派批评家"——关于刘颋评论集〈文学的表情〉》。

30 日,《文汇报》发表《上海文化发展基金会开展文化艺术项目资助走过五年——坚持改革创新 赢得硕果满枝》。

31 日,《求索》第 8 期发表王余的《中国当代文学边缘化特质与时代理路》。

本月,《山东文学》第 8 期发表罗士岁的《底层文学刍议》;任华东的《云层上下的虚幻——读迟子建〈越过云层的晴朗〉》;郑书伟、谭炳琪的《生存之维:失望与绝望——卡夫卡与残雪的一种比较》。

《上海文学》8 月号发表程德培的《风度的含义——读铁凝的〈风度〉》、《魂系彼岸的此岸叙事——论迟子建的小说》;梁晓明的《一种节奏缓慢的诗》。

《文艺评论》第 4 期发表李咏吟的《普世价值的寻求与文学反本质主义的困局》;张大为的《体制性扭曲与意识形态修辞》;陈佳冀的《当文学遭遇"流言"》;王妍、李颖的《媒介形态:"人的尺度"的表征和人类生存的"尺度"》;樊星的《新中国文学的当代品格》;刘成才的《重返"十七年"文学现场》;崔修建的《"朦胧":向复杂与深刻敞开的幽密暗道》;王永宏的《歌者的缺失——二十年诗歌创作失声探因》;乔焕江的《黑土原色与边疆气度——〈龙江当代文学大系(1946—2005)·影视文学卷〉导言》;姜哲军的《黑土奇葩放异彩——〈龙江当代文学大系(1946—2005)·曲艺戏曲卷〉导言》;陈爱中的《一个知识者的时代叙述——我读〈一个人的八十年代〉》;孙建茵的《超性别与艺术的多趣表达——评戴来创作的审美特征》。

《芒种》第 8 期发表王向峰的《不负蓬庐一宿缘——读王充闾诗词集〈蓬庐吟草〉》;阎丽杰的《论王秀杰生态文学作品的间性理论》。

《读书》第 8 期发表季红真的《一场瘟疫之后的病理报告——"样板戏"的美学理念》。

《江淮论坛》第 4 期发表吴登峰的《反思消费时代的军事历史题材小说》。

《南京社会科学》第 8 期发表闫立飞的《中国现代历史小说中的"传奇体"》;黄小丽的《论文学研究会对"民众文学"的探讨》。

本月,黑龙江少年儿童出版社出版谭旭东的《童年再现与儿童文学重构》。

北京大学出版社出版王宁的《"后理论时代"的文学与文化研究》。

9 月

1 日,《人民日报》发表史竞男的《"底层文学":乡土叙事新景观》;丁临一的《感人至深的真情至爱——〈今生欠你一个拥抱〉观后》;陈先义的《一年之后再回望——评〈五环旗下的中国军人〉》;雪夫的《〈沂蒙六姐妹〉走进临沂》。

《广州文艺》第 9 期发表何镇邦的《"伤痕文学"代表作的艺术风采——重读刘心武的短篇小说〈班主任〉》。

《文艺报》以"信仰·理想·大爱 祝贺柯岩从事创作 60 年"为总题,发表铁凝的《把美和爱献给人民》,翟泰丰的《人民的作家 时代的歌者》,范咏戈的《生命写作 阳性元素 最后凯歌》,金炳华的《与时代同行,与人民同心》,马建辉的《柯岩的文艺思想》,牛运清的《有理想,才叫生活》,孙新的《大爱·童心·哲理》,桂兴华的《敢于守,还要善于守》,柯岩的《我是谁——在创作生涯 60 年座谈会上的答谢辞》;同期,发表杨志今的《积极推进文艺评论的创新》;专栏"当前文学发展状况论坛(六)"发表张清华的《网络·伦理·美学》,岳雯的《去创新,但别忘了回到内心》;以"'岭南文学新实力'作家评论(一)"为总题,发表顾作义的《他们是岭南文坛的生力军 在"岭南文学新实力"作品研讨会上的致辞》,廖红球的《新

实力　新跨越　新发展》,陈建功的《把中青年作家优秀作品推向世界》,何向阳的《揭开时代深处的"贫困"》(关于魏微的评论),雷达的《有灵性的历史　生命力的高扬》(关于熊育群的评论),陈晓明的《去主体性或为卑微者立传》(关于黄咏梅的评论);以"'岭南文学新实力'作家评论(二)"为总题,发表彭学明的《疼痛的反光镜》(关于王十月的评论),范咏戈的《由"花之恶"向着"恶之花"》(关于郑小琼的评论),张颐武的《盛可以的〈道德颂〉与"70后"的发展》,王必胜的《史笔春秋意纵横》(关于赫连勃勃大王(梅毅)的评论),木弓的《他们支撑着这座大都市》(关于吴君的评论),牛玉秋的《草色遥看近却无》(关于盛琼的评论),潘凯雄的《难得这份宁静》(关于宋唯唯的评论);同期,发表张玉玲的《高凯组诗〈陇东:遍地乡愁〉:具有现代品格的乡土诗》;李朝全的《〈洗心〉:与自己灵魂和解》;闫立飞的《限制性叙述的魅力——武歆的中短篇小说创作》;邵永胜的《文学期刊的创新与机遇》。

《文学界》9月号发表张悦然、葛亮的《叙述的立场》;采薇、张楚的《人的欲望总是在裂变》;邵燕君的《先锋的后裔,孤独的行者——评李浩和他的小说》;张清芳、李浩的《做文学普及工作的人太多了,不缺我一个》;易清华、张惠雯的《不断冒险,不断发现,不断超越》。

《天涯》第5期发表李陀、汪晖等的《直面动物问题——〈动物档案〉及〈一只蚂蚁领着我走〉讨论会纪要》;耿占春的《劳动的现实与乌托邦》。

《当代文坛》第5期发表陈思和、杨庆祥的《知识分子精神与"重写文学史"——陈思和访谈录》;以"焦点·新中国六十年文论盘点"为总题,发表王一川的《外国文论在中国六十年(1949—2009)》,胡继华的《人的主题与中国现代文论的自我调整(1949—2009)》,何浩的《正剧与传奇——60年文论中的历史叙述》,石天强的《不变的主体:从阶级到启蒙——新中国文论主体精神演变反思》;以"李建军主持的自由评论·共和国文学档案(之一)"为总题,发表李兆忠的《疏通了中断多年的中国传统文脉——重读〈干校六记〉》,杨早的《"文化英雄"背后的经验理性——重读〈我的精神家园〉》,李晨的《二十年后看"野火"——重读龙应台〈野火集〉》;以"谢有顺主持的新锐方阵·金仁顺专辑"为总题,发表初清华的《秋千、蛇与刀——金仁顺〈春香〉的"知识场"批评》,青果的《金仁顺的魔法盒》,金仁顺的《莽林·箱子·针》;同期,发表李红波的《游移越界与知识重构——文艺学知识危机论争述评》;伏飞雄的《中国当代日常生活"审美化"命题与符号表征再探》;贾蔓、罗越先、纳张元的《消费主义文化语境中的文学现象论》;李江梅的《论文学中的"精神原乡"对当代生态文学圈建设的意义》;王雪的《新世纪散文研究的现代性趋向》;赵锐、涂鸿的《在心与梦的探寻里寻找自由——论中国西部民族散文的意识流表现方式》;艾秀梅的《论当代日常生活诗歌的求真价值取向》;宫珮珊的《余华的艺术转型及其困顿》;崔淑琴的《朝向故乡的深情书写——论迟子建散文中的地城文化特色》;李丹宇的《周大新小说的民俗事象及其文化心理》;李军峰的《现代伦理的戏剧阐释——评〈务虚笔记〉与〈我的丁一之旅〉的底线思维写作》;张艳梅的《〈猎人峰〉:奇异的精神之旅》;朱坤领的《小说形式与内容的新尝试——林白〈妇女闲聊录〉研究》;赵艳茹的《罪的自省与救赎——评短篇小说〈放生羊〉和〈阿米日嘎〉》;陈英群的《乡村社会权力的流变——李佩甫乡土小说的社会意义》;孔明玉的《情感与生存的双重较量——关于新世纪以来婚恋题材电视剧的思考》;詹春花的《"大我"与"小我"——钱定平〈花妖〉和李敖〈虚拟的十七〉比较之我见》;吴童的《新世纪女性文学与超性别写作》;任秀蓉、晓原的《崇高价值的诗意表达》;周颖菁的《刘索拉小说〈女贞汤〉的叙事技巧》;戴前伦的《论受众、作者的审美观与小说创作的三维互动》;李峰的《女性性别认同错位密织的悲剧蛛网——鄢然长篇新作〈角色无界〉阐释》。

《名作欣赏(鉴赏版)》上半月刊第 9 期发表韩石山的《铁凝:款步轻移转身时》;以"于晓丹长篇小说《一九八〇的情人》荐评专辑"为总题,发表汪政的《我们能否重返历史——读于晓丹长篇小说〈一九八〇的情人〉》,王春林的《1980 年代的青春与精神书写——评于晓丹长篇小说〈一九八〇的情人〉》,李云雷的《读〈一九八〇的情人〉》,何英的《假如我没看过〈挪威的森林〉》,陈思的《"棣棠"的幽灵——读于晓丹〈一九八〇的情人〉》,胡妍妍的《可惜只能活一次——读于晓丹长篇小说〈一九八〇的情人〉》,石一枫的《〈一九八〇的情人〉之吸引力及其他》,于晓丹的《〈一九八〇的情人〉创作谈》;同期,发表翟业军、刘熹的《戏与生命的纠缠——张爱玲〈色·戒〉的一种读法》;刘春的《众里寻他·当代诗歌百读(三)》;王春林的《关于撰写中国当代文学史的一点思考——读张志忠主编的〈中国当代文学 60 年〉》;李骏虎的《由陈忠实〈白鹿原〉的白璧微瑕说开去》;牛学智的《反抗常规与黑暗的旅行(三)——世纪之交南帆的文学理论批评选择》。

《名作欣赏(学术版)》文学研究版第 9 期发表郭剑敏的《〈青春之歌〉续篇〈英华之歌〉的文本阐释学意义》;王君梅的《从黑娃和白孝文看传统文化面临的困

境》;朱晓兰的《传媒力量影响下的文学审美研究——论文学诗意的消失及再造》。

《西湖》第9期发表林白、姜广平的《一个作家的力量在于克制》;朱个的《一切是这样发生的——写在〈一切是怎样发生的〉之后(创作谈)》;程永新的《委婉见波澜——读朱个的小说》。

《社会科学战线》第9期发表胡志红、刘圣鹏的《生态批评对田园主义文学传统的解构与重构——从作为意识形态工具的自然走向生态自然》;李冬梅的《试论"鲁迅的当下接受"》。

《延河》第9期发表孟晖的《青涩年代的爱情——评小说〈蓝涤卡〉》。

《社会科学研究》第5期发表涂鸿的《"法规"之外的艺术突围——中国当代民族作家现代主义书写的语言范式》。

《钟山》第5期发表《急迫的使命——精神重建与诗的任务(对话)》(何言宏主持,傅元峰、何平、何同彬参与);李洁非的《胡风案中人与事》。

2日,《小说选刊》第9期发表贺绍俊的《王甜小说的甘甜》;迟子建的《燃烧与寂灭》。

3日,《文艺报》发表王干的《不断拓展延伸的文学》;葛永海的《文化消费与经典重读的反思》;陈敢的《新批评的再批评》;绿原的《"要孤心作战,以血为书"——读〈阿垅诗文集〉的新体诗》;以"邓鸣五部长篇文学作品评论"为总题,发表廖红球的《始终坚持文学品质和作家品格》,彭学明的《纵情为时代放歌》,熊育群的《向传统写作的全面回归》,蒋述卓的《细腻而温暖的叙述》,丁炜的《简单而深刻的表达》,游焜炳的《有内涵有深度有重量》,江冰的《地域文化的魅力》,黄达的《用真情和心灵写作》;同期,发表《激情的燃烧 青春的力量——高睿长篇散文〈诗画庐山〉评论专辑》。

《文学报》发表余秋雨的《上海文化的形态》;傅小平的《张翎:写出落地生根的情怀》;乔叶的《张宇语录》;夏烈的《网络文学中的"传统根"》;许民彤的《当写作成为"流水制造"》;李建军的《若有人兮山之阿——读叶梅小说集〈妹娃要过河〉》;许铭的《从"神"的历史到"人"的历史——再读〈乐道院集中营〉》;白描的《我们与"80后"作家的距离》。

4日,《文汇报》发表朱白的《当代文学的一种有形落后》。

《光明日报》发表吴晓东的《小猪麦兜为什么"响当当"》;张延纪的《麦兜长大

了——评动画电影〈麦兜响当当〉》；王学海的《高科技时代更要坚守艺术真谛》；陈先义的《对人性之爱的礼赞——评20集电视连续剧〈今生欠你一个拥抱〉》；王春天的《纪录片为民族精神立传》；黄会林的《昆仑精神照日月》(关于军旅电视剧《在那遥远的地方》的评论)。

5日，《广西文学》第9期(9、10月合刊)发表石一宁的《为中国文学的多样性作出贡献》。

《文艺报》专栏"当前文学发展状况论坛(八)"发表李建军的《纯文学、小说伦理与"新国民性"》；同期，发表王山的《怎样看待和认知政治抒情诗——一个重要的诗学课题——访叶延滨、丘树宏》；杜光辉的《良知作家的诚信呼唤——读徐国民〈诚行天下〉》；吴开晋的《新诗新韵新拓宽——谈杨子忱诗创作》。

《花城》第5期发表田瑛口述、申霞艳整理的《九十年代：转型与尴尬》；欧阳江河的《文本的变迁》。

《陕西师范大学学报(哲学社会科学版)》第5期发表赵学勇、王元忠的《"五四"新文学的启蒙指归与当代底层写作》；刘保亮的《新国学与中国当代文学研究》；赵德利的《论陕西作家的地缘情结与审美方式》；刘锋焘的《读霍松林先生的文学鉴赏》。

《莽原》第5期发表姜广平的《"你身居东北，写作却是南方叙事风格"——与金仁顺对话》。

6日，《当代小说》上半月刊第9期发表赵德发的《让写作回到根上——应北京大学"我们文学社"而作的讲演》。

8日，《人民日报》发表王丹彦的《异彩纷呈的电视华章——第二十七届"飞天奖"述评》；尹鸿的《八十年代的青春故事》；王一川的《回到常情更动人——〈锡林郭勒·汶川〉观后》。

《文艺报》发表丁晓原的《王树增长篇纪实文学〈解放战争〉：关键是历史性和个人性的统一》；周景雷的《卑微者亦英雄》(关于刘醒龙《天行者》的评论)；兴安的《写作可以化庸常为幸福》(关于崔文僮散文的评论)；张艳梅的《期待突破性别局限》(关于王方晨小说《水袖》的评论)。

《芙蓉》第5期发表墨心、杨少衡的《对〈龙首山〉的审视》。

10日，《文艺报》发表王谨的《张胜友影视政论作品集〈行走的中国〉：为开放的时代而歌》；李美皆的《乡土上的忧伤与困惑》(关于付秀莹《大青媳妇》的评论);师力斌的《好小说要有所发现》(关于徐则臣《苍声》的评论);韩石山的《一种高贵的文学品格》(关于成一文学创作的评论);以"谢望新长篇小说《中国式燃烧》评论"为总题,发表陈建功的《寻找谢望新情感策动力》,文羽的《语言和思想的燃烧》,李炳银的《在局限中展示人情感燃烧的温度》,胡平的《三个可能性》,白烨的《别有难度 因而难能》,廖红球的《新媒体文学的新意之作》;同期,发表《让我们内心获得宁静——〈凤凰丹枞·普冬抒情诗选〉研讨会纪要》;以"信仰与理想的力量 人性与伦理的深度——何存中长篇小说《太阳最红》评论专辑"为总题,发表文羽的《对革命历史的深情叙说》,吴秉杰的《在矛盾中前行》,石一宁的《新的人物 新的经验》,汪守德的《那一片沃血的土地》,凌行正的《大别山红旗不倒》,夏元明的《革命历史题材的新开拓》,樊星的《重新认识革命的力作》;同期,发表陈建功的《诗心每逐风云起,已作长虹驾碧霄——闲话胡华先生的诗》;费秉勋的《一仞阳光 万丈乾坤——评黄刚散文诗集〈阳光不锈〉》;喻晓的《解放旌旗满地红——读〈解放战争诗词选萃〉》;石川的《让历史记住那些拒绝遗忘的人——谈顾志坤的〈大师谢晋〉》;何希凡的《棋坛风云中的生命困惑与文化沉思——读王从地长篇小说〈棋殇〉》。

《文学报》发表陈竞的《新的文学生态下,期刊何为?》;专栏"六十年,印象深刻的文学往事"发表陈世旭的《文学之梦》,于坚的《发表》,李洁非的《我的八十年代》;同期,发表张秋林的《鬼马星,让我一见钟情——写在〈幽灵船〉出版之际》;南山的《〈幽灵船〉:真真假假的双重悬疑》;夏烈的《网络背景下的另一种文脉——从鬼马星的小说新作说起》;金莹的《龙一:吃喝玩写,乐在其中》;梁鸿鹰的《"不安分"的王干》;葛红兵的《"故宫文化面":我们能吃多久?》;《新实力·新跨越·新发展——"岭南文学新实力"作品研讨会摘要》。

《浙江大学学报(人文社会科学版)》第5期发表章罗生的《关于报告文学的"学理性"与"功利性"——报告文学本体新论之一》。

《文艺研究》第9期发表吴芳、文贵良的《"期刊与当代中国文学研究"学术讨论会综述》。

《西南大学学报(社会科学版)》第5期以"中国现代诗学学科建设笔谈(之二)"为总题,发表朱德发的《现代诗学学科的三维结构》,周晓风的《现代汉语诗歌与现代汉语诗学》,子张的《学科建设与新诗学之学科化》,赵东的《论古今诗学理论对话》;同期,发表袁仕萍的《牛汉"潜在写作"的生命诗学论略》;许瑞蓉的

《王安忆小说叙事艺术思辨》;张勋宗、李华林的《网络文化暴力特征、类型及实现路径分析》;汤哲声的《大陆新武侠呼唤"后金庸时代"》。

《江海学刊》第5期以"诗歌与社会(笔谈)"为总题,发表李怡的《什么诗歌?谁的社会?——对"诗歌与社会"问题的几点困惑》,李润霞的《从"汶川地震诗歌"谈文学的社会救赎和审美限制》,张桃洲的《诗歌与社会:新的张力关系的建立》,刘洁岷的《诗歌面对灾难与诗人身份的再确立》,程光炜的《有关"5·12汶川地震"诗歌写作的思考》。

《学术论坛》第9期发表龚举善的《转型期报告文学的改革基调与增长形态》。

11日,《人民日报》发表申维辰的《文化惠民与科学发展》;赵葆华的《让英雄主义更有穿透力——评电影〈黎明行动〉》;庞建的《走出谍战剧的类型桎梏》。

《光明日报》发表胡平的《短篇小说成绩辉煌》;牛玉秋的《中篇小说真正崛起还是在新时期》;梁鸿鹰的《深情倾诉对共和国的诗性之恋——丘树宏诗集〈共和国之恋〉印象》;张未民的《辩者无碍——读谷长春杂文》。

12日,《文艺报》发表方卫平的《让中国气派和风格可以触摸到——原创图画书创作值得关注的话题》;陈忠实的《说一回多余的话——我写〈白鹿原〉创作手记》;雷达的《乡土魅力不会终结——读赵文辉小说集〈厚人〉》;王彬的《给小说插上网络的翅膀——读禾丰浪小说〈东莞恋歌:一边享受,一边流泪〉》。

13日,《文汇报》发表祝龙泉的《不能把一代文化人当替罪羊——"聂绀弩刑档"风波反思》。

《中国社会科学院研究生院学报》第5期发表赵稀方的《市场消费与文化提升——论香港新派武侠小说》。

15日,《人文杂志》第5期发表张荣翼的《文学研究中知识问题的交点》;陈阳的《谢晋:电影史该如何讲述》;张立群的《新诗"概念问题"的反思与世纪初的现象争鸣》。

《广东社会科学》第5期发表尹康庄、王文捷的《"无厘头"叙事论》;殷国明的《"诞生在火车上的现代主义"——与顾彬先生分享并请教一个话题》;黄万华的《二战后至1950年代的香港文学:在传统中展开的文学转型》。

《中国现代文学研究丛刊》第5期发表陈晖的《证与非证:张爱玲遗稿〈小团圆〉价值辨析》。

《诗刊》9月号下半月刊以"孙方杰：诗在生活与生命经验中生长"为总题，发表王夫刚的《风中的灰烬》，袁忠岳的《人生刻痕留在钢铁上》，柳宗宣的《并非钢铁，而是油菜花》，高文的《喧嚣之下宁静的河流》。

《艺术广角》第5期发表梁振华的《理想主义、伪"新历史"、电影化及其他——严歌苓〈第九个寡妇〉阅读札记》。

《文艺报》专栏"当前文学发展状况论坛（九）"发表邵燕君的《在新格局下新文学机制的生成》；同期，发表熊金星的《提升创作主体的境界》；以"刘湘如长篇历史小说《风尘误》三人谈"为总题，发表邵江天的《一曲哀怨凄婉的生命之歌》，舟子的《刘湘如作品的语境美》，刘湘如的《我写〈风尘误〉》；同期，发表江南雪儿的《气息　意境　情怀——读段炼散文集〈触摸艺术〉》；南野的《道辉诗歌的形式特征》。

《文艺争鸣》第9期发表吴义勤的《我们为什么对同代人如此苛刻？——关于中国当代文学评价问题的一点思考》；童庆炳的《走向新境：中国当代文学理论60年》；张未民的《何谓"中国文学"——对"中国文学"概念及其相关问题的讨论》；方克强的《重建文学理论的文学焦点》；南帆、练暑生、王伟的《多维的关系》；马大康的《面向文学实践的理论转向——关于"本质主义"和"建构主义"的思考》；赵建逊、王元骧的《"审美超越"与"终极关怀"》；段吉方的《本土话语的紧张与回到原典的挑战——关于"审美意识形态"的论争》；吴俊的《文学史的视角：新媒介·亚文化·80后——兼以〈萌芽〉新概念作文的个案为例》；周立民的《献于爱者与不爱者之前作证——读郜元宝〈小批判集〉》；金理的《"文学性知识分子"的批判力》；王军君的《从〈小批判集〉看文学批评的特点》；黄江苏的《我看〈小批判集〉》；张昭兵的《读〈小批判集〉》；孟春蕊的《以父权为核心的家庭伦理思考——李安电影解读》；刘舸的《游走在主体文化与区域文化之间——湖南乡土文学的文化选择》；寇旭华的《〈尘埃落定〉的象征性分析》；冯毓云、汪树东的《东北大地的诗意怀乡者——"迟子建、阿成文学创作研讨会"综述》。

《文学评论》第5期发表徐德明、郭建军的《中国当代文学反思的主体与"政治现代性"》；倪文尖的《如何着手研读赵树理——以〈邪不压正〉为例》；王达敏的《从启蒙人道主义到世俗人道主义——论新时期至新世纪人道主义文学思潮》；曾道荣的《动物叙事，从文化寻根到文化重建》；贺仲明的《文化纠结中的深入与迷茫——论韩少功的创作精神及其文学意义》；韩伟的《重建中国当代文学批评的价值体系》；汤拥华的《走出"福柯的迷宫"——从有关中国现当代文学史写作的论争谈起》；张未民的《"新世纪文学"的命名及其意义》。

《中国社会科学院研究生院学报》第5期发表刘方喜的《文艺与经济关系的问题化与再问题化——论新时期文论转型与经济转型的关系》；陈定家的《媒介变革与文学转型》。

《长城》第5期发表李建军的《"博客"世界的话语施暴及其后果》；以"危机与转型：当代中国乡村叙事"为总题，发表焦红涛的《叙事的"碎片化"与当代乡村小说的危机》，刘江凯的《挽歌与灵光——乡土经验的瓦解与文学写作的危机》，周航的《新世纪小说：乡村经验与城市叙事的"准静止锋"》，谢刚的《新世纪乡土叙事的核心要素及内在危机》。

《北方论丛》第5期发表周密的《当代叙事文学的想象空间》；周志雄的《论网络文学的创作群体》。

《社会科学辑刊》第5期发表黄万华的《"三级跳"：战后至1950年代初期张爱玲的创作变化》。

《台湾研究集刊》第3期发表杨红英的《多重困境下的文化选择——洪炎秋大陆时期的文学文化活动研究》；计璧瑞的《论殖民地台湾新文学的文化想象——在中文写作中》。

《信阳农业高等专科学校学报》第3期发表丁婕的《近十年严歌苓小说研究综述》。

《百花洲》第5期发表牧斯的《程维说》；程维、牧斯的《慢，放慢写作，大师暂缓》（对话）。

《江汉论坛》第9期发表吴永平的《胡风在"国际宣传处"任职情况考》；於可训的《新世纪文学的困境与蜕变》；童娣的《日常生活叙事：1990年代以来小说中的"80年代"》。

《江苏社会科学》第5期发表贾艳艳的《身体与心灵之间——当下文学中的痛感表达》；管兴平的《走向大众和精英的中间状态——简论新感觉派和"身体写作"的文化阈限》。

《西藏文学》第9期发表杨玉梅的《文学现代性和西藏魔幻寓意的探求——扎西达娃的文学求索》；徐燕的《西藏历史的回放与今日的演绎——读马丽华的〈如意高地〉》；次多的《浅析恰白·次旦平措先生文学作品的思想艺术》。

《学习与探索》第5期以"当代西方文艺思潮对中国的影响：形式主义与新批评（专题讨论）"为总题，发表陈建华、耿海英的《俄国形式主义文论在中国30年》，赵毅衡、姜飞的《英美"新批评"在中国"新时期"——历史、研究和影响回顾》，支宇的《雷纳·韦勒克对中国新时期文论的影响及其话语变异》，曾军的《问题意识的对话——中国巴赫金接受30周年的回顾与反思》。

《语文学刊》第9期发表赵玉芬的《乡味浓郁的河南民间风情画卷——"文学豫军"乡土小说创作特色谈》；唐春兰的《独特的视角，独特的风景：徐小斌小说创作述评》；孙高顺的《可贵与可惜——周涛散文浅论》；赵敬鹏的《从故事中的故事侧看大王的宿命论——读王安忆的〈遍地枭雄〉》；孙其勇的《论故乡苏州对苏童创作的影响》；沈宁、徐璐的《80后孤独的手足情——读郭敬明〈幻城〉有感》。

《南方文坛》第5期发表霍俊明的《呼唤"纯棉"的诗歌批评》；陈晓明的《"喊丧"、幸存与去历史化——〈一句顶一万句〉开启的乡土干叙事新面向》；林宋瑜的《吊诡的合谋："美女作家"与大众文化》；于爱成的《现代城市经验与文学书写》；以"长篇小说艺术暨文学发展趋势"为总题，发表胡平的《关于长篇小说的"写什么"》，陈福民的《长篇小说和它的历史观问题》，吴义勤的《关于新时期以来"长篇小说热"的思考》，汪政的《多样化与长篇小说生态》，朱小如的《漫谈近期长篇小说反讽、谐趣的叙述表情》，王干的《博客是一种软文学》，吴俊的《新时代的文学批评》；同期，发表李敬泽的《1976年后的短篇小说：脉络辨——〈中国新文学大系1976—2000·短篇小说卷〉导言》；何向阳的《内心火焰的闪光——关于〈新中国六十年文学大系·文学评论精选〉》；常如瑜的《由"向内转"到"向外转"——从〈生态批评的空间〉来看鲁枢元近年文艺观的转变》；欧阳光明的《代际群体的系统阐释——评洪治纲的〈中国六十年代出生作家群研究〉》；霍俊明的《海子"重塑"及当代汉语诗歌的生态问题》；陈超的《霍俊明和他的诗歌批评》；江非的《作为诗人评论家的外围和内部》（关于霍俊明的评论）；黄惟群的《文学的不二之法——当今小说的尴尬与前景》；蔡毅的《文学创作病症分析三题》；曹霞的《〈武训传〉批判：对旧文艺及知识分子的规训》；专栏"广西文艺六十年"发表黄伟林的《广西文学六十年（上篇）》，容本镇、黄灵海的《文学写作的现实维度——兼论两部长篇小说》，高盛荣的《关注草根，关注生命——解读"小小说桂军"》，张燕玲的《从"鬼门关"出发——崛起的玉林作家群》；同期，发表蒋述卓的《异质文化交流与碰撞的结晶——广东近年来中短篇小说创作评述》；南蛮子的《合唱的"空"

难——读阿来〈空山〉三部曲》；杨清发的《现代性的诗意把握——杨克诗歌的符号学分析》；朱大可的《破坏仪式的诗歌》；张清华的《星汉灿烂　若出其里——读汤松波诗集〈东方星座〉》；文波的《文坛信息两题》（纪念文联、作协成立六十周年系列活动在京举行，《中国新文学大系》（第五辑）长篇小说卷引发热议）。

《理论与创作》第 5 期发表张文初的《文学的精神性：现有理论建构的危机》；李胜清、马敏的《文学精神性的世俗维度》；莫运平的《西方诗学对文学精神的建构与解构》；崔志远的《提振文学精神和灵魂的尊严》；晓苏的《从故事到文学的转化策略》；吴楠、梁振华的《寻根的延续与超越——论寻根思潮下的文化散文》；邓立平的《湖南乡土小说六十年》；段崇轩的《熔民族形式与个人风格为一炉——周立波的短篇小说创作》；王竹良的《寓政治风云于民俗风情的当代探索者》；高旭国的《文学创作与阅读的政治化——浩然评价的两难》；吴朝晖的《在黑夜里寻找光明——论毕飞宇的小说〈推拿〉》；孙德喜的《欲望的膨胀与爱情的迷失——论阎真的长篇新作〈因为女人〉》；李永涛的《叶落归根者的尴尬悲剧——对阎连科〈我与父辈〉中"四叔"形象的文化分析》；朱叶熔的《二元对立中的命运寓言——莫言小说〈金发婴儿〉的结构主义解读》；温德民的《论〈苍河白日梦〉的叙事空间艺术》；岳凯华、肖毅的《残雪小说的迷宫意象——兼与博尔赫斯比较》；蔡俊的《新儒生散文的精神密码——试评冯伟林的〈书生报国〉》；谭桂林、马媛的《深情熔铸钢铁魂——读贺晓彤长篇小说〈钢铁是这样炼成的〉》；刘川鄂、谈骁的《繁华·繁复·繁丽——评刘爱平的长篇小说〈繁华城〉》；杨爱芹的《为女人把脉——读邓芳的〈藏品女人〉》；李徽昭的《难度、容量与当下散文——从塞壬散文说起》；刘智跃的《让心灵去旅行——读许焕杰散文〈诗化的精灵〉》；杨晓林的《回归主流与游戏狂欢：中国新生代电影的转型》；李宗刚的《对人生永恒存在方式的诗化呈现——电影〈城南旧事〉艺术魅力的再解读》；潘慧的《为赋新意强做戏——略论电视剧〈走西口〉的成败得失》；肖帅的《男人做宾女人做主——浅谈电视剧〈我的青春谁做主〉的女性主义倾向》；余艳的《平民的呼吸，平民的传奇——从〈金秋的礼物〉读刘克邦》；刘中望的《中国马克思主义文艺理论当代研究的标志性成果》。

《福建论坛》第 9 期发表赵启鹏的《大文化视野下的中国战争小说——评〈中国战争小说史论〉》。

17 日，《文艺报》发表《"新中国文艺评论 60 年座谈会"发言摘要》；张炯的

《〈文艺报〉与新中国文学60年》;仲呈祥的《关于加强文艺评论的若干思考》;以"纪念特刊·我与〈文艺报〉"为总题,发表陈丹晨的《从读者到编者》,雷达的《我们时代的文学选择》,吴泰昌的《听孙犁长谈前后》,李兴叶的《〈文艺报〉六十诞辰感言》,郑伯农的《三十年前的几段往事》,胡可的《回忆〈题材问题〉专论》,阎纲的《毛主席批评〈文艺报〉"文也不足"》,金坚范的《激情燃烧的岁月》,潘凯雄的《那幢简易小楼》,马也的《〈文艺报〉,与时代同步》。

《文学报》专栏"六十年,印象深刻的文学往事"发表阎纲的《遭遇犯罪:"伤痕文学"后的又一拐点》,王宏甲的《一种报纸的激励》,张贤亮的《我们这一代作家》;同期,发表徐鲁的《我们这代人的红色记忆——传记文学〈刑场上的婚礼〉三十年》;金莹、陈竞、张滢莹的《公安文学:有待挖掘的文学"富矿"》;王松的《东莞的刘芬》;金理的《"所有诗都是伟大诗篇的插曲"》;梁鸿的《比铁还硬的是什么?》(关于杨少衡《党校同学》的评论);赵长天的《一位作家对1949年的思考》。

《作品与争鸣》第9期发表焦仕刚的《支教:生命的淬火——评〈永远不说再见〉》;杨爱芹的《〈考场〉考出的疼痛》;赵士林的《泡沫漫天的时代》;张伯存的《冷说"张爱玲热"及〈小团圆〉》。

18日,《人民日报》发表肖怀远的《〈解放〉的几点启示》;饶曙光的《星光灿烂绘史诗——看电影〈建国大业〉》;李准的《是历史选择了新中国》。

本日,由全国台联、中国作协联合主办的"陈映真先生创作五十周年学术研讨会"在北京召开。

19日,《文艺报》专栏"当前文学发展状况论坛(十)"发表白烨的《文学的新演变与文坛的新格局》;同期,发表朱晶的《何谓"道德主义"或"文学性尺度"》;木弓的《"意志和理智的摇篮"——读黄建斌报告文学〈牛田洋风潮〉》;杨鹏、余雷的《忠于理想 面对现实——对话中国儿童文学单极化倾向》。

20日,《小说评论》第5期发表牛学智的《在"中国经验"与"后理论"之间——新世纪文学批评的困局及转向》;何弘的《网络化背景下的小说观念》;李建军的《新国民性批判的经典之作》;胡传吉的《意义的负重》;专栏"延安的艺术变革"发表李洁非、杨劼的《从小说看"转换"(下)》;以"虹影专辑"为总题,发表於可训的《主持人的话》,赵黎明、虹影的《我在黑暗的世界里看到了光》,虹影的《我的写作就像我自己的名字》,赵黎明的《"无法归纳"的写作——论虹影小说的边缘性特质及文学史意义》;同期,发表陈忠实的《寻找属于自己的句子——〈白鹿原〉写作手记·后续(续完)》;以"长篇小说《张居正》评论小辑"为总题,发表罗勋章的《从文化的迷思到文本的迷思——兼论章回体小说的局限》,沈光明的《〈张居正〉的模式化与超越性》,严运桂的《论长篇小说〈张居正〉的对话元素》,孙正国的《也谈小说〈张居正〉的民间语境》,吴薇的《用细节的真实,写出历史的鲜活》;以"长篇小说《敦煌遗书》评论小辑"为总题,发表赵毅衡的《敦煌的艺术书写》,代云红的《重述神话与反思文明》,李清霞的《敦煌文化精神与行为艺术》,李静、许骏的《论〈敦煌遗书〉之博学特征》,荆云波的《历史记忆:神圣的回归与现代性批判》;同期,发表王彬彬的《〈钟山〉创刊三十年感言》;王健的《历史缝隙中的伦理叙事》(关于《1937年的情节剧或行动》的评论);陈冲的《对一个浪漫主义文本的解读——读赵玫长篇小说〈漫随流水〉》;马英群的《以死亡观照历史——对〈温故一九四二〉〈银城故事〉〈花腔〉的一种解读》;王晓恒、姜子华的《论池莉小说中审美与审丑》;毕光明的《疗救沉疴赖"青皮"》;吕政轩的《葛水平小说中的乡村世界》;连晓霞的《被遮蔽的"自我":主流话语规约下的人物话语——〈金光大道〉话语分析之三》;龙其林的《苦难的承担与救赎的温暖——读次仁罗布的短篇新作》;单昕的《灵魂叙事的有效捷径——读次仁罗布的〈放生羊〉〈阿米日嘎〉》;王刚的《在审美体验中诗意创造——以段建军教授的理论研究和文学批评为例》;李伯勇的《大作家·重要作家·文学史》;马玉琛的《作家不可以做词奴》;同温玉的《写人见心 以史为鉴》;康桥的《网络小说纵横谈》。

《文汇报》发表《跨越海峡的对话——第三届沪台民间论坛》。

《四川大学学报(哲学社会科学版)》第5期发表曾繁亭的《论自然主义文学叙事的"非个人化"》。

《北京大学学报(哲学社会科学版)》第5期发表阎庆生的《论孙犁"边缘生存"的人生哲学》;[日]山田敬三的《鲁迅——无意识的存在主义》。

《河北学刊》第5期发表宋剑华的《〈红岩〉:知识分子的凤凰涅槃》;王珂的《1990年代先锋诗的生态及个人化写作成因》。

22日,《文艺报》发表木弓的《张者长篇小说〈老风口〉:父辈传奇故事 戍边英雄史诗》;刘庆邦的《升华生命》(关于郭安文诗歌创作的评论);胡志挥的《从弱小到强大——汉译英的十六年发展之路》;张奎志的《当前文学创作的四大趋向》;刘慧芳的《作家应有接受批评的雅量》。

23日,《天津社会科学》第5期发表樊星的《关于历史悲剧的狂欢记忆》;李永东的《纪实与虚构——论20世纪90年代以来的上海怀旧书写》;高玉的《论翻译文学的"二重性"》。

24日,《文艺报》发表朱向前、傅逸尘的《当代军旅文学的精神传统》;周思明的《写出偶然中的必然——读徯晗的小说》;吕益都的《热血浇灌的花园——评傅查新昌〈秦尼巴克〉》;梦野的《夏雨的平衡术》;叶橹的《发现和发掘那些优秀的政治抒情诗》;以"敦煌文艺出版社精品图书评论专辑"为总题,发表杨文林的《贫不薄文——读雪漠长篇小说〈大漠祭〉随想》,朱忠元的《〈村情〉——一部对民生深切关怀的作品》,张存学的《百年家族〈青白盐〉》。

《文艺理论与批评》第5期发表贺敬之的《我在剧协十年》;冯宪光的《回望十七年的文学理论传统》;董学文的《新中国马克思主义文艺理论六十年》;黄力之的《"红色文艺"复兴与六十年历史的不同路径》;陈建功等的《〈问苍茫〉与我们的时代——曹征路长篇小说〈问苍茫〉研讨》;鲁太光的《从〈人间正道是沧桑〉看当代文艺思潮演变》;李存的《地震文学初论》;刘文斌、李军的《严昭柱的马克思主义文艺理论研究综述》;赵建国的《文艺作品的三个参照系与"拟态环境"、"虚拟现实"》;孙拥军的《"走窑汉"们的生命史诗——刘庆邦煤矿题材小说创作谈》;冯肖华的《秦地小说民生权的深度叙事——〈白鹿原〉、〈高兴〉之史线透视》;张春的《聆听故土上空飘扬的炊烟——改革语境中的三十年小小说乡土回眸》;王炜的《现当代文学史观念与云南少数民族文学》。

《吉林大学社会科学学报》第5期发表陆杨的《空间转向中的文学批评》;胡铁生的《生态批评的理论焦点与实践》。

25日,《人民日报》发表李冰的《文学在祖国怀抱里成长》;叶宇的《青春绽放辉煌时——电影频道献礼新作观后》;仲呈祥的《共和国知识分子的深情礼赞——秦腔〈大树西迁〉观后》;陆文虎的《纪实军事文学新意迭出》。

《文艺理论研究》第5期发表支宇的《中国新批评:从大写的"真理审判"到小写的"意义启示"——论中国反本质主义批评的话语之路》。

《东岳论丛》第9期发表王恒升的《试论"政治抒情诗"的历史渊源与当代表现》;冯晶的《张炜小说创作中植根民间大地的文学观探索》。

《当代作家评论》第5期发表王尧的《"关联研究"与当代文学史论述》;梁鸿的《"狂欢"话语考——大众文化的兴起与九十年代文学的发生》;郭冰茹的《方法

与政治——新时期文学批评研究》;谷鹏的《从〈白毛女〉的演出史(一九四五——一九六七)看〈白毛女〉》;铁凝、[日]大江健三郎、莫言的《中日作家鼎谈》;张学昕、格非的《文学叙事是对生命和存在的超越》;梁鸿、李洱的《九十年代写作的难度》;程绍国的《大病之后的林斤澜先生》;李敬泽的《庄之蝶论》;周燕芬的《贾平凹与三十年当代文学的构成关系》;王充闾的《历史文化散文的现实关怀——在北京大学中文系的讲演》;丛琳、崔绍锋的《语已多　情难诉——读王充闾的情感散文》;刘巍的《散文研究,何以"辉煌"——由〈走向文学的辉煌——王充闾创作研究〉谈散文研究》;何平的《出版史即思想史——俞晓群〈一面追风,一面追问〉读记》;周景雷的《从历史心理到成长独语——张宏杰、沙爽散文概说》;李振声的《诗人陈建华——少年时期的肖像》;张新颖的《我的老师李振声》;何言宏的《诗歌观察(二〇〇九年一月—六月)主持人的话》、《"边缘"的意识形态》(关于现代汉诗研究);罗振亚的《常态书写与艺术失衡》(关于现代汉诗研究);张学昕的《心灵在我们时代的诗意》(关于现代汉诗研究);张清华的《幽灵的愤怒与体味的极限》(关于现代汉诗研究);何平的《"私媒体"时代的网络"诗生活"》;王家新的《"独自垂钓"的诗歌翻译》。

《甘肃社会科学》第5期发表陈衡瑾的《生命意义的探寻——〈野草〉中梦与死的浩歌》;朱全国、肖艳丽的《文学隐喻:从传统到现代》。

《世界华文文学论坛》第3期发表饶芃子的《"第三届世界华文文学高峰论坛"致辞》;陈辽的《华文文学学科的当前困境及其出路:跨学科、跨文化研究》;咏羲的《〈古远清文艺争鸣集〉出版》;朱双一的《文化研究:台湾文学研究的视野扩展和方法更增》;李晨的《来自"国境边陲"的抗争——评台湾纪录片〈国境边陲〉》;世华的《"第二届华文文学论坛"在洛杉矶举行》;梁文文、刘娜的《第三届世界华文文学高峰论坛综述》;公仲的《人性的光辉　现代的启示——评〈小姨多鹤〉》;李路的《温情与超越——张翎新近小说论》;曹明的《台湾女诗人涂静怡及其〈秋水诗刊〉》;王云芳的《反叛意识下的文化烙印——论台湾作家王幼华的原乡情结》;周莉的《在离别中成长——再读〈城南旧事〉》;杨宗蓉的《唯美的流浪——解读三毛》;陈涵平的《边缘的视角——赵毅衡论海外华文文学》;计红芳的《香港南来作家的书写母题》;赵朕的《论泰国的华文小诗》;林楠的《文学的担当——简析赵庆庆作品的艺术价值与精神取向》;刘彼德的《观点和记忆——试比较白先勇〈谪仙记〉和张系国〈香蕉船〉》;钱虹的《"吾乡吾土"的潮汕风物抒情——评陈少华的散文〈杏花疏影旧人〉》;刘娜的《传统与现代的结合——余光中与李贺之共性比较》;燕世超、周亮的《〈海角七号〉的空间叙事分析》;乔一丁的《欧洲华文作家协会第8届年会在维也纳召开》;陈晓荣的《嬗变中的香港电影》;陆士清的《回归艺术　回归美——曾敏之"诗词艺术"赏析的写作》。

《晋阳学刊》第5期发表樊星的《远离启蒙的文学现代派与世俗化浪潮——"当代思想史"片段》;宋剑华的《〈围城〉:现代知识精英的神话破灭》。

26日,《文艺报》发表禹建湘的《新媒体文学产业化的思考》;江非的《一代人得以"诗出有名"——读〈尴尬的一代:中国70后先锋诗歌〉》;朱效文的《童话的智慧》。

《文汇报》发表肖复兴的《读张翎的长篇小说〈金山〉》。

27日,《文学自由谈》第5期发表彭荆风的《文学的虚构与非虚构》;任芙康的《文学需要什么样的评论》;王晖的《批评的四足鼎立与伦理重建》;王巨川的《后现代场域下的诗歌之反思》;冉隆中的《底层文学的幽暗和遮蔽》;胡殷红、刘醒龙的《关于〈天行者〉的问答》;高深的《评论家的"视野"》;向卫国的《独特而高贵的"独唱"》。

29日,《文艺报》发表韩春燕的《刘醒龙长篇小说〈天行者〉:用疼痛的文字书写平凡的英雄》;杨展的《韩静霆笔下有雄兵百万》;叶延滨的《一曲中华民族团结奋进的颂歌——评汤松波的诗集〈东方星座〉》;吴玉杰的《历史·生命·女性——读女真的散文新作》;洪三泰的《爱情的诗意与审美——评董培论〈蓝色恋歌十四行〉》;以"袁亚平长篇报告文学"为总题,发表傅溪鹏的《透析新中国艰辛的民主法治之路》,吴秉杰的《大散文写作的可能性》,郑翔的《报告文学如何建构历史》,木弓的《角度新思想深》,李炳银的《新中国制宪的文学追忆》,李朝全的《题旨鲜活　气象开阔》。

30日,《求索》第9期发表宋琼英、刘知的《红色经典剧与后继产业链的研发——以〈恰同学少年〉为例》。

《海南师范大学学报(社会科学版)》第5期发表燕世超、罗洁的《〈华文文学〉杂志对马华文学的传播与研究》;沈奇的《在游历中超越——再论张默兼评其旅行诗集〈独钓空濛〉》。

本月,《山东文学》第9期发表李木生的《葱茏的情思——写在张建鲁散文集〈岁月如歌〉出版之际》;石彦伟的《一根傲骨,一股血气——评王树理中篇小说

〈第二百零七根骨头〉》;马炜、许秋立的《理性之根的寻找——解读韩少功小说〈蓝盖子〉》;荀利波的《作家文本中的文化冲突与和解——关于〈高老庄〉的另一种解读》。

《上海文学》9月号发表洪治纲的《爱是一种不可接近的乌托邦——评洁尘的〈你什么时候搬出去〉》;李亚伟的《从诗歌的历史理解诗歌的现实——答马铃薯兄弟问》。

《中国文学研究》第3期发表刘东方的《现代语言学意义上汪曾祺的语言观》;杨经建的《文化的现代性启蒙与"五四"文学的性爱话语构建》;周仁政的《朱自清和俞平伯:京派散文的两极》;曾凡解、陈金琳的《无地彷徨——论胡风个性解放的二难》;刘艳琳的《沉没在沉默里——沉樱婚恋小说解读》;李广琼的《自主选择与理论渊源——学衡派对新人文主义的接受方式和接受形态》;李彬的《"一群自觉的现代主义者"——九叶诗人与西方现代主义论》;赵树勤、刘若凌的《前无古人,后启来者——论田仲济〈中国抗战文艺史〉对中国现代文学的学术贡献》;江腊生的《姿态的表演:20世纪末个人化写作的审美冲动》;陈仲义的《动力与陷阱:新诗现代性的"症结"》;徐小凤、张志光的《试论史铁生散文中的复调艺术》;肖百容的《逼仄、苦难的空间意识——鬼子、东西小说新论》。

《读书》第9期发表梁禾的《在〈七十年代〉里我们的丢失》;张冰的《〈南京!南京!〉:历史叙事中的困境》。

《暨南学报(哲学社会科学版)》第5期以"传媒时代的文学批评讨论专题"为总题,发表南帆的《数字:代表什么,挑战什么?》、冯毓云的《文学批评"职业化"的反思》、胡亚敏的《发展文化产业与保持艺术精神的矛盾统一》;同期,发表李凤亮的《中国电影产业的新命题——张英进教授访谈录》。

本月,吉林大学出版社出版白杨的《台港文学:文化生态与写作范式考察》。

中国社会科学出版社出版高玉的《"话语"视角的文学问题研究》。

中国戏剧出版社出版薛丽君、岳小战、张娟的《文艺学基本问题研究》。

四川大学出版社出版马藜的《视觉文化下的女性身体叙事》。

10月

1日,《广州文艺》第10期发表李云雷的《重读〈哥德巴赫猜想〉》。

《文艺报》发表梁鸿鹰的《构筑报告文学时代号角的文体功能》;杜玉祥的《在历史中发现未来》(关于席宏斌《国运——古今中外的开国60年》的评论);蔡毅的《经典的传承与保护》;商泽军的《辉煌历程的诗意展现——读胡松夏长诗〈共和国乐章〉》;李鸿然的《辉煌的交响——新中国60年少数民族文学简论》;布赫的《写出更多更好的作品,成为德艺双馨的作家和文学史家——序〈特·赛音巴雅尔文集〉》;包明德、马绍玺、刘大先的《拓展丰富了共和国文学版图》。

《文学界》10月号发表何平的《〈苍黄〉:王跃文能否重振门户》;易清华、王跃文的《我是最不像作家的作家》;伍益中的《弄潮儿向涛头立——周梅森作品解读》;文君、周梅森的《给自己的灵魂找到一点安慰》;简以宁、陆天明的《从现实出发贴近大众的文学最有生命力》。

《名作欣赏(鉴赏版)》上半月刊第10期发表林贤治的《关于"思想者文学"》;王春林的《共和国文学60年长篇小说观察》;颜炼军的《一部八月份写的历史和一部九月份写的历史都是不一样的——作家王树增访谈》;刘春的《众里寻他·当代诗歌百读(四)》;王鹏程的《一件拙劣的仿制古董——由读〈金瓶梅〉对〈废都〉艺术性的质疑》。

《名作欣赏(学术版)》文学研究版第10期发表齐雪莉的《现代文化消费视野下艺术家的生存状态——比较〈饥饿艺术家〉与〈水土不服〉》;施岩的《重返镜像——作为王朔创作转折点的〈看上去很美〉》;邹志生等的《古代文坛与当代书坛两个"性灵派"之比较》。

《西湖》第10期发表费振钟、姜广平的《"文学已进入到一种后小说的时代"》;钱益清整理、李敬泽主持的《文学期刊与文学未来——第二届西湖·新锐文学奖论坛会议实录》;本刊的《第二届"西湖·中国新锐文学奖"》;张好好的《关于创作前提(创作谈)》;马季的《被剪辑出来的他者——张好好小说印象》。

《世界知识》第19期发表李兆忠的《虚幻的雌性乌托邦》。

《作家杂志》第10期发表傅小平、洪治纲的《代际差别:文化观念的"代沟"——有关"60后"与"80后"作家群的对话》。

《延河》第10期发表黄江苏的《说不尽的故乡——读〈鸟背上的故乡〉所感》。

2日,《小说选刊》第10期发表本刊编辑部的《为了未来的回望——新中国六十年中短篇小说创作流变观察》。

5日,《学理论》第24期麻蕊的《"文革"对女性的双重伤害——对〈白蛇〉中徐群珊形象的分析》。

6日,《当代小说》上半月刊第10期发表刘志一的《感人至深的爱情传奇,触动心灵的人性故事——评王金年的最新力作〈大脚姥姥〉》;陈中华的《还原:小说家的职责——王金年长篇小说〈大脚姥姥〉读后》;李掖平的《真诚自然的心灵抒唱——读孙云峻和孙永泽的散文集〈心灵的倾诉〉感言》。

9日,《人民日报》发表蒋登科的《心灵与时代的交响》(关于诗歌的评论);高领的《历史创作的精神坚守——电视剧〈苍天〉创作随想》。

《文汇报》发表张昭兵的《制度性打盹时代的扰梦者——读郜元宝〈小批判集〉》。

《光明日报》发表赵凯的《马列文论人文精神的复归》;林非、李晓虹、王兆胜的《散文进入了创作繁荣期》;李炳银的《评〈走进特高压〉》;刘忱的《还我革命真本色——阮章竞晚年诗歌作品评析》。

10日,《文艺报》发表崔志远的《重振文学精神和灵魂的尊严》;林非的《〈背影〉对于我的启示》;张庞的《写在共和国旗帜上的一篇诗话——〈共和国纪事〉(组诗)创作随想》;《关注藏族文化　繁荣民族文学——〈芳草〉"吉祥青藏"专号暨中国西部文学期刊特色研讨会综述》;傅溪鹏的《来自改革前沿的精彩报告——读瑞安市报告文学集〈古城新韵〉》;庞敏的《从选秀现象反思电视节目创新》;苏奎的《百年散文的全景再现——评〈跨世纪散文经典丛书〉》;束沛德的《为新中国儿童文学勾勒一个轮廓——〈共和国儿童文学金奖文库〉的意义》。

《文艺研究》第10期发表蔡武的《以具有时代精神和艺术魅力的精品力作带动全国文艺创作繁荣发展》;童庆炳的《周扬晚期的文艺思想》;孟繁华的《乡土文学传统的当代变迁——"农村题材"转向"新乡土文学"之后》;李建军的《"国民性批判"的发生、转向与重启》;樊星的《当代文学对国民性的新认识》;吴俊的《困难的关系:当地文学与国民性问题》。

《学术论坛》第10期发表邓玉莲的《论黄咏梅小说〈契爷〉的话语蕴藉》。

11日,《文汇报》发表孙惠柱的《多乎哉?不多也——谈批评的四种形态》。

13日,《人民日报》发表仲呈祥、戴毅华的《荧屏形象塑造的思维走向》;李树榕的《以"真实"推动民族电影进步》。

《文艺报》发表郑润良的《林那北小说〈唇红齿白〉〈沙漠的秘密〉:在家长里短的缝隙中探幽》;田夫的《那些安放心灵的岁月和风景》(关于李延青《鲤鱼川随记》的评论);屠岸的《"呼痛"的诗的记录》;董保存的《寻求军事人物传记的新突破》;李万武的《到文学好人堆里亮相》;杨阳、夏莹的《中国当代文学研究60年回顾与反思》。

15日,《文艺报》发表欧阳友权的《新媒体与当代文学现场》;林雨的《幻境中的现实主义——评网络小说〈冥法仙门〉》;俞胜的《疏影横斜总关情——读唐继东的散文集〈翅膀的痕迹〉》;舒洁的《高地上的眺望——金铃子诗集〈奢华倾城〉刍议》;谢琼的《背离与重返——评张洁近年的小说创作》;小文的《当代儿童小说的乡土叙事》;安武林的《寓言会限制孩子的想像力吗》;以"张扬民间文化的生命力 浦子长篇小说《龙窑》评论"为总题,发表陈思和的《〈龙窑〉的文本分析》,关仁山的《文化的神秘 文化的魅力》,雷达的《生命力在民间的勃发与想像》;同期,发表陈建功的《真正的来自作家心灵的呼唤——我读张慧谋、东荡子、丁力、王心钢的作品》;《广东省作协文学院四位签约作家作品研讨会发言摘要》(四位作家为张慧谋、东荡子、丁力、王心钢);刘润为的《柯岩的人道主义》;黄哲真的《直面现实矛盾 塑造新人形象——曹征路长篇小说〈问苍茫〉》;郭媛媛的《对痛苦以一种认真——读旅美作家汪洋小说〈在疼痛中奔跑〉》。

《文学报》发表金莹的《翟永明:十年"白夜谭",厌倦又和好》;翟永明的《以"白夜"为坐标》;陈竞的《吴义勤:我们为什么对同代人如此苛刻?》;潘向黎的《如此裘山山》;陈建功的《新岭南,新文学 广东省作协文学院四位签约作家专题》;李有亮的《徐芳和她的"第二自然"》;郭小东的《岁月与生命的言说》(关于李清明《寥廓江天》的评论);唐戈云的《挣扎于城堡里的人们》(关于唐墨《百分之二》的评论)。

《文艺争鸣》第10期发表李敬泽的《答〈文艺争鸣〉问》;以"纪念国庆60周年特辑栏目·一本刊物和她的60年"为总题,发表黄发有的《活力在于发现——〈人民文学〉1949—2009侧影》,吴俊的《〈人民文学〉的政治性和"文学政治"策略》,施战军的《〈人民文学〉:编者的文心和史识》,李红强的《〈人民文学〉(1949—

1966)头题小说》;同期,发表程光炜的《当代文学 60 年通说》;谢纳的《新世纪文学的"日常生活转向"》;杨虹的《新世纪商界历史小说的财富伦理叙事》;董之林的《60 年:断代史叙述观点的迁移与转型》;梁鸿的《王小波之死——90 年代文学现象考察之二》;曹书文的《论新时期家族小说创作的泛化现象》;刘东方的《重新认识孙犁文学语言观的价值》;苏奎的《土改叙事中的女性形象研究》;张晓琴的《近三十年文学中知识分子形象的演变》;以"小说·《小团圆》评论"为总题,发表张洁宇的《"张看"与"看张"——读张爱玲〈小团圆〉》,张入云的《张爱玲的"罗生门"》;以"小说·何大草小说评论"为总题,发表刘永丽的《女人·历史·人生——读何大草的历史题材小说》,谭光辉的《书写右脸的秘密——论何大草小说的叙述层次》,陈佑松的《无明之史——解读何大草〈盲春秋〉》;同期,发表陈仲义的《伊沙诗歌论——"杀毒霸"播撒及"互文性"回收》;梁海的《论〈尘埃落定〉》;颜敏的《论〈芙蓉镇〉》;阎纲的《从〈人民文学〉的争夺到〈文艺报〉的复刊》;石兴泽的《关于〈正红旗下〉的无奈终止》;姚莫诩的《无法消除的烙印——家庭出身与"50 后作家"》;汪政的《历史眼光与现实情怀——评贺仲明的〈一种文学与一个阶层〉》;王开国的《评周晓风〈新中国文艺政策的文化阐释〉》;任林举的《高度在深处——赵首先最新诗集〈看却无痕〉读后》。

《学术探索》第 5 期发表林平乔的《论第三代诗歌的道家精神》。

《探索与争鸣》第 10 期发表曹正文的《论大陆与台湾的武侠文学交流》。

《语文学刊》第 10 期发表潘海鸥的《由片面到全面,由狭隘到开阔——论新写实小说九十年代的转型》;范果的《从张悦然看新生代青春派女作家的写作状态》。

《福建论坛》第 10 期以"专题研讨:网络媒介与文学艺术转型"为总题,发表欧阳友权的《数字媒介文学的转型范式与艺术症结》,汪代明的《数字时代的舞蹈艺术》,欧阳文风的《博客的兴起与文学创作方式的转型》;同期,发表黄科安的《主流意识形态的建构与民间文化的改造——试论周立波〈山乡巨变〉的叙事策略》;熊伟的《韩寒现象的文化解读》。

《江汉论坛》第 10 期发表陈辽的《论干校文化的二重性与干校文学的多义性》;李永中的《小说写作与自我危机——由〈风雅颂〉谈开去》。

16—18 日,由江苏省台港暨海外华文文学研究会、盐城师范学院文学院主办的"江苏省暨海外华文文学研究会 2009 年年会"在盐城召开。

17日,《文艺报》发表温奉桥的《突围与建构——读於可训〈王蒙传论〉兼论当下作家评传的写作》;段崇轩的《批评的"火种"》(关于牛学智《批评的灵魂》的评论);树才的《"这热血,这泪水"——读郑玲诗篇〈正在读你〉》。

《作品与争鸣》第 10 期发表施战军的《看,这一个"文学新人"》;周展安的《在时代巨浪的颠簸中》;徐蔚的《离现实近些,再近些》;孙煜华的《怎样反映现实?》;张勇的《我们需要什么样的官场文学?》;乔世华的《文坛谁也没缺席》;罗屿的《文坛大腕也抄袭》;段崇轩的《文学评奖的功与过》。

18日,《文汇报》发表万润龙、麦家的《"中国作家在影视面前从来是弱者"——和作家麦家谈文学原著与影视剧改编》(对麦家的采访);饶曙光的《构建中华民族共有的精神家园》。

20日,《人民日报》发表饶曙光的《探索中国电影复兴之路——从献礼片看主流电影创作如何遵循艺术与市场规律》;曹石的《忽如一夜春风来——国庆六十周年献礼影片走红市场探因》。

《文艺报》发表何建明的《马凯的"诗言志"——读〈心声集〉》;高洪波的《把青草写到极致——读阿古拉泰诗集〈青草灯盏〉〈随风飘逝〉有感》;李剑清的《想像与虚构的力量——杜文娟"地震系列"小说印象》;刘华的《寻找思想突围的路径——读刘上洋的散文》;封秋昌的《提高作家素质　抵制"低俗化"》;李炳银的《不该出现的写作混淆现象——对报告文学与纪实文学的辨析》;曾庆江的《当代文学同新中国一起走向辉煌——"中国当代文学 60 年"学术研讨会纪要》。

《华文文学》第 5 期发表《澳大利亚酒井园诗社简介》;吴彤的《台港澳及海外华文文学博士、硕士学位论文索引(2009)》;《吴岸、郑愁予等获"中国当代诗魂金奖"》;汪超的《中国文学的传播与接受国际学术研讨会综述》;李诠林的《第三届全国高校教师世界华文文学课程高级进修班暨第二届世界华文文学教学工作研讨会综述》;古远清的《跨学科、跨文类研究的实践——评杨匡汉〈中华文化母题与海外华文文学〉》;马白的《乾坤万里眼　时序百年心——读冰夫〈消失的海岸〉》;许燕转的《海外写作:面对孤独与漂泊——访美华作家潘郁琦女士》;蒙星宇的《网起网落:新移民与北美华文网络文学——北美华文作家少君访谈》;阮温凌的《关于本人发表在〈华文文学〉的学术论文遭剽窃的反侵权声明》;曾庆江的《新移民小说中中国形象的三个维度》;邹建军、杜雪琴的《论新移民小说中的三种自然意象》;段凌宇的《从〈小团圆〉看张爱玲的时空体验》;路文彬的《残酷冷漠背后的历史感匮缺——评张爱玲〈小团圆〉》;王进的《〈英国情人〉:一种虹影式的性别焦虑》;蒋述卓的《华文行走文学的文化功能》;饶芃子的《在第二届世界华文文学教学工作研讨会上的致辞》;游小波的《台湾近代文学边沿研究》;叶橹、董迎春的《诗禅互动的审美效应——论洛夫的禅诗》;李薇的《台湾九十年代以来性别论述的现代性维度》;李立平的《论日据时期台湾歌仔戏的民族性与现代性》;赵坤的《建筑美学视野下香港都市文学中的空间构形》;计红芳的《跨界书写——香港南来作家的身份建构》。

《学术研究》第10期发表古远清的《台湾新诗60年的历程及其特殊贡献》。

22日,《文艺报》发表曾镇南的《壮丽而严峻的文学时代的背影——丁宁散文中的怀人之作》;吴秉杰的《〈桃花鱼〉和"成长小说"》;李怡的《文学感受与中国文学批评的主体性》;龙慧萍、冯雷的《新高度与新视野——"中国当代文学六十年"国际学术研讨会综述》;以"王晓方长篇小说《公务员笔记》五人谈"为总题,发表胡平的《关于〈公务员笔记〉引出的话题》,贺绍俊的《职场经历熔铸的思想重金属》,孟繁华的《想像力与探索空间》,解玺璋的《让灵魂裸露登场》,陈晓明的《打开"政治文化"小说那扇门》。

《文学报》发表刘川鄂的《源于民间 高于民间——对当下文坛"民间热"的反思》;张滢莹的《当代中青年作家系列访谈 李少君:最好的称谓是"诗人"》;温亚军的《说真话的李美皆》;王晓鹰的《话剧:可娱乐但不可泛化》;谢冕的《礼赞生命——读王茜诗文集〈十七年蝉〉》;李清霞的《普通人的都市生存体验——评温亚军长篇小说〈伪幸福〉》。

23日,《文汇报》发表赵玫的《你"经过"了我吗?》(关于黄蓓《经过》的评论)。

24日,《文艺报》发表於可训的《人与土地的缱绻——新中国历史的一个文学侧面》;张庆国的《一个人和一个时代的文学》(关于《让苦难变成海与森林——陈思和评传》的评论);邱华栋的《阎志的诗歌方法》;聂茂的《令人动容的真情——苏北〈一汪情深——回忆汪曾祺先生〉读后》;苏震亚的《小说与散文同体互生的文本释读——铁凝新作〈伊琳娜的礼帽〉读后》;曹光辉的《讴歌新中国英雄的核心价值——读长篇报告文学〈英雄路漫漫〉》;果然的《严谨的叙事与绵密的心机》(关于王树兴长篇小说《国戏》的评论);陈阳波的《看,70年代人!——读徐志频〈"70后"的碎梦——一代人的心灵史〉》;项静的《都市风景的外省书——读张生的〈个别的心〉》;杨晓升的《向思宇:巴蜀大地上的社会良心》;张品成、薛涛的《战争题材儿童文学期待突破》;杨老黑的《侦探小说价值漫谈》;《王洪江〈文人那点子事儿〉评论摘要》。

25日,《东岳论丛》第10期发表杨守森的《走向沉沦的中国当代诗歌——20世纪90年代以来的诗歌状况评说》。

27日,《文艺报》发表杨利景的《网络文学:疯长过后》;岳雯的《内幕、规则与生活理想——关于〈内幕策划人〉》;石兴泽的《豪放和婉约的共存与互补——评郭保林散文创作风格》;刘畅的《行旅之思——读夏磊散文集〈秋以为期〉》;何志钧的《精品力作离不开丰厚的生活积累》。

29日,《人民日报》发表刘起林的《"红色"影视的审美新开拓》;张建安的《文学是永恒的精神存在》。

《文艺报》发表孟繁华的《关仁山长篇小说〈官员生活〉:"多元现代性"及其冲突》;俞胜利的《人物塑造有新意》(关于长篇小说《冷箭》的评论);李云的《一代人的情感困境》(关于《遇》的评论);郑阿平的《东方乡土精神之美》(关于钟正林文学创作的评论);曾樾的《阅读与体验》;李美皆的《满目青翠　遍野芳菲——军旅文学60年回顾》;吕益都的《轩昂壮阔　如诗如歌——新中国60年军事题材影片概述》。

《文学报》发表陈竞的《食指:一碗粥、一碟菜、能写诗,足矣!》;雷达的《跨越,最艰难的一步》(关于《官员生活》的评论);傅小平的《丘树宏:一种无可回避的心灵使命》;张未民的《当代文学的若干问号》;陈晓明的《以虚写实的小说艺术》(关于沈乔生《枭雄》的评论);梦亦非的《留守儿童的成长心路》(关于西篱《雪袍子》的评论);张颐武的《"国学热"需要深化和升级》;刘仁前的《潜心打造"香河"这个文学地理》;张大勇的《我替乡村在说话》;薛锡祥的《我的诗缘》。

《南方周末》发表麦家的《历史就像从远处传来的"风声"——谈小说〈风声〉和电影〈风声〉》。

30日,《人民日报》发表张保宁的《文学的发展需要健康心态》;张清华的《清寒中的成长》(关于江鸥《诗水流年》的评论)。

《中国文学研究》第4期发表赵小琪、张晶的《香港文学与澳门文学"中国形象"的对读》;计红芳的《香港的恨与爱:南来作家的叙述转变》。

31日,《文艺报》发表刘云山的《反映伟大时代历史巨变　描绘人民群众精神图谱　创作更多思想性艺术性相统一的文学精品》;文羽的《乡土文学创作的未来值得期待》。

本月,《上海文学》10月号发表程德培的《隐喻之旅——读杨少衡的〈轮盘赌〉》；冯晏的《安静的内涵——答问片段》；李元洛的《少年英雄与文雄》；张慧瑜的《"精神家园"的重构与"沉默的大多数"的修辞》；郭春林的《在繁荣的背后——论界愚小说的现实感》。

《文艺评论》第5期发表徐肖楠的《市场中国叙事中的日常神话》；蒋书丽的《孤独的战斗——比较视野中的中国女性主义》；梁国伟、秦霓的《网络动态文字与情感的空间化展开》；王雪的《论新世纪散文研究发展趋向》；孙苏的《经典的可能性》；小川的《"城市文学"的命名与创作模式的困惑》；许苗苗的《网络小说：类型化现状及成因》；徐志伟的《黑龙江当代文学批评的建构与展开——〈龙江当代文学大系(1946—2005)·文学理论批评卷〉导言》；李志孝的《教育，为你流泪为你痛——评罗伟章教育题材系列小说》；吕周聚的《深刻的文化反思，热切的现实关怀——长篇小说〈海殇〉解读》；董秀丽的《穿过这片黑夜的那些眼——从翟永明诗歌中的"眼睛"看其诗歌风格变化》；梁勇的《颠覆中的构建——铁凝小说与新时期女性写作》；张剑阁的《东北诗坛的巨幅雕像——邢海珍诗歌文化新著〈中国新诗三剑客〉管窥》；林超然、张天舒的《指向古典的温暖教化》；王立宪的《行走中的人生况味——读张铁成散文集〈并不孤独的旅程〉》。

《山东文学》第10期发表张艺的《浅议网络文学的基本创作特征》；樊娟的《新汉语写作视阈下的贾平凹》；王宜振的《韩志亮儿童诗漫谈——爱心铸就的诗篇》；田祝的《直指当下的文化反思——毕飞宇乡村题材小说人物形象探析》。

《芒种》第10期发表孙佳的《论新时期小说现代主义的内转向》。

《江淮论坛》第5期发表汪杨的《尘世间的田园抒情——许辉论》。

《南京社会科学》第10期发表吴秀亮的《以俗写雅的张爱玲》。

《读书》第10期发表王蒙的《六十余年的性沧桑》。

本月,人民出版社出版凌逾的《跨媒介叙事——论西西小说新生态》。

北京大学出版社出版赵稀方的《后殖民理论》。

文化艺术出版社出版王勇、王亚勋主编的《发展与繁荣——改革开放30年戏剧创作研讨会论文集》。

吉林出版集团有限公司出版南帆的《关系与结构》。

11 月

1日,《广州文艺》第11期发表孟繁华的《文学的速度与作家的情感要求——2008年的中篇小说》;邓良的《〈山上的小屋〉的解读及残雪小说意义之我见》。

《文汇报》发表白烨的《"三分天下":当代文坛的结构性变化》;陈云发的《批评的繁荣与文艺生态环境的营造》。

《文学界》11月号发表张晓媛、李辉的《盼望我的小说不真实》;鲁太光的《寻找,以文学的名义——从李辉的〈寻找王金叶〉说起》;刘恪的《事物自身的力量》(关于刘先国文学创作的评论);易清华、刘先国的《用真心去写,用真情去写》;王永祥的《尹守国的合庄世界》;郭少梅、尹守国的《去往合庄的路上》;张大朋、萧笛的《拷贝经历对心灵的投影》;叶君的《总有那么一种温暖——关于萧笛的小说创作》。

《天涯》第6期发表谢有顺的《危机时代的文化机遇》;赵铭恕、李昕的《全球化语境下的文化全球化》;相宜的《乡土中国与乡土文学》;吴冠军的《"全球化"向何处去?》。

《当代文坛》第6期发表李建军的《从随物婉转到与心徘徊——论陈忠实的散文创作》;专栏"李建军主持的自由评论·共和国文学档案(之二)"发表王绯的《纯真爱情的呼唤——重读〈爱,是不能忘记的〉》,陈福民的《超越生死大限之无上欢悦——重读史铁生的〈我与地坛〉》,田泥的《有效的女性叙事转身与追索——重读〈玫瑰门〉》;以"谢有顺主持的新锐方阵·雷平阳专辑"为总题,发表雷杰龙的《故乡鼓舞者的长歌——读雷平阳系列长诗》、黄凤玲的《炙烤自己忧伤的灵魂——论雷平阳诗歌中的乡愁》,雷平阳的《枯水期的诗歌写作》;同期,发表赖勤芳的《文学理论写作的媒介视角及其限度》;冯文坤的《论崇高中的自然与生态意义中的崇高》;高旭国的《无"根"的漂泊——新时期30年文学的症结》;王开志、周洪林的《论中国现当代散文的审美流变》;金钢的《论阿成创作的异域情调》;高侠的《当代女性意识的回填与沉实——论近期女性作家"底层叙事"的三重视角》;张欢的《论成长中的青春女性写作——以春树的小说创作为例》;尹正保的《荒芜英雄路——评刘醒龙长篇小说〈天行者〉》;燎原的《三种时间的悖反与调适——靳晓静诗歌解读〉;张德明的《生命理性与自然意象——论邹建军十四行抒情诗》;杨清发、赵良杰的《现代品质的追求与文体构建的实践——吴雪峰散文诗创作特色及意义解读》;李一媛的《从心灵到现实的神秘飞翔——论林白早期小说的叙事策略》;肖四新的《跨文化经典重构的合法性》;刘复生、周泉根、段从学的《幕僚命运与百年风云——读伍立杨的〈烽火智囊——民国幕僚传奇〉》;王永波、罗从学的《清新俊雅、刚柔相济、蔚然古风——论张泽勇散文的风格及其文化质性》;孙建芳的《〈困豹〉叙事风格与语言特色初探》;王昌凤的《论写实文学虚构现实的两种方法》;邓芳的《女性身体命运与女性主义思想——解读海男的〈身体祭〉》。

《名作欣赏（鉴赏版）》上半月刊第 11 期发表杨义的《中国叙事理论与文化战略》;段崇轩的《短篇小说的风雨历程（上）》;刘春的《众里寻他·当代诗歌百读（五）》;阿袁的《尘埃中的花朵——读叶广岑的〈豆汁记〉》;张祯的《破碎的唐三彩——苏瓷瓷诗歌的"狐狸精"气质》;段继红的《寻找生命中的樱桃园——解读张悦然的〈樱桃之远〉》;以"《中国话剧百年通史》主题书评"为总题,发表张光昕的《幻象的通史与通史的幻象》,赵娅军、崔耕的《历史写作的"准"和"美"》,曹梦琰的《一部话剧史所带来的》;同期,发表李新勇的《由对〈秦腔〉的不同评价谈评论家应有的社会责任担当》。

《名作欣赏（学术版）》文学研究版第 11 期发表李永涛的《〈小团圆〉："散居文学"的惊诧之美》;张晓亮的《浅析毛泽东诗词的人民大众性》;黄秀生的《贾平凹创作中的文化焦虑》。

《西湖》第 11 期发表方方、姜广平的《"我在写作时是一个悲观主义者"》;张昭兵的《资本时代的虚假博弈——评周梅森新作〈梦想与疯狂〉》;朝露叶晔的《不知小说为何物（创作谈）》;夏烈的《"70 后好人"与精子哲学——谈朝露叶晔的中篇〈人之初〉》。

《社会科学战线》第 11 期发表李仲凡的《地域文学作为二级学科的可能性》;杨匡汉的《文化母题与海外华文文学》;邢晓姿的《泰国华文文学之回顾与展望》。

《延河》第 11 期发表张雪艳的《自然与神性的诗意追寻——红柯访谈录》。

《社会科学研究》第 6 期发表支宇的《"仿真叙事"：从"符号政治经济学批判"到"去现实主义化"——一个西方后现代主义文论关键词在中国的话语个案》;王琳的《〈妇女闲聊录〉——溢出小说边界的后现代文本》。

《作家杂志》第11期发表小海、马原的《和马原聊他的小说》；何言宏的《权力批判中的道德诫命——黄梵小说读扎》。

《诗刊》11月号上半月刊发表阎志的《以自己的名义——〈挽歌与纪念〉创作谈》；邹建军的《以我写世 以梦写实——〈挽歌与纪念〉的抒情方式》；陈建功的《永远的阮章竞——在纪念〈漳河水〉发表60周年座谈会暨〈阮章竞绘画篆刻选〉首发式上的致辞》；高洪波的《致诗人郭小川90周年诞辰学术研讨会贺信》；张同吾的《面对九十盏红灯——纪念诗人郭小川90周年诞辰》；吴凡的《诗情又辟新天地——读李瑛的长诗〈等待〉》；王明文的《生活的厚重与艺术的力度——读叶臻诗作〈走进一位老矿工的家〉》；罗小凤的《安琪的词语实验》。

《钟山》第6期发表李洁非的《反复——舒芜的路》；吴义勤的《赵本夫论》。

2日，《小说选刊》第11期发表陈继明的《写作的前提》；冯立三、杨志广、章德宁的《新意与缺陷并存——〈安乐摸〉三人谈》。

《解放日报》发表邓伟志的《独立思考 要义不繁——试论怎样写评论》。

3日，《人民日报》发表艾斐的《文化产业的规范与价值取向》；金莉莉的《从容淡定最难得》（关于陆昕《乌夜啼》的评论）；华玉玺的《腹有诗书气自华——〈中华诗词畅想录〉读后》。

《文艺报》以"文学创作座谈会专题"为总题，发表铁凝的《走向世界的中国文学》，李敬泽的《关于思想性》，周大新的《瞩目我们所处的时代》，张悦然的《神奇的中国》，贾平凹的《文学需要有我们的文化立场》，雷达的《对现实主义生命力的几点思索》，崔道怡的《老编辑说老编辑》，次仁罗布的《给文学作品注入精神的内核》。

5日，《山东社会科学》第11期以"文学创作与贞洁观念（笔谈）"为总题，发表王朱杰的《"性爱化"的革命与"革命化"的性爱——从"左翼文学"到"十七年"文学性爱叙事的流变》，王爱侠的《沉沦与拯救——新时期文学透视出的贞洁观念的变迁》。

《广西文学》第11期发表王迅的《为何写作，如何写作——广西北部湾经济区作家群高级研修班讲座纪要》。

《文艺报》发表洪治纲的《原创力·洞察力·思考力》；朱苏进的《我的一九四九 我的历史》；艾克拜尔·米吉提的《品读〈撑船记〉》；张洪波的《社会政治小说刍议》；饶曙光的《新中国电影60年成就及其展望》。

《文学报》发表陈竞的《何建明：30年，奔跑，再奔跑》、《国家叙述和批判精神——何建明答记者问》；李洁非的《传记文学：迅速上升的文类》；金莹的《当代中青年作家系列访谈　刘虹：诗歌是我的世俗飞翔》；谢挺的《"发现"曹永》；兴安的《英雄时代的挽歌——谈阿来的长篇小说〈格萨尔王〉》；韦苇的《圣野60年：诗花一路栽过去》。

《花城》第6期发表田瑛口述、申霞艳整理的《花城的新世纪》；殷国明的《漫说"圈子"：文学批评的困境与生机》；格非的《作者与准文本》。

《陕西师范大学学报(哲学社会科学版)》第6期发表杜书瀛的《全球化时代电子媒介的发展及其对文学、艺术的影响》。

《莽原》第6期发表迟子建著、温亚军评点的《白雪的墓园》；舒晋瑜的《遵从内心的写作》；姜广平的《"小说是湿润心灵的一种东西"——与赵德发对话》。

6日，《光明日报》发表刘中树、张学昕的《拓展"学院批评"的空间》；刘复生的《历史情境与文学体验——读董之林〈热风时节——当代中国"十七年"小说史论〉》；孙武臣的《熟读深思　探幽烛微——简析蔡葵的〈雍正皇帝〉评注》。

7日，《文艺报》发表解玺璋的《王跃文长篇小说〈苍黄〉：政治生活小说的人性深度》；何建明的《世界在心中涌动回味》（关于熊宗荣《云水天涯》的评论）；夏泽奎、刘凤阳的《词语的光辉》（关于曹有云诗歌的评论）；黄东成的《以良心和真情著诗》（关于赵康琪诗歌创作的评论）；谭楷的《灾难与文学的断想》；张瑗的《青少年文学须重视主体建构》。

8日，《芙蓉》第6期发表谭桂林的《悲喜无常造仕途——读肖仁福的〈仕途〉》；陈超的《撼动心灵的智性哀歌——评胡丘陵长诗〈2008，汶川大地震〉》。

9日，《文汇报》发表王乐的《汉学家　此路亦彼路　同归而殊途》。

9—13日，由福建少年儿童出版社、中国版协少读工委主办的"海峡两岸儿童文学交流二十周年纪念笔会"在福建武夷山召开。

10日，《人民日报》发表雷达的《关于现实主义生命力的思考》；陈树义的《文学需要给人以温暖》；贺绍俊的《政论体报告文学的魅力——读张胜友的〈行走的中国〉等报告文学新作》。

《文艺报》发表张利红的《在精英与大众之间游走》；孙荪的《卷帙浩繁的百姓列传——读孙方友〈小镇人物〉》；郭培筠的《优美的心灵之舞》（关于舒正散文的评论）。

《大家》第6期发表郭严隶的《带着疼痛写作》；何开四的《意蕴的深化和叙事的诗意》；刘丽朵、郑小驴的《善良即反抗》；马季、桫椤的《"灯塔"与"阶梯"的二元叙事实验》；李浩、马季的《文学，本质上属于那些林外的树》。

《文艺研究》第11期发表王列生的《论内在焦虑中的中国文化制度创新》；邰科祥的《"创作成就取决于作家的敏感、深刻和独特"——陈忠实先生访谈录》；刘成才的《"大"时代中的"小"刊物：一九五七年的〈星星〉诗刊》；蒂尼的《当文学面对体育的时候》；杜霞的《从留学生到新移民：身份焦虑与文学进化论》。

《西南大学学报（社会科学版）》第6期以"中国现代诗学学科建设笔谈（之三）"为总题，发表张德明的《中国现代诗学学科建设：从"转益多师"到"自成一体"》，曹万生的《现代汉语诗学：诗学的衰减与变形》，向天渊的《构建现代汉语和合诗学》，熊辉的《译介学与中国现代诗学体系的拓展》；同期，发表王学振的《"武"的退隐和"侠"的张扬：论老舍与侠文化》。

《西南民族大学学报（人文社科版）》第11期发表王立的《金庸小说声音伤人叙述及其渊源》。

《社会科学》第11期发表贾翼川的《现代启蒙精神与现代中国电影》。

《学术论坛》第11期发表刘秀珍的《"看云在绿叶间缠绵"——试论徐刚的生态报告文学作品》。

12日，《文艺报》发表谭旭东的《当代儿童文学的价值与缺失》；刘绪源的《关于"母题"的一点说明》；叶延滨的《当代诗歌的发展以及面临的境遇》谢尚发的《城市作为文学表现的对象——"文学与城市：当代文学中的城市叙事"研讨会综述》；李自雄的《当前文学批评要增强学术意识》；以"张胜友影视政论作品评论专辑"为总题，发表陈建功的《为中华民族伟大复兴鼓与呼》，翟泰丰的《伟大时代的交响乐章》，艾克拜尔·米吉提的《政论纪实——纪实文学的新收获》，张炯的《理性冲击力与艺术感染力》，肖惊鸿的《可敬的开拓者》，田珍颖的《始终坚守文学本质》，刘茵的《为改革放声歌唱》，李朝全的《忠实为时代和人民立言》；同期，发表谢作文的《一部史诗　万千歌唱——汪德辉〈临湖轩选集〉赏析》；郎伟的《悲悯的注视——读李进祥的小说》；王春林的《仰面旋转与俯首沉思的人生——读梁志宏自传〈太阳下的向日葵〉》；朱先树的《一种新诗体的形成与发展——也谈政治抒情诗》；谷安林的《倾听赤子之声——读胡华诗抄》；蒋述卓的《水染长空碧　云封峻岭低——谈张荣辉诗词创作》；杨克的《虫鸣知夜静　风定觉云闲——浅读

〈三倚堂诗词选〉》。

《文学报》发表金莹的《"在场主义"：推动，或仅仅是震动？》(关于中国散文创作"在场主义"的评论)；罗四鸽的《"草原守望者"铁穆尔》；李伯勇的《我们时代的合谋——"文学经典"焦虑之我见》；侯德云的《文章的"耳感"》；胡磊的《历史叙事中的正直理解》(关于詹谷丰《喋血淞沪——蒋光鼐将军传》的评论)；杨斌华的《抵达与追问——读喻军诗集〈梦寥廊〉》；解玺璋的《商业文化时代的文艺批评》。

13日，《人民日报》发表吴培显的《多样化中凸现传统底色——试论近十年来中短篇小说创作》；陈雄的《柔情豪气融为一体》(关于吴乾机诗集《南海涛》的评论)；孟冰的《话剧现状的忧思》。

14日，《文艺报》发表鲁枢元的《文学精神与濒危的自然》；苏勇的《坚持马克思主义文艺批评理论的指导作用——"马克思主义与当代文艺批评"学术研讨会综述》；王宗仁的《献给祖国的灵魂财富——读石英诗集〈走向天安门〉》；白烨的《糊涂中的真实——读陈奕纯长篇小说〈七段爱〉》；吴凡的《博尔赫斯的中国传人——论麦家小说的叙事特色》；马季的《真实与虚构 艺术与人生——评王川〈狂石鲁〉〈白发狂夫〉》；丛治辰的《另一种"80后"写作——读南飞雁小说〈红酒〉〈暧昧〉》。

15日，《人文杂志》第6期发表刘宁、李继凯的《文化名人与西安城市文化发展初探——以当代三位西安作家为中心》；范玉刚的《文化研究视野中文学本体论何为》。

《文艺争鸣》第11期发表王彬彬的《文化批评的语文品格——以一篇文章为例》；李震的《中国"新现代性"语境中的文艺学问题——以建构主义与本质主义为核心》；陆扬的《文化研究的必然性——走出本质论》；汤拥华的《布迪厄：从文学场到知识场——以"文学本质"问题为中心的考察》；赵勇的《未结硕果的思想之花——文化工业理论在中国的兴盛与衰落》；鄂霞、王确的《美学关键词"崇高"的生成和流变》；杨丽娟的《"理论之后"的原型-文化批评》；杨乃乔的《第三文化空间，兼论中国现当代文学研究的发展命脉》；杨庆祥的《80年代："历史化"视野中的文学史问题》；王富仁、姜广平的《每一个人都是这个世界的"过客"——与王富仁对话》；胡亚敏的《80年代：中国文学批评回望》；黄爱华的《孟京辉先锋戏剧论析》；贺芒的《〈佛山文艺〉与打工文学的生产》；王笑菁的《中国皇权专制社会的文化范本——论〈鹿鼎记〉》；朱墨的《一个人的史诗与大地的挽歌——以夏天义为线索的〈秦腔〉解读》;凌孟华的《红色经典的民俗折光——小说〈红岩〉的重庆民俗文化解读》;李浴洋的《从想象农民开始——读张丽军的〈想象农民〉》。

《诗刊》11月号下半月刊以"李先锋:感悟世界与认知自我的再发现"为总题,发表燎原的《时间劫数中的艺术变轨——李先锋诗歌片谈》,靳晓静的《生命中的轻与重——李先锋诗歌印象》,陈因的《大海之子——诗人李先锋印象》。

《文史哲》第6期发表张宁的《命名的故事:"底层",还是"新左翼"?——大陆新世纪文学新潮的内在困境》;樊星的《当代文学中的"农民性"问题》。

《文汇报》发表江冰的《"三分天下"文学格局的网路时代背景》;吴小丽、张成杰的《新世纪女性创作及其女性意识表达》。

《文学评论》第6期发表郜元宝的《从"启蒙"到"启蒙后"——"中国批评"之转变》;贺绍俊的《现代汉语思维的中国当代文学》;陈卫、陈茜的《神与光——论艾青诗歌及文学史形象》;袁红涛的《宗族村落与民族国家:重读〈白鹿原〉》;刘卫东的《从"翻案"到"影射"——1960年前后关于"新编历史剧"的讨论》;汪树东的《重塑中国文学的绿色之维——论中国当代文学的生态意识》;王春林的《论近年长篇小说对边地文化的探索》;李先国的《经典阐释与当代文学学科建设》;段吉方的《中国当代文艺学知识建构中的焦虑意识及其价值诉求》;朱立元、栗永清的《新中国60年文艺演进轨迹》;王俊秋、韩文淑的《"共和国文学60年"学术研讨会侧记》;袁盛勇的《读周晓风〈新中国文艺政策的文化阐释〉》;凌逾的《后现代的香港空间叙事》。

《中国社会科学院研究生院学报》第6期发表马光的《编辑的学术地位新论——编辑在学术发展中的主动作用》。

《中国现代文学研究丛刊》第6期发表徐妍、孔晓音的《"张看"与"张腔张调"——张爱玲四十年代小说美感论》。

《北方论丛》第6期发表刘保亮的《新国学视野下的当代地域文学》。

《长城》第6期以"虚浮的现实性与衰弱的精神性——我们时代文学的一个弊症"为总题,发表王玉的《文学的现实性焦虑症》,甘浩的《英雄退隐之后的悲哀——新世纪文学的一种症候式分析》,焦红涛的《压抑与反抗——论当下文学写作的现实性与精神性问题》,周航的《现实性迷雾之下的精神性缺失——谈当下文学精神高度的下降趋势》,谢刚的《新世纪现实主义小说如何求得精神性》。

《民族文学研究》第4期发表丁增武的《"消解"与"建构"之间的二律背

反——重评全球化语境中阿来与扎西达娃的"西藏想象"》;张永刚的《从边缘到中心:当代云南民族文学研究的理论进程》;李玫的《空间的生态伦理意义与话语形态——叶广芩秦岭系列文本解读》;程桂婷的《论叶广芩小说的复调诗学——以〈采桑子〉为例》;王志萍的《他者之镜与民族认同——简析新疆少数民族女作家作品中的民族意识》;麦麦提·吾休尔的《祖尔东·萨比尔与汉语文学》;杨红的《论文化流散与潘年英的家园书写》;朱和双、李金莲的《南方民族蛊女叙事中的拯救意识与悲剧情结》;张立群的《澄澈的心灵与独守的诗性——满族诗人路地论》。

《百花洲》第6期发表马小淘的《师傅徐则臣》;徐则臣、李尚财的《能把小说越写越好的作家必然是个自虐狂》(对话);陈彦的《带着卡夫卡标记的"启程"》(关于徐则臣小说的评论)。

《江汉论坛》第11期发表张国庆的《中国现当代文学与美国文学翻译》。

《江苏社会科学》第6期发表薛家宝的《唯美主义与中国现代小说》;何宏玲的《近代上海狭邪小说的报刊化写作与小说变革》;高丽琴的《左翼文学与20世纪30年代商业文化语境》。

《齐鲁学刊》第6期发表张玉玲的《一种被忽略的审美倾向——西部诗歌审美趣味的当代性发掘》;武善增的《红卫兵诗歌与天安门诗歌的内在联系与历史地位》;刘可可的《作为形式反拨的悲伤自叙传——新时期和文革时期知青小说文本形式之对比分析》。

《西藏文学》第11期发表蓝爱国的《近年来西藏当代文学批评及其学科建设》;胡沛萍、于宏的《当代西藏文学的文化现代性追求》;徐美恒的《论藏语作家的汉语散文创作》。

《学习与探索》第6期发表姚文放的《新中国的三次"美学热"》;徐英春的《解构神圣革命历史——新历史小说研究》。

《语文学刊》第11期发表代琴、胡冬汶的《论〈红岩〉的反现代气质》;贾吉峰的《从〈新结婚时代〉看女性命运之变化》。

《南方文坛》第6期发表梁鸿的《迎向"灵光"消逝的年代》;洪治纲的《走向多维的批评空间》;董丽敏的《"上海想象":"中产阶级"+"怀旧"政治?——对1990年代以来文学"上海"的一种反思》;梁鸿的《对"常识"的必要反对——当代文学"历史意识"的匮乏与美学误区》;张清华的《理性与"灵光"——简谈梁鸿的文学

批评》;程光炜的《认识梁鸿》;以"《废都》再版"为总题,发表孙桂荣的《个人性·时代性·文学性——重版之际再话〈废都〉》,严英秀的《从方框框到省略号——论〈废都〉再版事件及其他》;同期,发表贺仲明的《论当前文学研究的内部生态》;赖大仁的《也谈小说"死"与"生"》;何雁、梁培辉的《当代中国文艺理论的发展与马克思主义美学嬗变》;李朝全的《报告文学发展中存在的问题》;邢小群的《"〈腹地〉事件"引起的思考——从新中国成立后被批判的第一部长篇小说谈起》;杨庆祥的《"孤独"的社会学和病理学——张悦然的〈好事近〉及"80后"的美学取向》;王兆胜的《边缘人生的边缘书写——郑云云散文的独特魅力》;聂茂的《湖湘文化的精神动力与民族壮美之追寻——冯伟林历史文化散文的审美解读》;卓今的《在焦灼与惶惑中的精神突围——残雪对经典文学作品的解读与自我解读》;程亚丽的《实在之"根"与虚构的形式——〈无土时代〉之于〈地母〉》;刘春的《总有一个适合的理由劝慰了她们艰难的旅程——朵渔和他的诗歌》;王彩萍的《浙江地域文化:余华写作的重要内源性资源》;专栏"广西文艺六十年"发表黄伟林的《1976—1989年:艰难的转型》,单小曦的《三重叙事情境中的家族文化思考——评龚桂华长篇小说〈苦窑〉》;同期,发表贺绍俊的《理论动态》(当代文学的中年特征,中国当代电影类型化问题)。

《理论与创作》第6期发表刘茂华的《媒介化时代的超现实文学镜像》;熊元义的《对中国当代文学批评发展的推动》;田承良的《"红色经典"改编的异质性或悖反性》;廖述务的《文学理论观念焉能如此僵化?》;王玉的《狂欢化叙事:新世纪小说的美学走向》;张卫中的《魔幻与荒诞的误区——对新时期几位成名作家艺术突围的思考》;张小平的《论先锋与先锋艺术》;廖少华的《马克思"利益群体理论"与中国大众美术的发展》;张立群、孙佳的《"经典"的生成与变动过程——论"张爱玲现象"的当代接受》;艾斐的《柯岩的"人本"思想与文学追求》;李游、胡俊飞的《论韩少功长篇小说创作的叙事策略》;刘朝勋的《被遗忘的诗性——论〈沧浪之水〉的误读成因》;伍益中的《"他者"视角下人性欲望的透视——解读王跃文新作〈苍黄〉》;王雪伟的《"原来世上的事情都绕"——评刘震云〈一句顶一万句〉》;廖高会的《理性、疯癫与文化视角——论张欣〈对面是何人〉的叙事张力结构》;李美皆的《担当时代有大音——何建明报告文学印象》;聂茂的《瑶族之子的文化想象与身份追寻——黄爱平诗歌读后》;左春和的《认同性意志建构的东方想象——评汤松波诗集〈东方星座〉》;陈林侠的《类型电影的观念、文化功能与审美的可辨别性》;曾胜的《主体的隐喻——精神分析视阈中的电影视觉意象》;张冀的《"老右派"的精神史——试论谢晋导演作品对右派知识分子的身份确认》;张体坤的《草根影像　平民狂欢——对电影〈高兴〉的"山寨"解读》;刘克邦的《追寻心中的梦想——观电影〈袁隆平〉有感》;王素芳的《论电影〈夜店〉的喜剧风格》;吕双伟的《朴实严谨,历久弥香——读朱平珍、余三定著〈谭谈评传〉有感》;张先瑞的《实话实说:朱日复文艺评论的可贵品格》;李望生的《心灵常在故乡——潘刚强乡土散文综评》;曾庆江的《同新中国一道走向辉煌的当代文学——中国新文学学会第25届年会暨"中国当代文学60年"学术研讨会综述》。

《清华大学学报(哲学社会科学版)》第6期发表衣若芬的《在全球化视野下阅读徐志摩的南国书写》。

《社会科学辑刊》第6期发表高翔的《现代媒体的社会制造与文学选择——〈新青年〉(沈阳)个案研究》;吴苏阳的《海派文学商业化的历史源头与现实基础》。

17日,《人民日报》发表王晓鹰的《让当代话剧植根沃土》;章闻哲的《一部仡佬族的史诗——读长诗〈呵嘛〉有感》;仲言的《历史的呈现与拓展》;古耜的《卓识妙笔赤子心——评杂文集〈潮流之外〉》。

《文艺报》发表罗四鸰的《阿来长篇小说〈格萨尔王〉:农夫、水手与讲故事的阿来》;牛玉秋的《有道无道皆缘茶》(关于廖琪长篇小说《茶道无道》的评论);刘小放的《铅华散尽见真淳》(关于刘兰松文学创作的评论);李浩的《暗夜中的小火苗》(关于和晓梅文学创作的评论);张未民的《中国文学的"中国性"与"地方性"》;梁凤莲的《文学的地域性写作价值几何》;郝雨的《温暖的汪曾祺——评苏北著汪曾祺传记〈一汪情深〉》。

《作品与争鸣》第11期发表史元明的《没有牧歌的世界——读小说〈我们是亲戚〉》;游修庆的《中国式后现代语境中的"学者"》;汪粤的《权力与知识:知识分子的选择悖论》。

19日,《文艺报》发表李钧的《文化散文的诗学追求——兼谈曾纪鑫散文创作》;张建安的《神秘而充满生命力的世界——评马笑泉〈巫地传说〉》;李宏的《诗情的抒发——评短篇小说集〈爱的结构〉》;牛学智的《当前散文创作风向思考》;以"《冯健男文集》出版座谈会专辑"为总题,发表张炯的《并未过时的思想遗产》,王庆生的《高尚人品与精神品格的体现》,樊星的《追慕那玄远古朴的境界》,马云的《冯健男的文学批评理论与实践》,刘中树的《冯健男的废名研究》;同期,发表杨黎光的《如椽诗笔激情抒写共和国60年心灵史——读丘树宏诗集〈共和国之恋〉》;微紫的《发自血脉的诗歌——浅评重庆子衣的诗歌创作》;张建安的《追溯湖湘精神之源——评陈启文〈漂泊与岸·湖湘溯源笔记〉》;王美春的《一场雅逸感官的都市文化盛宴——浅评小说〈1/4天堂〉》;杨克的《书写断代史的中国梦——读〈在路上:东莞青年诗人诗选〉》;元辉的《打扫出一片无憾的心境——读凌行正长篇小说〈九号干休所〉有感》;肖建国的《一部当代产业工人的命运史——读邓鸣的长篇小说〈大变革〉》;潇元的《精神困境与生存危机的诗意阐释——读谢建平的诗》;寇宗鄂的《〈父亲〉的精神品格与审美取向——读刘福君亲情诗随感》。

《文学报》发表傅小平的《〈广州文艺〉举行都市文学研讨会,评论家、作家热议——都市文学:越来越明晰的文学图像?》;北岛的《汉语诗歌再度危机四伏》;高洪波的《低调孙德全》;傅小平的《当代中青年作家系列访谈 吴君:由开阔走向"狭窄"》;周志强的《新官场小说的市侩主义》;陆梅的《一个追赶着艺术的人——任大星儿童文学创作研讨会小记》;叶炜的《拥抱大地的写作——论严苏的小说创作》;袁复生的《谢宗玉的夸张》。

20日,《人民日报》发表党圣元的《构建文学理论的中国话语》;向荣的《长篇小说应有大气象》;郑荣来的《集体谱写的黄昏颂》(关于电视纪录片《白山黑水夕阳红》的评论);陈彦的《化蛹为蝶的境界》(关于范咏戈《化蛹为蝶》的评论)。

《小说评论》第6期发表贺仲明的《文学与生活关系再考量》;沈嘉达的《题材价值与文学史意义》;专栏"延安的艺术变革"发表李洁非、杨劼的《延安之后文化的去向》;同期,发表胡传吉的《小说的技术冷漠症》;以"红柯专辑"为总题,发表於可训的《主持人的话》,李勇、红柯的《完美生活,不完美的写作》,红柯的《文学的杂交优势》,李勇的《论红柯小说创作新变》;以"刘醒龙长篇小说《天行者》评论小辑"为总题,发表张均的《底层、基层及表述的悖论》,傅华的《暧昧时代的精神叙事》,汪雨萌的《于遗忘处开始书写》;同期,发表李铮的《阅读方式的嬗变与当代文学创作转型》;李妙晴的《网络文本的电子语篇特征》;以"陈应松近作笔谈"为总题,发表管兴平的《神异的传奇故事》,龙厚雄的《和谐:人·自然·社会》,杨家海的《论陈应松小说的空间化叙事特征》,刘润润的《人兽博弈的无限可能》,李迪江的《〈太平狗〉的叙事学解读》;同期,发表梁海的《当代文学记忆中的"在场者"——读〈钟山〉"钟山记忆"李洁非系列文章》;李惊涛的《小说的现实与现实的小说》;段崇轩的《论史铁生的小说创作》;欧阳光明的《论史铁生的后期小说》;梁鸿鹰的《捍卫与重建尊严的写作——读张翎的长篇小说〈金山〉》;公仲的《一曲百年沉重的移民悲歌——〈金山〉读书笔记》;张清华、陈爱强的《李浩小说艺术特质论》;王文参的《从〈等等灵魂〉看李佩甫对河洛文化的背离与超越》;吴延生的《从文本内部矛盾解读赵本夫的〈无土时代〉》;张喜田的《巫术:贾平凹对乡村身份的一种超越》;沈光浩的《论毕飞宇〈推拿〉诗性伦理建构》;张德明的《道不尽的人生悲凉——评方方〈水在时间之下〉》;王文胜的《"十七年文学"中的创伤叙事》;杨美芬的《论张爱玲与严歌苓笔下的寡妇形象》;黎杨全的《世界的荒诞真相与"活着"的哲学——〈河边的错误〉新论》;严琳的《忠义与理性的冲突》;杨文军的《一部审美、开放的文学史新著——评〈中国当代文学60年〉》。

《光明日报》发表薛晋文的《中国电视剧创作的必然选择——第27届"飞天奖"获奖作品带来的启示》;周思明的《谍战题材影视剧为何扎堆》;曾庆瑞的《贯通〈闯关东〉系列的几种要素》。

《北京大学学报(哲学社会科学版)》第6期发表陈诚的《问题意识·科学方法·反思精神——评〈中国当代文学理论(1978—2008)〉》。

《东北师大学报(哲学社会科学版)》第6期发表刘可可的《后新时期的商业大众类知青小说分析》。

《河北学刊》第6期发表欧阳友权、蒋金玲的《媒介发展与文学阅读的演变》。

《重庆三峡学院学报》第6期发表陶德宗的《台湾当代文学思潮六十年的变迁与走向》;任传印的《那雪山的水——论覃子豪的〈瓶之存在〉一诗的古典文化品格》。

21日,《文艺报》发表梁鸿的《劳马长篇小说〈哎嗨哟〉:为理想与信仰寻找生存空间》;纳张元的《应全面理解民族性》;周迅的《大湘西的古典记忆》(关于夏长阳《走进五溪大湘西》的评论);吴然的《记录独龙族的昨天与今天》(关于张永权《走进秘境独龙江》的评论);李明生的《在平凡生活中把握人生的真谛——读徐国良〈度行天下〉》;冯积岐的《坚持自己的审美追求——读〈丫丫短篇小说集〉》;周丽萍的《真情 真趣 真味——读金融职场小说〈查账〉》;郝树声的《跨越时空又立足现实——王晋康的幻想小说》。

22日,《新文学史料》第4期发表商金林的《〈胡风全集〉中的空缺及修改》;葛涛的《许广平与电影〈鲁迅传〉的创作——兼谈许广平的三则佚文》;古远清的《两岸军事对峙时期台湾文坛怪象掠影》。

23日,《天津社会科学》第6期发表刘起林的《论知青作家的悲剧性人格及其文学史效应》;施津菊的《误读与偏离——始于解放途经游戏抵达消费的身体写作》;董秀丽的《当代女性诗歌言说策略的转换》;陈洪的《庄禅与孔孟:金庸"武侠"理想人格源头论》。

24日,《人民日报》发表王列生的《站在时代高度看文化发展》;薛梅、王琦的《半世痴迷铸诗魂》(关于刘兰松诗集《母亲的目光》的评论);钱念孙的《震撼人心的变革诗篇》(关于话剧《万世根本》的评论);王秀芹的《经典重拍须慎为》。

《文艺报》发表王彬的《构建具有创新精神与中国特色的理论体系》;孟伟哉的《读〈毛泽东出兵山西〉》。

《文艺理论与批评》第6期发表蔡翔的《〈改造〉以及改造的故事——劳动或者劳动乌托邦的叙述(之二)》;王贵禄的《谁的文学史:90年代以来当代文学史叙事中的50—70年代文学》;司俊琴、高亚彬的《革命历史小说和新历史小说对解放区农村干部形象的书写》;李云雷的《柯岩的"底色"》;张器友的《二十世纪八十年代以来的新诗运动及"非诗化"漫议——以柯岩诗歌批评实践为中心》;张伯存的《评"张爱玲热"及〈小团圆〉》;杨献锋的《对现实的吁求与正义的坚守——评迟子建的小说〈布基兰小站的腊八夜〉》;张春的《书写浮华背后落定的尘埃——改革语境中的三十年小小说城市叙事》;文学武的《丁玲研究的历史、现状及其当代反思》;涂途的《"举国同鞠注目礼"——〈共和国不会忘记〉的诗意解读》;刘中顼的《民族文化的纪念碑志与族群生态的时代涅槃——论迟子建的〈额尔古纳河右岸〉》;温长青的《资本霸权下人格扭曲的生动显现——读曹征路的长篇小说〈问苍茫〉》;钱燕的《〈讲话〉的人民利益诉求》;池笑琳的《宏大叙事在当下文学艺术中的价值和意义》;陈运贵的《新农村文化建设的文学反思》;周均东的《云南少数民族文学的时代精神》。

25日,《文艺理论研究》第6期发表范家进的《贴近与超越——谈中国当代文学研究的精神品格》;杨红旗的《叙事伦理与文艺学的知识生成》。

《东岳论丛》第11期发表王源的《当代城乡中国的鲜活写真——解读周其森长篇小说〈场客〉的意义内涵及艺术特色》。

《甘肃社会科学》第6期发表何满仓、师伟伟的《1938—1942:左翼知识分子主导下的延安文艺建构》;傅修海的《革命与友谊:翻译论战中的瞿秋白与鲁迅》;龚奎林的《寻找文学与历史对话的场域——试论 1949—1966 年的文艺报刊研究》;刘青汉、雷达的《中国当代文学呼唤人道的精神资源——雷达先生学术访谈录》;张堂会的《现代作家对自然灾害的文学应对》;李清霞的《西部精神与生态意识——论新世纪甘肃乡土叙事长篇小说的精神内质》。

《当代作家评论》第 6 期发表王光东、里程的《我们为什么看不见〈春香〉》;金理的《〈平原〉的虚和实》《荒原跋涉中的自省:论〈风雅颂〉》;季进的《现代性的追求——海外中国现代文学研究论之一》;季进的《我译故我在——葛浩文访谈录》;周红莉的《新散文:一种无界的释义与越界的书写》;季红真的《全球文明交汇时代的文学——关于世界文学的随想》;巫晓燕的《现代化工业进程与当代文学创作的历史性探寻——兼论"工业题材小说"的命名问题》;陈佳翼的《高尚者的高尚"游戏"——评刁斗的长篇小说〈代号 SBS〉》;蒋书丽的《用诗意的目光温暖世界——论老藤的小说创作》;以"方方评论专辑"为总题,发表周景雷的《一滴水的负重飞翔》,王春林的《人道主义情怀映照下的苦难命运展示》;以"尤凤伟评论专辑"为总题,发表刘云、张业松的《道德虚无主义的伦理追问》,姜玉琴的《权力、历史与爱情》;同期,发表于坚的《分行》(关于现代汉诗的研究);宋琳的《朱朱诗歌的具相方法》;晓华的《阎连科的乡村伦理》;张颖的《真实的乡土 亲情的原乡——评阎连科的〈我与父辈〉》;张新颖的《人人都在什么力量的支配下——读〈生死疲劳〉札记》;申霞艳的《北京的欲望叙事——徐则臣论》;李鲁平的《社会历史视野下一种开放的英雄主义——评邓一光长篇小说〈我是我的神〉》;郑润良的《〈浦之上〉:追寻历史,抑或历史中的追寻》;田崇雷的《那一脉浩荡的汉魂!——论王建的散文》;专栏"文化视界"发表朱晓进的《主持人的话》,魏宏瑞的《"言"与"思"——论中国当代小说中的方言问题》;同期,发表赵普光的《书话文体的选择与作家文化心态》。

《南京师大学报(社会科学版)》第 6 期发表张红军的《话语重构:1990 年代以来革命历史剧的主旋律叙事》。

《郑州大学学报(哲学社会科学版)》第 6 期发表陈继会、谢晓霞的《传媒时代的文学生产——生产与消费视野中的新都市小说》;王宁宁的《王安忆小说创作流变论》;陈英群的《挥之不去的乡土眷恋——管窥李佩甫的乡土小说世界》;卢焱的《后现代语境下作家的社会责任——刘震云批判角度的嬗变》;莫林虎的

《〈暗算〉对谍战类电视剧创作的突破及其意义》；以"回眸与前瞻：以学术史的视野反观五四研究（笔谈）"为总题，发表张宝明的《现代性：一个杂志与一个群体的"精神现象学"》、王兆胜的《激进主义与保守主义的辩证与融通》、张光芒的《追寻"五四"的学术史特质》、王桂妹的《超前的批判——重审对五四"科学主义"反思的有效性》。

26日，《文艺报》发表李树友的《刘庆邦长篇小说〈遍地月光〉：献给普通人的月光》；陈晓明的《以虚写实的小说艺术》（关于沈乔生文学创作的评论）；洪治纲的《网络文学的基本伦理与审美趣味》；夏烈的《网络文学三期论及其演进特征》；肖惊鸿的《成长的一代——有感于网络文学〈再不相爱就老了〉》；王颖的《诡异离奇的阅读冒险——评网络小说〈大悬疑〉》。

《文学报》发表《追赶太阳的人　白桦新作研讨会在震泽举行》；金莹的《守望乡土的灵魂　"兴化作家群"引起关注》、《徐芳：面对城市，让诗歌飞翔》；牛学智的《散文话语、流行价值与文化风向》；梁鸿鹰的《寻找历史的灵魂——谈凌力的长篇历史小说〈北方佳人〉》；郝奇的《城市化进程中的病态——读小说〈白虎关〉》；李朝全的《情感的力量——读蒋巍新作〈灵魂的温度〉》；陈晓明的《守望本真的乡土叙事——从中篇小说〈鹰无泪〉说起》。

27日，《人民日报》发表仲言的《文化的定力》。

《文学自由谈》第6期发表李建军的《王小波及王小波的误读》。

《光明日报》发表梁海的《文学批评的美学品格》；彭学明的《气度和境界——评张胜友的报告文学》；李韵的《文艺评论：既要坚守又要创新》。

28日，《文艺报》发表代迅的《跨文化转向中的中国美学抉择》；普冬的《行走在自由与秩序之间——论现代诗规则》；向志柱的《地方断代文学史的独特价值》。

《厦门大学学报（哲学社会科学版）》第6期发表朱水涌的《现代性的空间焦虑——中国当代文学六十年的一种精神状态》；王宇的《21世纪初年台湾女性小说的文化描述》。

《兰州大学学报（社会科学版）》第6期发表孔会侠的《论新世纪以来市场化文学的特征与发展趋势》；冯玉雷的《论当代诗歌创作对藏族古典诗歌的借鉴》。

29日，《文汇报》发表彭亚非的《网络写作：速朽与生机》；陈晓明的《以虚写实的小说艺术——评沈乔生新作〈枭雄〉》；袁庆丰的《不仅仅是文学的问题——

也谈"文坛的'三分天下'"》。

30日,《解放日报》发表从维熙的《自恋与自审——文坛扫描之一》。

本月,《山东文学》第11期发表蔡敏的《张炜小说中神话原型与人物塑造》;田承良的《略谈马启代诗风的雄放和婉约》;孔泠水的《魏东建诗歌的诗性在哪里——解读魏东建的诗集〈行走抑或飞翔〉》;石英的《生命与艺术的春天永驻——谈厉彦林乡土散文》。

《上海文学》11月号发表洪治纲的《展示人物内心的宽度——读毕飞宇的〈睡觉〉》;雨田的《自由与良知的诗歌写作——有关后非非主义的创作札记》。

《芒种》第11期发表王晓峰的《独特的视角,沉痛的诗意——阅读白长鸿〈沉寂的大雁塔〉》;马行云的《纯净·深邃·自由——阅读王小妮作品》。

《暨南学报(哲学社会科学版)》第6期发表王进的《"批评越界"与"话语振摆":文化诗学的"理论链"建构观念》。

本月,华东师范大学出版社出版文贵良的《文学话语与现代汉语》。

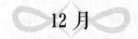

12月

1日,《人民日报》发表李祖德的《文学如何造就国家软实力》;陈树义的《文学要切实面向底层》;袁志学的《再现历史 激励后人——电影〈兰州1949〉观后》。

《广州文艺》第12期发表马季的《传统文学与网络文学纵横论》;汪政的《〈芸斋小说〉:孙犁的暮年变法》。

《文艺报》发表雷达的《樟叶长篇小说〈晚春〉:历史的大浪与沙粒》;古耜的《江西散文管窥》;张丽军的《独特话语 诗意气质》(关于代琮《记忆》的评论);张迅的《一轴人文风情长卷》(关于张浩春《西域东来》的评论);邢小利的《浓情淡墨抒乡怀》(关于张曰凯《故土怀古》的评论);王学海的《诗歌的纯美与理性担当》;赵俊贤的《应当公允评价当代文学史著作的得与失》。

《名作欣赏(鉴赏版)》上半月刊第12期发表段崇轩的《短篇小说的风雨历程

(下)》;陈超的《〈水成岩〉:生命的现身和领悟(外一篇)》;祝红波的《静水下面的漩涡——叶弥〈木枕头〉赏析》;以"中国小小说30年(上)"为总题,发表刘海涛的《中国小小说30年之发展历程——兼评近年小小说名家名作》,刘海涛的《鲜活性格里的人文情怀——〈晚唱〉赏析》,刘海涛的《人物侧写与核心细节——〈讲究〉赏析》。

《名作欣赏(学术版)》文学研究版第12期发表李有亮的《20世纪女性文学批评断想》;曾穗菁的《粥和百花齐放与文大师以及文人相轻》;王金茹的《弦外有音 象外有象——徐坤小说叙事结构分析》。

《西湖》第12期发表夏烈的《肉身的秘密和小说之路——关于阿航的两篇小说》;阿航的《边角情景(创作谈)》;林那北、姜广平的《"小说可以表达另一种生活的渴望"》。

《延河》第12期发表薛祖清的《一抹悲痕梦里收——评杭东小说〈"天堂"里的梦〉》。

《枣庄学院学报》第6期发表张春田的《"现代主义"在台湾——从〈文学杂志〉到〈现代文学〉》。

《诗刊》12月号上半月刊以"湖南株洲·诗刊社第25届青春诗会诗人作品辑"为总题,发表曹利华的《田埂上的坚守》(诗人随笔),黄礼孩的《梦想与现实》(诗人随笔),横行胭脂的《用多少根铅笔才能写出尘世的爱》(诗人随笔),麻小燕的《陶土与火焰》(诗人随笔),韩宗宝的《我的故乡潍河滩》(诗人随笔),津渡的《顺水流舟》(诗人随笔),李成恩的《故乡的启蒙》(诗人随笔),丁一鹤的《青春一直在路上》(诗人随笔),阿华的《风会把往事吹到哪里》(诗人随笔),董玮的《这时,我是自己的》(诗人随笔),文心的《没有人来这儿》(诗人随笔),申艳的《我是你的"看麦娘"》(诗人随笔),谢荣胜的《诗歌在现场》(诗人随笔),谈雅丽的《与爱相遇的每一个瞬间》(诗人随笔),叶菊如的《玉兰花开了,白在自己的火焰里》(诗人随笔)。

《解放军文艺》第12期发表武成则、吴双的《灵魂深底亲情大爱的回响》。

2日,《小说选刊》第12期发表杜光辉的《生活堆积小说》;崔道怡、章德宁、冯立三的《亦真亦幻的寓言世界》。

3日,《文艺报》发表木弓的《"创新之狗"终于歇了口气》(关于王斌《遇》的评论);王斌的《我坚持为心灵立言——致木弓的一封信》;苍狼的《阻止知识者向世俗堕落》(关于廖四平文学创作的评论);以"李森祥、薛荣长篇小说《送瘟神》评论"为总题,发表何西来的《英雄品格的恒久价值》,包明德的《值得珍惜和倡扬的精神遗产》,贺绍俊的《战争思维下的历史壮举》,牛玉秋的《怀念一种精神》,小可的《历史在"个性"中复活》,崔道怡的《带血的纪念》;以"钱良营小说集《会走的湖》评论"为总题,发表杜卫东的《轻歌一曲和泪唱》,水舟的《存在的硬度》,贺绍俊的《徐徐展开的乡村记忆》,任动的《鲜明的现代意识与圆熟的艺术技巧》,高恒忠的《涤荡心灵的悲歌》。

《文学报》发表陈竞的《第八届中国青年作家、评论家论坛在珠海举行,与会者热议——文学如何重振思想能力?》;傅小平的《任溶溶:童心不泯,世界大美》;金莹的《当代中青年作家系列访谈 费滢:纯净的文学在于"认真"》;王彬彬的《关于"十七年文学"的评价问题》;洪治纲的《"求真"的胆识与智慧》(关于李建军《小说的纪律——基本理念与当代经验》的评论);熊家良的《用灵魂去温暖对象》(关于殷鉴《现代诗歌艺术素养读本》的评论);朱晓剑的《基层文化生态的一声叹息》(关于符兴全《大音希声》的评论)。

5日,《山东社会科学》第12期发表蔡梅娟的《21世纪中国文学批评与文学关系的和谐构建》;郑训佐的《解读汪曾祺》。

《文艺报》发表段崇轩的《当乡村成为我们的"精神家园"》;陈骏涛的《女性文学批评:在沉潜中行进》;冯建福的《铭刻在大山深处的红色记忆》;张王飞的《成长中的"兴化文学现象"》;郭培筠的《历史、文化、审美的和谐乐章——评王玉水散文集〈东边太阳西边月〉》;柳萌的《深爱蕴诗情——刘福君和他的诗》;韩进的《从"人的文学"到"儿童的文学"——从六个人与中国儿童文学的关系说起》。

6日,《国际人才交流》第12期发表《加拿大华裔作家摘华侨文学特别奖》。

8日,《人民日报》发表郭英德的《海外汉学的"中国趣味"》;张柠的《穿越历史和文化的语言——读〈奢华的乡土〉》;仲呈祥的《匡正对文化术语的误读》。

《文艺报》发表任翔的《王雁、梁振华长篇小说〈密战〉:高科技时代英雄魂》;冰峰的《微型小说不是"微型新闻"》;穆陶的《民族和谐的大爱之音》(关于王炜《来自布达拉宫的感动》的评论);凌仕江的《把散文生活化》(关于陈东霞散文创作的评论);范垂功的《生存价值的艺术展现》。

10日,《文艺报》发表石长平的《地域经验与文化书写——周大新小说的文化地理学解读》;张燕玲的《岭南都市天然叙述者》;牛学智的《重申纪律的意义——

读李建军〈小说的纪律〉》;贺绍俊的《网络文学:关于自由的文学神话》;李东华的《爱情幻梦和精神共振——读长篇网络小说〈凰宫:滟歌行〉》;付修林的《在方志与文学之间——读野莽长篇小说〈庸国〉》;马季的《谁说城市没有灵魂——读报告文学集〈大爱镇江〉》;郭海荣的《走向更为宽阔的世界——浅评蓝蓝的诗》;施战军的《传说附体于生活,人文想像之渊薮——新世纪少数民族题材小说一瞥》;梁肇佐的《性情苏方学》;张锦贻的《独特的审美与诗性的表达——谈诗人阿古拉泰的散文创作》;叶尔克西·胡尔曼别克的《感恩我的民族》;降边嘉措的《亲切的关怀,辉煌的成就——回顾新中国成立以来〈格萨尔〉事业的成就》。

《文艺研究》第12期发表刘云山的《反映伟大时代历史巨变 描绘人民群众精神图谱 创作更多思想性艺术性相统一的文学精品》;张清华的《在历史化与当代性之间——关于当代文学研究与批评状况的思考》;陈超的《必要的"分界":当代诗歌批评与文学史写作》;程光炜的《韦勒克、沃伦的〈文学理论〉与中国现当代文学》。

《文学报》发表傅小平的《像无知者无畏的孩子那样说话——对话新锐评论家李美皆》;陈竞的《当代中青年作家系列访谈 沈念:以静、慢抵抗时间》;南台的《非"刀客"韩石山》;一寒的《"80后"为何否定父辈作家?》;雷达的《人性的光辉——我读杜光辉》。

《解放日报》以"评电视连续剧《蜗居》"为总题,发表孔曦的《〈蜗居〉照见的人生》,徐蕙照的《瑕瑜互见的〈蜗居〉》。

《新余高专学报》第6期发表蔡玮的《论严歌苓创作的悲剧审美特性》。

11日,《人民日报》发表张保宁的《文艺学应有中国立场》;马忠的《别让"红色经典"变了味》;黎民的《说真话是知识分子座右铭——第九届巴金国际学术研讨会侧记》。

《光明日报》发表於可训的《重建批评的感悟》;胡世宗的《当代中国文事的追踪与评判——读范咏戈的〈化蛹为蝶〉》;王景科的《一幅现代社会的生动画卷》(关于周其森《场客》的评论)。

12日,《文艺报》发表蒲华清的《重大题材儿歌要遵循艺术规律——读张继楼儿歌新作有感》;金波的《关于图画书的几点思考》。

14日,《文汇报》发表李扬的《乐黛云 以世界眼光"会通"文学》。

15日,《文艺报》发表彭程的《杨守松长篇报告文学〈昆曲之路〉:昆曲复兴的文化价值》;邓晖的《秦岭小说的"色"与"味"》;马笑泉的《长篇小说与写作工具》;石英的《根在热土》(关于张和平散文的评论);俞胜的《心理描写显优长》(关于曹永文学创作的评论);贺捷生的《雄鸡在高声鸣唱》(关于胡华诗歌创作的评论);余青的《英雄诗人的心灵吟唱——读史光柱的诗集〈寸爱〉》。

《文艺争鸣》第12期发表张未民的《写在当代文学研究边上的问号》;雷达的《我们时代的文学选择》;邵燕君的《传媒文学生产机制的危机和新型机制的生成》;叶廷芳的《重视经典,谨防经典主义》;李敬泽的《奇迹、心中囚徒——当代小说的城市"探案"》;陈仲义的《新"罗马斗兽场"——十年网络诗歌论争综略》;江冰的《"80后文学"的文学史意义》;田忠辉的《"80后"文学的代际权利与社会权力》;高志强的《阅读"80后"的两个视角》;以"李兰妮《旷野无人》评论小辑"为总题,发表陈思和的《约拿与尼尼微城的故事——读李兰妮的精神自传〈旷野无人〉》,贺绍俊的《你在做一项"伟大的启蒙"——致李兰妮的一封信》,雷达的《〈旷野无人〉:一颗孤苦灵魂的自我剖析》,崔道怡的《〈旷野无人〉却有"灵"》,吴丽燕的《强大的内心与爱的伟力——评李兰妮的〈旷野无人〉》;同期,发表张喜田的《1980年代改革小说中的时间政治——一种意识形态研究》;马兵的《国家伦理、民间伦理与"十七年文学"》;谢刚的《分裂的乡村叙事及无效的成长忆述——林白近年写作的衰退兼及女性主义写作之困》;王光东的《"民间原型"主题批评的可能性——兼评几部长篇小说》;宋洁的《民间文化对当代文学的启示》;吴凡的《麦家论——以〈暗算〉〈解密〉〈风声〉为例》;孙钊的《论〈革命百里洲〉——探求农民幸福的大命题》;兴安、胡野秋的《九十年代以来的文学事变——兼说60后、70后、80后作家的写作》;朱晖的《我在〈文艺报〉的日子》;罗执廷的《文学选刊与当代小说的发展》;傅书华的《杨朔论》;张清华的《春梦,政治,什么样的叙事圈套——马原的〈虚构〉重解》;张洁的《重读〈乔厂长上任记〉》;朱靖宇的《倪吾诚与罗亭——王蒙小说的中外比较阅读》;王爱侠的《谈〈布礼〉中的革命叙事》;王晖的《评丁晓原〈文化生态视镜中的中国报告文学〉》;杨荷泉的《〈不成样子〉的文化批判内涵》;姜岚的《论路遥小说的人生愿景》;《"中国当代文学六十年"国际学术研讨会会议综述》。

《诗刊》12月号下半月刊以"李琦:在日常的生活中发现诗意"为总题,发表路也的《诗人中的"达吉雅娜"》,马小淘的《非典型诗人》,刘云开的《诗歌和友情,是这世上的温暖》,邢海珍的《李琦的声音:来自雪中的单纯与美丽——〈李琦近作选〉阅读感言》。

《语文学刊》第12期发表顾晓玲的《女性文学批评：由"女性意识"到"性别诗学"》；陈玲玲的《析韩少功"马桥世界"中的底蕴——以〈马桥词典〉和〈暗示〉为例》；李旺的《论20世纪90年代小说都市叙事的文本特征及其文化精神》。

《江汉论坛》第12期发表周水涛的《论农民工小说草根创作的底层平民立场》；古远清的《香港新诗六十年》。

《华侨大学学报（哲学社会科学版）》第4期发表刘小新的《现代性与当代台湾的文学论述》。

《台湾研究集刊》第4期发表朱双一的《从祖国接受和反思现代性——以日据时期台湾作家的祖国之旅为中心的考察》；徐学的《从性别政治到性欲政治——台湾女性思潮变迁的一个侧面》。

《西南农业大学学报（社会科学版）》第6期发表袁琤琤的《有意、无意的辩证法——论金庸的叙事策略》。

《福建论坛》第12期发表蔡梅娟的《文学多元时代的批评策略》。

17日，《文艺报》发表徐妍的《两种立场，各有归属——由〈他的国〉与〈小时代〉说开去》；徐鲁的《黑色幽默承载的冷峻思考——读滕刚长篇小说〈异乡人〉》；《"都市文学研讨会"发言摘要》；《赵长青诗歌集〈飞翔的乐章〉评论》；以"'兴化文学现象'六人谈"为总题，发表何平的《"兴化文学现象"：一个追认的文学现象及其文学生态意义》，何言宏的《敬重之余》，贺仲明的《地域个性的坚持与突破》，吴义勤的《兴化何以文风盛》，张光芒的《我观兴化文学的叙事特质》，晓华的《兴化文学在乡村重建中的意义》；以"《新世纪贵州作家作品精选》评论专辑"为总题，发表喻子涵的《多样化发展的贵州诗歌群落——新世纪贵州诗歌创作扫描》，冉正万的《现在和未来——读〈新世纪贵州作家作品精选·小说卷〉》，张劲的《自己的呼吸》，王黔的《一套成功填补了空白的选本》，井绪东的《繁花入眼报春来》，徐成淼的《以自由的姿态和世界对话》。

《文学报》发表傅小平的《莫言：写灵魂深处最痛的地方——长篇新作〈蛙〉近期出版，接受本报记者独家专访》；金莹的《一个民间诗派的兴起与发展 在语词的盛宴中"向死而生"》；翟边的《陈平原：学会"怀疑自己"》；古抒的《滇人龙志刚》；洪治纲的《历史的回望与现实的沉思——2009年长篇小说创作书评》；汪政的《文体的敏感者——读庄晓明和他的〈空中之网〉》；马长征的《作家文化自豪感如何建立——读冯玉雷〈敦煌遗书〉有感》;费三金的《〈天子末日〉的哲学意蕴》;何平的《把寒灰吹出火来——黄梵〈第十一诫〉读记》。

《作品与争鸣》第 12 期发表杨爱芹的《机关算尽太聪明》(评孙春平的《鸟人》);付艳霞的《变的是体悟,不变的是情怀》(关于乔叶《失语症》的评论);刘一诺的《充满别扭感的书写》(关于乔叶《失语症》的评论);徐刚的《小公务员的爱情生活》(关于南飞雁《暧昧》的评论);徐勇的《"暧昧"的政治修辞学》(关于南飞雁《暧昧》的评论);邵建武的《有的痛是永远的——对汉奸作品拍卖的考察》;谭畅的《重建"金圣叹式批评"》。

18 日,《人民日报》发表赵葆华的《警惕跟风成惰克隆成疾》;胡智锋的《澳门回归的真情咏叹——评纪录片〈澳门十年〉》。

19 日,《文艺报》发表蔡毅的《用生命歌唱——读白桦两本新书》;邵燕君的《评陈谦〈望断南飞雁〉》;陈德宏的《"三级火箭"的风采——读近期〈诗刊〉有感》;郭艳的《回归自然的诗意构建——严风华〈一座山,两个人〉读后》。

20 日,《文汇报》发表何建明的《谢晋的最后一个遗憾——电影〈琴桥悠悠〉筹拍记》;孙惠柱的《讽刺·歌颂·教育——东方喜剧展的联想》;阎晶明的《穿越阴阳两界的诗意——读夏商长篇小说〈裸露的亡灵〉》;叶辛的《原始中透出的清新——读唐利光〈心灵短笛〉》。

《学术月刊》第 12 期发表汤哲声的《中国当代通俗小说叙事策略及其批评》;王昌忠的《"个我"、"私我"还是"非我"——当代诗歌写作的路向与立场解析》。

《华文文学》第 6 期发表谢昭新的《台静农〈淮南民歌集〉与两淮文化风俗》;孙德喜的《超然于时代的写作——论曹聚仁二十世纪五六十年代的随笔散文》;佘爱春的《台湾现代主义诗歌的西化和民族化——以纪弦、余光中、洛夫为中心》;刘宇的《李昂施叔青合论》;汪超的《中国文学的传播与接受国际学术研讨会综述》。

《贵州社会科学》第 12 期发表古远清的《六十年来的香港文学及其基本经验》。

《社会科学情报资料》第 6 期发表古远清《香港传记文学的一次检阅:记香港传记文学研讨会》。

21 日,《解放日报》发表刘海波的《〈三枪〉——一种电影新模式》;毛尖的《"草菅人命"的〈三枪〉》。

22日,《人民日报》发表艾斐的《文化消费中的服务与引导》;谭旭东的《让新童谣滋润童心》;梁海的《诗意与温情——读〈迟子建散文〉》;李准的《民族团结的高昂颂歌——看电视剧〈金凤花开〉》。

《文艺报》发表蔚蓝的《真实的农村 奋斗的农民——王建琳长篇小说〈迷离的滚水河〉》;雷达的《化严酷为"喜剧"》(关于《一朝权在手》的评论);查干的《痴情吟唱陕北高原》(关于梦野诗歌创作的评论);孙文宪的《马克思主义文学批评中的审美话语》;吴艳的《文学批评要坚守正确的文学观》;李霞的《诗人之心与更宽阔的世界》;刘应全的《文艺批评的使命与空间》;以"《八千里路云和月——行走在西气东输的大地上》评论"为总题,发表崔道怡的《三十功名尘与土》,范咏戈的《西气东输的文化勘探》,郑翔的《必须增加报告文学的厚度》,郑晓林的《与历史同行的时代报告》,籍云的《送给西气东输建设者的赞美诗》,木弓的《行走文学新开拓》;同期,发表邓鸣《中国改革开放的民意书写 长篇小说〈大变革〉研讨会发言摘要》;以"《我心目中的黄如论》评论"为总题,发表陈建功的《熙熙攘攘中的人生对话》,仲呈祥的《两颗诚信之心的真挚交流》,李准的《两个成功者灵魂的对视》,李树声的《腹有诗书气自华》,周明的《黄如论的精彩人生》。

24日,《文艺报》发表李勇的《生态精神在动物形象中实现》;赵金钟的《以"死亡"的触角抚摸新诗——读谭五昌〈20世纪中国新诗中的死亡想象〉》;韩颖琦的《"文学的现场"中的"红色经典"——评阎浩岗〈"红色经典"的文学价值〉》;贺绍俊的《乡土文学的中国经验》;匡匡的《回归真实自我——洁尘与她的〈锦瑟无端〉》;王英辉的《讴歌工业振兴壮丽画卷——评商国华长篇报告诗〈引擎〉》;肖涛的《冰刀功夫》(关于王方晨《乡村案件》的评论)。

《文学报》发表《今年〈收获〉多部作品获影视公司青睐,执行主编程永新回应"变通俗"质疑——未来写作需重新整合》;陈竞的《程永新谈2009年长篇小说创作——好小说刺激人的想象力》;傅小平的《袁敏:寂寞宁静地和历史重逢》;阎纲的《散文·散步·吴冠中》;李麦的《铁凝:创作者需要坚守与信仰》;陈冲的《论"三大块"》(关于文学创作的评论);白烨的《直面当下农村生活现状》(关于钟正林小说创作的评论);黄春华的《我们可以选择难度》(关于谭旭东《童年再现与儿童文学重构:电子媒介时代的童年与儿童文学》的评论);叶中强的《缺乏记忆的都市文化》;秦岭的《文学批评:无"根"岂能叶"茂"》;陈先义的《花开时节说芳菲——读贺捷生散文集〈索玛花开的时节〉》;谢华的《情到深处——记浙江儿童文学作家朱为先》。

25日,《人民日报》发表雷达的《谈判桌上的"马拉松之战"——〈大国的较量〉读后》;缪俊杰的《美哉!小姨多鹤》;吴祖强的《让艺术改变生活》。

《光明日报》发表王泉根的《中国儿童文学60年的发展思潮、艺术成就与诗学内涵》;龙长吟的《〈人民,只有人民〉:展现文学新质素》;曾凡华的《诗的沉郁与畅晓——读〈听涛阁诗词稿〉有感》。

《出版参考》第24期发表石宁的《〈唐山大地震〉影片未映,小说〈余震〉先热》。

《世界华文文学论坛》第4期以"陈映真研究特辑"为总题,发表陈映真的《盲人瞎马的闹剧与悲剧》,陈建功的《在"陈映真创作50周年"学术研讨会上的讲话》,梁国扬的《在"陈映真创作50周年"学术研讨会上的致词》,何标的《英勇孤寂的战士》,陈友军的《略论陈映真小说的文化蕴含》,庄若江的《"死亡"书写背后的人文关爱——陈映真小说"死亡"意蕴解读》,刘红林的《"陈映真创作50周年"学术研讨会综述》;同期,发表庄伟杰的《华文文学书写的维度及诗学探寻》;杨学民的《汉字思维与海外华文诗学的建构》;曹惠民的《华文移民文学的深层拓展——解读旅美作家黄宗之、朱雪梅的长篇新著〈破茧〉》;侯金萍的《成长小说:一种解读华裔美国文学的新视点》;倪思然的《龙瑛宗小说中的"多余人"形象探析——兼与19世纪俄国文学中的"多余人"比较》;高艳的《论王鼎钧散文的叙述艺术》;林明理的《商禽心理意象的诗化——浅释〈逃亡的天空〉》;高艳的《论王鼎钧散文的叙述艺术》;王金城的《台湾新世代诗歌的底层关怀》;李健的《八九十年代台湾文学"入史"问题初探》;王韬的《金寻者笔下的侠客精神》;蔡晓妮的《用文学的情感来铸就画面——谈民国女作家的绘画》;白舒荣的《奋翼飞翔——香港才女蔡丽双》;孙晓东的《江苏省台港暨海外华文文学研究会2009年年会综述》。

《学理论》第30期发表王姝的《从"作家无意识创作"论谈金庸作品的情爱观》。

26日,《文艺报》发表陈福民的《什么不是"网络文学"》;李朝全的《网络小说的好看元素——长缨〈血铸的番号〉读评》;王学海的《重新寻找文学的"心力"——夏烈〈现代中的传统诉求〉的学术意义》;符力的《"草根诗学"的实践——读〈诗歌读本:三十二首诗〉》;冶进海的《权力样本与精神使命——浅探红日小说集〈说事〉》;苏文的《江苏文学的新跨越》。

29日,《人民日报》发表廖言的《中国文学:走好自己的路》;马建辉的《凌云健笔写春秋——评何建明报告文学创作》;饶曙光的《〈十月围城〉:中国式大片的新路》。

《文艺报》发表石长平的《周大新长篇小说〈预警〉:指向时代和社会的预警》;李朝全的《文学呼唤名编辑》;韩作荣的《阅读与倾听》(关于姚林辉散文的评论);石英的《品人生之茗　得思辨况味——读杨莹散文随感》;王泉根的《中国儿童文学六十年的发展思潮艺术成就与诗学内涵——〈中国儿童文学60年(1949—2009)〉序言》;胡平的《从〈赵宧光传〉看"精神写作"》;李炳银的《穷小子是如何致富和做富人的》(关于王朝柱文学创作的评论);刘润为的《境界的攀升》(关于《我心目中的黄如论》的评论)。

30日,《少林与太极》第12期发表赵环的《金庸武侠小说中的生命意识》。

31日,《文艺报》发表白烨的《池冰长篇小说〈守望Manhattan〉:精彩别样的超越》;韩进的《文艺批评要坚持正确的价值取向》;唐子砚的《倾听晨钟暮鼓之声——读长篇文化散文〈醉眼看李白〉》;李东华的《教化、快乐与救赎——新中国60年儿童文学的精神走向》;殷实的《芳草菲菲春光近——2009年度军旅长篇小说概览》;朱航满的《聆听心灵的咏叹——2009年军旅中短篇小说读后》。

《文学报》发表以"回顾二〇〇九"为总题,发表本报编辑部的《我们的独家报道》、《我们的深度报道》、《我们编发的文学评论》、《我们的新栏目》;同期,发表陈竞的《林贤治:纸上的"漂泊者"》;肖鹰的《当下中国批评为何颓败?》;刘湘如的《文学的嬗变与投机》;韩石山的《冲击,向着人性的深处——龚桂华和他的长篇写作》;冯积岐的《坚持自己的审美追求——读〈丫丫短篇小说集〉》;曲近的《诗海淘金——浅探〈绿风〉"网络诗歌精品专号"》;杨步高的《我与长篇小说〈天诛〉》。

《求索》第12期发表王昌忠的《现代主义诗歌"经验写作"的美学透视》;张文东、王东的《中国现代文学革命叙事的"大众化"取向》。

本月,《山东文学》第12期发表吴开晋的《幻象中的变形与存在者的忧思——读林之云的〈夜晚之心〉》;张明明的《静默叙述下的情感张力——〈秧歌〉情感内涵解读》;赵静宇的《你想做什么,就做什么——电影〈任逍遥〉之解读》;李文莲的《痛定思痛,重塑自我——韦君宜〈思痛录〉解读》。

《上海文学》12月号发表程德培的《"偏执"的艺术——读韩少功的短篇〈生气〉》;唐晓渡的《"沙化"和先锋诗的危机——答万松浦网站问(节选)》;杨显惠、

邵燕君的《文学，作为一种证言——杨显惠访谈录》。

《文艺评论》第 6 期发表傅修海的《启蒙·市场·革命》；杨健平的《中国外视文化的突起与内视文化的缺失》；张红兵的《20 世纪后期西方文论对文学经典的解构》；朱仁金的《艺术的病理学研究：艺术家与强迫症》；王衡的《欲望追寻与精神建构之间的裂隙》；马明高的《全球化视野中的乡镇困境与贾樟柯的电影》；任庭义的《被"浓妆"或"淡抹"的西部——西部电影与新生代西部题材电影比较之一》；杨亦军的《关于"后战争"文化与文学的当代思考》；王莹的《新时期文学语言学研究的反思与前瞻》；郭淑梅、李大武的《生活化·职场化·喜剧化——谍战剧〈潜伏〉的经典转身》；王文捷的《自由青春力量的朋克文化表述——论春树小说〈长达半天的欢乐〉》；李斌的《穿越犬儒主义黑暗的尊严之光——评毕飞宇的小说〈推拿〉》；张学昕、梁海的《重现历史幽暗处的生命与灵魂——读苏童的长篇小说〈河岸〉》；张德明的《乡村情感的文化守望——论〈城市之光〉》；闫立飞的《皇粮钟下的真实——论秦岭〈皇粮钟〉》；王文成的《大背景下的小人物——读刘成林先生的小说〈老吴头这辈子〉、〈爷们儿〉》；施军的《招摇的市场中国文学的真实性》；王晓蕾的《激情与理性的碰撞》。

《中国文学研究》第 4 期发表易瑛的《"鬼后有人"——论中国现当代启蒙作家对巫鬼文化的认识》；李蕾的《北平文化生态（1928—1937）与京派作家的归趋》；张森的《论沈从文创作中的身体叙事》；李永东的《论陪都语境下张恨水的重庆书写》；詹琳的《论赵树理农民话语写作与小说艺术风格的形成》；龙其林的《现当代文学研究中的图文互文类型初探》；陈岚的《我注〈圣经〉：试论北村转型后的小说创作》；鲁美妍的《欲望的旗帜升起以后——〈风雅颂〉与〈教授〉合论》。

《江淮论坛》第 6 期发表胡功胜的《论消费社会的叙事转型》。

《芒种》第 12 期发表罗继仁的《在"变"中追求　在"新"中超越——浅论牟心海的诗歌创作历程》；柳宪龙的《余华小说对命运的思考》。

《读书》第 12 期发表余音的《但耿银河漫天碧——那时代的情意综》（关于宗璞文学创作的评论）。

《南京社会科学》第 12 期发表徐敏的《多元认同与批评伦理：文学批评中的宽容新论》。

本月，江苏大学出版社出版朱立立、刘小新的《宽容话语与承认的政治：中国现当代文论中的宽容论述及其相关问题》。

社会科学文献出版社出版李观鼎主编的《澳门人文社会科学研究文选·文学卷》。

西安出版社出版穆涛的《散文观察》。

华中科技大学出版社出版王毅的《文本的秘密》。

图书在版编目(CIP)数据

中国当代文学批评史料编年.第十二卷,2008—2009/吴俊总主编;刘熹本卷主编.—上海:华东师范大学出版社,2016.5
ISBN 978-7-5675-5260-9

Ⅰ.①中… Ⅱ.①吴…②刘… Ⅲ.①中国文学—文学批评史—2008—2009 Ⅳ.①I206.7

中国版本图书馆 CIP 数据核字(2016)第 114054 号

中国当代文学史料丛刊

中国当代文学批评史料编年
第十二卷 2008—2009

总 主 编	吴 俊
总 校 阅	黄 静 肖 进 李 丹
本卷主编	刘 熹
策划编辑	王 焰
项目编辑	唐 铭
审读编辑	唐 铭
装帧设计	崔 楚

出版发行	华东师范大学出版社
社　　址	上海市中山北路 3663 号 邮编 200062
网　　址	www.ecnupress.com.cn
电　　话	021-60821666 行政传真 021-62572105
客服电话	021-62865537 门市(邮购)电话 021-62869887
地　　址	上海市中山北路 3663 号华东师范大学校内先锋路口
网　　店	http://hdsdcbs.tmall.com
印 刷 者	上海中华商务联合印刷有限公司
开　　本	787×1092 16 开
印　　张	19
字　　数	311 千字
版　　次	2017 年 10 月第 1 版
印　　次	2017 年 10 月第 1 次
书　　号	ISBN 978-7-5675-5260-9/I·1540
定　　价	92.00 元

出 版 人　王　焰

(如发现本版图书有印订质量问题,请寄回本社客服中心调换或电话 021-62865537 联系)